El vagabundo de las estrellas

Jack London

colecciónotraslatitudes

El vagabundo de las estrellas

Jack London

Prólogo de
Fernando Savater

Traducción de
Héctor Arnau

Nørdicalibros
2019

Título original:
The Star Rover

Avda. de la Aviación, 24, bajo P - CP: 28054 Madrid
Tlf: (+34) 917 055 057 - info@nordicalibros.com
www.nordicalibros.com

Segunda edición en Nórdica Libros: marzo de 2019

ISBN: 978-84-17651-58-9

Depósito Legal: M-9202-2019

Impreso en España / *Printed in Spain*

Imprenta Kadmos

Diseño de colección: Filo Estudio

Maquetación: Diego Moreno

Corrección ortotipográfica: Ana Patrón y
Susana Rodríguez

LA IMAGINACIÓN COMO LIBERTAD

FERNANDO SAVATER

Los escritores estimulan la imaginación de sus lectores por medio de las historias que les cuentan; pero unos pocos logran también ese mismo objetivo con sus propias biografías: Voltaire, Tolstói, Yukio Mishima... Es un caso nada infrecuente, sobre todo entre escritores norteamericanos, desde Edgar Allan Poe y Melville hasta Dashiell Hammett. Y Jack London, por supuesto.

La vida de John Griffith, que firmó su obra imperecedera —o más modestamente, que durará junto a las más longevas hasta el acabamiento universal— como Jack London, lo tiene todo para despertar el interés y, si no me equivoco, la simpatía de la mayoría de los aficionados a la literatura. Hijo de un astrólogo y una adepta al espiritismo, fue un niño miserable, autodidacta esforzado, que vagabundeó por oficios tan diversos como cazador de focas en Japón, peón caminero en Canadá y los Estados Unidos o buscador de oro en Alaska. Después se hizo periodista y más tarde novelista, llegando a ser autor de algunos de los primeros *bestseller* de Norteamérica. Políticamente militó siempre en movimientos de izquierda —con los que su individualismo radical no hizo nunca, sin embargo, buenas migas del todo—, por lo que en sus novelas trata de compaginar el afán de aventuras del héroe solitario con la preocupación social del sujeto concernido por la colectividad.

Pasó de la miseria a la opulencia, se arruinó varias veces, abusó del alcohol, acometió numerosos viajes y dos conflictivos matrimonios, hasta que finalmente se suicidó a los cuarenta años. No sé qué opinarán ustedes —la verdad es que me trae sin cuidado—, pero yo le tengo por uno de los personajes más simpáticos de la historia de la literatura.

Las obras más célebres de Jack London son sin duda sus novelas del Gran Norte —*La llamada de lo salvaje* y *Colmillo Blanco*—, su ambiguo *thriller* marino *El lobo de mar* y su relato semiautobiográfico *Martin Eden*, así como numerosos cuentos magistrales. Pero mis preferencias se decantan por dos narraciones mucho más extrañas, su epopeya prehistórica *Antes de Adán* y, sobre todo, *El vagabundo de las estrellas*, que para mí será siempre *El peregrino de la estrella*, porque así se llamaba la traducción en la editorial valenciana de antes de la guerra donde la leí por primera vez siendo adolescente.

Esta novela admirable, a mi juicio única en el sentido más noble de la palabra (que no excluye, sino que casi supone, las numerosas imperfecciones y hasta deformidades de la auténtica innovación), contiene diversos relatos y numerosas perspectivas: es un cuento fantástico y una despiadada crítica social de los abusos de poder, una novela de aventuras y una meditación metafísica sobre nuestro destino, un canto a la imaginación humana y una reivindicación de la libertad y del coraje. Sobre todo, es una privilegiada metáfora del placer emancipador de la lectura, el cual juntamente se encarga de mostrar y demostrar.

Mucho antes de que la expresión «realidad virtual» se hiciera trivialmente común en nuestros días, este libro nos habla del espíritu como acaparador de todas las virtualidades si sabemos potenciarlo de modo conveniente, aun en las circunstancias menos favorables o más atroces. El peregrinaje anímico y la multiplicación vital que el protagonista encarcelado logra por medio de la tortura está al alcance de cualquier verdadero lector, o incluso de quien sea capaz de imaginar sin cortapisas o sin temor.

Pocas obras literarias son tan capaces como esta de hacernos sentir físicamente, casi dolorosamente, el peso de lo que nos encadena y el poderío de lo que nos hace infinitos. Ahora la releo y envidio a los jóvenes que vayan a conocerla por primera vez.

CAPÍTULO 1

Durante toda mi vida he tenido conciencia de otros tiempos y de otros lugares. He sido consciente de la existencia de otras personas en mi interior. Y créanme, lectores, lo mismo les ha sucedido a ustedes. Regresen mentalmente a su niñez, y recordarán esta conciencia de la que hablo como una experiencia propia de la infancia. En aquel momento no habían cobrado una forma fija, no habían cristalizado; eran aún plásticos, un alma fluctuante, una conciencia y una identidad en proceso de formación, de formación —¡ay!— y de olvido.

Han olvidado muchas cosas, queridos lectores, y, aun así, al leer estas líneas, recuerdan vagamente las brumosas visiones de otros tiempos y de otros lugares que presenciaron con ojos infantiles; hoy les parecen sueños. Sin embargo, aun siendo sueños, por tanto, ya soñados, ¿de dónde surge su materia? Nuestros sueños se componen de una grotesca mezcla de cosas ya conocidas. La esencia de nuestros sueños más puros es la esencia de nuestra experiencia. Cuando ustedes eran tan solo niños soñaron que caían desde grandes alturas; soñaron que volaban por el aire como vuelan los seres alados; les acosaron arañas de innumerables patas y demás criaturas salidas del fango; oyeron otras voces, vieron otras caras inquietantemente familiares, y contemplaron amaneceres y ocasos distintos a los que hoy, al mirar atrás, saben que alguna vez contemplaron.

En fin, de acuerdo, esas visiones de la infancia son visiones de otros mundos, de otras vidas, de cosas que nunca habían visto en la vida misma que ahora están viviendo. ¿De dónde surgen, entonces? ¿De otras vidas? ¿De otros mundos? Quizás, cuando hayan leído todo lo que voy a escribir, encontrarán respuesta a las incógnitas que les he planteado y que ustedes mismos, antes de llegar a leerme, seguro que también se habían planteado.

Wordsworth lo sabía. No era profeta ni vidente, sino un hombre normal y corriente como ustedes o como cualquier otro. Lo que él sabía, lo saben ustedes y lo sabe cualquiera, pero él lo expuso más acertadamente en aquel poema que comienza así: «Ni en la completa desnudez ni en el olvido total…».

Y sí, es cierto, los recuerdos de esta prisión de carne se ciernen sobre nosotros apenas nacemos, y todo lo olvidamos demasiado rápido. Y sin embargo, aun recién nacidos, sí que recordábamos otros tiempos y lugares. Nosotros, niños indefensos, sujetos en brazos o arrastrándonos a cuatro patas por el suelo, soñábamos que volábamos por el aire. Sí, y soportábamos el tormento de aterradoras pesadillas, con seres oscuros y monstruosos. Nosotros, niños recién nacidos, sin ninguna experiencia, nacimos con miedo, con el recuerdo del miedo: y la memoria es experiencia.

En cuanto a mí, cuando apenas empezaba a hablar, a una edad tan tierna que todavía emitía sonidos para expresar si tenía hambre o sueño, ya sabía que había sido un vagabundo de las estrellas. Sí, yo, que nunca había balbuceado la palabra «rey», recordaba que una vez había sido el hijo de un rey. E incluso recordaba que alguna vez también había sido esclavo, e hijo de esclavos, y que había llevado una argolla alrededor del cuello.

Y más todavía. Cuando tenía tres años, y cuatro, y cinco años, aún no era yo mismo. Era solamente una transformación en curso, un flujo del espíritu todavía caliente en el molde de mi carne en un tiempo y en un espacio concretos. En aquel tiempo, todo lo que había sido en las miles de vidas anteriores se agolpaba en mí, confundiendo el flujo de mi espíritu, en un esfuerzo por convertirse e incorporarse a mi persona.

Qué estupidez, ¿no? Pero recuerden, lectores —espero viajar lejos con ustedes, a través del tiempo y del espacio—, recuerden que he pensado mucho sobre todas estas cuestiones; que a lo largo de noches de sangre, de oscuros esfuerzos que duraron años y años, he estado a solas con mis muchas otras identidades y he podido contemplarlas y examinarlas. He pasado toda clase de infiernos en diferentes existencias para traerles noticias que compartiremos en esta hora, mientras leen cómodamente estas páginas.

Y volviendo a lo anterior, les decía que a la edad de tres, cuatro o cinco años, yo todavía no era yo. Simplemente estaba materializándome mientras tomaba forma en el molde de mi cuerpo, y todo el tiempo pasado, con su potencial indestructible, se forjaba en la mezcla de mi ser para determinar cuál sería la forma definitiva. No fue mi voz la que gritó en la noche por temor a cosas de sobra conocidas, pero que yo, en verdad, ni conocía ni podía conocer. Lo mismo sucedía con mis rabietas infantiles, con mis amores, con mis risas. Otras voces gritaban a través de mi voz, las voces de hombres y mujeres de otras épocas, de todos mis antepasados ocultos entre sombras. Y el gruñido de mi rabia se fundía con el de bestias más antiguas que las montañas; y los gritos histéricos de mi infancia, con todo el rojo de su ira, no desentonaban con los gritos bárbaros e ininteligibles de bestias pregeológicas anteriores a Adán.

Y así se descubre el secreto. ¡La ira roja! La que me ha aniquilado en esta, mi vida presente. Por culpa de ella, dentro de unas semanas, seré llevado desde esta celda hasta un lugar más elevado, con una plataforma inestable, adornada en su parte superior por una soga larga y tensa; y allí me colgarán del cuello hasta que muera. La ira roja ha podido conmigo en todas mis vidas, porque ella ha sido mi catastrófica e infortunada herencia desde los tiempos del lodo primigenio, antes de los albores del mundo.

Ya es hora de que me presente. Ni estoy loco ni soy un lunático. Quiero que lo sepan, para que puedan darles el debido crédito a los hechos que pretendo explicarles. Soy Darrell Standing. Algunos de ustedes, al leer este nombre, me habrán reconocido de inmediato. Pero permítanme que exponga mi caso a la mayoría que no me conoce. Hace ocho años, yo era catedrático de Agronomía en la Facultad de Agricultura de la Universidad de California. Hace ocho años, el aletargado pueblecito de Berkeley quedó conmocionado con el asesinato del catedrático Haskell en uno de los laboratorios del departamento de Mineralogía: Darrell Standing fue el asesino.

Yo soy Darrell Standing. Me encontraron con su sangre todavía en las manos. Ahora bien, no voy a discutir sobre lo justo o lo injusto de este asunto con el profesor Haskell. Era una cuestión entre él y yo. El caso es que, en un acceso de furia, cegado por la misma ira roja que me ha maldecido a lo largo de las épocas, maté a mi compañero. Las actas del juicio demuestran que así fue; y, por una vez, estoy de acuerdo con el tribunal.

No, no me van a ahorcar por ese asesinato. Me condenaron a cadena perpetua. Por entonces, yo tenía treinta y seis años; ahora tengo cuarenta y cuatro. He pasado ocho años en San Quintín, la cárcel estatal de California. Cinco de esos años los pasé privado de luz, en la oscuridad: «aislamiento total», así lo llaman. Los hombres que son capaces de soportarlo lo llaman la muerte en vida. No obstante, durante esos cinco años conseguí un grado de libertad que pocos hombres han alcanzado jamás. A pesar de hallarme totalmente recluido, no solo fui capaz de viajar por todo el mundo, sino también de viajar por distintas épocas. Quienes me encerraron durante esos años, insignificantes al fin, me regalaron, sin tan siquiera ser conscientes de ello, el esplendor de los siglos. En realidad, gracias a Ed Morrell, deambulé por las estrellas durante cinco años. Pero Ed Morrell es otra historia. Les hablaré de él más adelante. Tengo tanto que contar que apenas sé por dónde comenzar.

Está bien, comencemos. Nací en tierras de Minnesota. Mi madre era la hija de un inmigrante sueco. Se llamaba Hilda Tonnesson. Mi padre se llamaba Chauncey Standing, americano de pura cepa. Sus antepasados se remontaban hasta Alfred Standing, un sirviente, o si lo prefieren, un esclavo, que llegó desde Inglaterra a las plantaciones de Virginia hace ya mucho tiempo, antes aun de que un joven Washington explorara las tierras vírgenes de Pennsylvania.

Uno de los hijos de Alfred Standing luchó en la Guerra de Independencia; uno de sus nietos, en la Guerra de 1812. No ha habido desde entonces una guerra en la que no haya tomado parte alguno de los Standing. Yo, el último de los Standing, que moriré muy pronto y sin descendencia, luché como soldado raso en Filipinas, nuestra última guerra, y para ello renuncié, en el mejor momento de mi temprana carrera, a mi cátedra en la Universidad de Nebraska. ¡Santo cielo, cuando renuncié iba camino de convertirme en decano de la Facultad de Agricultura de aquella universidad! ¡Yo, el vagabundo de las estrellas, el ferviente aventurero, el Caín peregrino de los siglos, el sacerdote militante de los tiempos más remotos, el eterno poeta, el soñador lunático olvidado por los siglos, a quien jamás se mencionará en los libros de historia!

Y heme aquí, con las manos manchadas de sangre en el Corredor de la Muerte de la cárcel estatal de Folsom, esperando el día decretado por la maquinaria del Estado para que sus esbirros me envíen lejos, muy lejos de aquí, al lugar al que ellos, ingenuamente, denominan *la oscuridad*; la oscuridad a la que tanto temen, la que puebla sus fantasías de supersticiones y terrores; la oscuridad que les conduce, sumisos y quejumbrosos, ante los altares de sus dioses antropomórficos creados por el miedo.

No, jamás seré decano de ninguna facultad de Agricultura. Y sabía mucho de agricultura. Era mi profesión. Nací para ello, me crie para ello, me eduqué para ello: era todo un maestro. Tenía un don. Puedo saber a simple vista qué vaca da leche con mayor porcentaje de nata, y dejar que el test de Babcock verifique la exactitud de mis pronósticos. Con tan solo mirar, ya no la tierra, sino un paisaje, puedo dictaminar las virtudes y deficiencias del terreno. No necesito papel tornasol para determinar si un suelo es ácido o alcalino. Repito, el cultivo de la tierra, en su más alto sentido científico, era y sigue siendo mi don. Y aun así el Estado, en representación de todos sus ciudadanos, cree que puede acabar con todos mis conocimientos colocándome una soga alrededor del cuello y valiéndose de la abrupta sacudida provocada por la ley de la gravedad: ¡toda mi sabiduría, incubada a través de los siglos, fraguada mucho antes de que los primeros rebaños nómadas pastaran en los campos de Troya!

¿Maíz? ¿Quién conoce el maíz mejor que yo? Lo que conseguí en Wistar es la mejor prueba de ello; allí incrementé la producción anual de maíz de cada condado de Iowa por valor de medio millón de dólares. Eso es historia. Muchos de los agricultores que viajan hoy en día en sus automóviles saben quién hizo posible ese automóvil; muchas chicas y chicos enfrascados en el instituto en el estudio de sus libros de texto apenas podrían imaginarse que todos sus sueños de una educación superior fueron posibles gracias a mis estudios sobre el maíz en Wistar.

¡Por no hablar de la gestión de una granja! Soy capaz de calibrar el derroche de actividad de una explotación sin estudiar registro alguno, tanto de la granja como de la mano de obra, la distribución de los edificios o del trabajo. Escribí un libro sobre todo eso, con gráficas incluidas. Sin duda alguna, en este mismo instante cien mil granjeros se estarán estrujando la cabeza ante sus páginas antes de apagar sus pipas e irse a la cama. En cambio, yo no necesitaba ni gráficas ni manuales; con solo mirar a un hombre me bastaba para conocer su predisposición, su coordinación y el porcentaje de toda la actividad que malgastaba.

Y aquí debo concluir el primer capítulo de mi narración. Son las nueve en punto, y en el Corredor de la Muerte eso significa que se apagan las luces. Ahora mismo puedo oír el sonido de los zapatos de goma del guardia, que viene a reprenderme porque mi lámpara de queroseno sigue aún encendida. ¡Como si los vivos pudieran censurar a un condenado a muerte!

CAPÍTULO 2

Soy Darrell Standing. Muy pronto me sacarán de aquí para ahorcarme. Mientras tanto, digo lo que tengo que decir y escribo en estas páginas acerca de otros tiempos y otros lugares.

Tras conocer mi sentencia, vine a pasar el resto de «mi vida natural» a la prisión de San Quintín. Resulté ser un incorregible. Un incorregible es un ser humano indeseable; al menos esa es la connotación que tiene la palabra «incorregible» en la psicología carcelaria. Me convertí en un incorregible porque detestaba toda actividad innecesaria. Aquella cárcel, como todas las cárceles, era un escándalo, una afrenta al ahorro de esfuerzos. Me destinaron a los telares de hilo, donde la desidia y la ineficacia no tardaron en sacarme de mis casillas. ¿Cómo podría ser de otra manera, si el control y la eliminación del derroche de actividad eran mi especialidad? Antes de que se inventasen los telares a vapor, tres mil años antes, yo ya me había podrido en prisión en la antigua Babilonia y, créanme, no miento cuando afirmo que en la Antigüedad nosotros, los esclavos, tejíamos en telares manuales con más eficacia que los reclusos en los telares a vapor de San Quintín.

Aquel derroche de energía era inaceptable, y me rebelé. Traté de enseñar a los guardias unos cuantos métodos mucho más eficaces. Como pago, fui amonestado, arrastrado al calabozo y privado de luz y de alimento. Al salir, intenté trabajar entre el caos y la total incompetencia de las salas de telares.

Me rebelé de nuevo y una vez más me enviaron al calabozo metido, además, en la camisa de fuerza. Me colgaron de los pulgares, obligándome a permanecer en la posición del águila, con las alas extendidas mientras era golpeado por guardias cuya inteligencia apenas les alcanzaba para intuir que yo era diferente a ellos, es decir, no tan imbécil como ellos.

Durante dos años soporté esta persecución sin sentido. Es horrible para un hombre estar completamente atado y quedar a merced de las ratas. Porque los guardias, esas bestias estúpidas, eran ratas, ratas que me roían la inteligencia, dejando los nervios sanos de mi espíritu y de mi conciencia en carne viva. Y yo, que en el pasado había sido uno de los más valerosos combatientes, en aquella vida presente ya no podía luchar. Yo era un granjero, un ingeniero agrónomo, un catedrático atado a su escritorio, un esclavo del laboratorio, interesado únicamente en la tierra y en el aumento de su productividad.

Combatí en Filipinas porque esa era la tradición de los Standing. No tenía habilidad para el combate. Me resultaba absurda la introducción de sustancias extrañas y nocivas en los cuerpos de aquellos pequeños negros. Era grotesco contemplar cómo la Ciencia prostituía todo el valor de sus logros y el ingenio de sus inventores para introducir con violencia aquellas sustancias en los cuerpos de los habitantes de los pueblos negros.

Como decía, en obediencia a la tradición de los Standing, fui a la guerra y descubrí que no tenía aptitudes para ella. Y también lo creyeron así mis oficiales, que me nombraron auxiliar de intendencia; y como auxiliar, desde un escritorio, luché en la Guerra Hispano-Estadounidense.

Por tanto, no fue por ser un tipo combativo, que no lo era, sino por ser un pensador y porque me enfurecía el derroche de energía de las salas de telares, por lo que fui perseguido por los guardias una y otra vez, hasta que lograron convertirme en un «incorregible». Mi cerebro funcionaba, y fui castigado por ello. Así se lo dije al alcaide Atherton, cuando mi actitud incorregible se había vuelto tan notoria que me llevaron hasta su despacho privado y me tiraron sobre la alfombra para tener unas palabras con él. Así le dije entonces:

—Sería absurdo suponer, querido alcaide, que esas ratas que usted tiene como guardias pudieran desalojar de mi cabeza ideas que me parecen de lo más obvio y de las que estoy plenamente convencido. La organización de esta cárcel es, en general, desastrosa. Usted no es más que un político. Es posible que haya sido capaz de manejar a todos los responsables del entramado electoral de San Francisco para lograr un puesto como el que ahora ocupa: pero usted no sabe tejer yute. Sus telares llevan cincuenta años de atraso…

Pero ¿para qué continuar con el sermón? Le demostré lo estúpido que era, y como resultado él decidió que yo era un incorregible incurable.

Ya lo dice el refrán, «cría fama…». Pues bien, el alcaide Atherton acabó justificando mi mala fama. Se lo puse muy fácil. Cargaron sobre mí las faltas de muchos otros convictos, y pagué por ellas en el calabozo, a pan y agua, colgado de los pulgares, de puntillas, durante largas horas, cada una de ellas más larga que cualquiera de mis vidas anteriores.

Los hombres inteligentes pueden ser crueles. Los hombres estúpidos son monstruosamente crueles. Los guardias y todos los que trabajaban allí, del alcaide para abajo, eran monstruos estúpidos. Lean con atención y verán lo que me hicieron. Había un poeta en la cárcel, uno de los reclusos, un falso poeta, un degenerado de frente amplia y mentón hundido. Era un impostor. Un cobarde, un informante. Un cerdo soplón: soy consciente de lo extraño que puede parecer que un catedrático de Agronomía escriba estas palabras, pero uno aprende muchas barbaridades cuando está condenado a pasar en la cárcel el resto de su vida.

Este falso poeta se llamaba Cecil Winwood. No era la primera vez que le condenaban, y a pesar de ello, como era un perro cobarde y llorón, su última sentencia fue tan solo de siete años. Había hecho méritos para reducir considerablemente su condena. La mía era para toda la vida. Y, aun así, este degenerado miserable, desesperado por ganar unos cuantos años de libertad, logró añadir una buena porción de eternidad a mi condena de por vida.

Les contaré lo que ocurrió del revés, de otro modo, pues yo mismo no llegué a entenderlo hasta mucho más tarde. Este Cecil Winwood, en un intento por conseguir los favores del capitán de patio de la prisión y, por tanto, los del alcaide, la junta directiva, la junta de perdones, y el gobernador de California, organizó una falsa fuga. Tres cosas hay que destacar en primer lugar: (a) Cecil Winwood era tan odiado por sus compañeros que no le habrían permitido que apostara ni siquiera una onza de tabaco Bull Durham en las carreras de chinches (y las carreras de chinches eran el pasatiempo preferido de los convictos); (b) yo era el que más y peor fama había criado de todo el penal; (c) para su plan, Cecil Winwood necesitaba a los de peor fama, los de cadena perpetua como yo, los desesperados, los incorregibles.

Pero los condenados a cadena perpetua detestaban a Cecil Winwood y, cuando este se les acercó con su maravilloso plan de fuga colectiva, se rieron de él y le dieron la espalda, acusándole de no ser más que un sucio chivato. Pero al final logró engatusar a cuarenta de los más resentidos del redil. Se les acercaba una y otra vez y les contaba que tenía cierta influencia en la prisión por ser hombre de confianza en la oficina del alcaide, lo que le facilitaba el acceso permanente a la enfermería.

—Demuéstralo —dijo Long Bill Hodge, un montañés condenado a cadena perpetua por el asalto a un tren, y que durante años había desarrollado una obsesión por escapar para poder matar al que fuera su compañero en el asalto, quien había declarado en su contra.

Cecil Winwood aceptó el reto. Aseguró que podía drogar a los guardias la noche de la fuga.

—Hablar es gratis —dijo Long Bill Hodge—. Lo que queremos son hechos. Droga a uno de los guardias esta noche. Hoy estará Barnum. Es un cerdo. Ayer le dio una paliza al pobre Chink en el Corredor de los Locos y, además, estando fuera de servicio. Hoy le toca el turno de noche. Drógale y haz que pierda su trabajo. Si lo consigues, hablaremos contigo.

Long Bill me contó todo esto más tarde en el calabozo. Cecil Winwood puso reparos ante la inmediatez de la prueba. Pidió que le dejaran algo de tiempo para poder sustraer la droga de la enfermería. Se lo concedieron, y una semana más tarde, anunció que estaba listo. Cuarenta condenados a cadena perpetua, todos bien curtidos, esperaron a que el guardia Barnum cayera dormido durante su turno. Y Barnum se durmió. Le pillaron y fue despedido al día siguiente.

Por supuesto, aquello convenció a los presos. Pero le quedaba por convencer al capitán de patio de la cárcel. Para ello, Cecil Winwood le ponía diariamente al tanto del progreso del plan de fuga, todo imaginado e inventado por él. El capitán de patio exigió pruebas y Winwood se las dio. Yo no me enteraría de todos los detalles hasta un año más tarde; tal es la lentitud con que se filtran los secretos de las intrigas en prisión.

Winwood aseguraba que los cuarenta hombres que pretendían fugarse, todos de su confianza, contaban ya con tanto poder en la prisión que se disponían a introducir armas automáticas con la ayuda de los guardias a los que habían sobornado.

—Demuéstramelo —debió exigirle el capitán de patio.

Y el poeta impostor se lo demostró. En la panadería, el trabajo nocturno era algo habitual. Uno de los presos, un panadero, se encargaba del primer turno de noche. Era un soplón del capitán de patio, y Winwood lo sabía.

—Esta noche —le dijo al capitán— Summerface pasará una docena de automáticas del 44. En su próximo permiso, traerá la munición. Pero esta noche me entregará las automáticas en la panadería. Allí dentro tiene usted un buen soplón. Mañana le pasará su informe.

Summerface era uno de esos típicos guardias paletos, fuerte, robusto, procedente del condado de Humboldt. Era un tío bobo e ingenuo, de buen carácter, que tan solo trataba de ganarse unos dólares traficando con tabaco entre los convictos. Aquella noche, a la vuelta de un viaje a San Francisco, trajo consigo unos siete kilos de excelente tabaco. Ya lo había hecho antes en alguna ocasión y solía entregar la mercancía a Cecil Winwood. Así que precisamente aquella noche, sin maldad alguna, le entregó su carga en la panadería. Se trataba de un pesado fardo de inocente tabaco envuelto en papel. El panadero soplón, desde su escondite, vio cómo le entregaba el paquete a Winwood y a la mañana siguiente se lo comunicó al capitán de patio.

Pero entonces la imaginación desbocada del poeta impostor fue demasiado lejos. Él fue el responsable del error que me costó cinco años de confinamiento solitario, en esta condenada celda desde la que ahora escribo. Y durante todo aquel tiempo no supe nada al respecto. Ni siquiera sabía del plan de fuga con el que había engatusado a los cuarenta condenados de por vida. No sabía nada, absolutamente nada. Y los demás sabían muy poco. Los presos no sabían que se la estaban jugando.

El capitán de patio tampoco sabía que a él también se la estaban jugando. Y Summerface era el más inocente de todos. En el peor de los casos, solo habría podido sentirse culpable por pasar de contrabando un poco de tabaco inofensivo.

Volvamos al estúpido y trágico descuido de Cecil Winwood. A la mañana siguiente, cuando se encontró con el capitán de patio, se sentía exultante. Su imaginación no conocía límites.

—Muy bien, el material entró tal como dijiste —le felicitó el capitán de patio.

—Y hay suficiente como para hacer volar por los aires media prisión —dijo Winwood.

—¿Suficiente qué? —preguntó el capitán.

—Dinamita y detonadores —prosiguió el muy imbécil—. Unos diecisiete kilos. Su soplón vio cómo Summerface me lo entregaba.

En ese mismo instante, al capitán de patio casi le da un infarto. La verdad es que ahora no puedo más que compadecerle... ¡Diecisiete kilos de dinamita perdidos en la cárcel!

Dicen que el capitán Jamie —ese era su apodo— se sentó y apoyó la cabeza entre sus manos.

—¿Dónde está? —gritó—. ¡La quiero ya! ¡Llévame hasta ella inmediatamente!

Y justo entonces, Cecil Winwood se percató del error que había cometido.

—La enterré —mintió, y no tenía más remedio, porque hacía mucho rato que había distribuido entre los reclusos los pequeños paquetes de tabaco.

—Muy bien —dijo el capitán Jamie tratando de no perder los nervios—. Llévame allí ahora mismo.

Pero no había explosivos enterrados a los que pudiera llevarle. Ni existían ni habían existido más que en la imaginación del desgraciado de Winwood.

En una prisión tan grande como San Quintín siempre hay escondrijos. Y mientras Cecil Winwood guiaba al capitán Jamie tuvo tiempo de sobra para inventar una excusa.

Como declararían más tarde el capitán y el propio Winwood ante la junta directiva, de camino hacia el supuesto escondrijo, el poeta aseguró que él y yo habíamos ocultado juntos la dinamita. ¡Y yo, recién liberado tras cinco días en el calabozo y ochenta horas con la camisa de fuerza; tan deshecho que hasta el guardia más estúpido podía ver que era incapaz de trabajar en los telares; yo, al que habían concedido un día de descanso para recuperarse del severo castigo, fui acusado de haber escondido junto a él los diecisiete kilos de inexistentes explosivos!

Winwood condujo al capitán Jamie hasta el supuesto escondite. Por supuesto, no encontraron ni rastro de la dinamita.

—¡Dios mío! —mintió Winwood—, Standing me la ha jugado. La ha desenterrado y la ha escondido en algún otro sitio.

Al capitán de patio no le acabó de convencer aquel «¡Dios mío!». Airado, en el ardor del momento, pero con absoluta sangre fría, se llevó a Winwood a su despacho, cerró las puertas y le dio una paliza tremenda. Todo salió a la luz ante la junta directiva. Pero eso fue más adelante. En aquel momento, incluso mientras era apaleado, Winwood juraba que todo lo que había contado era cierto.

¿Qué podía hacer el capitán Jamie? Estaba convencido de que había diecisiete kilos de dinamita ocultos en algún lugar de la prisión y de que cuarenta condenados a cadena perpetua, desesperados, estaban a punto de fugarse. Y sí, evidentemente, Summerface fue llamado a filas; y aunque repetía una y otra vez que el paquete contenía tabaco, Winwood juraba que era dinamita; y el capitán le creyó.

Y a estas alturas de la representación es cuando aparezco yo o, mejor dicho, cuando salgo de escena, porque me apartaron de la luz del sol y de la luz del día para encerrarme en los calabozos; y allí, en las celdas de castigo, lejos del sol y de la luz del día, estuve pudriéndome durante cinco años.

Estaba desconcertado. Acababan de sacarme del calabozo, y yacía todavía adolorido en mi celda habitual, cuando me llevaron de nuevo al calabozo.

—Y ahora —le dijo Winwood al capitán Jamie—, aunque no sabemos dónde se encuentra la dinamita, al menos está segura. Standing es el único que sabe dónde está y no saldrá ni una sola palabra suya del calabozo. Los hombres están listos para la fuga. Podremos cogerlos *in fraganti*. Yo soy el que ha de dar la señal. Les diré que será esta noche, a las dos, y que, después de haber drogado a los guardias, abriré las celdas y les entregaré las automáticas. Si a las dos en punto de esta noche no sorprende a los cuarenta hombres, cuyos nombres le daré, vestidos y bien despiertos, entonces, capitán, puede tenerme incomunicado el resto de mi condena. Y una vez tengamos a Standing y a los otros cuarenta encerrados en los calabozos, dispondremos de todo el tiempo del mundo para localizar la dinamita.

—Aunque tengamos que derribar la cárcel piedra a piedra —añadió con entusiasmo el capitán Jamie.

Hace ya seis años de aquello. Durante todo este tiempo no han logrado encontrar los inexistentes explosivos, y han registrado la prisión de arriba abajo cientos de veces, buscándolos. Y aun así, hasta el último día que estuvo en el cargo, el alcaide Atherton siguió creyendo en la existencia de la dinamita. Incluso a día de hoy, el capitán Jamie, quien todavía es capitán de patio, cree que la dinamita se halla oculta en algún lugar de la cárcel. Ayer mismo, en un último esfuerzo, vino desde San Quintín hasta Folsom para tratar de hacerme confesar. Y yo sé que no vivirá tranquilo hasta que me cuelguen.

CAPÍTULO 3

Todo aquel día permanecí tumbado en el calabozo, estrujándome los sesos buscando las posibles razones de este nuevo e inexplicable castigo. La única conclusión a la que pude llegar era que algún soplón me habría echado la culpa de cualquier infracción con la intención de ganarse el favor de los guardias.

Mientras tanto, el capitán Jamie, impaciente, se preparaba para la noche, y Winwood corría la voz entre los cuarenta condenados de que estuvieran listos para la fuga. Dos horas después de medianoche todos los guardias de la prisión estaban preparados para cumplir las órdenes; lo cual también incluía a los del turno de día, que deberían haber estado durmiendo. Cuando dieron las dos en punto, se abalanzaron sobre las celdas de los cuarenta hombres. Estaban perfectamente sincronizados; abrieron todas las celdas al mismo tiempo y todos los hombres que Winwood había nombrado, sin excepción, fueron sorprendidos fuera de sus literas, completamente vestidos y agazapados justo al otro lado de la puerta. Por supuesto, esto corroboró la sarta de mentiras que el poeta impostor había fabricado para el capitán Jamie. Los cuarenta reclusos fueron descubiertos cuando estaban a punto de fugarse. De nada sirvió que todos protestaran y acusaran a Winwood de haber planeado la fuga. La junta directiva prefirió creer a un solo hombre y decidió que los cuarenta presos mentían con el fin de salvarse. Asimismo, la junta de perdones también lo creyó, y antes de que transcurrieran tres meses, Cecil Winwood, impostor y poeta, el más despreciable de los hombres, fue indultado y puesto en libertad.

Y sí, es que la *trena*, o el *trullo*, tal como llaman los presos a la cárcel, es una verdadera escuela de filosofía. Ningún recluso puede pasar en ella muchos años sin que se desmoronen sus más preciadas ilusiones, sus sueños más justos. La verdad prevalece, nos enseñan, y el crimen siempre sale a la luz. Pues bien, he aquí una excelente prueba de que el crimen no siempre sale a relucir. Tanto el capitán de patio, como el difunto alcaide Atherton, como la junta directiva de la cárcel siguieron creyendo en la existencia de aquella dinamita que nunca existió más que en la turbia y desbocada mente del degenerado impostor y poeta Cecil Winwood. Y Cecil Winwood todavía vive, mientras que yo, el único completa y verdaderamente inocente entre todos los hombres que tuvieron que ver con este asunto, subiré al patíbulo dentro de unas semanas.

Y ahora debo relatar cómo irrumpieron los cuarenta condenados en la quietud de los calabozos. Estaba durmiendo cuando la puerta exterior que da al pasillo de la galería se abrió con estruendo y me despertó.

—Algún pobre diablo —me dije; y pensé que le estarían dando una buena tunda, pues oía el ruido de unos pies en plena refriega, el impacto sordo de los golpes sobre la carne, los repentinos gritos de dolor, los insultos, las blasfemias y el sonido de cuerpos arrastrados. Al fin y al cabo, todos los hombres éramos maltratados del mismo modo. Una tras otra, las puertas de los calabozos se abrieron con violencia, y uno tras otro fueron metiendo los cuerpos a empellones, arrojándolos o arrastrándolos. Y continuamente llegaban grupos de celadores con más reclusos apaleados a quienes seguían golpeando, y se abrían las puertas de más calabozos para recibir los ensangrentados cuerpos de unos hombres cuyo único delito había sido anhelar la libertad.

Sí, ahora, al rememorarlo, pienso que uno ha de ser un gran filósofo para sobrevivir al continuo desgaste de experiencias tan brutales como esta a lo largo de años y años. Yo soy uno de esos filósofos. He soportado ese tormento durante ocho años y ahora, finalmente, como no han podido librarse de mí de otra manera, han invocado a la maquinaria del Estado para atarme una soga alrededor del cuello y que el peso de mi propio cuerpo me deje sin aliento. Sí, ya sé que los expertos aseguran ufanos que el cuello de la víctima se rompe al caer por la trampilla. También sé que las víctimas, como el viajero de Shakespeare, nunca regresan para testificar lo contrario. Pero nosotros, los que hemos vivido en la *trena*, sabemos de casos, silenciados desde el mismo patíbulo, en los que el cuello de la víctima no se rompe.

Por lo demás, ha de ser un espectáculo fascinante eso de ahorcar a un hombre. Nunca he visto un ahorcamiento, pero algunos testigos presenciales me han contado los detalles de docenas de ellos, de manera que sé lo que me va a ocurrir. De pie en la trampilla, atado de pies y manos, con el nudo en el cuello y la capucha negra en la cabeza, me dejarán caer hasta que el impulso de mi propio peso se detenga bruscamente por la tensión de la cuerda. Entonces los doctores se acercarán a mí. Uno tras otro se relevarán, y se subirán a un taburete, sujetándome con los brazos para que no me balancee como un péndulo, y acercarán el oído a mi pecho para contar los apagados latidos de mi corazón. A veces transcurren veinte minutos desde que se abre la trampilla hasta el momento en que el corazón deja de latir. Sí, créanme, de verdad, cuando cuelgan a un hombre se aseguran científicamente de que acabe bien muerto.

Espero que no les importe si dejo a un lado mi relato y sigo divagando, pues me gustaría plantearle un par de cuestiones a la sociedad. Tengo derecho a divagar y a preguntar lo que quiera, pues en muy poco tiempo me sacarán de aquí para hacerme eso mismo. Si el cuello de la víctima se rompe gracias a la eficaz disposición del nudo y de la soga, al cálculo eficaz del peso de la víctima y la longitud de la cuerda, ¿por qué entonces esposan a la víctima? La sociedad, en su conjunto, es incapaz de responder a esta pregunta. Pero yo sé por qué; como lo sabe también cualquiera que haya presenciado un linchamiento y haya visto a la víctima levantar sus manos, aferrarse a la soga y aliviar la presión del nudo en su cuello para poder respirar.

Les haré otra pregunta a los acomodados y engreídos miembros de esta sociedad, cuyas almas no se han acercado nunca al fuego del infierno. ¿Por qué cubren la cabeza y el rostro de la víctima con una capucha negra antes de dejarle caer por la trampilla? Por favor, recuerden que dentro de muy poco pondrán esa capucha negra sobre mi cabeza. Tengo, por tanto, derecho a preguntar. ¿No será que esos esbirros, oh queridos ciudadanos, que sus esbirros temen contemplar en el rostro aterrorizado de la víctima el crimen que cometen en su nombre?

Recuerden, por favor, que no les estoy haciendo esta pregunta en el siglo XII después de Cristo, ni en los tiempos de Cristo, ni en el siglo XII antes de Cristo. Yo, que seré ahorcado en este mismo año, el año 1913 d.C., se lo pregunto a ustedes, supuestos seguidores de Cristo, a ustedes, cuyos perros cobardes me sacarán de aquí y cubrirán mi rostro con una capucha negra para no contemplar el horror que me causan mientras aún estoy vivo.

Y ahora volvamos a lo que pasó en los calabozos. Cuando se marchó el último guardia y cerraron el portón con gran estruendo, los cuarenta hombres, apaleados, descorazonados, comenzaron a hablar y a hacer preguntas todos al mismo tiempo. Pero inmediatamente, bramando como un toro para que se oyera, Skysail Jack, un marinero descomunal, ordenó que se hiciera silencio para poder pasar lista. Los calabozos estaban llenos, y uno por uno, calabozo por calabozo, fueron gritando los nombres todos los presentes. De este modo, se aseguraban de que todos los calabozos estaban ocupados por presos de confianza, para que ningún soplón pudiese estar escondido y a la escucha.

Solo de mí dudaban los convictos, pues yo era el único hombre que no había tomado parte en el plan. Me hicieron pasar un interrogatorio. Solamente pude decirles que esa misma mañana acababa de salir del calabozo y de la camisa de fuerza, cuando, sin motivo aparente, me habían encerrado de nuevo tras haber estado fuera apenas unas horas. Mi fama de incorregible estaba a mi favor y no tardaron en reanudar la conversación.

Fue entonces, mientras estaba allí tumbado escuchándoles, cuando oí hablar por primera vez del plan de fuga que habían tramado. «¿Quién había dado el chivatazo?», se preguntaban, se seguían preguntando; y esa misma noche hallaron la respuesta. Puesto que Cecil Winwood era el único ausente, la sospecha sobre él se hizo general.

—Solo queda una cosa por hacer, muchachos —dijo finalmente Skysail Jack—. Pronto se hará de día, nos sacarán de aquí y nos harán pasar un infierno. Nos pillaron a punto de escapar, con la ropa puesta. Winwood nos la jugó y dio el chivatazo. Nos sacarán uno a uno y nos van a moler a palos. Somos cuarenta, cualquier mentira acabará por descubrirse. Así que, muchachos, cuando os hagan cantar, decid solo la verdad, toda la verdad, y que Dios nos pille confesados.

Y allí, en aquel oscuro pozo de crueldad inhumana, de calabozo en calabozo, con las caras contra los barrotes, los cuarenta condenados a perpetua juraron solemnemente ante Dios que dirían la verdad.

De poco les sirvió, sin embargo. A las nueve en punto, los guardias, matones al servicio de los engreídos ciudadanos

—bien comidos y bien descansados— que forman el Estado, se lanzaron sobre nosotros, que no solo no habíamos desayunado, sino que ni siquiera habíamos bebido una gota de agua. Y los hombres recién apaleados son propensos a la fiebre. Me pregunto, queridos lectores, si algún día podrían llegar a imaginar el estado de un hombre recién vapuleado, o «reventado», como le dicen en la cárcel. Pero no, no se lo explicaré. Bastará con que sepan que estos hombres, apaleados y en estado febril, llevaban ya siete horas sin agua.

A las nueve llegaron los guardias. No eran muchos, aunque tampoco eran necesarios muchos más, porque abrían los calabozos de uno en uno. Iban armados con palos de picos, un instrumento muy útil para «disciplinar» a un hombre indefenso. De uno en uno, fueron abriendo los calabozos para castigar y apalear a los condenados. Al menos fueron ecuánimes: a mí también me dieron una buena paliza. Y esto no fue más que el principio, los preliminares del interrogatorio que cada hombre iba a sufrir él solo, ante la única presencia de las bestias a sueldo del Estado. Era solo un anticipo de lo que podíamos esperar de la sala de interrogatorios.

He pasado por casi todos los tormentos de la vida en prisión, pero el peor de todos ellos, mucho peor que lo que pretenden hacer conmigo dentro de unos días, fue aquel que sufrimos durante los días posteriores en los calabozos.

Long Bill Hodge, el robusto montañés, fue el primero en ser interrogado. Regresó dos horas después o, mejor dicho, lo trajeron de vuelta y lo tiraron sobre las losas de piedra de su calabozo. Se llevaron entonces a Luigi Polazzo, un matón de San Francisco, de la primera generación americana de origen italiano, que les insultó, se rio de ellos y les desafió a que descargasen su ira contra él.

Pasó un buen rato antes de que Long Bill Hodge pudiese dominar el dolor y decir algo mínimamente coherente:

—¿Qué es eso de la dinamita? —preguntó—. ¿Quién sabe algo de la dinamita?

Y, por supuesto, nadie sabía nada, por mucho que fuera la pregunta más repetida en el interrogatorio.

Luigi Polazzo estuvo de vuelta en poco menos de dos horas, y volvió hecho una piltrafa, delirando, incapaz de responder a las preguntas que le llovían desde los calabozos, donde los hombres que habían de pasar por lo que él había pasado querían saber a toda costa qué le habían hecho y qué le habían preguntado.

Durante las siguientes cuarenta y ocho horas, Luigi fue interrogado dos veces más. Después de aquello, convertido en un tarado, farfullando, lo trasladaron al Corredor de los Locos. Su constitución sigue siendo fuerte, su espalda amplia, su nariz grande, su pecho ancho y su sangre pura; pero seguirá babeando, diciendo cosas sin sentido, en el manicomio, hasta mucho después de que a mí me hayan colgado y haya así escapado del tormento de los penales de California.

De uno en uno, se los fueron llevando. De uno en uno, también, los traían de vuelta, unos aullando de dolor, otros delirando en la oscuridad. Y mientras estaba allí tumbado, escuchando los lamentos, las quejas y toda la palabrería de aquellas mentes confundidas por el dolor, me pareció recordar, de manera vaga, reminiscente, que alguna vez, en algún lugar, había estado sentado en lo alto, indiferente y orgulloso, y había escuchado coros similares de lamentos y quejas. Más tarde, como después se verá, identificaría este vago recuerdo y sabría que aquellos lamentos y quejas eran los de los miserables esclavos remeros encadenados a sus bancos, a quienes oía desde lo alto, en la toldilla, cuando era un soldado que viajaba en una galera de la Antigua Roma. Aquello ocurrió cuando era capitán y me hice a la mar rumbo a Alejandría, de camino hacia Jerusalén… pero esa es una historia que contaré más adelante. Mientras tanto…

CAPÍTULO 4

Mientras tanto, después de haber sido descubierto el plan de fuga, padecimos los horrores del calabozo y, en ningún momento, durante aquellas interminables horas de espera, dejé de ser consciente de que también yo, como los otros convictos, tendría que soportar el tormento del interrogatorio; y que sería traído de vuelta, hecho trizas, y arrojado, a través de la puerta metálica, sobre el suelo de piedra de mi calabozo.

Vinieron a por mí. Sin gracia ni cortesía, a puro golpetazo, insultándome, me llevaron ante el capitán Jamie y el alcaide Atherton, ambos escudados en la fuerza de media docena de salvajes guardias —pagados con los impuestos que los ciudadanos abonan al Estado— que permanecían en la habitación para echar una mano en todo aquello que se les ordenase. No hubo necesidad, sin embargo, de utilizar sus servicios.

—Siéntate —ordenó el alcaide Atherton, señalando una silla.

Y yo, tumefacto y dolorido, sin haber probado el agua durante todo un día y una noche, desmayado de hambre, debilitado por una paliza que se sumaba a los cinco días en el calabozo y a las ochenta horas en la camisa de fuerza, abrumado por las calamidades del destino del hombre, temeroso de lo que estaba a punto de sucederme tras observar lo que les había sucedido a los otros, yo, un miserable desecho de aquel que anteriormente fuera profesor de Agronomía en la facultad de una apacible ciudad universitaria, dudaba si aceptar o no la invitación a tomar asiento.

El alcaide Atherton era un hombre corpulento, muy fuerte. De repente, sus manos se abalanzaron sobre mí y me agarró por los hombros. Yo era como una pluma entre sus manos, que me alzaron del suelo y me estrellaron contra la silla.

—Ahora —dijo mientras yo jadeaba, atragantándome de dolor—, cuéntamelo todo, Standing. Escupe, suéltalo todo si sabes lo que te conviene.

—No sé nada de lo que ha pasado… —comencé.

Aquello fue todo lo que pude decir. Dio un salto y, gritando, se abalanzó como una bestia sobre mí. Me volvió a levantar por el aire y me aplastó contra la silla.

—Sin tonterías, Standing —me avisó—. Confiesa. ¿Dónde está la dinamita?

—No sé nada de ninguna dinamita —protesté, y de nuevo me levantó y me volvió a estrellar contra la silla.

He soportado torturas de toda clase, pero ahora que reflexiono sobre ello en la tranquilidad de estos, mis últimos días, estoy seguro de que ninguna fue como la que sufrí en aquella silla. Golpearon mi cuerpo contra aquella dura silla hasta que dejó de parecer una silla. Trajeron otra, y al momento quedó destrozada. Fueron trayendo más y más sillas, y una y otra vez la eterna pregunta sobre la dinamita.

Cuando el alcaide Atherton se cansó, fue relevado por el capitán Jamie; luego el guardia Monohan ocupó el lugar del capitán Jamie para seguir reventándome contra la silla. Siempre preguntaban por la dinamita, la dinamita. «¿Dónde está la dinamita?», y no había dinamita en ningún sitio.

Y eso que, hacia el final de la sesión, yo habría dado la mitad de mi alma inmortal por unos cuantos gramos de dinamita que poder confesar.

No sé bien cuántas sillas más destrozó mi cuerpo. Me desmayé tantas veces, que al final lo recuerdo todo como una pesadilla. Fui conducido, medio empujado, medio arrastrado, de vuelta a la oscuridad. Cuando recobré el conocimiento, vi que había un soplón en mi celda. Era un pobre drogadicto, un tipo de rostro pálido, condenado a poco tiempo, capaz de cualquier cosa con tal de conseguir un poco de droga. Tan pronto como le reconocí, me arrastré hasta la reja y grité hacia el pasillo:

—¡Hay un soplón conmigo, compañeros! ¡Es Ignatius Irvine! ¡Cuidado con lo que decís!

La explosión de improperios que siguió hubiera hecho temblar a gente mucho más curtida que Ignatius Irvine. Daba lástima verlo tan asustado, mientras todos los convictos, los adoloridos condenados a perpetua, rugiendo como bestias, le amenazaban con las cosas horribles que le harían en los próximos años.

De haber algún secreto, la presencia de un soplón en el calabozo habría mantenido callados a los hombres. Pero como todos habían jurado decir la verdad, hablaron abiertamente ante Ignatius Irvine. El gran misterio era la dinamita, de la que sabían tan poco como yo. Recurrieron a mí. Me rogaron que, si sabía algo sobre la pólvora, confesara y les salvara a todos de desgracias mayores. Y solo pude decirles la verdad: que no sabía nada de nada.

Antes de que los guardias se lo llevaran, el soplón me contó algo que confirmaba la gravedad del asunto de la dinamita. Evidentemente, hice correr la noticia: en todo el día no había funcionado una sola rueda en toda la cárcel. Los miles de reclusos, en vez de trabajar, habían permanecido encerrados en sus celdas, y se decía que ninguna de las fábricas volvería a funcionar hasta que apareciese la dinamita que alguien había escondido en algún lugar del recinto.

Y los interrogatorios continuaron. Siempre de uno en uno, sacaban a rastras a los reclusos de sus calabozos y los devolvían, ya arrastrados, ya cargando con ellos, inconscientes. Dijeron que el alcaide Atherton y el capitán Jamie, agotados por el esfuerzo, se relevaban cada dos horas. Mientras uno dormía, el otro interrogaba a los reclusos. Y dormían, con la ropa puesta, en la misma habitación en la que iban apaleando a aquellos robustos hombres.

Hora tras hora, en la oscuridad del calabozo, aumentaban la locura y el tormento.

Créanme, sé de lo que hablo, la horca no es nada comparada con el modo en que se puede apalear a un hombre hasta la muerte y, sin embargo, seguir viviendo. Como ellos, yo también sufrí el dolor y la sed; pero a mi sufrimiento se añadía el hecho de que yo era consciente de los sufrimientos de los demás. Había sido un incorregible durante dos años, mi sistema nervioso y mi cerebro se habían endurecido ante tanto sufrimiento. Es aterrador ver destrozado a un hombre que antes ha sido fuerte. En aquel momento, había a mi alrededor cuarenta tíos duros a quienes estaban reventando. Y a medida que los presos comenzaban a suplicar que les llevaran agua, el lugar se iba convirtiendo en una locura de aullidos, sollozos, murmullos y desvaríos de hombres en pleno delirio.

¿No se dan cuenta? Nuestra verdad, la pura verdad que confesábamos, era nuestra condena. Al escuchar a los cuarenta hombres decir lo mismo con tal unanimidad, el alcaide Atherton y el capitán Jamie llegaron a la conclusión de que se habían aprendido el testimonio y lo recitaban de memoria como loros.

Desde el punto de vista de las autoridades, su situación era aún más desesperada que la nuestra. Según supe después, se había convocado a la junta directiva de prisiones por telégrafo, y dos compañías de la milicia estatal se apresuraban hacia la prisión.

Era invierno, y las heladas son frecuentes incluso en el templado invierno californiano. No teníamos mantas en los calabozos. Tengan en cuenta, por favor, el horrible frío que se siente, con el cuerpo cubierto de magulladuras, al tumbarse sobre la piedra helada. Al final nos dieron agua. Entre burlas e insultos, los guardias corrían con las mangueras de incendio y lanzaban los potentes chorros contra nosotros, calabozo por calabozo, hora tras hora, golpeando de nuevo nuestros cuerpos doloridos, maltratados de nuevo por la violencia del agua, hasta que el agua nos llegaba hasta las rodillas, agua por la que antes suplicábamos y que ahora ansiábamos que desapareciera.

Me saltaré el resto de lo que ocurrió en los calabozos. Diré solamente que ninguno de aquellos condenados a cadena perpetua volvió a ser el mismo. Luigi Polazzo nunca recuperó la cordura. Long Bill Hodge fue perdiendo lentamente el juicio, y un año más tarde también a él se lo llevaron al Corredor de los Locos. Y muchos otros siguieron a Hodge y a Polazzo; algunos, cuya resistencia física se había deteriorado, cayeron víctimas de la tuberculosis carcelaria. Casi la mitad de aquellos hombres moriría en los siguientes seis años.

Después de cinco años de encierro en solitario, cuando me sacaron de San Quintín para asistir al juicio, volví a ver a Skysail Jack. Apenas pude distinguirle, porque la luz del sol me cegaba como a un murciélago tras cinco años de oscuridad; aun así, vi lo bastante como para que se me encogiera el corazón. Le vi mientras cruzaba el patio de la cárcel. El pelo se le había vuelto canoso, había envejecido prematuramente. Tenía el pecho hundido y la cara demacrada. Le temblaban las manos como a un enfermo y se tambaleaba al caminar. Los ojos se le llenaron de lágrimas al reconocerme, pues también yo era una triste sombra de lo que había sido. Yo pesaría unos cuarenta kilos. Tenía el pelo también muy canoso y no me lo había cortado en cinco años, al igual que la barba y el bigote. Yo también me tambaleaba al caminar, de modo que los guardias tenían que asistirme para atravesar aquel trecho del patio bajo un sol cegador. Skysail Jack y yo nos miramos el uno al otro y nos reconocimos bajo nuestros despojos.

Los hombres como él gozan de privilegios incluso en una cárcel, por lo que se atrevió a saltarse la ley y me habló con voz quebrada y temblorosa.

—Eres de los buenos, Standing —masculló—. Nunca cantaste.

—Pero no sabía nada, Jack —le respondí, susurrando. No podía más que susurrar, ya que cinco años de silencio casi me habían hecho perder la voz—. No creo que hubiera ninguna dinamita.

—Eso es —musitó, asintiendo con la cabeza de modo infantil—. Aférrate a eso. Nunca dejes que lo descubran. Eres de los buenos. Me quito el sombrero ante ti, Standing. Nunca cantaste.

Los guardias me hicieron continuar, y aquella fue la última vez que vi a Skysail Jack. Hasta él acabó por creerse el cuento de la dinamita.

Dos veces me llevaron ante la junta directiva en pleno. Todos sus miembros intentaron, sucesivamente, intimidarme y engañarme. Terminaron por ofrecerme dos alternativas: si finalmente les entregaba la dinamita, recibiría un castigo simbólico de treinta días de calabozo y después me destinarían a la biblioteca de la cárcel como recluso de confianza; si persistía en mi obstinación y no revelaba dónde estaba, me tendrían incomunicado durante el resto de mi condena. En mi caso, al estar condenado a cadena perpetua, equivalía a permanecer solo, incomunicado en una celda de castigo, el resto de mi vida.

Y sí, oh sí, ya sé que California es un lugar muy civilizado. No existe tal ley en el código. Se trata de un castigo cruel e insólito, y ningún Estado moderno podría amparar dicha ley. Sin embargo, en la historia de California, yo soy el tercer hombre que ha sido condenado al aislamiento de por vida. Los otros dos fueron Jake Oppenheimer y Ed Morrell. Les hablaré de ellos muy pronto; durante años nos pudrimos juntos en el silencio de aquellas celdas.

Ah, otra cosa. En muy poco tiempo me llevarán a la horca. No, no por matar al catedrático Haskell; ese crimen mereció nada más la cadena perpetua. Me van a colgar porque me encontraron culpable de asalto y agresión. Y esto no es simple disciplina carcelaria. Es la ley, tal como se puede leer en los estatutos de lo criminal.

Creo que hice sangrar por la nariz a un hombre. Nunca le vi sangrar, pero al parecer hubo testigos. Thurston, así se llamaba. Era un guardia de San Quintín. Pesaría unos setenta kilos y estaba en buena forma. Yo pesaría menos de cuarenta kilos, estaba ciego como un murciélago por causa de la prolongada estancia a la sombra, y había estado recluido tanto tiempo entre los estrechos muros de la celda que los espacios abiertos me mareaban. En realidad, el mío era un caso claro de agorafobia incipiente, como supe de repente aquel día que salí de mi encierro y le di un puñetazo al guardia Thurston en la nariz.

Le golpeé en la nariz y le hice sangrar cuando se cruzó en mi camino y trató de agarrarme. Y por ello me van a colgar. Según una ley del estado de California, si un condenado a cadena perpetua como yo golpea a un guardia de la cárcel como Thurston, debe ser castigado con la pena capital. Seguramente la hemorragia no le debió de molestar más de media hora; y aun así van a colgarme por ello.

¡Y ya ven ustedes! Esta ley, en mi caso, es *ex post facto*. No existía cuando maté al profesor Haskell, ni se promulgó hasta después de que recibiera mi sentencia a cadena perpetua. Y de eso se trata precisamente: mi sentencia a cadena perpetua me dio la condición jurídica necesaria para una ley que todavía no había aparecido. Al ser un condenado de por vida, me van a colgar por agredir al guardia Thurston. Es claramente *ex post facto* y, por tanto, inconstitucional.

Pero, ¿qué importancia tiene la Constitución para los abogados constitucionales, cuando lo que desean es quitarse de en medio al molesto profesor Darrell Standing? Ni siquiera se crea un precedente con mi ejecución. Hace un año, como sabrá todo aquel que lea los periódicos, ahorcaron a Jake Oppenheimer precisamente aquí, en Folsom, por una infracción muy parecida... Pero él no era culpable de haberle atizado en la nariz a uno de los guardias; él cortó accidentalmente, con un cuchillo de cortar el pan, a otro recluso.

Es extraño, la vida, las normas y las leyes de los hombres, y el modo en que se enredan sus caminos. Escribo estas líneas en la misma celda del Corredor de la Muerte que ocupó Jake Oppenheimer antes de que le sacaran y le hicieran lo que pronto harán conmigo.

Ya les advertí que tenía muchas cosas que contarles. Regresemos ahora a mi relato. La junta directiva de la prisión me dio a elegir: un puesto de confianza en la cárcel, lejos de los telares, si entregaba la dinamita inexistente; o encierro en aislamiento de por vida si me negaba a entregarla.

Me concedieron veinticuatro horas en la camisa de fuerza para que lo meditara. Después me llevaron ante el consejo por segunda vez. ¿Qué podía hacer yo? No podía llevarles ante una dinamita que no existía. Se lo dije y me tacharon de mentiroso. Me dijeron que yo era un caso sin remedio, un hombre peligroso, un degenerado, un hombre sin moral, el criminal del siglo... Me dijeron otras muchas cosas y después me condujeron a las celdas de castigo. Me pusieron en la celda número uno. En la número cinco estaba Ed Morrell, y en la número doce Jake Oppenheimer, que llevaba diez años allí. Ed Morrell llevaba solo un año, y estaba cumpliendo una condena de cincuenta. Jake Oppenheimer era, como yo, un condenado a cadena perpetua. Por tanto, la perspectiva era que los tres permaneceríamos allí durante mucho tiempo. Y aun así, solo han pasado seis años y ninguno de nosotros sigue incomunicado. A Jake Oppenheimer lo colgaron. A Ed Morrell lo convirtieron en cabecilla de los presos de confianza en San Quintín y más tarde, hace solamente unos días, lo indultaron. Y aquí estoy yo, en Folsom, esperando a que llegue el día convenientemente señalado por el juez Morgan, mi último día.

¡Qué necios! ¡Como si pudieran estrangular mi inmortalidad con su estúpido trasto de sogas y palancas! Caminaré de nuevo, sí, caminaré a lo largo y ancho de la Tierra, una vez más, innumerables veces. Andaré hecho carne y hueso, príncipe o esclavo, sabio o bufón, me sentaré en el trono más alto, y me arrastraré de nuevo bajo el yugo.

CAPÍTULO 5

Al principio me sentía muy solo, allí incomunicado, y las horas se me hacían eternas. El tiempo estaba marcado por el cambio de guardia y por el paso del día a la noche. El día no era más que un poco de luz, pero era mejor que la absoluta oscuridad de la noche. En la celda de castigo, el día penetraba apenas como un poso, un residuo, una leve filtración del resplandeciente mundo exterior.

Nunca había suficiente luz para leer, y tampoco había nada que leer. Lo único que se podía hacer era estar tumbado y pensar y quedarse pensando. Y yo era un condenado de por vida, y parecía muy probable que, de no ocurrir un milagro —por ejemplo, que lograra hacer aparecer de la nada unos diecisiete kilos de dinamita—, pasara el resto de mi vida sumido en aquel oscuro silencio.

Mi cama era una delgada capa de paja podrida, extendida sobre el suelo de la celda. La única cubierta era una manta raída y asquerosa. No había silla, ni mesa, solo el montón de paja y la manta raída. Yo siempre había sido de dormir poco y de pensar mucho. En la soledad de la celda de castigo, uno acaba hastiado de sus propios pensamientos y el único modo de escapar de uno mismo es dormir. Durante muchos años, había dormido una media de cinco horas al día, pero allí tuve que dedicarme a dormir, e hice de ello toda una ciencia. Conseguí dormir diez horas, después doce y, finalmente, catorce y hasta quince horas de las veinticuatro que tiene el día. Pero de ahí no logré pasar, y me veía obligado a permanecer despierto sin parar de pensar. Y en estas circunstancias, un hombre acostumbrado a mantener la mente activa, solo puede conducirse hacia la locura.

Inventé pasatiempos para tratar de soportar, de un modo mecánico, las horas de vigilia. Elevé al cuadrado y al cubo largas series de números y, si ejercitaba la concentración y la voluntad, era capaz de llevar a cabo asombrosas progresiones geométricas. Incluso dediqué algún tiempo a la cuadratura del círculo… hasta que me descubrí a mí mismo empezando a creer que podría lograrlo… Cuando me percaté de que también allí acechaban los primeros apuntes de la locura, renuncié para siempre al círculo al cuadrado; aunque debo reconocer que me supuso un enorme sacrificio, pues aquel ejercicio mental representaba un espléndido pasatiempo.

Con los ojos cerrados, imaginaba tableros de ajedrez y ocupaba el lugar de los dos jugadores en largas partidas hasta llegar al jaque mate. Pero cuando me había convertido en un experto en este juego de memoria visual, el ejercicio dejó de interesarme. Y de un simple ejercicio se trataba, pues no podía haber competición real cuando era un solo hombre quien jugaba en ambos bandos. En vano intenté desdoblar mi personalidad y enfrentar la una contra la otra, pero seguía siendo un solo jugador y no había manera de desplegar estrategia alguna sin que la otra parte se percatara de inmediato.

El tiempo se me hacía pesado e interminable. Jugaba con las moscas, con moscas de la prisión que entraban en mi celda como entraba la débil luz mortecina, y al cabo de poco tiempo, me di cuenta de que tenían cierta habilidad para el juego. Por ejemplo, tumbado sobre el suelo de la celda, establecía una línea arbitraria e imaginaria a lo largo del muro, a un metro de altura. Si al posarse las moscas en el muro lo hacían por encima de la línea, las dejaba en paz. Pero en el momento en que traspasaban la línea, intentaba atraparlas. Ponía mucho cuidado en no lastimarlas, y con el tiempo aprendieron, con tanta precisión como yo, por dónde discurría la línea imaginaria. Si querían jugar, se dejaban caer por debajo de la línea, y a menudo, una sola mosca se enfrascaba en el juego durante horas. Cuando se cansaban, se posaban en la zona segura, por encima de la línea, para descansar.

Entre la docena larga de moscas que vivían conmigo, solo había una que nunca se interesó por el juego. Se negaba rotundamente a tomar parte en él, y como sabía cuál era el castigo por rebasar la línea, evitaba cuidadosamente alejarse de la zona segura. Aquella mosca era una criatura hosca y malhumorada. Como decían los presos, «tenía algo contra el resto del mundo». Tampoco jugaba con las demás moscas. Además, era una mosca fuerte y saludable; lo sé porque la estuve estudiando con detenimiento. Su actitud de rechazo hacia el juego era temperamental, no física.

Créanme, conocía bien a todas mis moscas. Me sorprendía la cantidad de diferencias que lograba observar entre ellas. Sí, cada una era una personalidad diferente, no solo por su tamaño y sus rasgos, su fuerza o la velocidad de vuelo, sino también por su actitud en la lucha y en el juego, el modo de escabullirse y de revolotear, de fintar o de dar una voltereta tras otra; por la manera en que atravesaban la línea de peligro y regresaban a la zona segura; la forma de esquivarme y desaparecer para aparecer de nuevo repentinamente… Y encontraba, además, otras tantas diferencias en cada recoveco de su temperamento y de su forma de ser. Conocía a las nerviosas y a las flemáticas. Había una, más pequeña que las demás, que solía enfurecerse muchísimo, a veces conmigo y otras veces con sus compañeras. ¿Han visto alguna vez a un potro o a un becerro cocear y salir corriendo por los pastos, a toda velocidad, por puro exceso de vitalidad y de alegría? Pues bien, había una mosca —la jugadora más entusiasta, por cierto— que cuando atravesaba tres o cuatro veces la línea de peligro y lograba eludir la cuidadosa acometida de mi mano, se emocionaba y se alegraba tanto que se ponía a revolotear sin parar alrededor de mi cabeza, a una velocidad vertiginosa, girando y cambiando de sentido, permaneciendo siempre dentro de los estrechos límites del círculo con el que celebraba su triunfo sobre mí.

Y, por supuesto, podía adivinar con cierta antelación cuándo una de aquellas moscas se estaba decidiendo a empezar a jugar. Aprendí a distinguir cientos de detalles con los que no les aburriré ahora, aunque entonces, durante aquellos primeros días en la celda de castigo, fueran de gran ayuda para evitar que cayera en el más absoluto aburrimiento. Permítanme, sin embargo, contarles un episodio que para mí fue memorable; en un momento dado, la mosca huraña, la que nunca jugaba, se posó, seguramente por descuido, dentro de la zona prohibida, y al instante la atrapé con la mano. Imagínense, estuvo enfurruñada durante más de una hora.

En la celda de castigo las horas se me hacían muy largas; no podía estar siempre durmiendo ni podía entretenerme todo el rato con las moscas, por muy inteligentes que fueran. Al fin y al cabo, las moscas son solo moscas, y yo era un hombre, con una mente humana, y mi intelecto estaba activo, entrenado, nutrido de cultura y de ciencia, siempre lleno de entusiasmo e impaciencia por iniciar alguna actividad. No había nada que hacer, y mis pensamientos se alargaban atrozmente en inútiles especulaciones. Me acordé de mis estudios sobre la pentosa y la metilpentosa de la uva y el vino, a los que había dedicado mis últimas vacaciones de verano en los viñedos de Asti. Solamente quedaba por completar una última serie de experimentos. ¿Continuaba alguien con todo aquello?, me preguntaba. Y si era así, ¿con qué resultados?

Ya ven, el mundo se había acabado para mí. No había noticia alguna que llegara hasta allí. La ciencia avanza a toda prisa y a mí me interesaban miles de temas. Pensaba, por ejemplo, en mi teoría sobre la hidrólisis de la caseína mediante la tripsina, que el profesor Walters había desarrollado en su laboratorio. También el profesor Schleimer había colaborado conmigo en la detección de fitosteroles en las mezclas de grasas animales y vegetales. Seguramente las investigaciones seguían su curso, pero ¿con qué resultados? Solo de pensar en toda aquella actividad que tenía lugar al otro lado de los muros de la cárcel, en la que yo no podía tomar parte y de la que nunca llegaría a saber nada, creía enloquecer. Mientras tanto, estaba allí tumbado en el suelo de mi celda, jugando con las moscas.

Y, aun así, no todo era silencio allí en la celda de castigo. Desde los primeros días de mi encierro podía escuchar, a intervalos irregulares, unos golpecitos muy leves. Y también escuchaba, algo más alejados, golpecitos todavía más débiles y apagados. Las reprimendas de los guardias interrumpían aquellos sonidos una y otra vez. En una ocasión en que los golpes se prolongaron con insistencia, llamaron a varios guardias más y supe, por el ruido, que le estaban poniendo la camisa de fuerza a alguien.

El asunto era fácil de explicar. Yo ya sabía, como sabe todo recluso en San Quintín, que los dos hombres que estaban en las celdas de castigo eran Ed Morrell y Jake Oppenheimer. Y ahora también sabía que eran ellos quienes se comunicaban mediante golpes de nudillos, y que por ello les castigaban.

Estaba convencido de que el código que utilizaban era bastante sencillo y aun así tardé muchas horas en descifrarlo. ¡Por Dios, con lo sencillo que tenía que ser y no lograba encontrarle el más mínimo sentido! Y sencillo me pareció cuando lo descubrí; y aun más simple, si cabe, resultó ser la clave que empleaban y que tanto me había desconcertado. No solo cambiaban a diario la letra del alfabeto que marcaba el inicio del código, sino que la cambiaban para cada conversación, e incluso en medio de una de ellas.

Así pues, llegó un día en que capté el código en la inicial correcta, y pude comprender perfectamente dos frases de la conversación, aunque la siguiente vez que hablaron no lograra comprender ni una sola palabra. ¡Pero aquella primera vez...!

—Dime - Ed - qué - darías - ahora - mismo - por - papel - de - fumar - y - un - paquete - de - Bull - Durham —preguntó el que daba los golpes desde más lejos.

Casi grité de felicidad. ¡La comunicación era posible! ¡Había más gente! ¡Compañeros! Escuché con entusiasmo; el que emitía los golpecitos desde más cerca, que deduje que debía de ser Ed Morrell, respondió:

—Pasaría - veinte - horas - metido - en - la - camisa - de - fuerza - por – un -paquete - de - cinco - centavos.

Y entonces el guardia, de malas maneras, les interrumpió:

—¡Corta ya, Morrell!

Es posible que alguien que no haya estado nunca en la cárcel piense que no hay ya nada peor que se le pueda hacer a un hombre que ha sido condenado a pasar el resto de su vida en aislamiento, y que por tanto es difícil que un simple guardia consiga imponer su autoridad y obligarle a dejar de dar golpes. Pero queda la camisa de fuerza. Queda el hambre y queda la sed. Y quedan los malos tratos. Lo cierto es que un hombre confinado en una celda estrecha es un hombre completamente desamparado.

Así que los golpes cesaron, y aquella noche, cuando se reanudaron, estaba perdido de nuevo. Mediante previo acuerdo habían cambiado la letra inicial del código. Pero yo ya había hallado la clave, y al cabo de varios días, comenzaron de nuevo con la misma inicial que yo había descubierto. Aquella vez, no tuve la cortesía de esperar.

—Hola —dije mediante golpes.

—Hola, forastero —respondió Morrell, y Oppenheimer añadió—: Bienvenido a nuestra ciudad.

Sentían curiosidad por saber quién era yo, durante cuánto tiempo estaba condenado a la celda de castigo y cuál era el motivo de mi condena. Pero no contesté en un principio, pues antes quería aprender a utilizar el sistema de cambio de la inicial del código. Una vez lo tuve claro, hablamos. Fue un gran día: los dos condenados se habían convertido en tres. Al principio me pusieron a prueba ya que, como me dijeron mucho después, temían que yo fuese un soplón introducido allí para tenderles una trampa. Ya lo habían hecho antes y Oppenheimer había pagado muy cara la confianza depositada en aquel chivato del alcaide Atherton.

Para mi sorpresa, sí, casi para mi júbilo, mis dos compañeros me conocían por mi historial de incorregible. Mi fama —o mi notoriedad si se prefiere— había llegado hasta aquella tumba en vida en la que se pudría Oppenheimer desde hacía diez años.

Tenía mucho que contarles sobre el mundo exterior y sobre lo que había ocurrido en la prisión. El plan de fuga de los cuarenta condenados de por vida, la búsqueda de la supuesta dinamita y las viles intrigas de Cecil Winwood; todo aquello era nuevo para ellos.

Como me explicaron, de vez en cuando les llegaban noticias a través de los guardias, pero hacía un par de meses que no sabían nada. Los guardias que por aquel entonces estaban de servicio en las celdas de castigo eran especialmente despiadados y vengativos.

Durante todo el día, cada guardia que entraba de servicio nos maldecía continuamente por comunicarnos con los nudillos. Pero no podíamos evitarlo. Los dos muertos en vida se habían convertido en tres y teníamos mucho que contarnos, aunque la manera de hacerlo resultara tan desesperadamente lenta y yo no fuera tan ducho en aquel juego como ellos.

—Espera a que entre esta noche de servicio Carapastel —me dijo Morrell a golpecitos—. Se pasa durmiendo casi toda la guardia y podremos hablar un buen rato.

¡Y cómo hablamos aquella noche! Nos olvidamos por completo del sueño. Carapastel Jones era un hombre mezquino y amargado, a pesar de su gordura; pero nosotros dábamos gracias a esa gordura que le hacía dar más de una cabezadita. No obstante, nuestro incesante golpeteo interrumpía su sueño y le irritaba, por lo que nos reprendía constantemente. Los demás guardias del turno de noche tampoco cesaron de insultarnos. Por la mañana dieron parte del constante golpeteo y tuvimos que pagar por nuestra velada. A las nueve llegó el capitán Jamie con varios guardias para enfundarnos la infernal camisa de fuerza. Hasta las nueve de la mañana siguiente, durante veinticuatro horas, permanecimos atados, indefensos, tirados en el suelo, sin comida ni agua. Era el precio que pagábamos por aquella charla.

¡Y sí, aquellos guardias eran unas bestias desalmadas! Y bajo su custodia tuvimos que endurecernos tanto como ellos para sobrevivir. El trabajo duro encallece las manos. Los guardias duros hacen duros a los reclusos. Continuamos con nuestras charlas y, de tanto en tanto, nos volvían a poner la camisa de fuerza como castigo. La noche era el mejor momento, y si la suerte quería que el guardia fuera un sustituto, podíamos hablar durante todo el turno.

Para nosotros, que vivíamos en la oscuridad, no había diferencia alguna entre el día y la noche. Podíamos dormir en cualquier momento, pero solo podíamos comunicarnos en contadas ocasiones. Nos contábamos los unos a los otros gran parte de nuestras vidas, y durante largas horas, Morrell y yo, en silencio, escuchábamos los golpes lejanos y débiles con los que Oppenheimer, lento pero incansable, deletreaba la historia de su vida: sus primeros años en los arrabales de San Francisco; cómo ingresó en una de las bandas y se introdujo en un mundo marcado por el vicio; cómo siendo un chaval de catorce años hacía ya de mensajero nocturno en el Barrio Chino; la primera vez que le pillaron infringiendo la ley, y su larga carrera de robos y atracos hasta el día en que fue traicionado por un camarada y acabó entre los muros de la cárcel, donde estuvo implicado en algún asesinato.

A Jake Oppenheimer le llamaban «el Hombre Tigre». Algún aprendiz de periodista acuñó el apelativo que habría de sobrevivir mucho tiempo al hombre que designaba. Y sin embargo, siempre encontré en Oppenheimer rasgos de humanidad muy profundos. Era noble y leal. Sé de varias ocasiones en que prefirió ser castigado antes que delatar a un compañero. Era valiente, paciente, siempre dispuesto a sacrificarse por los demás. Podría relatarles numerosas historias al respecto, pero no es ahora el momento. Para él la justicia era una pasión. Los asesinatos que cometió en la cárcel se debieron a ese sentido extremo de la justicia. Gozaba de una mente espléndida. Toda una vida en la cárcel y diez años en la celda de castigo no habían hecho mella en su raciocinio.

Morrell, siempre un buen compañero, también tenía una mente brillante. De hecho, y ya que estoy a punto de morir, puedo decirlo sin miedo a faltar a la modestia: las tres mentes más brillantes de todo San Quintín pertenecían a los tres que nos pudrimos juntos en las celdas de castigo. Y ahora, al final de mis días, al meditar sobre todo lo que he vivido, me veo obligado a concluir que las mentes fuertes nunca son dóciles. Los estúpidos, los cobardes, los que carecen de pasión, de coraje y de fe en la justicia, esos son los que se convierten en presos modelo. Doy gracias a todos los dioses por no consentir que ni Jake Oppenheimer ni Ed Morrell ni yo mismo llegáramos a ser, alguna vez, presos modelo.

CAPÍTULO 6

Cuando los niños dicen que la memoria es eso que sirve para olvidar, tienen más razón de lo que a primera vista pudiera parecernos. Ser capaz de olvidar es la base de la cordura. Recordar incesantemente conduce a la obsesión y a la locura. Así pues, el problema al que me enfrentaba en la soledad de mi celda de castigo, donde el recuerdo incesante amenazaba con tomar el control de mi persona, era el problema del olvido. Cuando jugaba con las moscas o jugaba al ajedrez contra mí mismo o me comunicaba con los nudillos, conseguía olvidar, al menos, durante un rato. Pero lo que en verdad deseaba, sin embargo, era olvidarlo todo.

Me aguardaban los recuerdos de la infancia de otras épocas y de otros lugares, ese «rastro de nubes de gloria», como decía Wordsworth. Si de niño había tenido esos recuerdos, ¿se habrían perdido irremediablemente al convertirme en adulto? ¿O acaso perduraban, dormidos, atrapados en las neuronas de mi cerebro, de modo similar a como estaba yo atrapado en las celdas de castigo de San Quintín?

Se sabe de condenados a cadena perpetua, recluidos en celdas de castigo, que han resucitado y han podido ver la luz del sol de nuevo. ¿Por qué entonces no habrían de resucitar también las remembranzas de otros mundos que había vislumbrado el cerebro del niño?

Pero ¿cómo? A mi juicio, mediante el olvido absoluto del presente y del pasado de uno mismo.

Y de nuevo me pregunto, ¿cómo? Hipnosis. Si por medio de la hipnosis consiguiéramos que se durmiera la conciencia y se despertara el subconsciente, entonces lo lograríamos; entonces las puertas de todas las prisiones de la mente se abrirían de par en par y todos los presos renacerían para ver la luz del sol.

Más adelante podrán comprobar los resultados de todas estas meditaciones. Pero antes debo explicarles cómo yo, siendo todavía un niño, tuve recuerdos de otras vidas. Habían resplandecido entre los rastros de nubes de gloria que había perseguido a lo largo de mis vidas pasadas. Como a cualquier chico, también a mí me atormentaron los seres que yo había encarnado en otras vidas. Ocurrió durante mi proceso de transformación, antes de que el flujo de mi espíritu, de todo aquello que yo había sido, se enfriara en el molde de carne que los hombres conocerían durante unos cuantos años como Darrell Standing.

Tan solo explicaré una anécdota. Ocurrió en Minnesota, en la vieja granja de mis padres. Yo estaba a punto de cumplir seis años. Una noche, un misionero que acababa de regresar de China y que había sido enviado por el Consejo de Misiones para recaudar fondos entre los granjeros se quedó a dormir en nuestra casa. Lo que quiero contarles ocurrió en la cocina, después de cenar. Mi madre me estaba ayudando a desvestirme antes de ir a la cama y el misionero nos enseñaba unas fotografías de Tierra Santa.

Habría olvidado hace ya mucho tiempo lo que estoy a punto de contarles, de no haber sido por la multitud de veces que durante mi infancia oí a mi padre recitarlo orgulloso ante el asombro de todos los que le escuchaban.

Al ver una de aquellas fotos dejé escapar un grito y me quedé mirándola, al principio con impaciencia, después un tanto decepcionado; de repente, algo me pareció muy familiar, casi como si hubiera visto el granero de mi padre en la fotografía. Después, casi al mismo tiempo, todo me resultó extraño. Pero al continuar observando, la inquietante sensación de familiaridad regresó.

—La Torre de David —le dijo el misionero a mi madre.

—¡No! —grité, con gran seguridad.

—¿Quieres decir que no se llama así? —preguntó el misionero.

Asentí con la cabeza.

—Entonces, ¿cómo se llama, chico?

—Se llama… —comencé, para después concluir sin convicción—, no me acuerdo. Ahora no parece el mismo lugar —continué tras una pausa—, lo han arreglado y les ha quedado feo.

En aquel momento, el misionero entregó a mi madre otra fotografía que había estado buscando.

—Estuve aquí hace seis meses, señora Standing —señaló con el dedo—. Esa es la Puerta de Jaffa, por donde entré, y por aquí arriba se llega hasta la Torre de David, donde tengo el dedo. El Kula, como lo llamaban los… —pero les interrumpí de nuevo, señalando unas ruinas a la izquierda de la fotografía.

—Por allí, en algún lugar… —dije—. Ese nombre que ha dicho, así es como lo llamaban los judíos. Pero nosotros lo llamábamos de otra manera. Lo llamábamos… no me acuerdo.

—Escuche al mozalbete —dijo mi padre sonriendo—. Cualquiera diría que ha estado allí.

Asentí convencido, pues en aquel momento sabía que había estado allí, aunque todo me parecía diferente. Mi padre siguió riéndose y el misionero pensó que estaba tomándole el pelo. Me enseñó otra fotografía. No era más que un inhóspito paisaje desprovisto de árboles o vegetación, un cañón poco profundo con suaves pendientes llenas de escombros. A poca distancia se distinguía un conjunto de miserables chozas de tejado plano.

—A ver ahora, pequeño, ¿qué es esto? —me interpeló el misionero.

¡Y el nombre me vino a la cabeza!

—Samaria —dije al instante.

Mi padre aplaudió con regocijo, mi madre se quedó perpleja ante mi atrevimiento; y al misionero le costaba disimular su enojo.

—El chico tiene razón —admitió—. Es una aldea de Samaria por la que pasé. Por eso compré la fotografía. Y está claro que el chico ha visto fotografías como estas antes.

Mi padre y mi madre lo negaron.

—Pero en la foto se ve diferente —intervine, mientras mi memoria trataba de reconstruir la imagen. El aspecto general del paisaje y el contorno de las lejanas colinas coincidían. Fui indicando las diferencias en voz alta, señalándolas con el dedo.

—Las casas estaban justo aquí y había más árboles, muchos árboles y mucha hierba y cabras. Las estoy viendo ahora, dos chicos apacientan el rebaño. Y justo aquí hay muchos hombres siguiendo a otro hombre. Y allí —señalé el lugar donde había estado mi aldea— hay muchos mendigos. No tienen nada, solo harapos. Y están enfermos. Tienen la cara, las manos y las piernas cubiertas de llagas.

—Ha oído la historia en la iglesia o en algún otro sitio; recuerden la curación de los leprosos del Evangelio de Lucas —dijo el misionero con una sonrisa de satisfacción—. ¿Cuántos mendigos enfermos hay ahí, pequeño?

Yo ya había aprendido a contar hasta cien cuando tenía cinco años, así que conté a todo el grupo y anuncié:

—Hay diez. Están todos moviendo los brazos y gritándole al otro hombre.

—Pero ¿no se acercan a ellos? —me preguntó.

Negué con la cabeza.

—Están ahí de pie y siguen gritando, como si estuvieran en apuros.

—Continúa —me rogó el misionero—. ¿Qué pasa ahora? ¿Qué está haciendo el hombre que dices que guía a la multitud?

—Todos se han detenido, y él les está diciendo algo a los enfermos. Y los muchachos de las cabras también se han parado a mirar. Todo el mundo está mirando.

—¿Y qué más?

—Eso es todo. Los enfermos vuelven a las casas. Ya no están gritando y ya no parecen enfermos. Y yo estoy sentado en mi caballo, mirándoles.

Entonces rompieron los tres a reír.

—¡Yo soy un gran hombre! —grité airado—. ¡Y mi espada es poderosa!

—Parece que habla de los diez leprosos que Cristo curó antes de pasar por Jericó de camino a Jerusalén —explicó el misionero a mis padres—. El chico debe de haber visto diapositivas de cuadros famosos en alguna exhibición de linterna mágica.

Pero ni mi padre ni mi madre recordaban que yo hubiese visto nunca una linterna mágica.

—Pruebe con otra fotografía —sugirió mi padre.

—Todo está cambiado —me quejé mientras estudiaba la fotografía que me entregaba el misionero—, aquí solo queda esta colina y alguna otra. Por aquí tendría que haber un sendero. Y ahí había jardines, árboles y casas detrás de enormes muros de piedra. Y ahí, al otro lado, en los agujeros de las rocas, es donde enterraban a los muertos. ¿Veis ese lugar? Es donde apedreaban a las personas hasta matarlas. Yo nunca lo vi, pero me lo contaron.

—¿Y esta colina? —preguntó el misionero, señalando la parte central de la fotografía que parecía ser el motivo principal—. ¿Puedes decirnos el nombre de la colina?

Negué con la cabeza.

—Nunca tuvo nombre. Allí es donde mataban a la gente. Yo lo he visto más de una vez.

—Esta vez coincide con la mayoría de los expertos —anunció el misionero con enorme satisfacción—. Se trata del Gólgota, o si lo prefieren, el Calvario, porque parece una calavera. Fíjense en el parecido. Allí es donde crucificaron... —Paró y se volvió hacia mí—, ¿a quién crucificaron allí, joven letrado? Explícanos qué más ves ahí.

—Pues veo... —mi padre contaba más tarde que los ojos se me salían de las órbitas; negué con la cabeza tercamente y dije—: No se lo voy a contar porque se está riendo de mí. He visto a muchos hombres morir allí. Los clavaban en la cruz y tardaban mucho tiempo en morir. Lo he visto, pero no se lo voy a contar. Yo no digo mentiras. Pregunte a mi papá o a mi mamá si yo digo mentiras. Me darían una buena tunda si lo hiciera. Pregúnteles.

Y el misionero no pudo sacarme ni una palabra más, aunque trató de provocarme con más fotografías que hacían que los recuerdos, las imágenes, se revolvieran a toda velocidad en mi cabeza, y me llenaban la boca de un torrente de palabras que yo reprimía a duras penas.

—Con toda seguridad este niño se convertirá en un gran estudioso de la Biblia —dijo el misionero a mi padre y a mi madre, después de que yo les diese un beso de buenas noches y me fuese a la cama—. O al menos, con esa imaginación tan vivaz, se convertirá en un gran novelista.

¡Cuán equivocadas pueden estar algunas profecías! Estoy aquí sentado, en el Corredor de la Muerte, escribiendo estas líneas en mis últimos días o, mejor dicho, en los últimos días de Darrell Standing, antes de que le saquen de aquí e intenten arrojarlo a la oscuridad colgado de una cuerda, y no puedo evitar una sonrisa. No me convertí en un estudioso de la Biblia ni en novelista. Por el contrario, hasta que me enterraron en las celdas del silencio durante un lustro, fui todo lo que el misionero no supo predecir: un experto en agricultura, un catedrático de Agronomía, un especialista en la ciencia del ahorro del trabajo innecesario, un maestro del rendimiento de las granjas, un riguroso científico de laboratorio, donde la precisión y la obediencia a los datos del microscopio son requisitos imprescindibles.

Y aquí estoy, sentado al calor de la tarde en el Corredor de la Muerte, haciendo un alto en la redacción de mis memorias, escuchando el zumbido de las moscas en el aire adormecido y captando alguna que otra frase de la conversación en voz baja entre Josephus Jackson, el asesino negro de mi derecha, y Bambeccio, el asesino italiano de mi izquierda que, de puerta a puerta, con sus voces viajando entre las rejas de mi celda, discuten sobre las virtudes del tabaco de mascar como antiséptico para las heridas.

Con la pluma en mi mano, mientras recuerdo otras manos que tuve, hace ya mucho tiempo, que empuñaron pinceles, estiletes y estilográficas, me pregunto si aquel misionero, cuando era un niño, persiguió alguna vez aquel rastro de nubes de gloria, y si contempló el resplandor de aquellos días en los que también él pudo ser un vagabundo de las estrellas.

En fin, volvamos a la celda de castigo. Aunque había aprendido el código de los nudillos, todavía me sobrevenían horas de conciencia francamente insoportables. Por medio de la autohipnosis, que comencé a practicar con cierto éxito, llegué a ser capaz de aletargar mi conciencia y de despertar y liberar mi subconsciente. Pero mi subconsciente era un tanto anárquico e indisciplinado. Vagaba por la locura de mis pesadillas, sin coherencia, sin continuidad alguna entre escenas, acontecimientos o personas.

Mi método de hipnosis era de lo más simple. Sentado con las piernas cruzadas en mi camastro, fijaba la vista en un trozo de paja que había pegado en la pared, donde más luz había, cerca de la puerta. Me concentraba en un punto brillante, con los ojos clavados en él, inclinados hacia arriba hasta que perdía la capacidad de enfocar. Al mismo tiempo, relajaba toda mi voluntad y me entregaba a la sensación de vértigo que me iba invadiendo poco a poco. Y cuando sentía que perdía el equilibrio, cerraba los ojos y me dejaba caer hacia atrás, inconsciente, sobre el colchón de paja.

Entonces, durante cinco o diez minutos, a lo sumo una hora, vagaba despreocupado y sin rumbo por los recuerdos acumulados en mi peregrinación eterna por la Tierra. Pero las distintas épocas y lugares se movían con demasiada rapidez. Después, cuando me despertaba, sabía que yo, Darrell Standing, encerraba en mi personalidad todas aquellas grotescas y estrambóticas vivencias. Pero eso era todo. Nunca conseguía vivir una experiencia completa, un punto claro de conciencia en el tiempo y en el espacio. Mis sueños, si se les puede llamar así, carecían de lógica y de orden.

Así, por poner un ejemplo de mis peregrinajes: en un simple intervalo de quince minutos en ese estado inferior de la conciencia, me arrastraba por el cieno del mundo primitivo, bramando, y después me sentaba junto a Haas para surcar el espacio aéreo del siglo XX en un monoplano. Ya despierto, me acordé de que yo, Darrell Standing, un año antes de mi encarcelamiento en San Quintín, había volado con Haas sobre el Pacífico en Santa Mónica. En estado de vigilia, no era capaz de recordar que me había arrastrado por el cieno de la Antigüedad; y sin embargo, me daba cuenta, de algún extraño modo, de que aquella era una experiencia de una vida muy anterior, de cuando yo no era todavía Darrell Standing sino algún otro ser, alguien o algo que reptaba, aullando. Una experiencia era sencillamente más remota que la otra, pero las dos eran igualmente reales; de no ser así, ¿cómo podría recordarlas?

¡Oh, qué sin cesar de acciones, de imágenes luminosas! En unos pocos minutos de conciencia liberada me senté en recepciones junto a reyes, fui un loco y un bufón, dormí en palacios y en cabañas, fui un hombre de armas, un escribano, un monje… He sido el gobernante mayor que presidía la mesa, ostenté el poder con mi propia espada, entre los muros gruesos de mi castillo, salvaguardado por el gran número de mis soldados; y también llegó a ser espiritual mi poder, a juzgar por cómo se alimentaban de mis migajas los sacerdotes con sus capuchas, los obesos abades, atragantándose con mi vino, engullendo la carne que les ofrecía.

También llevé el collar de hierro de los siervos alrededor de mi cuello en parajes helados; amé a princesas de casas reales en la cálida y perfumada noche tropical, donde esclavos negros refrescaban el sofocante aire con abanicos de plumas de pavo real, mientras, desde la lejanía, más allá de las fuentes y de las palmeras, llegaban a mis oídos rugidos de leones y aullidos de chacales. Pasé más de una noche en algún desierto helado, acurrucado, calentando mis manos en las fogatas alimentadas con estiércol de camello; y me quedé tumbado bajo la escasa sombra de arbustos resecos de artemisas junto a charcos evaporados, implorando agua con la lengua seca, mientras a mi alrededor, desmembrados y esparcidos sobre la tierra alcalina, se hallaban los huesos de hombres y animales que habían muerto implorando un poco de agua.

He sido lobo de mar y aventurero, erudito y asceta. Me he inclinado sobre páginas manuscritas de tomos inmensos y mohosos, en la quietud escolástica de monasterios colgados de los acantilados, mientras más abajo, en las laderas, los campesinos seguían trabajando entre las vides y los olivos hasta mucho después de la caída del sol, cuando traían de los pastos a las cabras balando y al resto del ganado; sí, he guiado a muchedumbres que gritaban desaforadas por el empedrado erosionado de antiguas y olvidadas ciudades; y, con voz solemne y grave como la muerte, he enunciado la ley, expresado la gravedad de la infracción y he condenado a muerte a hombres que, como Darrell Standing en la cárcel de Folsom, habían violado la ley.

Arriba, en lo alto de los mástiles que se balanceaban sobre las cubiertas de los barcos, he contemplado los destellos del sol en el agua, donde el coral resplandecía desde las abismales profundidades de color turquesa, guiando a los barcos hacia la seguridad de albuferas cristalinas, donde las anclas calaban junto a playas de rocas de coral y a frondosas palmeras sacudidas por el oleaje; y he luchado en antiguos campos de batalla, ya olvidados, cuando el sol caía sobre la incesante matanza, que se prolongaba durante las horas de la noche, bajo la luz de las estrellas, mientras un viento frío soplaba desde las cumbres nevadas, incapaz de enjugar el sudor de la batalla; y también he sido el pequeño Darrell Standing, descalzo por la hierba húmeda de rocío en la granja de Minnesota, o con las manos llenas de sabañones, en las mañanas heladas en las que alimentaba al ganado en los establos rezumantes de vaho, sobrecogido y asustado ante el esplendor y el terror de Dios cuando me sentaba los domingos a escuchar el furibundo sermón de la Nueva Jerusalén y las agonías del fuego eterno.

Todo lo que he contado eran las visiones fugaces que vislumbraba allí, en la celda de castigo número uno de San Quintín, cada vez que alcanzaba un estado de inconsciencia mediante la observación de un trocito de paja brillante que irradiaba luz. ¿Cómo llegaba todo aquello hasta mí? No podía haberlo creado de la nada, allí encerrado entre los muros de mi celda; como tampoco podía fabricar de la nada los diecisiete kilos de dinamita cuya localización me exigían de modo tan despiadado el capitán Jamie, el alcaide Atherton y la junta directiva de la cárcel.

Yo soy Darrell Standing, nací y me crie en una finca acotada de Minnesota, una vez fui catedrático de Agronomía, también un preso incorregible en San Quintín, y ahora soy un condenado a muerte en Folsom. No conozco, al menos por la experiencia de Darrell Standing, ninguna de estas cosas sobre las que escribo y que he desenterrado de los almacenes de mi subconsciente. Yo, Darrell Standing, nacido en Minnesota y destinado a morir ahorcado en California, probablemente nunca amé a la hija de un rey en la corte real; no luché, sable contra sable, sobre las cubiertas de los barcos en pleno vaivén; no me ahogué en las bodegas de un navío, trasegando licor sin refinar, berreando cantos de despedida a la salud de los marineros a punto de morir, mientras el barco se alzaba y se estrellaba contra las negras y filosas rocas, y el agua corría sobre nuestras cabezas, bajo nuestros pies y por todas partes.

Ese tipo de cosas no pertenece a la experiencia de Darrell Standing en este mundo. Y sin embargo yo, Darrell Standing, hallé todo esto en mi interior cuando estuve encerrado en la celda de castigo de San Quintín, gracias a la autohipnosis. Todas esas experiencias eran tan ajenas a Darrell Standing como lo era la palabra «Samaria» cuando brotó de sus labios de niño al contemplar una fotografía.

No es posible crear algo de la nada. E igualmente, no podía, en la celda de castigo, sacarme de la nada unos diecisiete kilos de dinamita. Como tampoco podía inventar, de la nada o de la experiencia de Darrell Standing, aquellas lejanas visiones perdidas en el tiempo y en el espacio. Todo aquello formaba parte de mi mente, y apenas estaba descubriendo el modo de viajar por su interior.

CAPÍTULO 7

Y he aquí el enigma al que me enfrentaba: sabía que en mi interior existía un Golconda de recuerdos de otras vidas y, a pesar de ello, no podía sino revolotear como un demente a través de aquellos recuerdos. Tenía un Golconda particular en mi interior, pero ignoraba cómo explotarlo.

Recordé el caso de Stainton Moses, un clérigo que había sido poseído por las personalidades de san Hipólito, Plotino, Atenodoro y de aquel amigo de Erasmo llamado Grocio. Y cuando consideraba los experimentos del coronel de Rochas, a quien había leído en épocas no tan ociosas, estaba convencido de que Stainton Moses había sido, en vidas anteriores, aquellos otros seres que en ocasiones parecían poseerle. En realidad, todos ellos habitaban en él, eran los eslabones de una larga cadena de reencarnaciones.

En especial, reparaba yo con mayor detenimiento en los experimentos del coronel de Rochas. Afirmaba que por medio de procedimientos hipnóticos había hecho retroceder en el tiempo a algunos pacientes hasta la época de sus antepasados, como demostró al describir el caso de Josephine. Josephine tenía dieciocho años y vivía en Voiron, en la región del Isère. Por medio de la hipnosis, el coronel de Rochas la hizo adentrarse en el pasado a través de su adolescencia, su niñez, su más tierna infancia, hasta cuando era una niña de pecho. E incluso más allá, a través de la silenciosa oscuridad del útero materno, y a través de la silenciosa oscuridad del tiempo en que ella, Josephine, aún no había nacido, hasta la luz y la vida de una existencia anterior, cuando era un viejo resentido y amargado llamado Jean-Claude Bourdon, que había servido en el Séptimo Regimiento de Artillería en Besançon y que murió a los setenta años, tras una larga temporada postrado en cama. Sí, ¿y acaso el coronel de Rochas no hipnotizó a su vez a aquella sombra de Jean-Claude Bourdon, de modo que también él se aventuró hacia atrás en el tiempo, a través de la infancia, el nacimiento y la oscuridad del no nacido, hasta que encontró de nuevo una luz y una vida en la que, bajo el nombre de Philomène Carteron, había sido una vieja perversa?

No obstante, yo, por más que lo intentara una y otra vez con mi trocito de paja reluciente en la celda de castigo, no lograba alcanzar una conciencia clara de ninguna de mis personalidades anteriores. El fracaso de mis experimentos llegó a convencerme de que solo a través de la muerte podría resucitar, clara y coherentemente, los recuerdos de mis anteriores encarnaciones.

A pesar de todo, las mareas de la vida se agitaban con fuerza en mi interior y yo, Darrell Standing, me resistía con tal fuerza a morir, que no iba a consentir que el alcaide Atherton y el capitán Jamie acabaran conmigo. Eran tan grandes mis ansias de vivir que a veces creo que esa es la razón por la que sigo aquí, comiendo y durmiendo, meditando y soñando, escribiendo esta historia sobre mis muchas vidas y aguardando la inevitable soga que pondrá un fin efímero a mi prolongada existencia.

Y entonces llegó la muerte en vida. Aprendí el truco. Me lo enseñó Ed Morrell, como podrán comprobar más adelante. Todo empezó con el alcaide Atherton y el capitán Jamie. Debieron de sufrir un ataque de pánico ante el mero recuerdo de la dinamita que creían oculta. Vinieron a mi oscura celda y, sin rodeos, me dijeron que me pondrían la camisa de fuerza hasta que muriera si no confesaba dónde estaba oculta la dinamita. Y me aseguraron que podían hacerlo de manera oficial sin poner en peligro sus respectivos pellejos. Mi muerte figuraría en el registro de la prisión como debida a causas naturales.

Por favor, mis queridos conciudadanos criados entre algodones, créanme cuando les digo que todavía hoy en día se mata a hombres en las cárceles como siempre se ha hecho, desde que los hombres construyeron las primeras prisiones.

Conocía bien los peligros, la agonía y el horror de la camisa de fuerza. ¡Oh, aquellos hombres con el alma destrozada por la camisa de fuerza! Los he visto, he visto a muchos de ellos, atrofiados de por vida. Y también he visto a hombres fuertes, tan fuertes que gracias a su formidable resistencia física habían soportado todos los brotes de tuberculosis de la prisión, debilitarse y morir en seis meses, derrotados por la camisa de fuerza. Por ejemplo, el Bizco Wilson, a quien inesperadamente se le detuvo el corazón de puro miedo, y que murió metido en la camisa de fuerza en apenas una hora mientras el incompetente médico de prisiones observaba, incrédulo, y sonreía. Y he visto confesar a un hombre, después de media hora en la camisa, verdades y mentiras que le costaron muchos años de condena.

Y también tuve mis propias experiencias. En este momento, medio millar de cicatrices me cubren todo el cuerpo, cicatrices que irán al patíbulo conmigo. Aunque viviera otros cien años, esas mismas cicatrices me acompañarían hasta la tumba.

Tal vez, queridos ciudadanos, que consienten y pagan a esos perros desgraciados para que ajusten las camisas de fuerza por ustedes, tal vez desconozcan en qué consiste esta tortura. Intentaré describirlo de modo que comprendan el método que me permitió alcanzar la muerte en vida, manejar a mi antojo el tiempo y el espacio y franquear los muros de la prisión para vagar por las estrellas.

¿Han visto alguna vez una de esas lonas impermeables, o esas mantas de goma con ojales de latón en los bordes? Entonces imaginen un trozo de lona resistente, que no alcanza metro y medio de longitud, con grandes y pesados ojales de latón a lo largo de ambos bordes, cuya anchura nunca es suficiente para abarcar un cuerpo y es, además, irregular: más amplia a la altura de los hombros, un poco menos a la altura de las caderas, y más estrecha en la cintura.

Esta lona se extiende sobre el suelo y se ordena al hombre que ha de ser castigado, o torturado para que confiese, que se tumbe boca abajo sobre ella. Si se niega, se le golpea hasta que obedece y se somete a la voluntad de esos perros sanguinarios, que es la voluntad de ustedes, queridos ciudadanos, pues ustedes son quienes los alimentan y les pagan para que hagan el trabajo sucio por ustedes.

Entonces, con el preso tumbado boca abajo, ajustan al máximo los extremos de la camisa de fuerza sobre su espalda y, como si de un zapato se tratara, se pasa una cuerda a través de los ojales y se ata el hombre a la lona. Solo que nadie se ataría jamás los zapatos con tal fuerza. En la cárcel lo llaman «cinchar». A veces, cuando los guardias son especialmente crueles, o cuando llegan órdenes desde arriba, presionan con los pies la espalda del preso mientras tensan la cuerda todo lo que pueden.

¿Alguna vez se han atado los cordones tan fuerte que, después de media hora, han tenido que desatarlos por no poder soportar el dolor insoportable en el empeine provocado por la falta de circulación? ¿Y a que tras unos minutos de semejante dolor, sencillamente ya no podían dar ni un solo paso y se vieron obligados a detenerse y desatarse los cordones para atenuar la presión? Pues bien, en ese caso, intenten imaginar su propio cuerpo atado, solo que mucho más apretado; y traten de imaginar que esa presión, en lugar de sentirla únicamente en el empeine, alcanzara todo su tronco, comprimiendo de tal modo el corazón, los pulmones y el resto de órganos vitales que pareciera que fuera a morir en cualquier momento.

Recuerdo la primera vez que me pusieron la camisa de fuerza en el calabozo. Fue en los días en que comencé a comportarme como un incorregible, poco después de mi ingreso en prisión, cuando estaba destinado a trabajar en los telares de yute. Aquel día acabé la tarea asignada —noventa metros al día— dos horas antes de lo establecido, y mis sacos de yute estaban muy por encima del promedio que se exigía. Según los registros de la prisión, aquella primera vez me enviaron a la camisa de fuerza por «roturas» y «desperfectos» en la tela; en resumen, por no hacer bien mi trabajo. Por supuesto, aquello era ridículo. En realidad me enfundaron la camisa de fuerza porque yo, un nuevo recluso, un maestro de la eficiencia, un experto diplomado en la eliminación de actividad superflua, había osado decirle al inútil del tejedor jefe unas cuantas verdades que no conocía sobre su trabajo. Y aquel inútil, ante la presencia del capitán Jamie, me llevó hasta una mesa en la que me mostraron telas espantosamente cosidas, que nunca podrían haber salido de mi telar. Tres veces me llevaron a la mesa. A la tercera llamada, según las normas de los telares, el recluso era castigado. Mi castigo consistió en permanecer veinticuatro horas en la camisa de fuerza.

Me arrastraron a los calabozos. Me ordenaron tenderme boca abajo sobre la lona extendida en el suelo. Me negué. Uno de los guardias, Morrison, me agarró por la garganta mientras Mobins, el ordenanza del calabozo, que también era un convicto, descargaba puñetazos sobre mí. Finalmente, me tumbé como ordenaron y, para desquitarse por los problemas causados, me ataron más fuerte que de costumbre. Luego me hicieron rodar como a un tronco hasta que quedé tumbado sobre la espalda.

Al principio, no parecía tan malo. Cuando cerraron la puerta, y echaron con estrépito el cerrojo, me quedé en la más completa oscuridad; eran las once en punto de la mañana. Durante unos minutos solo noté una incómoda opresión que creí, ingenuamente, que desaparecería a medida que me fuera acostumbrando a ella. Por el contrario, el corazón comenzó a latir con fuerza y los pulmones parecían incapaces de enviar suficiente oxígeno a la sangre. Aquella sensación de asfixia era aterradora y a cada latido el corazón amenazaba con hacer estallar mis ya henchidos pulmones.

Después de lo que entonces me parecieron horas, pero que hoy, tras mis incontables y sucesivas experiencias embutido en la camisa de fuerza, calculo que no fue más de media hora, comencé a gritar, a gemir, a dar alaridos, a aullar con el mismo pánico del que cree que va a morir. Lo peor era el dolor que sentía en el corazón. Era un dolor agudo y muy preciso, parecido al causado por la pleuritis, excepto porque me atravesaba el corazón como un hierro candente.

Morir no es excesivamente difícil, pero morir de aquel modo lento y horrible era desesperante. Igual que un animal salvaje enjaulado, experimenté el éxtasis del miedo y grité y aullé hasta darme cuenta de que con aquel esfuerzo lo único que conseguía era sentir con más intensidad aquel dolor que me atravesaba el pecho y consumir así gran parte del escaso aire que quedaba en mis pulmones.

Desistí y permanecí callado durante un rato, que entonces me pareció una eternidad, aunque ahora estoy seguro de que no duró más de un cuarto de hora. Comencé a marearme debido a la falta de aire, y mi corazón latía con tal violencia que parecía que, en cualquier momento, iba a hacer estallar la lona que me amarraba. De nuevo, perdí el control y comencé a aullar, enloquecido, pidiendo auxilio.

En medio de todo aquello oí una voz que provenía del calabozo contiguo.

—Cállate —gritó, aunque apenas podía oírlo—. Cállate. Me estás cansando.

—¡Me muero! —grité.

—Pues intenta chafar la oreja un ratito y calla ya —fue la respuesta.

—¡Pero me estoy muriendo! —insistí.

—Entonces, ¿para qué preocuparse? —replicó la voz—. Muérete rápido y ya está. Sigue así y díñala pronto, pero no hagas tanto ruido. Estás interrumpiendo mis lindos sueños.

Estaba tan furioso ante semejante indiferencia que recuperé el control y ya no se me escaparon más que unos cuantos quejidos. Aguanté así una eternidad, que serían posiblemente unos diez minutos; luego comenzó a extenderse por todo mi cuerpo una sensación de hormigueo, de entumecimiento. Era como si me estuvieran clavando cientos de alfileres y de agujas. Mientras sentía los múltiples pinchazos pude soportarlo, pero cuando cesó el dolor y solo permaneció el entumecimiento, extendiéndose por todo mi cuerpo, el miedo se apoderó otra vez de mí.

—¿Cómo voy a pegar ojo así? —se quejó mi vecino—. Yo no estoy más contento que tú, ¿sabes? Mi camisa aprieta tanto como la tuya, y quiero dormir y olvidarme de todo.

—¿Cuánto tiempo llevas ahí? —pregunté, dando por hecho que era un recién llegado en comparación con la eternidad que yo ya había sufrido.

—Desde anteayer —fue su respuesta.

—Quiero decir en la camisa de fuerza —aclaré.

—Desde anteayer, hermano.

—¡Dios mío! —grité.

—Sí, hermano, cincuenta horas seguidas, y no oirás salir de mi boca una sola queja. Me cincharon haciendo fuerza con los pies sobre mi espalda. Me han apretado bien, créeme.

No eres el único que tiene problemas. No llevas ahí metido ni una hora.

—¡Llevo aquí horas y horas! —protesté.

—Hermano, eso es lo que tú crees. Te estoy diciendo que no llevas ahí dentro ni una hora. Oí cómo te ataban.

Aquello era increíble. En menos de una hora yo ya había muerto cientos de veces. ¡Y aquel vecino, tan tranquilo y sereno, con la voz calma, casi compasivo a pesar de la dureza de sus primeros comentarios, llevaba cincuenta horas en la camisa de fuerza!

—¿Cuánto más van a tenerte ahí metido? —pregunté.

—Solo Dios lo sabe. El capitán Jamie no puede verme y no me sacará de aquí hasta que esté a punto de palmarla. Y ahora, hermano, voy a darte un consejo. El único modo de sobrevivir es cerrar la boca y olvidarse. Gritar y aullar no te servirá de nada en este foso. Y la manera de olvidar es olvidarse *de todo.* Simplemente ponte a pensar en todas las tías que has conocido. Eso te mantendrá ocupado. Puede que notes que te mareas; bueno, pues maréate todo lo que quieras. Es lo mejor para pasar el rato. Y cuando ya no te sirvan las chicas, ponte a pensar en por qué te metieron esos tipos aquí dentro, piensa en ellos, y en lo que les harías si tuvieses una oportunidad, y en lo que les vas a hacer cuando la tengas.

Aquel hombre era Philadelphia Red. Estaba condenado a cincuenta años por un atraco cometido en las calles de Alameda. Ya había cumplido una docena de años cuando habló así conmigo desde la camisa de fuerza; aquello ocurrió hace ya siete años. Era uno de los cuarenta condenados a cadena perpetua a quien Cecil Winwood se la había jugado. Por aquella infracción Philadelphia Red había perdido todos sus méritos en vistas a una posible reducción de condena. Ahora es un hombre de mediana edad y sigue todavía en San Quintín. Será un anciano cuando le dejen salir, si es que sobrevive.

Aguanté aquellas veinticuatro horas, pero nunca volví a ser el mismo. No, no me refiero a mi estado físico, aunque a la mañana siguiente, cuando me desataron, estaba medio paralizado y tan abatido que los guardias estuvieron dándome patadas en las costillas para obligarme a ponerme de pie. Mental y moralmente, era un hombre distinto. La tremenda tortura física que había soportado supuso una humillación y una afrenta a mi espíritu y a mi sentido de la justicia. Esa clase de disciplina no ablanda a un hombre. Salí de aquella primera experiencia en la camisa de fuerza lleno de amargura, con un odio desenfrenado que no ha dejado de aumentar a lo largo de los años. ¡Dios mío, cuando pienso en las cosas que los hombres me han hecho! ¡Veinticuatro horas en la camisa de fuerza! Aquella mañana, cuando me pateaban para que me levantase, me era imposible imaginar que llegaría un día en el que veinticuatro horas en la camisa de fuerza no significarían nada. ¿Cómo iba a pensar que llegaría un día en que, tras cien horas en la camisa de fuerza, me encontrarían sonriendo cuando me liberaran? ¿Cómo imaginarme que, tras doscientas cuarenta horas enfundado en la camisa, me encontrarían con la misma sonrisa en los labios?

Sí, doscientas cuarenta horas. Queridos ciudadanos criados entre algodones, ¿saben ustedes lo que eso significa? Significa diez días y diez noches en la camisa de fuerza. Por supuesto, estas cosas no pasan en ningún lugar del mundo cristiano, mil novecientos años después del nacimiento de Cristo. No les estoy pidiendo que me crean. Ni yo mismo lo creo. Solo sé que eso es lo que hicieron conmigo en San Quintín, y que sobreviví para reírme de ellos y para obligarles a ahorcarme por pegarle un puñetazo en la nariz a un guardia.

Escribo estas líneas hoy, en el año 1913; y todavía hoy, en el año 1913, todavía hay hombres que yacen en sus camisas de fuerza en los calabozos de San Quintín.

Nunca olvidaré, por muchas vidas que me sean concedidas, mi despedida de Philadelphia Red aquella mañana. Él llevaba setenta y cuatro horas encamisado.

—Bueno, hermano, aún estás vivito y coleando —me dijo mientras me llevaban a rastras por el pasillo de los calabozos.

—Cierra la boca, Red —gruñó el sargento.

—Déjame en paz —fue la réplica.

—Al final te la cargarás, Red —le amenazó el sargento.

—¿Eso crees? —preguntó con dulzura Philadelphia Red, y al momento su tono se volvió salvaje—. Mira, viejo asqueroso, tú nunca has sido nada, no te habrías ganado ni un bocadillo gratis, y mucho menos el trabajo que tienes ahora, si no hubiese sido por los tejemanejes de tu hermano. Y creo que todos sabemos a qué huele el lugar del que viene tu hermano.

Era admirable; el espíritu humano elevándose por encima de la adversidad, sin miedo al dolor que pudiera causarle ninguna de las bestias del sistema.

—Bueno, hasta pronto, hermano —continuó Philadelphia—. Hasta pronto. Sé bueno y no le hagas feos al alcaide. Y si le ves, dile que me viste, pero que nunca me viste derrotado.

El sargento se puso rojo de tanta ira y pagué las gracias de Red con una lluvia de patadas y de puñetazos.

CAPÍTULO 8

En la celda de castigo número uno, el alcaide Atherton y el capitán Jamie se disponían a interrogarme. Como me dijo el alcaide Atherton:

—Standing, vas a decirnos dónde está la dinamita o haré que mueras en la camisa de fuerza. He tenido que vérmelas con presos mucho más duros que tú, y todos acabaron cantando. Así que elige: la dinamita o el hoyo.

—Pues me parece que el hoyo —respondí—, porque no sé nada de la dinamita.

Conseguí irritar al alcaide, que inmediatamente me ordenó:

—Túmbate.

Obedecí, pues había aprendido que luchar contra tres o cuatro hombres era una locura. Me ataron con fuerza y me dejaron atado durante cien horas. Cada veinticuatro horas me permitían beber un poco de agua. No sentía deseos de comer, pero tampoco me ofrecieron comida. Hacia el final de aquellas cien horas, Jackson, el médico de la cárcel, examinó mi condición física varias veces.

Me había acostumbrado tanto a la camisa de fuerza durante mis días de incorregible que ya no me causaba daño alguno. Naturalmente, me debilitaba y me arrebataba horas de vida; pero había aprendido algunos trucos para robar un poco de espacio mientras me ataban. Al final de las primeras cien horas estaba extenuado, pero eso era todo. Me concedieron un día y una noche para que me recuperara y me sometieron a otra sesión de la misma duración. La siguiente fue de ciento cincuenta horas. La mayor parte del tiempo mi cuerpo permanecía totalmente insensible y mi mente deliraba. Además, con gran fuerza de voluntad, lograba pasar muchas horas durmiendo.

Más tarde, Atherton probó con algo diferente. Me sometieron a intervalos irregulares de castigo y recuperación, de modo que nunca sabía cuándo me iban a poner la camisa de fuerza. De este modo podía tener diez horas de recuperación y veinte de camisa de fuerza, o descansar solo durante cuatro horas. En cualquier momento, a cualquier hora de la noche, se abría la puerta de mi celda y los guardias entraban para atarme de nuevo. A veces seguían cierta regularidad: durante tres días y tres noches, alternaban ocho horas encamisado y otras ocho fuera. Y cuando empezaba a acostumbrarme a ese ritmo, lo cambiaban repentinamente y me sometían a una sesión de dos días y dos noches seguidas.

Y siempre la eterna pregunta: ¿Dónde está la dinamita? A veces el alcaide Atherton se ponía furioso. En una ocasión, tras haberme sometido a una sesión especialmente severa metido en la camisa de fuerza, casi llegó a suplicarme que confesara. Incluso me prometió tres meses de descanso total y buena comida en el hospital y un puesto de confianza en la biblioteca.

El doctor Jackson, un tipejo con escasos conocimientos de medicina, se mostraba cada vez más escéptico. Insistía en que la camisa de fuerza, por mucho que me la aplicaran, jamás me mataría. Su insistencia incitaba al alcaide a continuar en el intento.

—¡Estos miserables universitarios son capaces de burlarse del mismísimo diablo! —refunfuñó—. Son correosos y resistentes, pero acabaremos con él de todos modos. Standing, escúchame, esto no ha hecho más que empezar. Más te valdría confesar ahora y ahorrarte problemas. Soy un hombre de palabra. Ya me has oído: la dinamita o el hoyo. Eso es todo. Tú decides.

—Espero que no crea que me resisto porque disfruto con todo esto —conseguí articular, mientras Carapastel Jones me apretaba la espalda con el pie para cincharme aún más fuerte, y yo tensaba los músculos en un intento por robar algo de espacio—. No tengo nada que confesar. Es más, daría mi mano derecha por poderle llevar hasta la dinamita.

—He tratado a muchos listillos como tú —dijo con sorna—. Os llegáis a creer vuestras propias mentiras. Os volvéis tozudos, como los caballos. Más fuerte, Jones, puedes apretarle mucho más fuerte todavía. Si no cantas, Standing, te vas al hoyo. Sabes que cumplo mis promesas.

A modo de compensación, aprendí algo: uno se vuelve menos sensible al dolor a medida que se va debilitando. El dolor decrece porque la propia debilidad lo detiene y, cuando se está muy débil, uno se debilita con mayor lentitud. Todo el mundo sabe que los hombres fuertes sufren mucho más que las mujeres, o que los inválidos, con las enfermedades más corrientes. A medida que se pierde fuerza, cada vez hay menos fuerza que perder. Una vez toda la carne superflua desaparece, lo que queda es materia fibrosa y resistente. Y en eso es en lo que me convertí: una especie de organismo fibroso que se aferraba a la vida.

Morrell y Oppenheimer sentían lástima de mí y me enviaban con sus golpecitos mensajes de apoyo y de consuelo. Oppenheimer me aseguró que él también había pasado por aquello, e incluso por cosas peores, y había sobrevivido.

—No dejes que te hundan —deletreó con sus nudillos—. No dejes que te maten, porque eso es lo que quieren. Y no cantes nada del escondrijo.

—Pero es que no hay ningún escondrijo —deletreé golpeando la suela de mi zapato contra la rejilla, pues metido en la camisa de fuerza solo podía comunicarme con los pies—. No sé nada de la maldita dinamita.

—Eso es —me animaba Oppenheimer—. Un tipo duro, ¿verdad, Ed?

Esto me dio una idea de las pocas posibilidades que tenía de convencer al alcaide Atherton, cuya insistencia había convencido incluso a Jake Oppenheimer, quien no podía sino admirarme por el tesón con que mantenía la boca cerrada.

Durante este primer período de interrogatorio con la camisa de fuerza me las ingeniaba para dormir todo lo que podía. Mis sueños eran extraordinarios. Eran vívidos y muy reales, como lo es la mayoría de los sueños, pero lo que los hacía extraordinarios era su coherencia y su continuidad. A menudo me dirigía a grupos de científicos sobre temas específicos, leyéndoles en voz alta informes muy detallados sobre mis investigaciones, o sobre mis conclusiones acerca de investigaciones y experimentos ajenos. Cuando despertaba, todavía resonaba mi voz y podía aún distinguir en el papel frases e incluso párrafos enteros, que podía volver a leer, maravillado, antes de que la visión se desvaneciera. Por cierto, quisiera señalar que el proceso de razonamiento empleado en estos discursos en sueños era, tal como pude observar, invariablemente deductivo.

Soñaba también con una gran finca dedicada a la agricultura, que se extendía de norte a sur a lo largo de cientos de kilómetros en algún lugar de las regiones templadas, con un clima, una flora y una fauna muy parecidos a los de California. No una ni dos, sino miles de veces viajé por esta región onírica. No puedo dejar de insistir en que siempre se trataba de la misma región, ya que no había ninguna diferencia esencial en los distintos sueños. Siempre era un viaje de ocho horas a caballo desde los campos cubiertos de alfalfa, donde pacían mis vacas de Jersey, hasta el remoto pueblecito junto a la gran laguna seca, donde cogía un pequeño tren de vía estrecha. Durante aquellas ocho horas de viaje, cada elemento del paisaje, cada árbol, cada montaña, cada vado, cada puente, cada pico, cada ladera erosionada eran siempre los mismos.

En mis sueños dentro de la camisa de fuerza, en aquella finca agrícola explotada con absoluta racionalidad, se me revelaban algunos detalles menores que sí cambiaban, de acuerdo con la estación del año y con el trabajo de los hombres. Así, con la ayuda de las cabras de Angora, establecí una nueva granja en los pastos de las tierras altas, justo detrás de mis campos de alfalfa. Y con cada sueño, con cada visita, notaba los cambios que habían tenido lugar en función del tiempo transcurrido entre una y otra.

¡Oh, sí, las laderas cubiertas de broza! Aún hoy puedo recordar cómo eran antes de llevar por primera vez a las cabras. Y recuerdo los primeros cambios: las sendas que comenzaban a formarse a medida que las cabras se abrían paso a bocados a través de los espesos herbazales; la desaparición de los arbustos más jóvenes y pequeños; las vistas que se abrían en todas direcciones entre los arbustos más viejos y más altos, con los que las cabras se alimentaban apoyándose en las patas traseras para llegar tan alto como podían; la dirección en la que se extendía la hierba de los pastos, siguiendo el claro que dejaban las cabras a su paso. Sí, lo maravilloso de estos sueños era su continuidad. Llegó el día en que mis hombres, provistos de hachas, cortaron los arbustos más altos para que las cabras tuvieran acceso a las hojas, los brotes y las cortezas. Y llegó el día, en pleno invierno, en que apilaron los secos y desnudos esqueletos de aquellos arbustos y les prendieron fuego. Y llegó el día en que me llevé a mis cabras a otras laderas de impenetrable maleza, con todo mi ganado detrás pastando en la suculenta hierba que había crecido donde antes solo había maleza. Y llegó el día en que trasladé de nuevo mi ganado, y mis hombres recorrían el contorno de las laderas labrando los ricos terrones de hierba para que se pudrieran y se transformaran en humus en el que sembrar las semillas de mis futuras cosechas.

Sí, en mis sueños, con frecuencia me apeaba del pequeño tren en el pueblecito junto a la gran laguna seca, me subía a una carreta tirada por caballos de montaña, viajaba horas y horas a través de mis campos de alfalfa, llegaba a los pastos más altos donde mis cultivos rotatorios de trigo, maíz y cebada estaban ya maduros y a punto para la cosecha y donde veía a mis hombres trabajar mientras más allá, siempre escalando, mis cabras se comían los arbustos de toda una ladera y la dejaban lista para un nuevo cultivo.

Pero solo eran sueños, puros sueños, aventuras fantasiosas creadas por el subconsciente de mi mente deductiva. Muy distintas a estas, como podrán comprobar, fueron mis otras aventuras, en las que logré cruzar las puertas de la muerte y revivir mis anteriores encarnaciones.

Durante las largas horas de vigilia que pasé metido en la camisa de fuerza, me sorprendía pensando en Cecil Winwood, el poeta impostor a quien debía todo este tormento y que ya gozaba de libertad, de nuevo en el mundo libre. No, no le odiaba. Odio es una palabra demasiado tibia. No hay palabras lo bastante hirientes como para describir lo que sentía. Solo puedo decir que el deseo de venganza me roía las entrañas, y que me causaba un dolor que excedía los límites del lenguaje. No les hablaré de las horas que dediqué a meditar miles de planes para torturarle, ni de los perversos sistemas e instrumentos de tortura que inventé para él. Solamente un ejemplo: me apasionaba el antiguo método que consiste en atar un cuenco de hierro, con una rata dentro, al cuerpo de un hombre. El único modo que tiene la rata de escapar es a través del cuerpo. Como digo, me apasionaba este método hasta que me di cuenta de que sería una muerte demasiado rápida, por lo que comencé a darle vueltas a una tortura morisca que... En fin, no, he prometido no hablar más de este asunto. Baste con decir que muchas de las horas que pasé allí despierto, casi enloquecido por el dolor, las dediqué a ensoñaciones respecto a mis planes de venganza contra Cecil Winwood.

CAPÍTULO 9

Aprendí algo de gran valor durante las largas y dolorosas horas de vigilia: cómo dominar el cuerpo a través de la mente. Aprendí a abandonarme al sufrimiento, como sin duda alguna habrán aprendido todos los hombres que, como yo, se han doctorado en cursos de postgrado en camisas de fuerza. No, no es nada fácil mantener la calma y la serenidad como para que la mente se olvide del punzante y casi exquisito lamento de algún nervio torturado.

Y fue este mismo dominio de la carne por medio del espíritu lo que me permitió poner en práctica con facilidad el secreto que Ed Morrell me había revelado.

—¿Piensas que es el fin? —me preguntó Ed Morrell una noche golpeando con los nudillos.

Acababan de liberarme después de cien horas y estaba más débil de lo que recordaba haber estado jamás. Tan débil me sentía que, a pesar de que todo mi cuerpo era un amasijo de cardenales y de aflicción, apenas era consciente de que aún tenía cuerpo.

—Parece el fin —le contesté—. Acabarán conmigo si continúan así.

—No se lo permitas —me aconsejó—, hay una forma de evitarlo. Lo aprendí yo mismo, en los calabozos, una vez que a Massie y a mí nos dieron una buena. Yo salí adelante, pero Massie la palmó. Si no hubiese sabido el truco, yo también la habría palmado. Se ha de estar muy débil antes de intentarlo. Si lo intentas cuando aún estás fuerte, se te desgracia la cosa y ya nunca podrás hacerlo. Cometí el error de contárselo a Jake cuando estaba todavía fuerte. Por supuesto, no pudo lograrlo y, desde entonces, cuando lo ha necesitado otras veces, ya ha sido demasiado tarde, pues su primer fracaso lo ha desgraciado ya todo. Ahora tampoco se lo cree. Piensa que le estoy tomando el pelo. ¿No es así, Jake?

Y desde la celda número trece Jake respondió:

—No te lo tragues, Darrell. No es más que un cuento.

—Venga, cuéntamelo —le deletreé a Morrell.

—Por eso he esperado tanto, a que no pudieras más —continuó—. Ahora lo necesitas y te lo voy a contar. De ti depende. Si tienes voluntad, puedes lograrlo. Yo lo he hecho ya tres veces y lo sé.

—Bien, ¿qué es? —pregunté impaciente.

—El truco está en morir en la camisa, en querer morirte de verdad. Sé que aún no me entiendes, pero espera. Ya has visto cómo te vas entumeciendo en la camisa, cómo se te duermen los brazos o las piernas. Eso no lo puedes evitar, pero puedes llegar a controlarlo, a mejorarlo. No esperes a que se te duerma una pierna o cualquier otra parte del cuerpo. Túmbate boca arriba, lo más cómodamente que puedas, y trata de manejar tu voluntad. Solo tienes que pensar en esa idea y creer en ella ciegamente. Si no crees, no hay nada que hacer. Lo que tienes que pensar, y tienes que creerte, es que tu cuerpo es una cosa y tu espíritu otra. Tú eres tú, y tu cuerpo es algo que no tiene importancia. Tu cuerpo no cuenta. Tú eres quien manda y no necesitas de tu cuerpo. Y cuando ya estés convencido, has de ponerlo a prueba con toda tu voluntad. Haces que muera tu cuerpo. Comienzas con los dedos de los pies, uno a uno. Tratas de que tus dedos mueran, los obligas a morir. Y si tienes fe y tienes voluntad, los dedos de tus pies morirán. Eso es lo más difícil, comenzar a morir. Una vez que has logrado que muera el primer dedo, el resto es más fácil, porque ya no te cuesta creerlo: lo sabes. Entonces concentras toda tu voluntad para hacer que el resto del cuerpo muera. Te lo digo, Darrell, lo sé. Lo he hecho tres veces. Una vez que empiezas a morir, ya es todo más fácil. Y lo más curioso es que tú estás ahí en todo momento. Que los dedos de tus pies estén muertos no significa que tú estés muerto en lo más mínimo. Poco a poco consigues que se te mueran las piernas hasta las rodillas, luego hasta los muslos, y tú sigues siendo el mismo de siempre. Es tu cuerpo el que se está quedando fuera, poco a poco. Y tú sigues siendo el mismo que eras antes de empezar.

—¿Y qué ocurre luego? —pregunté.

—Bueno, cuando todo tu cuerpo está muerto, y tú sigues ahí, simplemente sales de la piel y abandonas tu cuerpo. Y cuando sales de tu cuerpo, sales de tu celda. Los muros de piedra y las puertas de hierro solo sirven para encerrar cuerpos. No pueden mantener encerrado el espíritu. Tú lo sabes, lo has probado. Eres un espíritu fuera del cuerpo. Puedes mirar tu cuerpo desde fuera. Te digo que lo sé porque lo he hecho tres veces, he visto mi cuerpo ahí tumbado y yo estaba fuera de él.

—¡Ja, ja, ja! —Jake Oppenheimer deletreó su risa trece celdas más allá.

—¿Lo ves? Ese es el problema de Jake —continuó Morrell—. No se lo cree. La vez que lo intentó estaba demasiado fuerte y falló. Y ahora cree que no son más que patrañas.

—Cuando mueres estás muerto, y los muertos, muertos están —replicó Oppenheimer.

—Te digo que he estado muerto tres veces —afirmó Morrell.

—Y sobreviviste para contárnoslo —replicó Oppenheimer.

—Pero no olvides una cosa, Darrell —me dijo Morrell—, esto es algo muy delicado. Tienes la sensación en todo momento de que te estás pasando de la raya. No puedo explicarlo, pero siempre tenía la sensación de que si estuviera lejos cuando vinieran a sacarme de la camisa de fuerza, no podría regresar de nuevo a mi cuerpo. Quiero decir que mi cuerpo estaría muerto para siempre. Y yo no querría que estuviera muerto. No querría darle esa satisfacción al capitán Jamie y a los demás. Pero te digo, Darrell, que si lo consigues, podrás reírte del alcaide. Una vez que logras de esa manera que tu cuerpo muera, no importa si te meten en la camisa durante todo un mes. No sufres nada y tu cuerpo no sufre tampoco. Créeme, hay casos de gente que ha dormido un año entero de un tirón. Eso es lo que pasará con tu cuerpo. Estará allí, metido en la camisa de fuerza, sin sentir dolor alguno, solo esperando a que regreses. Inténtalo. Te lo digo en serio.

—¿Y qué pasa si no vuelve? —preguntó Oppenheimer.

—Entonces, digo yo, se reirán de él, Jake. A menos que, tal vez, se rían de nosotros por quedarnos en este sucio vertedero pudiendo salir tan fácilmente de él —respondió Morrell.

Y aquí se acabó la charla, porque Carapastel Jones, que estaba dando una cabezadita, se había despertado de mal humor y amenazó a Morrell y a Oppenheimer con dar parte a la mañana siguiente, y eso significaba pena de camisa de fuerza. A mí no me amenazó, porque sabía que a mí ya me tocaba de todos modos.

Permanecí echado allí, en silencio, durante mucho tiempo, tratando de ignorar el sufrimiento de mi cuerpo mientras consideraba la propuesta de Morrell. Como he explicado antes, yo ya había intentado retroceder en el tiempo por medio de la autohipnosis, para recordar mis vidas anteriores. Sabía que había obtenido algún resultado, pero todo lo que había experimentado no era sino una mera sucesión de apariciones que se fundían sin ningún orden y carecían de continuidad.

Sin embargo, el método de Morrell, que era justo lo contrario a mi método de autohipnosis, me fascinó. Con mi método, la conciencia era la primera en evadirse. Con el suyo, la conciencia perduraba hasta el final, y cuando el cuerpo ya se había ido, penetraba en estados tan sublimes que abandonaba el cuerpo, abandonaba la prisión de San Quintín y viajaba muy lejos, y todavía era conciencia.

De todos modos, valía la pena probarlo, concluí. Y a pesar de la actitud escéptica del científico que había en mí, le creí. No tenía la menor duda de que lograría realizar lo que Morrell dijo haber conseguido tres veces. Quizás esta fe que se apoderó de mí con tanta facilidad se debía a mi estado de extrema debilidad. Tal vez no tenía la fuerza suficiente para ser escéptico. Esta era la hipótesis que ya me había sugerido Morrell. Era una conclusión puramente empírica, y yo, como se verá, conseguí demostrarla empíricamente.

CAPÍTULO 10

A todo esto, a la mañana siguiente, el alcaide Atherton entró en mi celda resuelto a asesinarme. Lo acompañaban el capitán Jamie, el doctor Jackson, Carapastel Jones y Al Hutchins. Este último cumplía una sentencia de cuarenta años y tenía esperanzas de conseguir un indulto. Durante cuatro años había sido el principal recluso de confianza de San Quintín. Y esa era una posición de mucho poder, teniendo en cuenta que se sacaba unos tres mil dólares al año. No cabía duda de que Al Hutchins, en posesión de diez o doce mil dólares y con la promesa del indulto, cumpliría a ciegas cualquier orden del alcaide.

Acabo de decirles que el alcaide Atherton vino a mi celda con la intención de asesinarme. Se leía en su cara, y sus actos lo confirmaron.

—Examínele —ordenó al doctor Jackson.

Aquel desgraciado miserable me quitó la cochambrosa camisa que había llevado desde que ingresé en la celda de castigo, y descubrió mi pobre cuerpo castigado y consumido, con la piel pegada a las costillas como un pergamino marrón, infestada de llagas por causa de las largas sesiones metido en la camisa de fuerza. El examen fue vergonzantemente superficial.

—¿Podrá resistirlo? —preguntó el alcaide.

—Sí —respondió el doctor Jackson.

—¿Qué tal el corazón?

—Espléndido.

—¿Cree que lo soportará otros diez días, doctor?

—Seguro.

—No lo creo —dijo el alcaide, despiadado—, pero lo intentaremos de todos modos. Túmbate, Standing.

Obedecí y me tendí boca abajo sobre la lona extendida. El alcaide pareció dudar por un instante.

—Date la vuelta —ordenó.

Hice varios intentos, pero estaba demasiado débil y no logré más que retorcerme, impotente.

—Está fingiendo —apuntó Jackson.

—No tendrá que fingir más cuando acabe con él —repuso el alcaide—. Echadle una mano, no puedo perder más tiempo.

Así que me pusieron boca arriba y pude mirar fijamente al alcaide Atherton.

—Standing —comenzó lentamente—, te he dado todas las oportunidades que he podido. Estoy más que harto de tu tozudez. Se me ha acabado la paciencia. El doctor Jackson dice que estás en condiciones de resistir diez días más en la camisa. Tú mismo. Te voy a dar una última oportunidad. Dinos dónde está la dinamita. En cuanto la tenga en mis manos, te sacaré de aquí. Podrás bañarte, afeitarte y ponerte ropa limpia. Te dejaré descansar en el hospital, a mesa puesta, durante seis meses y después te colocaré como recluso de confianza en la biblioteca. Más no se puede pedir. Además, no te estás chivando de nadie. Eres la única persona en San Quintín que sabe dónde está la dinamita. No vas a defraudar a nadie si terminas cediendo, y todo irá mejor en cuanto lo hagas. De lo contrario…

Hizo una pausa y se encogió de hombros, de modo muy expresivo.

—De lo contrario, tus diez días empezarán ahora mismo.

La perspectiva era aterradora. Me hallaba tan débil que estaba tan seguro como el alcaide de que moriría en la camisa de fuerza. Y entonces recordé el truco de Morrell. Aquel era el momento, la ocasión perfecta para ponerlo en práctica, para tener fe. Sonreí a Atherton, desafiante, y puse toda mi fe en aquella sonrisa y en la propuesta que le iba a hacer.

—Alcaide —dije—, ¿no ve cómo sonrío? Pues bien, si al final de los diez días, cuando me desate, le sonrío de este mismo modo, ¿les entregará un paquete de tabaco Bull Durham y papel de fumar a Morrell y a Oppenheimer?

—¿No están como una cabra estos universitarios? —exclamó el capitán Jamie.

El alcaide Atherton era un hombre colérico y tomó mi petición como una muestra de soberbia insultante.

—Solo por eso te cincharemos con más fuerza —me informó.

—Le he hecho una apuesta, señor alcaide —dije tranquilamente—. Cíncheme todo lo ajustado que quiera, pero si continúo sonriéndole dentro de diez días, ¿les dará el tabaco a Morrell y a Oppenheimer?

—Pues sí que estás seguro de ti mismo —replicó.

—Por eso le he hecho la propuesta —contesté.

—Nos estamos volviendo religiosos, ¿eh? —añadió con sorna.

—No —fue mi respuesta—. Lo que pasa es que tengo yo más vida de la que usted pudiera jamás llegar a imaginar. Que sean cien días, si quiere, y aun así seguiré sonriendo.

—Supongo que diez días serán más que suficientes, Standing.

—Esa es su opinión —dije—. ¿Está seguro? Si es así, ni siquiera perderá los diez céntimos de los paquetes de tabaco. De todos modos, ¿de qué tiene miedo?

—Por dos céntimos te partiría la cara a patadas ahora mismo —gruñó.

—Por mí no se detenga —dije, con insolente cortesía—. Golpéeme tan fuerte como le plazca y todavía me quedará la otra parte de la cara para sonreír. Entre tanto, mientras toma su decisión, espero que acepte mi propuesta.

Un hombre ha de estar extremadamente débil o profundamente desesperado para ser capaz, en semejantes circunstancias, de vacilarle al alcaide en una celda de castigo. Y además, debe tener fe. Ahora sé que yo tenía fe y que actué en consecuencia. Creía en lo que Morrell me había contado. Creía en el poder de la mente sobre el cuerpo. Sabía que ni siquiera cien días en la camisa de fuerza podrían acabar conmigo.

El capitán Jamie debió de notar algo de aquella fe que me delataba, pues dijo:

—Me acuerdo de un sueco que se volvió loco hace veinte años. Eso ocurrió antes de que llegara usted, señor alcaide. Había matado a un hombre tras una discusión por veinticinco centavos y le condenaron a perpetua. Era cocinero, y un buen día se volvió muy religioso. Decía que un carruaje de oro venía a buscarlo para llevarlo al cielo, y se sentó sobre un fogón al rojo vivo y cantó himnos y hosannas mientras se chamuscaba. Lo sacaron de allí a rastras, pero a los dos días la diñó en el hospital. Se había cocinado hasta el hueso. Y hasta el final juraba que no había sentido el calor. No se le escapó ni un solo chillido de dolor.

—Pues nosotros conseguiremos que Standing cante —dijo el alcaide.

—Ya que está tan seguro de ello, ¿por qué no acepta mi propuesta? —le reté.

El alcaide estaba tan airado que, si mi situación no hubiese sido tan desesperada, con ganas me habría reído de él. Tenía la cara desencajada. Apretaba los puños con fuerza y, por un momento, pareció estar a punto de saltar sobre mí y darme una buena paliza. Entonces, sin duda con esfuerzo, logró controlarse.

—De acuerdo, Standing —rezongó—. Acepto. ¡Ya veremos las ganas que te quedan de sonreír dentro de diez días! Dadle la vuelta, chicos, y apretad hasta que oigáis crujir sus costillas. Hutchins, ¡enséñale cómo lo haces!

Me dieron la vuelta y me ataron como nunca antes lo habían hecho. Ciertamente, el ordenanza demostró su habilidad. Intenté conservar el poco espacio que tenía, y realmente era escaso, ya que hacía mucho que me había quedado sin carne y mis músculos se habían convertido en meros alambres. No tenía ni fuerza ni modo de conservar más que una minúscula porción de holgura, y ese mínimo espacio me lo arrebató Hutchins, que había tenido oportunidad de aprender todas las argucias de la camisa de fuerza desde su interior.

En el fondo, Hutchins no era más que un perro miserable, un despojo que alguna vez había sido un hombre, pero que había cedido ante la imperturbabilidad del sistema. Tenía diez o doce mil dólares y la libertad a la vista si obedecía las órdenes. Más tarde me enteré de que una mujer le había permanecido fiel, y que incluso le seguía esperando. El elemento femenino explica muchas cosas de los hombres.

Si alguna vez alguien cometió deliberadamente un intento de asesinato, ese fue Al Hutchins aquella mañana en la celda de castigo y por orden del alcaide. Me quitó el poco espacio que había logrado conservar dentro de la camisa; mi cuerpo estaba indefenso y él, al apoyar el pie sobre mi espalda mientras me ataba, me apretó como nadie había logrado hacerlo antes. Tan dura fue la presión de mis frágiles huesos sobre los órganos vitales, que en aquel momento sentí que la muerte venía a por mí. Y aun así contaba con el milagro de la fe: no creía que pudiera morir. Sabía, y digo «sabía», que no iba a morir. La cabeza me daba vueltas, y el corazón me latía frenético desde las uñas de los pies hasta la coronilla.

—Eso está bien ajustado —dijo el capitán Jamie con desgana.

—No esté tan seguro —dijo el doctor Jackson—. Le digo que no hay nada que pueda hacerle daño, está como ido. Debería estar muerto hace ya tiempo.

El alcaide Atherton, tras un duro esfuerzo, consiguió introducir un dedo entre la atadura y mi espalda. Puso un pie sobre mí, dejó caer todo el peso de su cuerpo y estiró, pero no consiguió apretar ni un centímetro más.

—Me quito el sombrero, Hutchins. Se ve que sabes hacer bien tu trabajo. Ahora dadle la vuelta y veamos cómo está —dijo.

Me dieron la vuelta y quedé boca arriba. Les miré fijamente con los ojos casi fuera de las órbitas. De algo estoy bien seguro: si me hubiesen atado de aquel modo la primera vez que me metieron en la camisa de fuerza, habría muerto en diez minutos. Pero estaba bien entrenado. Llevaba a mis espaldas más de mil horas en la camisa de fuerza y, además, tenía fe en todo lo que Morrell me había contado.

—Ríete ahora, tarado, tú ríete —me dijo el alcaide—. A ver esa sonrisa de la que tanto alardeas.

Y así, mientras mis pulmones jadeaban por conseguir una pizca de aire, mi corazón amenazaba con estallar, y la cabeza no paraba de dar vueltas, aún fui capaz, a pesar de todo, de esbozar una sonrisa para el alcaide.

CAPÍTULO 11

La puerta se cerró con estrépito, dejando tan solo un pequeño resquicio de luz, y me quedé a solas, tumbado sobre mi espalda. Gracias a los trucos que había aprendido hacía tiempo, me las arreglé para arrastrarme por el suelo, centímetro a centímetro, hasta que logré tocar la puerta con la suela de mi zapato derecho. Al instante sentí una inmensa alegría: ya no estaba completamente solo. Si surgía la necesidad, podría al menos comunicarme con Morrell por medio de los golpecitos.

Pero el alcaide Atherton debió de dejar órdenes estrictas a los guardias pues, aunque logré llamar a Morrell y decirle que iba a tratar de poner en práctica sus consejos, no obtuve respuesta, probablemente porque los guardias le habían advertido. A mí ya solo podían insultarme, ya que dada la magnitud de mi castigo, ninguna amenaza, por terrible que fuera, podía afectarme.

Recuerdo que en aquel momento fui consciente de la serenidad que me invadía. Mi cuerpo sentía el dolor habitual que me producía la camisa de fuerza, pero había conseguido mantener la mente en un estado tan pasivo que no percibía el dolor más de lo que percibía el suelo bajo mi espalda o las paredes a mi alrededor. Nunca estuvo un hombre en mejores condiciones mentales y espirituales para tal experimento. Obviamente, todo ello se debía en gran parte al estado de debilidad extrema en el que me encontraba. Pero había algo más.

Había aprendido bien a hacer caso omiso del dolor. No dudaba ni sentía temor alguno. En mi mente predominaba una fe absoluta en su propio poder. Aquella pasividad era casi de ensueño, y a la vez tan firme, que me llevó a un punto casi de exaltación.

Me concentré en mi voluntad. Incluso entonces podía sentir el adormecimiento y el cosquilleo de los miembros que producía la falta de circulación. Dirigí toda mi voluntad hacia el dedo meñique de mi pie derecho y deseé que desapareciera de mi conciencia. Ordené que ese dedo muriera, que dejara de formar parte de mí, su dueño, y se convirtiera en algo totalmente ajeno. Se desató un duro combate. Morrell ya me lo había advertido, pero ni la más mínima duda me distrajo. Sabía que aquel dedo moriría, y supe cuándo murió. Poco a poco fue muriendo todo mi cuerpo, obligado por mi voluntad.

El resto resultó mucho más fácil, aunque fue bastante lento, lo tengo que admitir. Articulación tras articulación, dedo a dedo, el proceso continuó su curso. Llegó un momento en el que ya no existía cuerpo por debajo de mis tobillos. Llegó un momento en que bajo mis rodillas ya no existía nada.

Era tal mi exaltación que ni siquiera me paré a pensar en la posibilidad de celebrar mi éxito. No prestaba atención más que a la demorada muerte de mi cuerpo, y me dedicaba a ello en cuerpo y alma. Me esmeraba en mi tarea como un albañil al colocar sus ladrillos y, como cualquier albañil, lo hacía de un modo casi rutinario.

Al cabo de una hora mi cuerpo estaba muerto hasta la cintura, y a partir de ahí, en sentido ascendente, miembro a miembro, continué ayudando a la muerte a llegar hasta arriba.

Al llegar a la altura del corazón comencé a marearme y sentí por primera vez que la confusión y el vértigo se apoderaban de mi conciencia. Ante el miedo a perder el conocimiento, decidí detener el proceso un momento y desvié mi concentración hacia los dedos de las manos. Mi mente se aclaró de nuevo y así logré alcanzar la muerte de mis brazos con mayor rapidez.

En aquel momento mi cuerpo ya estaba muerto, salvo la cabeza y una pequeña parte del pecho. Ya no resonaban con violencia en mi cabeza los latidos de mi corazón oprimido, que latía débilmente pero a un ritmo constante. Si en aquel momento me hubiera atrevido, habría llegado a gozar del cese de toda sensación.

Pero en este punto mi experiencia difiere de la de Morrell. A pesar de controlar mi voluntad de un modo automático, caí en un estado de ensoñación, como cuando uno se encuentra en la frontera entre el sueño y la vigilia. Sentía también como si mi cerebro se ensanchara prodigiosamente en el interior del cráneo. Pude percibir ráfagas ocasionales y destellos de luz como si yo, dueño de mi cuerpo, hubiese dejado de existir por un instante y, al momento, volviera a ser yo mismo, el inquilino de la morada de carne y hueso a la que ordenaba morir.

Más desconcertante aún era la aparente dilatación del cerebro. Tenía la sensación de que la periferia de mi cerebro, sin haber atravesado siquiera el muro del cráneo, se hallaba ya fuera del cráneo mismo y, además, en constante expansión. En aquella ocasión experimenté también una de las sensaciones más extraordinarias de toda mi vida. El tiempo y el espacio, en la medida en que emanaban de mi conciencia, se alargaron infinitamente. De este modo, sin llegar a abrir los ojos para comprobarlo, sabía que los muros de mi estrecha celda se habían ensanchado hasta convertirse en un amplio auditorio. Y mientras pensaba en ello, sabía que los muros continuaban retrocediendo. Por un momento, se me antojó la posibilidad de que se estuviese produciendo una expansión similar en toda la prisión, en cuyo caso, los muros exteriores de San Quintín se extenderían desde el océano Pacífico hasta el desierto de Nevada. Se me ocurrió también que, dado que la materia podía penetrar a través de la propia materia, los muros de mi celda bien podían penetrar los de la prisión, atravesarlos y de este modo sacar mi celda fuera de la cárcel y ponerme en libertad. Por supuesto, aquello no era más que una fantasía, y así lo consideré entonces.

La extensión del tiempo era igualmente notable. Los latidos de mi corazón eran cada vez más espaciados; y entonces traté de contar los segundos que pasaban, lentos pero seguros, entre un latido y otro. Al principio comprobé con exactitud que transcurrían más de cien segundos entre uno y otro, pero, a medida que fui contando, los intervalos se prolongaban tanto que finalmente me harté de contar.

Y mientras persistía y crecía esta ilusión de alargar el tiempo y el espacio, me sorprendí a mí mismo enfrentándome en sueños a un nuevo y grave problema. Morrell me había dicho que había logrado liberarse de su cuerpo matándolo o eliminándolo de su conciencia (que, de hecho, era lo mismo). Ahora bien, mi cuerpo se hallaba tan cerca de la muerte que tenía la absoluta certeza de que, con un último impulso de mi voluntad sobre la zona del torso que seguía viva, este dejaría de existir. Pero Morrell —y en esto consistía el problema— no me había prevenido: ¿debía desear que también mi cabeza muriera? Y en tal caso, independientemente de lo que ocurriera con el espíritu de Darrell Standing, ¿no estaría su cuerpo muerto para siempre?

Decidí arriesgarme con el pecho y con el corazón, que latía con lentitud, y mi decisión se vio recompensada. Ya no tenía pecho ni corazón. Ahora solo era mente, alma, conciencia —comoquiera que se llame—, incorporada a un cerebro nebuloso que, a pesar de encontrarse todavía dentro de mi cráneo, continuaba expandiéndose más allá de sus límites.

Y entonces, entre destellos de luz, salí, me alejé de allí. De un brinco había saltado por encima de los muros de la cárcel y había llegado, a través del cielo de California, a las estrellas. Y digo «estrellas» con todas las letras: me encontré caminando entre las estrellas. Era un niño, vestido con una túnica ligera, de lana de vivos colores que brillaban a la serena luz de los astros. Sin duda, aquellas ropas eran reminiscencias de las que había observado vestir, cuando niño, a los artistas de circo y también de las imágenes con que solemos ver representados a los ángeles.

Aun vestido de ese modo recorrí el espacio interestelar, enardecido por la certeza de que me adentraba en una gran aventura, tras la cual me serían revelados la totalidad de las fórmulas cósmicas y el secreto supremo del universo. Llevaba en la mano una larga vara de cristal, y sabía que al pasar debía tocar con la punta todas y cada una de las estrellas. Sabía, además, que si dejaba de tocar tan solo una de ellas, me precipitaría a un abismo de castigos y de culpas eternas.

Esta exploración estelar continuó durante mucho tiempo. Y cuando digo «mucho tiempo» deben tener en cuenta la enorme extensión de tiempo que había tenido lugar en mi mente. Recorrí el espacio durante siglos, acertando sin fallo con la varita en cada una de las estrellas que me encontraba. El camino resplandecía cada vez con más brillo. Y cada vez me acercaba más y más a la inefable sabiduría infinita. Y ya no me equivocaba, no se trataba de otra de mis vidas, no era ninguna de mis anteriores experiencias. Era consciente en todo momento de que era yo, Darrell Standing, quien recorría las estrellas y las tocaba con una varita de cristal. Sabía que nada de todo aquello era real, nada que hubiera existido o pudiera existir jamás. Sabía que no era más que una absurda orgía de la imaginación, como la que experimentan aquellos que están bajo los efectos de las drogas, en pleno delirio, o simplemente soñando.

Y entonces, cuando todo proseguía alegremente en mi aventura celeste, la punta de mi varita falló y en ese mismo instante supe que había cometido un terrible crimen. Y, al momento, sentí un golpe, un golpe brutal, decisivo, implacable e inexorable como el yugo de hierro del destino, que resonó a través del universo. Todo el espacio sideral centelleó, se tambaleó y ardió en llamas.

Me vi invadido por una exquisita y perturbadora agonía, y de inmediato volví a ser Darrell Standing, el condenado a cadena perpetua, enfundado en la camisa de fuerza en la celda de castigo. Enseguida me di cuenta de la causa de aquello: Ed Morrell me llamaba a golpes de nudillo desde la celda número cinco y comenzaba a deletrear un mensaje.

Les intentaré explicar algo sobre el significado de la prolongación del tiempo y del espacio que experimentaba. Algunos días después, le pregunté a Morrell qué era lo que había intentado transmitirme. Era un mensaje muy sencillo que decía: «Standing, ¿estás ahí?». Lo había deletreado rápidamente, mientras el guardia se hallaba lejos, en el extremo opuesto del pasillo al que daban las celdas de castigo. Insisto, lo deletreó con golpecitos muy rápidos. ¡Y he ahí el quid de la cuestión! Entre el primer golpe y el segundo yo estaba fuera, en algún lugar remoto, entre las estrellas, vestido con ropas livianas, tocando cada estrella a mi paso en busca de las fórmulas que explican el misterio último de la vida. Y, como ya he explicado antes, persistí en mi búsqueda durante siglos. Y entonces llegó el aviso, el yugo de hierro del destino, la agonía exquisita y perturbadora, y me encontré de nuevo en mi celda de San Quintín. Oí el segundo golpe de nudillos de Morrell. El intervalo entre los dos no pudo durar más de una fracción de segundo: y, aun así, durante aquella fracción de segundo, tan eterna e impensable para mi percepción, yo había estado muy lejos, vagando entre las estrellas durante siglos.

Soy consciente, queridos lectores, de que todo lo anteriormente expresado puede resultar farragoso. Estoy de acuerdo con ustedes: es un relato desconcertante y confuso. Sin embargo, fue toda una experiencia. Para mí resultó tan real como la serpiente que contempla un hombre en pleno *delirium tremens.*

Probablemente a Ed Morrell debió de costarle dos minutos redactar su pregunta. Y aun así, para mí transcurrieron miles de millones de años entre el primer golpecito de nudillos y el último. Ya no podía seguir caminando por mi sendero de estrellas en aquella felicidad inefable y primitiva, pues mi camino estaba amenazado por el temor a la inevitable llamada que me partiría en pedazos y me sacudiría de vuelta al infierno de la camisa de fuerza. En consecuencia, los milenios de peregrinaje por las estrellas podían convertirse en milenios de terror.

Y en todo momento, sabía que eran los nudillos de Morrell los que me mantenían cruelmente sujeto a la tierra. Traté de comunicarme con él para pedirle que dejase de hacerlo, pero había eliminado mi cuerpo de mi conciencia con tal perfección que me era imposible resucitarlo. Mi cuerpo yacía muerto en la camisa de fuerza, aunque yo continuaba viviendo dentro de mi cabeza. Me esforcé en vano por intentar que mi pie transmitiera un mensaje a Morrell. Intenté tomar conciencia de mi pie, pero había llevado a cabo mi experimento tan concienzudamente que ya no tenía pie.

Más adelante, y ahora sé que fue así porque Morrell había acabado de deletrear su mensaje, proseguí mi camino entre las estrellas sin que me interrumpieran. Después de aquello, ya amodorrado, noté que me estaba quedando dormido, y que me sobrevenía un sueño maravilloso. De vez en cuando, adormecido, me agitaba entre sueños; por favor, queridos lectores, no pasen por alto este verbo, *me agitaba*, movía las piernas y los brazos. Era consciente del suave tacto de las sábanas limpias en mi piel, con una agradable sensación de bienestar. ¡Ah, qué maravilla! Como el hombre sediento en el desierto que sueña con manantiales y pozos de agua fresca, así soñaba yo con liberarme de la opresión de la camisa de fuerza, con pulcritud en lugar de mugre, con tener una piel suave como el terciopelo, limpia y sana, en lugar de mi pobre pellejo de pergamino arrugado. Pero mis sueños eran algo más que sueños, como pronto podrán ver.

Me desperté, y aunque no abrí los ojos, estaba completamente despierto. Y debo reconocer que lo que ocurrió a continuación no fue ninguna sorpresa. Todo era natural y previsible. Sin lugar a dudas, yo era yo, *pero yo ya no era Darrell Standing*. Darrell Standing ya no tenía nada que ver con el ser que yo era, como tampoco se parecía en nada la piel cuarteada de Darrell Standing a la suave y lozana piel que ahora tenía. Ni siquiera era consciente de la existencia de ningún Darrell Standing, ni podía serlo, puesto que Darrell Standing todavía no había nacido ni nacería en muchos siglos, como explicaré a continuación.

Estaba allí tumbado con los ojos cerrados, vagamente escuchando. Desde el exterior llegaba el ruido de numerosos cascos desfilando ordenadamente por la calzada. Por el acompasado tintineo de los arneses de los hombres y de los arreos de los caballos, supe que alguna tropa estaba pasando por debajo de mis ventanas. Me preguntaba, con cierta indiferencia, de quién podría tratarse. De algún lugar —que sabía que era el patio de la posada— llegaba también un ruido de cascos y un relinchar impaciente que reconocí como el de mi caballo.

Oí además unos pasos que se acercaban, pasos pretendidamente cuidadosos, pero a la vez descaradamente ruidosos, que parecían tener la secreta intención de despertarme si todavía estaba dormido. ¡El muy bribón logró arrancarme una sonrisa!

—Pons —ordené con los ojos todavía cerrados—, agua, agua fresca, rápido, mucha agua. Bebí en demasía anoche y ahora me arde la garganta.

—Y hoy también habéis dormido en demasía —me reprendió mientras me traía el agua.

Me incorporé, abrí los ojos y me acerqué la jarra a los labios con las dos manos. Y mientras bebía, observaba a Pons.

Bien, tengan en cuenta dos cosas: hablaba en francés, aunque no era consciente de ello. Y no fue hasta más tarde, de nuevo en mi celda de castigo, mientras recordaba todo esto que les estoy contando, que supe que había estado hablando en francés. Y lo hablaba con soltura. En cuanto a mí, Darrell Standing, el que ahora escribe estas líneas desde el Corredor de la Muerte de la cárcel de Folsom, solo sé el poco francés que aprendí en secundaria y que apenas me alcanza para leer. En cuanto a hablarlo, imposible. Apenas lograba hacerme entender para pedir un plato de la carta.

Pero volvamos a lo anterior. Pons era un vejete, pequeño y marchito. Había nacido en nuestra casa; lo sé porque aquel mismo día me lo dijo. Tenía sesenta años y le faltaban casi todos los dientes. A pesar de una severa cojera que le obligaba a andar dando saltitos, era un hombre muy despierto y enérgico en sus movimientos. Llevaba sesenta años en la casa, por lo que se desenvolvía con una familiaridad a veces un tanto impúdica. Había sido sirviente de mi padre incluso antes de que yo empezase a caminar, y después de la muerte de este (Pons y yo lo mencionamos precisamente aquel día) pasó a ser mi sirviente. La cojera le sobrevino en un campo de batalla en Italia, cuando las tropas a caballo cargaron contra él. Estaba arrastrando a mi padre, para que no le alcanzaran los cascos de los caballos, cuando una lanza le atravesó el muslo, cayó y fue pisoteado por los caballos. Mi padre, consciente pero incapaz de moverse a causa de las heridas, lo presenció todo. Y de este modo, como digo, Pons se ganó el derecho a tratarlo con tanta familiaridad como le viniese en gana; y a mí, como hijo de mi padre, jamás se me ocurriría negarle aquel privilegio.

Pons sacudía la cabeza mientras yo saciaba mi tremenda sed.

—¿Has oído cómo hervía mi estómago? —reí mientras le devolvía la cubeta vacía.

—Como vuestro padre —dijo desesperanzado—. Pero vuestro padre aprendió con el tiempo, cosa que dudo que hagáis vos.

—Él padecía del estómago —dije con un punto de malicia— y un simple trago de alcohol le hacía revolcarse de dolor. Es de sabios no beber cuando uno no soporta la bebida.

Mientras hablábamos, Pons disponía junto a mi cama las ropas que había de vestir aquel día.

—Vos seguid bebiendo, mi señor —respondió—, que no os ha de hacer daño. Moriréis con el estómago sano.

—¿Quieres decir que tengo un estómago de hierro? —dije, fingiendo no haberle entendido.

—Quiero decir que… —comenzó a hablar, algo irritado, pero al momento se dio cuenta de que intentaba tomarle el pelo y se calló. Con un mohín de ironía en los labios, dejó mi nueva capa de marta cibelina sobre el respaldo de la silla.

—Ochocientos ducados —dijo con sorna—, más de mil cabras y cien bueyes cebados, simplemente para daros abrigo. Más de veinte granjas para cubrir la magnífica espalda de mi señor.

—Y por este, cien magníficas granjas y uno o dos castillos, por no decir, tal vez, un palacio —dije, alargando la mano para tocar el estoque que él iba a depositar sobre la silla.

—Todo eso lo ganó vuestro padre con su brazo derecho —replicó Pons—. Pero vuestro padre conservaba todo lo ganado.

En este punto Pons hizo una pausa para sostener con desprecio mi nuevo jubón de raso escarlata, una prenda magnífica en la que había derrochado una fortuna.

—Sesenta ducados por esto —me censuró Pons—. Vuestro padre habría enviado a todos los sastres y judíos de la cristiandad a arder en el infierno antes que pagar un precio semejante.

Y mientras nos vestíamos, es decir, mientras Pons me ayudaba a vestirme, seguí tirándole puyas.

—Está claro, Pons, que no te has enterado de las noticias —dije.

Enseguida aguzó los oídos, como el viejo cotilla que era, y preguntó:

—¿Noticias? ¿Tal vez de la corte inglesa?

—No —negué con la cabeza—, noticias tal vez para ti, pero ya conocidas por todos. ¿No te has enterado? Los filósofos de Grecia ya discutían sobre eso hace más de dos mil años. Esa es la razón por la que derrocho en caros ropajes, vivo en la corte y me he convertido en un galán. Verás, Pons, el mundo es un lugar horrible, la vida es algo muy triste, todos los hombres han de morir, y los muertos… muertos están. Por tanto, para escapar de la angustia y la tristeza, los hombres de hoy en día, los hombres como yo, buscan el placer y la frivolidad en la locura de los lances amorosos.

—Pero ¿de qué noticias se trata, mi señor? ¿Qué es aquello sobre lo que los filósofos discutían hace tanto tiempo?

—Que Dios ha muerto, Pons —respondí solemne—. ¿No lo sabías? Dios está muerto, y pronto lo estaré yo también; por eso luzco veinte granjas sobre mis espaldas.

—Dios vive —afirmó Pons con fervor—. Dios vive y su reino está al llegar. Os lo advierto, señor, se aproxima. Mañana mismo podría desaparecer la Tierra.

—Eso decían en la Antigua Roma, Pons, cuando Nerón les prendió fuego a todos para iluminar sus juegos.

Pons me miraba acongojado.

—Tanta sabiduría no puede ser buena —se lamentó—. Siempre me opuse a ello. Pero vos habéis de satisfacer vuestros deseos y arrastrar mi viejo cuerpo con vos: estudios sobre astronomía y cálculo en Venecia, poesía y todas esas rimas y coplas italianas en Florencia, astrología en Pisa, y Dios sabe qué en ese país de chiflados llamado Alemania. ¡Al diablo los filósofos! Yo, Pons, vuestro siervo, un pobre viejo que no distingue una letra de una pica, os digo, mi señor, que Dios vive, y que está próximo el día en que hayáis de comparecer ante él.

Hizo una pausa al recordar algo de repente y añadió:

—Y está aquí, el clérigo del que hablasteis.

Al instante recordé mi compromiso.

—¿Por qué no me lo dijiste antes? —pregunté molesto.

—¿Qué más da? —dijo Pons encogiéndose de hombros—. Lleva esperando más de dos horas.

—¿Por qué no me has llamado?

Se me quedó mirando con sarcasmo, pensativo.

—¿Cuándo? ¿Mientras os ibais a la cama tambaleándoos cantando como el gallo: «¡Canta cuco cucú, canta cuco cucú, cucú na na cucú, canta cucú, canta cucú!?».

Se burló de mí cantándome al oído aquella cantinela con voz de falsete. Sin duda me había ido a la cama entonando tonterías como aquellas.

—Tienes buena memoria —comenté secamente mientras me probaba la nueva capa de marta cibelina antes de lanzársela a Pons para que la recogiera. Él movió la cabeza en forma de reproche.

—No hace falta tener buena memoria, estuvisteis berreando sin parar hasta que la mitad de los clientes de la posada llamó a la puerta para insultaros por no dejarles dormir. Y cuando al fin pude meteros en la cama, ¿no me llamasteis y me ordenasteis que, aunque llamara el mismísimo diablo, dijera que mi señor dormía? ¿Y acaso no me volvisteis a llamar y, agarrándome con fuerza del brazo, tanto que aún lo tengo amoratado, me ordenasteis que, si quería seguir gozando de vida, no os despertase por la mañana salvo por una sola cosa?

—¿Y de qué se trataba? —me apresuré a preguntarle, incapaz de imaginarme qué podría haber dicho.

—Para traeros el corazón de un tal Martinelli, un buitre negro, le llamasteis; el corazón de Martinelli humeante sobre una fuente dorada. Dijisteis que la fuente debía ser de oro, y que debía despertaros cantando «¡canta cuco cucú, canta cuco cucú, canta cucú!», por lo que comenzasteis a enseñarme la canción, «canta cuco cucú, canta cucú».

En cuanto Pons repitió el nombre, supe que se trataba del clérigo Martinelli, quien llevaba dos horas esperando, dando vueltas sin parar, en la sala de al lado.

Cuando Pons hizo entrar a Martinelli y se dirigió a mí por mi título, además de mi nombre, supe al fin mi nombre completo —hasta entonces me había sido imposible recordarlo— y lo que representaba. Yo era el conde Guillaume de Sainte-Maure.

El clérigo era un italiano, menudo y de tez oscura, enjuto como si ayunase o con un hambre tan atrasada que no era de este mundo; sus manos eran pequeñas y delgadas como las de una mujer. Y sus ojos… sus ojos eran malvados y esquivos, rasgados y de gruesos párpados, tan maliciosos como los de un hurón y a la vez indolentes como los de un lagarto al sol.

—Ha sido muy larga la espera, conde de Sainte-Maure —dijo en cuanto Pons abandonó la estancia—. Aquel a quien sirvo se está impacientando.

—Cambiad vuestro tono, padre —le interrumpí molesto—. Recordad que ya no estáis en Roma.

—Mi augusto señor… —comenzó a decir.

—Tal vez gobierne augustamente en Roma —le interrumpí de nuevo—, pero estamos en Francia.

Martinelli se encogió de hombros, paciente, sumiso, pero el brillo de sus ojos, como los de un basilisco, le delataba.

—A mi augusto señor le preocupan sus asuntos con Francia —dijo con tono calmo—. La dama no es para vos.

Mi señor tiene otros propósitos... —se humedeció los labios y añadió—: otros propósitos con respecto a la dama... y con respecto a vos.

Por supuesto, la dama a quien se refería era la gran duquesa Philippa, viuda de Geoffrey, último duque de Aquitania. Pero Philippa, además de gran duquesa, y viuda, y todo lo que ello comportaba, era una mujer, una mujer joven, alegre, hermosa y, a fe mía, hecha para mí.

—¿Cuáles son esos propósitos? —pregunté sin rodeos.

—Grandes, grandes propósitos, conde de Sainte-Maure, demasiado grandes para que yo pueda siquiera imaginarlos, y mucho menos para discutirlos con vos o con cualquiera.

—Sí, sí, ya sé que hay grandes planes en marcha en las altas esferas, y que los gusanos se retuercen bajo tierra —dije.

—Ya me habían avisado de que erais testarudo, pero yo he de cumplir órdenes.

Martinelli se levantó para marcharse, y yo me levanté con él.

—Ya dije que sería inútil —continuó—, pero al menos se os ha concedido una última oportunidad para que cambiéis de parecer. Mi augusto señor ha procedido con suma justicia.

—Muy bien, pensaré sobre el asunto —dije a la ligera mientras hacía una reverencia al clérigo y lo acompañaba hacia la puerta.

De repente, se detuvo en el umbral.

—El tiempo de meditar ya ha pasado —replicó—. Lo que vine a buscar es una decisión.

—He dicho que lo pensaré —repetí, para luego añadir—: y si los planes de la dama no coinciden con los míos, tal vez los propósitos de vuestro señor puedan obtener su fruto. Pero recuerde, padre, que él no es mi señor.

—Vos no le conocéis —dijo solemnemente.

—Ni deseo conocerle —repuse.

Y después escuché el paso ágil y ligero del pequeño y enigmático clérigo mientras bajaba las escaleras.

Si quisiera dar cuenta detallada de todo lo que vi durante aquel día en que fui el conde de Sainte-Maure, no bastarían diez libros del tamaño del que estoy escribiendo. He de pasar por alto muchos detalles; de hecho, casi todos, pues hasta ahora no he sabido de ningún condenado cuya pena haya sido aplazada para que pueda completar sus memorias; al menos no en California.

Cuando salí a cabalgar aquel día me encontré con el París de hace siglos. Las estrechas calles deparaban todo un espectáculo de mugre, de inmundicias y de lodo. Pero debo saltarme todo esto, todos los acontecimientos de aquella tarde, los torneos al otro lado de las murallas, la gran fiesta celebrada por Hugh de Meung, y todo el festín de manjares y de bebida en el que apenas participé. Solo relataré el final de la aventura, que comienza cuando estaba galanteando con Philippa en persona; Dios mío, ¡qué bella y maravillosa mujer! Una gran dama, sí, pero ante todo, y sobre todo, una mujer.

Reíamos y bromeábamos mientras a nuestro alrededor se agolpaba la multitud en pleno alborozo; pero tras nuestras bromas se ocultaba la pasión contenida de un hombre y una mujer cruzando el umbral del amor y, sin embargo, todavía inseguros el uno del otro. No osaré describirla. Era pequeña, de una esbeltez exquisita… pero, vaya, ya estoy describiéndola. Lo único que puedo decir es que, para mí, era la única mujer en el mundo, y no podía permitir que el largo brazo de aquel viejo de Roma recorriese media Europa para interponerse entre mi dama y yo.

Y entonces el italiano Fortini se inclinó sobre mi hombro y me susurró:

—Deseo hablar con vos.

—Tendrá que esperar mi voluntad —respondí secamente.

—Yo no espero por la voluntad de nadie —fue su respuesta, igualmente seca.

Y entonces me acordé del clérigo Martinelli y del viejo de Roma, y sentí que la sangre me hervía en las venas. El asunto estaba claro, todo estaba acordado por el largo brazo del poder. Fortini me sonrió vagamente mientras yo me debatía en un momento, pero su sonrisa estaba cargada de insolencia.

En aquella ocasión, más que en ninguna otra, debí haber permanecido sereno, pero la vieja ira roja comenzó a prender dentro de mí. Todo aquello era obra del clérigo. Y del tal Fortini, arruinado, pobre en todo excepto en linaje, considerado como el mejor espada que había salido de Italia en la última década. Aquella noche era Fortini; si no era capaz de cumplir con las órdenes del viejo romano, habría otra espada dispuesta a ello al día siguiente, y otra al día siguiente. Y si el destino permitía que fracasaran, entonces recurrirían al puñal en la espalda o al veneno en mi copa de vino, en la carne o en el pan.

—Estoy ocupado —dije—. Marchaos.

—Mi asunto con vos apremia —fue su respuesta.

Sin darnos cuenta, habíamos elevado la voz y Philippa nos oyó.

—Marchaos, perro italiano —le dije—. Absteneos de ladrar ante mi puerta. Os atenderé en breve.

—Ya ha salido la luna —dijo—. La hierba está seca y en perfecto estado; no hay rocío. Más allá del estanque de los peces, a un tiro de flecha hacia la izquierda, hay un pequeño claro, tranquilo y privado.

—En breve atenderé vuestros deseos —mascullé impaciente.

Pero él insistía en esperar junto a mí.

—En breve —repetí— atenderé vuestros deseos.

En ese momento intervino Philippa, haciendo gala de su intrépido espíritu y su gran determinación.

—Satisfaced el deseo del caballero, Sainte-Maure. Atendedle ahora. Y que la buena fortuna os acompañe —se detuvo para hacer una seña a su tío, Jean de Joinville, de los Joinville de Anjou.

—Que la fortuna os acompañe —repitió, y acercándose a mí, susurró—: Mi corazón se va con vos, Sainte-Maure. No os demoréis. Os estaré esperando en el salón.

Me hallaba en el séptimo cielo, mis pies apenas tocaban el suelo. Aquella fue la primera manifestación sincera de su amor, y tras escuchar su bendición, me sentí capaz de dar muerte a veinte Fortinis y de burlar a todos los poderosos viejos de Roma.

Jean de Joinville se llevó a Philippa del brazo y se perdió entre la multitud, y Fortini y yo lo dispusimos todo de inmediato. Nos separamos para buscar cada uno a un testigo y luego reunirnos todos en el lugar acordado, más allá del estanque de los peces.

Yo encontré primero a Robert Lanfranc y después a Henry Bohemond. Pero antes tuve un encuentro desafortunado con el típico aguafiestas, cuya mera presencia era ya portadora de malos augurios. Conocía al tipo; se trataba de Guy de Villehardouin, un joven provinciano recién llegado a la corte, que en poco tiempo se había ganado la reputación de ser un gallito de pelea. Era pelirrojo. Sus azules ojos, pequeños y muy juntos, tenían un punto rojizo en torno al iris, y su piel, como corresponde a ese tipo de físico, era sonrosada y poblada de pecas. Tenía pinta de estar a medio cocer.

Cuando pasé junto a él, me empujó con brusquedad. Y sí, claro, lo hizo a propósito. Se enfureció y echó mano a su estoque.

—Por Dios que el viejo romano tiene muchos y extraños recursos —pensé, y con una reverencia le dije a aquel fanfarrón—: Os ruego perdonéis mi torpeza. Ha sido culpa mía. Le ruego me perdone, Villehardouin.

Pero no iba a ser tan fácil apaciguarle. Mientras se sulfuraba y montaba en cólera, logré atraer la atención de Robert Lanfranc para que se acercara a nosotros y explicarle lo sucedido.

—Sainte-Maure ya os ha dado una satisfacción —le explicó—. Os ha rogado que le perdonéis.

—En honor a la verdad, sí —interrumpí con tono cordial—. Y os ruego de nuevo que me perdonéis, Villehardouin, por mi gran torpeza. Os pido disculpas mil veces. La culpa fue mía, aunque no hubo intención alguna. En mi apuro por acudir a una cita cometí una torpeza, una lamentable torpeza, mas sin la menor intención.

¿Qué podía hacer aquel idiota sino aceptar a regañadientes las disculpas que le prodigaba? No obstante, mientras Lanfranc y yo nos apresurábamos, ya sabía que antes de que pasaran días, o incluso horas, aquel joven fanfarrón buscaría la manera en que midiésemos nuestros aceros sobre la hierba.

Lo único que le expliqué a Lanfranc fue que le necesitaba, y él no quiso saber mucho más. Era un joven enérgico, de no más de veinte años, que había sido adiestrado en el manejo de las armas, había luchado en España y tenía un historial impoluto sobre la hierba. Sus ojos negros se iluminaron cuando supo de qué se trataba, y tal fue su entusiasmo que él mismo se encargó de que Henry Bohemond se uniera a nosotros.

Cuando, tras pasar el estanque, llegamos hasta el claro, Fortini y sus dos amigos estaban ya esperando. Uno de ellos era Felix Pasquini, sobrino del cardenal de dicho nombre, tan fiel a su tío como su tío lo era al viejo romano. El otro era Raoul de Goncourt, cuya presencia me sorprendió, pues su bondad y su nobleza no encajaban con aquellas compañías.

Nos saludamos con corrección, y con corrección abordamos el asunto. No se trataba de nada nuevo para ninguno de nosotros. La hierba estaba en buen estado, tal y como se me había prometido. No había rocío, la luna brillaba; Fortini y yo empuñamos nuestras armas con total sobriedad.

De algo estaba seguro: aunque se me tenía por uno de los mejores espadas de Francia, Fortini era mejor que yo. Pero sabía también que aquella noche llevaba conmigo el corazón de mi dama, y esa noche, gracias a mí, habría un italiano menos en el mundo. Digo que lo sabía; no tenía la menor duda al respecto. Y mientras nuestros estoques se cruzaban, pensaba en cuál sería el mejor modo de darle muerte. No me interesaba que el duelo se alargara demasiado. Mi estilo siempre había sido rápido y deslumbrante. Es más, debido a los últimos meses de parranda y a todas esas noches en las que acababa alegremente cantando «canta cuco cucú, canta cuco cucú», sabía que no estaba en condiciones de aguantar un enfrentamiento prolongado. Mi decisión fue, por tanto, rápida y tajante.

Pero no bastaba con ser rápido y brillante para sorprender a un espadachín tan consumado como Fortini. Además, la fortuna quiso que Fortini, siempre impasible, siempre sereno, cuya muñeca gozaba fama de incansable, siempre seguro y dueño de sí, se decidiera también justo aquella noche por el estilo rápido y deslumbrante.

Fue un combate duro y riguroso, pues del mismo modo en que yo había advertido su intención de acabar con aquello lo más pronto posible, él también se había percatado de la mía. Dudo que pudiese haber practicado el golpe elegido a plena luz del día. La tenue luz de la luna me favorecía; asimismo tuve la suerte de adivinar con un instante de anticipación el golpe que me reservaba. Se trataba de un ataque sorpresa, un movimiento ordinario pero muy peligroso que cualquier principiante conoce y que se ha cobrado la vida de muchos de los que lo intentaron sin éxito. De hecho, supone un peligro tan grande para el que lo intenta que los espadachines expertos no lo tienen en gran estima.

No llevábamos ni un minuto de combate cuando intuí que, a pesar del inicial despliegue de movimientos ofensivos y del alarde de virtuosismo, Fortini se preparaba para aquel ataque sorpresa. Esperaba a que yo me abalanzara sobre él para, en lugar de esquivarme, calcular el impulso de mi empuje, desviarlo con un simple giro de muñeca y clavarme el estoque aprovechando la inercia de mi cuerpo. Ardua maniobra, sí, incluso a plena luz del día. Si se adelantaba una fracción de segundo tan solo, me pondría en guardia y estaría a salvo; si se retrasaba, aunque solo fuera una fracción de segundo, mi estocada le entraría de lleno.

—¿Así que rápido y brillante? —pensé—. Muy bien, mi querido italiano, será rápido y brillante, sobre todo rápido.

En cierto modo se trataba de un ataque sorpresa contra otro, pero tenía pensado sorprenderle en el momento justo siendo más rápido que él. Y lo fui. Como ya he dicho, apenas llevábamos un minuto de combate cuando ocurrió. ¿Rápido? Mi embestida y mi estocada fueron una sola cosa. Una acción explosiva, un instante, un acto casi reflejo. Puedo jurar que el ataque y la estocada que acometí fueron más rápidos que los que cualquier hombre podría realizar y que gané por solo una décima de segundo. Fortini trató de desviar mi acero y atravesarme con el suyo, pero fue su hoja la que se desvió. Pasó como un relámpago junto a mi pecho y se perdió en el vacío. Y entonces mi espada le alcanzó, le atravesó a la altura del corazón desde un costado al otro.

Extraña cosa es arrancarle la vida a un hombre a punta de estoque. Sentado aquí, en mi celda, dejo de escribir por un momento mientras medito sobre ello. Y he meditado sobre ello muchas veces, sobre aquella noche a la luz de la luna hace ya tanto tiempo, cuando le di a aquel perro italiano una lección rápida y deslumbrante. Me resultó muy fácil atravesarle el pecho. Cualquiera hubiera esperado una mayor resistencia. Hubiera sido más difícil si la punta de mi estoque hubiese tocado hueso, pero aquella vez solo encontró su blanda carne, y la atravesó, aun así muy fácilmente. Todavía hoy, mientras escribo, puedo recordar aquella sensación, en mi mano, en mi cabeza. Un alfiler de sombrero no podría atravesar un pudín de ciruela con tanta facilidad como lo hizo mi estoque con aquel italiano. A nadie pasmaban esas cosas en los tiempos del conde Guillaume de Sainte-Maure, cierto es; pero a mí, a Darrell Standing, sí que me parece asombroso, ahora que, muchos siglos después, reflexiono sobre ello. Es fácil, tan fácil matar a un hombre fuerte, vivo y despierto, con un arma tan tosca como una hoja de acero... Los hombres son frágiles como el caparazón de los jóvenes cangrejos, tan tiernos, tan vulnerables...

Pero volvamos a aquel claro bajo la luz de la luna. Mi estocada dio en el blanco y hubo una pausa. Fortini no se desplomó al instante, ni tampoco yo retiré mi espada. Durante un segundo nos mantuvimos quietos, yo con las piernas separadas, arqueadas y en guardia, el torso hacia adelante, el brazo en horizontal, todavía alerta; Fortini con su acero tan lejos de mí que su mano y su empuñadura descansaban ligeramente sobre mi costado izquierdo. Su cuerpo estaba rígido, pero sus ojos todavía brillaban.

Tan rígidos, como estatuas, permanecimos durante aquel segundo que juro que aquellos que nos rodeaban no se percataron de inmediato de lo que había ocurrido. Entonces Fortini dio un grito ahogado y tosió levemente. La rigidez de su postura se relajó. La empuñadura y la mano que descansaban sobre mi costado izquierdo temblaron, y luego el brazo cayó hacia un lado hasta que la punta del estoque rozó la hierba. Ya entonces Pasquini y De Goncourt habían acudido en su ayuda, y lo tenían entre sus brazos. A fe mía que resultó más difícil extraer el acero que clavarlo. Su carne se aferraba a él, como recelosa de dejarlo partir. Créanme, fue necesario un tremendo esfuerzo para recuperar mi espada.

Mas la punzada causada con la retirada del arma debió de devolverle a la vida, ya que se quitó de encima a sus amigos, se irguió y alzó su estoque en posición de guardia. Yo hice lo mismo, asombrado de ver que le había atravesado el cuerpo a la altura del corazón y no le había dañado ningún órgano vital. Pero en aquel momento, y antes de que sus amigos pudieran sostenerlo, le fallaron las piernas y se desplomó sobre la hierba. Lo tendieron boca arriba, pero ya estaba muerto; su rostro se mostraba espectral a la luz de la luna, y su mano derecha todavía blandía con fuerza el estoque.

Sí, en verdad resulta asombrosamente fácil matar a un hombre.

Rendimos un saludo de respeto a sus amigos, y ya estábamos a punto de partir cuando Felix Pasquini me detuvo.

—Ruego me excuséis —le dije—. Dejémoslo para mañana.

—Solo tenemos que apartarnos a un lado, donde la hierba esté seca —insistió.

—Permitidme entonces que la humedezca por vos, Sainte-Maure —solicitó Lanfranc, deseoso de acabar con un italiano.

Negué con la cabeza.

—Pasquini es mío —respondí—. Será el primero mañana.

—¿Acaso quedan más? —preguntó Lanfranc.

—Preguntad a De Goncourt —sonreí—. Imagino que está dispuesto a reclamar el honor de ser el tercero.

Goncourt mostró una afligida conformidad. Lanfranc lo miró inquisitivamente y De Goncourt asintió con la cabeza.

—Y supongo que tras él vendrá el gallito —continué.

Y mientras hablaba, el pelirrojo Guy de Villehardouin, solo, se acercaba hacia nosotros cruzando la hierba bañada por la luna.

—Al menos dejad que ese sea para mí —gritó Lanfranc, que ardía en deseos de luchar.

—Preguntadle a él —añadí riendo; después me volví hacia Pasquini—. Mañana. Decidme vos hora y lugar y no faltaré.

—La hierba está en excelentes condiciones, el lugar es espléndido y tengo especial interés en que hagáis compañía a Fortini esta noche —insistió una vez más.

—Con mayor placer disfrutaría de la compañía de una amiga —repliqué con ironía—. Ahora, con vuestro permiso, he de irme.

Pero me impidió el paso.

—Quien haya de acompañarle, que lo haga esta noche —dijo.

Por primera vez consiguió que me enfureciera.

—Servís bien a vuestro señor —contesté con sorna.

—No sirvo más que a mi placer —fue su respuesta—. No atiendo a ningún señor.

—Perdonadme si presumo de decir la verdad —dije.

—¿Cuál es? —preguntó.

—Que sois un mentiroso, Pasquini, un mentiroso como todos los italianos.

Se volvió al instante hacia Lanfranc y Bohemond.

—Ya le habéis oído. Después de esto no me impediréis que sea mío esta noche —replicó.

Aquellos dudaron y me miraron para averiguar mis deseos. Pero Pasquini no esperó.

—Y si todavía os queda algún reparo —se apresuró a añadir—, permitidme que os los arranque de este modo...

Y escupió sobre la hierba, a mis pies. En ese momento la ira se apoderó de mí. La ira roja, como suelo llamarla, un deseo absolutamente irrefrenable de matar y destruir. Me olvidé de que Philippa me esperaba en el salón principal. No pensaba más que en aquel agravio, la imperdonable intromisión en mis asuntos de aquel viejo italiano, la diligencia del clérigo emisario, la insolencia de Fortini, la desfachatez de Villehardouin y, ahora, el que faltaba, Pasquini, erguido ante mí y escupiendo a mis pies. Lo veía todo rojo. Pensaba en rojo. Observé a todas aquellas criaturas como si se tratara de un hatajo de malas hierbas que tenía que arrancar de mi camino y borrarlas para siempre de la faz de la tierra. Al igual que un león atrapado en una red ruge enloquecido contra las mallas, así rugía yo contra aquellas criaturas. Entre todos me rodearon; en verdad, había caído en la trampa. La única escapatoria consistía en derribarlos, aplastarlos contra el suelo y pasar por encima de ellos, pisoteándolos.

—Muy bien —dije, con aparente calma, pues me sentía tan encolerizado que mi cuerpo temblaba convulso—. Vos seréis el primero, Pasquini. ¿Y vos, De Goncourt, el segundo? ¿Y Villehardouin el último?

Todos asintieron, y Pasquini y yo nos preparamos para hacernos a un lado.

—Puesto que tenéis prisa —me propuso Henry Bohemond—, y son tres, al igual que nosotros, ¿por qué no acabar con esto de una sola vez?

—¡Sí, sí! —gritó Lanfranc enérgico—. De Goncourt es vuestro; dejad a De Villehardouin para mí.

Pero detuve a mis compañeros.

—Están aquí porque recibieron una orden —les expliqué—. Es a mí a quien desean, con tanto empeño que, a fe mía, me han contagiado su apetito; de modo que los quiero a todos para mí solo.

Advertí que Pasquini se impacientaba por el retraso que provocaba mi discurso, por lo que decidí inquietarle aún más.

—Con vos, Pasquini —anuncié—, me batiré en breve. No me gustaría que os demoraseis mientras Fortini aguarda vuestra compañía. A vos, Raoul de Goncourt, os castigaré como merecéis por frecuentar tan indeseables compañías. Os habéis puesto de buen año, no hacéis más que jadear Me tomaré el tiempo necesario para derretir vuestra grasa al tiempo que vuestros pulmones resuellen como un fuelle agujereado. Y en cuanto a vos, Villehardouin, todavía no he decidido de qué manera mataros.

Y de este modo, presenté mis saludos a Pasquini y comenzamos el duelo. Sí, aquella noche era una de aquellas noches: me sentía como endemoniado. Rápido y deslumbrante, como había de ser; sin descuidar el engañoso fulgor que emitía la luna. Como con Fortini, estaba resuelto a darle fin si se atrevía a atacarme por sorpresa. Y si no se atrevía, rápido, sería yo quien correría con el riesgo.

A pesar de la inquietud que le había provocado, se mostraba precavido. No obstante, impuse rapidez en el combate y, bajo aquella tenue luz, guiados más por el tacto que por la vista, nuestras hojas no dejaban de cruzarse.

Apenas había transcurrido un minuto del duelo cuando llevé a cabo mi estratagema. Fingí resbalar ligeramente con un pie y, al recuperar la estabilidad, simulé perder el contacto con la espada de Pasquini. Lanzó una estocada vacilante y fingí nuevamente, mas esta vez alargando innecesariamente la maniobra defensiva, quedando al descubierto a propósito: este era el cebo esgrimido para que atacara. Y funcionó. Como un relámpago, trató de sacar ventaja de lo que él tomó como una exposición involuntaria. Su estocada fue directa y decidida, y volcó todo el peso de su cuerpo y toda la fuerza de su voluntad en el ataque. Todo sucedió como estaba previsto y yo estaba esperándole. Tan pronto como mi acero se encontró con el suyo, nuestras hojas se deslizaron. Con la firmeza justa y suficiente hice un giro de muñeca y desvié su hoja con mi empuñadura. La desviación fue tan ligera, cuestión de centímetros, que apenas permitió que la punta del estoque me rozara y rasgase mi jubón de raso. Por supuesto, su cuerpo siguió al estoque en la arremetida mientras, por el costado derecho, la punta de mi estoque le entró a la altura del corazón. Extendí mi brazo recto y rígido, como el acero que se alargaba en su extremo y, tras el brazo y el acero, mi cuerpo se erguía firme y sólido.

A la altura del corazón, como digo, mi estoque se introdujo en el costado de Pasquini por la derecha, pero no salió por la izquierda; cuando ya casi le había atravesado tropezó con una costilla (¡matar a un hombre es un trabajo de carniceros!), de tal modo que el impulso le hizo perder el equilibrio y cayó de espaldas al suelo. Mientras caía, incluso antes de que su cuerpo tocara el suelo, extraje de un tirón mi arma de su cuerpo.

De Goncourt acudió en su ayuda, pero este le hizo señas para que se ocupara de mí. Pasquini no murió tan rápidamente como Fortini; tosió y escupió, y ayudado por Villehardouin, apoyó su codo en el suelo, descansó la cabeza sobre la mano y tosió y escupió nuevamente.

—Que tengáis un viaje agradable, Pasquini —le deseé riendo, preso de la ira roja—. Rogad por que sea rápido, pues la hierba sobre la que yacéis estará pronto mojada y, si no os afanáis, cogeréis un resfriado de muerte.

Y como me dispuse a comenzar con De Goncourt de inmediato, Bohemond protestó, aduciendo que debería descansar un poco.

—Ni hablar —repuse—. Todavía no he entrado en calor —y dije a De Goncourt—, ahora os haré bailar y resoplar. ¡En guardia!

Pero De Goncourt no estaba por la labor. Resultaba obvio que luchaba por obligación, que se limitaba a cumplir órdenes. Su estilo era anticuado, como corresponde a un hombre de mediana edad; y sin embargo, no era un espadachín mediocre. Se mostraba frío, resuelto y tenaz, pero distaba mucho de ser brillante; y el presentimiento de la derrota final mermaba su coraje. Con mi estilo rápido y brillante, pude haberle alcanzado una veintena de veces, pero esperé; como he dicho, me sentía endemoniado y lo hice por pura maldad. Le fatigué hasta el máximo, y le hice retroceder de cara a la luna, de modo que no pudiese verme claramente, pues yo luchaba envuelto en mi propia sombra. Y mientras le agotaba hasta que empezaba a resoplar, tal como había vaticinado, Pasquini, que observaba con la cabeza apoyada en la mano, tosió y escupió sus últimos restos de vida.

—Ahora os toca a vos, De Goncourt —anuncié por último—. Ya veis que os encontráis a mi merced. Puedo mataros como más me plazca. Preparaos para morir, pues este es el modo anunciado.

Y diciendo esto, simplemente pasé de cuarta a tercia y, cuando se descubría para parar, volví a posición de cuarta y me lancé por la abertura, atravesándole con mi estocada a la altura del corazón de parte a parte. En aquel momento, tras contemplar el desenlace, Pasquini dejó de aferrarse a la vida, hundió su rostro en la hierba, se estremeció por un momento y después quedó finalmente inmóvil.

—Vuestro señor tendrá cuatro siervos menos esta noche —aseguré a Villehardouin momentos antes de que comenzáramos a batirnos.

¡Y vaya combate! El chico resultaba ridículo. No podía siquiera imaginar en qué escuela de esgrima de provincias habría recibido instrucción. Parecía un completo bufón. «Un trabajo rápido y sencillo», sentencié, mientras su pelo rojizo parecía encrespársele de rabia al tiempo que me atacaba totalmente enajenado.

¡Y, ay de mí, fue su bufonería la que me desbarató! Cuando llevaba ya unos minutos jugando con él y riéndome de su torpeza, se enfureció tanto que olvidó las pocas nociones de esgrima que tenía. Con un amplio movimiento de estoque, como si se tratara de un instrumento pesado y de filo cortante, lo hizo silbar por el aire y me golpeó en la coronilla. Me quedé pasmado. Jamás me había sucedido lance tan absurdo. Se hallaba completamente al descubierto y podría haberle atravesado sin mayor complicación. Pero, como ya he dicho, estaba tan asombrado que lo siguiente que sentí fue la punzada del acero cuando aquel torpe provinciano cargó hacia mí como un toro y me atravesó, hasta que la empuñadura tropezó en mi costado y caí hacia atrás.

Mientras caía pude ver la inquietud en los rostros de Lanfranc y Bohemond y la desmedida satisfacción en el rostro de Villehardouin ante su acción.

Y caía, pero no llegué a tocar la hierba. De repente, apareció una nebulosa de luces y destellos, un clamor en los oídos, la oscuridad, una tenue luz que surgía lentamente, un dolor desgarrador que me atormentaba de manera indescriptible y, por último, escuché la voz de alguien que decía:

—No siento nada.

Conocía la voz. Era la del alcaide Atherton. Y me reconocí como Darrell Standing, recién llegado, a través de los siglos, de vuelta a la infernal camisa de fuerza en San Quintín. Y supe que los dedos que sentía en mi cuello eran los del alcaide y también que los que los sustituyeron eran los del doctor Jackson. Fue su voz la que dijo:

—No sabe tomarle el pulso a un hombre en el cuello. Aquí, justo aquí, ponga sus dedos donde están los míos. ¿Lo nota? Ya me lo imaginaba. El corazón está débil, pero el latido es constante como un cronómetro.

—Solo lleva así veinticuatro horas —dijo el capitán Jamie—, y nunca había estado en condiciones semejantes.

—Está fingiendo, eso es lo que pasa, créanme —agregó Al Hutchins, el recluso de confianza.

—No sé, cuando el pulso de un hombre es tan débil, hace falta un experto para encontrárselo —insistió el capitán Jamie.

—Bah, yo lo aprendí en la camisa de fuerza —dijo con sorna Al Hutchins—. Y conseguí que me desatara, capitán, cuando usted pensaba que había acabado conmigo; y no sabía qué hacer para no reírme en su cara.

—¿Qué opina, doctor? —preguntó el alcaide Atherton.

—Le digo que el funcionamiento del corazón es espléndido —fue su respuesta—. Por supuesto que se encuentra débil, no cabe esperar otra cosa. Le digo que Hutchins tiene razón. Este hombre está fingiendo.

Me levantó un párpado con su dedo pulgar, y en ese momento abrí el otro ojo y miré hacia el grupo que se encontraba agachado a mi alrededor.

—¿Qué le había dicho? —exclamó triunfante el doctor Jackson.

En aquel momento, aunque creí que mi cara se rasgaría por el esfuerzo, hice acopio de toda mi voluntad y esbocé una sonrisa.

Me acercaron un poco de agua a los labios y bebí con verdadera avidez. No olvidemos que durante todo aquel tiempo yacía boca arriba, completamente indefenso, con los brazos apretujados contra el cuerpo en el interior de la camisa de fuerza. Cuando me ofrecieron comida, el pan duro de la cárcel, negué con la cabeza. Cerré los ojos para indicarles que su presencia me cansaba. El dolor causado por mi vuelta a la vida resultaba insufrible. Sentía cómo mi cuerpo resucitaba y la vida se abría paso a través de los músculos del cuello hasta el pecho y el corazón, en medio de agudos dolores. En mi mente perduraba imborrable el recuerdo de Philippa, que me esperaba en el salón principal; y estaba ansioso por escapar y regresar de nuevo a aquel día y aquella medianoche que acababa de vivir en la antigua Francia.

De este modo, incluso con todos ellos a mi alrededor, me esforcé por eliminar de mi conciencia la parte viva de mi cuerpo. Tenía prisa por partir, pero la voz del alcaide Atherton me retuvo.

—¿Hay algo de lo que quieras quejarte? —preguntó.

En aquel momento no deseaba más que una cosa: que no me desataran. Por tanto, obviamente, la respuesta que di no era una mera fanfarronada, sino que solo pretendía servir a ese único propósito.

—¿Podría apretarme un poco más la camisa de fuerza? —susurré—. Está demasiado holgada, me pierdo en ella. Hutchins es un imbécil de mucho cuidado, un payaso. No tiene ni idea de cómo cinchar a un recluso. Alcaide, debería enviarle de encargado a la sala de telares. Es mejor maestro en ineficacia que el titular actual, que, aunque es ya bastante imbécil, no lo es tanto como él. Ahora salgan de aquí todos ustedes, a no ser que se les ocurra hacerme algo peor, en cuyo caso les ruego que se queden. Les invito de todo corazón a hacerme compañía, si es que su febril imaginación es capaz de idear aún alguna nueva tortura para mí.

—Es un fanático incorregible, un auténtico bestia —se jactó el doctor, encantado de la primicia.

—Standing, de veras que eres asombroso —dijo el alcaide—. Tienes una voluntad de hierro, pero te juro por los clavos de Cristo que acabaré por reventarte.

—Y usted tiene el corazón de un conejo —repliqué—. Con una décima parte de la tortura que hasta ahora he soportado en la camisa de fuerza, a usted se le abría salido el corazón por esas orejotas que tiene.

Aquello fue el toque de gracia, porque el alcaide tenía unas orejas tan excepcionales que seguro hubieran despertado el interés del mismísimo doctor Lombroso.

—Por lo que a mí respecta —continué—, me río de usted y espero que la sala de telares corra la peor suerte posible: que usted se haga cargo de ella. Sí, me ha encerrado aquí abajo y ha descargado toda su rabia sobre mí, y todavía sigo vivo y riéndome en su cara. ¿Inútil usted? ¿Ineficiente? No podría ni matar a una rata acorralada con un cartucho de dinamita, pero de dinamita de verdad, no como la que se empeña en creer que tengo yo escondida en alguna parte.

—¿Algo más? —preguntó cuando acabé mi diatriba.

Y entonces me acordé de repente de lo que le había dicho a Fortini cuando me molestó con su insolencia.

—Largaos, perro carcelero —añadí—. Dejad ya de ladrar a mi puerta.

Debía de ser algo terrible para tipos de la calaña del alcaide, ser desafiado así por un recluso indefenso. Palideció de ira y su voz temblaba mientras me amenazó:

—¡Por Dios, Standing, que acabaré contigo!

—Solo le queda una cosa por hacer —dije—, atarme la camisa con más fuerza, que me está muy ancha, medio desbocada. Si no puede hacerlo, váyase. Me da igual si no regresa en una semana o en diez días.

¿Qué más represalias puede tomar incluso el alcaide de una gran prisión sobre un recluso a quien ya se le han infligido los peores castigos? Es probable que al alcaide Atherton se le ocurriese alguna otra amenaza, pues comenzó a hablar. Pero mi voz se había fortalecido con el ejercicio y empecé a cantar «canta cuco cucú, canta cuco cucú, canta cucú», y así seguí cantando hasta que la puerta se cerró con gran estruendo de cerrojos y candados.

CAPÍTULO 12

Ahora que ya había aprendido el truco, todo era más sencillo. Y sabía que, según fuera poniéndolo en práctica, tanto más fácil sería. Una vez establecida una línea de menor resistencia, cada viaje posterior a lo largo de ella encontraría aún menos resistencia. Y de este modo, como se verá, mis excursiones desde San Quintín a otras vidas eran casi automáticas.

Cuando el alcaide Atherton y sus secuaces se hubieron marchado, fue cuestión de minutos imponer mi voluntad a la parte resucitada de mi cuerpo para que regresara a aquella pequeña muerte. Se trataba de una muerte en vida, pero no era más que una pequeña muerte, similar a la muerte temporal que produce una anestesia.

Así, desde todo aquello que era sórdido y vil, desde la brutal y oscura soledad de los rigores de la camisa de fuerza, las moscas amistosas, las tinieblas, los sudores y las conversaciones de nudillos con los muertos en vida, saltaba hacia el tiempo y el espacio.

Primero llegaron las tinieblas. Después, de manera paulatina, me fui haciendo consciente de la existencia de otras cosas. Primero, había mucho polvo. Podía sentirlo en las fosas nasales, seco y acre. Cubría mi rostro, lo sentía en los labios, en las manos, especialmente cuando rozaba mis dedos con la yema del pulgar.

Después vino un movimiento incesante. A mi alrededor todo daba vueltas y se tambaleaba. Oía un traqueteo y un chirrido constantes, y supe que se trataba, sin duda, de ruedas que rechinaban sobre ejes y golpeaban contra las rocas y la arena. Llegaban hasta mí las voces de hombres hastiados, que maldecían y reprendían a los también hastiados animales que se arrastraban con pesadez.

Abrí los ojos llenos de polvo y, al abrirlos, me entró más polvo todavía. Las gruesas mantas sobre las que yacía también acumulaban una gruesa capa de polvo y sobre mi cabeza, a través del polvo tamizado, pude ver un techo arqueado de lona que se bamboleaba y vibraba; miles de motas de polvo descendían pesadamente por los halos de luz que se filtraban a través de los agujeros de la lona.

Yo era un niño, un chico de unos ocho o nueve años, y estaba cansado; como lo estaba la mujer de rostro demacrado y polvoriento que, sentada a mi lado, intentaba calmar a la criatura que llevaba en brazos. Era mi madre, de eso estaba seguro; y también supe, al mirar a través del túnel de lona de la carreta, que la espalda del hombre sentado en el pescante era la de mi padre.

Cuando comencé a trepar por todos aquellos bultos que cargaba la carreta, mi madre me dijo con voz cansada y quejumbrosa:

—¿No puedes estarte quieto ni un minuto, Jesse?

Ese era mi nombre, Jesse. No conocía mi apellido, aunque sí oí a mi madre llamar a mi padre John. Recuerdo vagamente haber oído a los otros hombres alguna vez dirigirse a mi padre como *capitán*. Sabía que era el jefe de aquella caravana y que todos obedecían sus órdenes.

Salí a rastras por la abertura de la lona y me senté junto a mi padre en el pescante. El aire era asfixiante por el polvo que levantaban los carros y los cascos de los animales. Era un polvo tan denso que parecía que hubiera niebla y el sol rojizo del atardecer apenas resplandecía entre brumas.

No solo era siniestra la luz rojiza de aquella puesta de sol, también lo era todo lo que me rodeaba: el paisaje, la expresión en el rostro de mi padre, la agitación del bebé en brazos de mi madre y los seis caballos que conducía mi padre, a los que tenía que arrear constantemente y que estaban totalmente descoloridos de tanto polvo que les había caído encima.

La desolación del paisaje parecía hacer daño a la vista. Las bajas colinas se extendían sin fin sobre el horizonte y en sus laderas tan solo se veía algún que otro agostado matorral. Las colinas, desnudas, estaban formadas por arena y rocas; la mayor parte del terreno carecía de vegetación. Nuestro camino seguía los arenales que se habían formado entre las colinas, llanuras peladas con algún zarzal ocasional, salpicadas de esporádicas matas de hierba seca y marchita. No se veía agua ni señal de ella, tan solo áridas hondonadas que recordaban antiguas lluvias torrenciales.

Mi padre era el único que tenía caballos en su carreta. Las carretas rodaban en fila y, cuando la caravana giró serpenteante, pude ver que las otras iban tiradas por bueyes. Tres o cuatro yuntas tiraban, débilmente, de cada carreta, y los hombres caminaban a su lado, hundiendo los pies en la arena, hostigando con sus varas a los animales, que avanzaban reacios. Conté, al tomar una curva, todas las carretas, las de delante y las de detrás. Sabía que eran cuarenta incluyendo la nuestra, pues las había contado otras veces. Y cuando las volví a contar, como hace un niño para no aburrirse, estaban todas allí, las cuarenta, con sus cubiertas de lona; enormes, rudimentarias, avanzando a trompicones, tambaleándose y rechinando sobre la arena, las rocas y las matas de artemisa.

A derecha e izquierda, dispersos a lo largo de la caravana, cabalgaban entre doce y quince hombres, algunos de ellos bastante jóvenes. Llevaban rifles de cañón largo atravesados en la montura. Cada vez que alguno de ellos se acercaba a nuestra carreta, podía ver que sus caras, polvorientas, también estaban demacradas y tensas como la de mi padre. Y mi padre, al igual que ellos, tenía siempre a mano un rifle de cañón largo.

Asimismo, a un lado, avanzaban renqueando una veintena o más de bueyes esqueléticos, con llagas en las patas y mataduras por el yugo, que a cada rato se detenían para mordisquear las escasas matas de hierba seca, mientras les arreaban los jóvenes de rostros agotados que los pastoreaban. De vez en cuando, alguno de ellos se detenía y lanzaba un mugido, que resultaba tan ominoso como todo lo que me rodeaba.

Recordaba remotamente haber vivido, siendo un chiquillo, junto a la ribera arbolada de un arroyo. Y ahora, con el traqueteo de la carreta y el vaivén en el pescante, junto a mi padre, regresaba continuamente a aquella vida junto al agua que corría entre los árboles. Tenía la sensación de haber vivido y viajado en una carreta durante muchísimo tiempo, en aquella misma caravana.

Pero más vívida aún era la sensación que tenía, al igual que el resto de la caravana, del destino fatal que se cernía sobre nosotros. Parecíamos una marcha fúnebre. Nadie reía, nunca se oía una sola expresión de alegría. La paz, la tranquilidad nos habían abandonado. Los rostros de los hombres y de los muchachos que escoltaban la caravana se mostraban sombríos, rígidos, desesperanzados. A menudo, mientras nos abríamos paso a través del escabroso polvo del crepúsculo, buscaba con insistencia en el rostro de mi padre algún indicio vano de esperanza. No puedo decir, sin embargo, que el rostro de mi padre, demacrado y polvoriento, reflejara desesperación. Más bien mostraba, eso sí, una tremenda obstinación, y también mucha ansiedad, una ansiedad enorme.

En un momento, un estremecimiento pareció apoderarse de toda la caravana. Mi padre levantó la cabeza y yo también. Y nuestros caballos también levantaron sus fatigadas cabezas, olfatearon el aire entre interminables jadeos y, de pronto, empezaron a tirar con más fuerza. Los caballos de los escoltas aceleraron su ritmo y la maltrecha manada de bueyes trató de salir al galope. Era una estampa ridícula: aquellas pobres bestias, tan débiles, tan torpes, trataban de huir en estampida. Eran como esqueletos galopando envueltos en pellejos raídos, pero aun así consiguieron adelantar a los jóvenes arrieros, aunque por poco tiempo. Después volvieron a trotar con impaciencia, a trompicones, con las pezuñas doloridas, sin reparar siquiera en los escasos matojos de hierbas secas.

—¿Qué ocurre? —preguntó mi madre desde el interior del carro.

—Agua. Debe ser Nephi —respondió mi padre.

Y mi madre añadió:

—¡Gracias a Dios! Y tal vez nos vendan comida.

Y a Nephi entraron nuestras grandes carretas, a través del polvo color sangre, rechinando en pleno ajetreo, crujiendo, chirriando. En aquel lugar había una docena de casuchas dispersas sobre el terreno. El paisaje era tan árido como el que acabábamos de atravesar. No había árboles, tan solo matorrales, aridez, arena, con algún indicio de campos alguna vez cultivados, con algún que otro cercado. También había agua. En el arroyo no fluía la corriente y, sin embargo, el lecho estaba húmedo, con pequeños charcos en los que los bueyes y los caballos que iban sueltos hundían el hocico hasta los ojos. También se erguía algún solitario sauce.

—Ese debe de ser el molino de Bill Black del que nos hablaron —dijo mi padre, señalando una de aquellas casuchas a mi madre, que se asomaba nerviosa por encima de nuestros hombros.

Un hombre viejo, con una camisa de ante, el cabello largo, enmarañado y requemado por el sol, se acercó hasta nuestra carreta y habló con mi padre. Al dar la señal, las carretas que iban a la cabeza de la caravana comenzaron a desplegarse en círculo. El terreno era llano, y gracias a ello y a la práctica de nuestros hombres, se maniobró sin demora, y cuando dieron el alto, las cuarenta carretas formaban un corro bien trazado. Todos íbamos de acá para allá en medio de una ordenada confusión. De las carretas salían numerosas mujeres, con el rostro agotado y lleno de polvo como el de mi madre. También apareció todo un regimiento de niños, al menos cincuenta, a los que me parecía conocer de toda la vida; las mujeres, al menos unas cuarenta, comenzaron a realizar los preparativos para la cena.

Mientras algunos hombres cortaban ramas de artemisa y nosotros, los niños, las acercábamos hasta las hogueras, otros desenganchaban los bueyes de sus yugos y les dejaban salir en estampida en busca de agua. Otros, en grandes cuadrillas, movían las carretas para colocarlas en la posición adecuada. Cada carreta estaba perfectamente encajada al lado de otra, tanto por delante como por detrás. Bloqueaban los grandes frenos y, no contentos con esto, amarraban con cadenas las ruedas de todas las carretas. A los niños nada de esto nos resultaba extraño. Era señal de que acampábamos en una región hostil. Solo quedaba una carreta sin amarrar al círculo, que servía de puerta. Más tarde, como ya sabíamos, antes de que el campamento se fuera a dormir, se conduciría a los animales hacia el interior del círculo y la carreta que servía de puerta se encadenaría a las demás. Mientras tanto, durante horas, tanto los hombres como los niños conducirían a los animales en busca de la escasa hierba que pudieran encontrar.

Mientras se montaba el campamento, mi padre y otros hombres, incluyendo el viejo de pelo largo y requemado, se alejaron a pie en dirección al molino. Recuerdo que todos nosotros, los hombres, las mujeres e incluso los niños, nos detuvimos para verlos partir. Parecía que su misión fuera de suma importancia.

Mientras estuvieron fuera, otros hombres, desconocidos habitantes de la desierta Nephi, se acercaron a curiosear por el campamento. Eran blancos como nosotros, pero sus rostros eran duros, adustos y sombríos, y parecía molestarles nuestra presencia. Se percibía la hostilidad en el aire, y trataron premeditadamente de provocar a nuestros hombres con sus comentarios. Pero las mujeres advirtieron tanto a los hombres como a los jóvenes para que no dijeran ni palabra.

Uno de los desconocidos se acercó a nuestra hoguera, donde mi madre se encontraba sola, cocinando. Yo acababa de aparecer con una brazada de matojos y me detuve a escuchar, clavando una mirada de odio al intruso, porque el odio estaba en el aire, y sabía que hasta el último de nuestra caravana odiaba a aquellos extraños. Sí, eran blancos como nosotros, pero su presencia nos obligaba a acampar en círculo.

Aquel extraño tenía los ojos azules y la mirada fría, dura y penetrante. Tenía el pelo lleno de arena y la barbilla afeitada, y por debajo de esta, cubriendo el cuello y extendiéndose hasta las orejas, le brotaba una barba rojiza con mechones grises. Mi madre no le saludó, ni el extraño a ella. Se limitó a quedarse allí mirándola con el ceño fruncido; después se aclaró la garganta y dijo con desprecio:

—Seguro que ahora mismo piensas que hubiese sido mejor no salir de Missouri.

Vi cómo mi madre apretaba los labios, controlándose, antes de responder:

—Somos de Arkansas.

—Supongo que tenéis buenas razones para ocultar vuestra procedencia —dijo entonces aquel hombre—, vosotros, que expulsasteis de Missouri al pueblo elegido del Señor.

Mi madre no respondió.

—Ya ves —prosiguió tras una pausa premeditada—, ahora venís a quejaros y a rogarnos que os demos pan, a nosotros, a quienes perseguíais.

Y ante aquello, de repente, a pesar de ser tan solo un niño, conocí la furia, la antigua e intolerante ira roja, siempre desenfrenada e indómita.

—¡Mentiroso! —salté—. No somos de Missouri, no le rogamos a nadie, no somos mendigos. Tenemos dinero para pagar.

—¡Cállate, Jesse! —gritó mi madre, tapándome la boca con rapidez para después dirigirse al extraño—. ¡Váyase y deje en paz al chico!

—¡Te voy a llenar el cuerpo de plomo, condenado mormón! —le grité sollozando, y corrí alrededor de la hoguera para evitar que mi madre me tapara la boca.

En cuanto al hombre, mi conducta no pareció perturbarle en lo más mínimo. Yo estaba en guardia, pues no sabía si aquel extraño iba a reaccionar con violencia. Lo observé receloso mientras él me escudriñaba con la mayor gravedad.

Finalmente habló, de modo solemne, negando ceremoniosamente con la cabeza, cual si estuviera dictando sentencia.

—De tales padres, tales hijos —dijo—. La nueva generación es tan mala como la anterior. Pertenecéis a una casta impía y maldita. No hay salvación ni para los jóvenes ni para los viejos. No hay expiación posible. Ni siquiera la sangre de Cristo podría lavar vuestras infamias.

—¡Maldito mormón! —fue todo lo que pude articular, entre sollozos—. ¡Maldito mormón! ¡Maldito mormón! ¡Maldito mormón!

Y continué maldiciéndole y corriendo alrededor de la hoguera, esquivando los manotazos de mi madre, hasta que se marchó.

Cuando regresaron mi padre y los hombres que le habían acompañado, todos dejaron de trabajar y se congregaron a su alrededor, nerviosos. Mi padre sacudió la cabeza.

—¿No venderán? —preguntó una mujer.

Negó nuevamente con la cabeza.

Habló un hombre gigantesco de unos treinta años, ojos azules y barba rubia, que se había abierto paso abruptamente hasta el centro de la reunión.

—Dicen que tienen harina y provisiones para tres años, capitán —dijo—. Siempre han vendido provisiones a los inmigrantes, y ahora se niegan. El enfrentamiento no es contra nosotros. Se enfrentan al Gobierno, y lo están pagando con nosotros. No es justo, no es justo, capitán. Y nosotros, con las mujeres y los niños, California a meses de distancia, el invierno se acerca y no hay nada más que desierto de por medio; no tenemos provisiones para plantarle cara al desierto.

Se detuvo un instante para dirigirse a la multitud.

—¿Acaso no es verdad? No sabéis lo que es el desierto, esto no se parece en nada. Os digo que esto es el paraíso, pastos celestiales y ríos de leche y miel, comparado con lo que se avecina.

—Le digo, capitán, que necesitamos conseguir harina primero. Si no quieren vendérnosla, entonces debemos ir y cogerla.

Muchos de los hombres y mujeres comenzaron a gritar asintiendo, pero mi padre les mandó callar levantando la mano.

—Estoy de acuerdo con todo lo que dices, Hamilton —comenzó.

Pero los gritos ahogaron su voz y tuvo que alzar la mano nuevamente.

—Excepto con una cosa que no has tenido en cuenta, una cosa que todos debemos considerar. Brigham Young ha declarado la ley marcial, y Brigham Young tiene un ejército. Podríamos destruir Nephi sin miramientos y llevarnos todas las provisiones que pudiésemos cargar. Pero no llegaríamos muy lejos. Los santitos de Brigham se echarían sobre nosotros y nos eliminarían en un abrir y cerrar de ojos. Tú lo sabes. Yo lo sé. Todos lo sabemos.

Sus palabras convencieron a los oyentes que, en verdad, ya estaban más que convencidos. Lo que les había dicho no era nada nuevo precisamente, solo que lo habían olvidado con la pasión del momento y la desesperación.

—Nadie lucharía con más ímpetu que yo por aquello que es justo —continuó mi padre—. Pero no nos podemos permitir ni siquiera una escaramuza, no tendríamos ni una sola oportunidad. Y debemos pensar en nuestras mujeres y en nuestros niños. Debemos mantener la calma a cualquier precio, y aguantar lo que nos echen.

—¿Pero qué haremos en pleno desierto? —gritó una mujer que mecía un bebé en sus brazos.

—Hay varios asentamientos antes de llegar al desierto —respondió mi padre—. Fillmore está a sesenta millas al sur. Luego llega Corn Creek. Y Beaver se encuentra a otras cincuenta millas. Luego está Parowan. Después, a veinte millas, Cedar City. Cuanto más nos alejemos de Salt Lake, más fácil será que nos vendan provisiones.

—¿Y si no lo hacen? —insistió la misma mujer.

—Entonces nos habremos librado de ellos —respondió mi padre—. Cedar City es nuestra última posibilidad. Tendremos que seguir adelante, eso es todo; y dar gracias a que nunca más tengamos que verlos. A dos días de viaje hay un lugar con buenos pastos y agua. Lo llaman Mountain Meadows. Nadie vive allí, y podremos dejar que descanse y se alimente el ganado antes de enfrentarnos al desierto. Tal vez podamos cazar alguna pieza. Y si las cosas se ponen feas, continuaremos avanzando hasta donde podamos, luego abandonaremos las carretas, cargaremos lo que puedan soportar nuestros animales y haremos el último tramo a pie. Podemos ir comiéndonos el ganado poco a poco. Más vale llegar a California sin nada que dejarnos los huesos en el camino; y eso es lo que pasará si comenzamos una refriega.

Con las reiteradas advertencias finales contra la violencia verbal o de acción, la improvisada reunión se disolvió. Me costó dormirme aquella noche. Todo lo ocurrido durante el día había avivado mi odio contra los mormones de tal manera que todavía estaba despierto cuando mi padre entró sigiloso al carro, después de la última ronda de vigilancia. Creyeron que estaba dormido, pero escuché a mi madre preguntarle si pensaba que los mormones nos dejarían partir en paz de sus tierras. Tenía la cara vuelta hacia otro lado, y mientras se quitaba una bota le contestó, convencido, que estaba seguro de que los mormones nos dejarían ir si nadie del grupo creaba problemas.

No obstante, en ese momento pude ver su rostro a la luz de una pequeña vela de sebo, y no reflejaba en absoluto la seguridad que parecía transmitir su voz. Igualmente me quedé dormido, angustiado por el fatal destino que parecía cernirse sobre nosotros y pensando en Brigham Young, que anegaba mi imaginación infantil como un ser temible, maligno, como el mismísimo diablo con sus cuernos y su rabo y todo.

Entonces me desperté en la celda de castigo con el acostumbrado dolor causado por la camisa de fuerza. A mi alrededor se encontraban los cuatro de siempre: el alcaide Atherton, el capitán Jamie, el doctor Jackson y Al Hutchins. Forcé la esperada sonrisa y luché por no perder el control bajo el agudo tormento que me producía la falta de circulación. Bebí el agua que acercaron a mis labios y rechacé el pan que me ofrecieron. Me negué a hablar. Cerré los ojos y me esforcé por regresar al círculo de carretas encadenadas en Nephi. Pero, como mis visitantes se quedaron charlando a mi alrededor, no logré escapar.

Tampoco pude evitar escuchar un fragmento de la conversación.

—Exactamente igual que ayer —dijo el doctor Jackson—. No ha cambiado nada.

—Entonces, ¿lo soportará? —preguntó el alcaide Atherton.

—Sin lugar a dudas. Las próximas veinticuatro horas las pasará igual que las anteriores. Está como en trance, poseído. Si no supiera que es imposible, diría que está drogado.

—Yo conozco su droga —dijo el alcaide—. Su droga es esa maldita fuerza de voluntad. Apuesto a que si se lo propusiera sería capaz de caminar descalzo sobre piedras candentes, como esos sacerdotes de los Kanaka de los Mares del Sur.

Tal vez fue la palabra «sacerdotes» la que me acompañó por la oscuridad de otro de mis viajes a través del tiempo. Tal vez solo fuera una pista lo que me empujó, aunque lo más seguro es que fuera pura casualidad. En cualquier caso, desperté tumbado boca arriba sobre un áspero suelo de piedra, con los brazos cruzados de tal forma que cada codo se apoyaba en la palma de la mano opuesta. Allí tumbado, con los ojos cerrados, medio dormido, me froté los codos con las palmas y descubrí que tenía unos callos enormes; pero esto no me sorprendió. Aceptaba los callos como algo perfectamente normal, algo de toda la vida.

Abrí los ojos y pude ver que me hallaba en una pequeña cueva, de escasamente un metro de alto por unos cuatro de largo. Hacía mucho calor. El sudor bañaba cada centímetro de mi cuerpo y las gotas corrían por mi piel como pequeños riachuelos. No llevaba ropa, salvo un mugriento andrajo alrededor de la cintura. Tenía la piel tostada, de color caoba. Estaba extremadamente flaco y parecía orgulloso de estarlo. Me sentía especialmente orgulloso de mis prominentes y doloridas costillas. Contemplar los surcos entre ellas me proporcionaba una sensación solemne de euforia, casi de beatitud.

También tenía las rodillas cubiertas de callos, como los codos y, además, estaba muy sucio. La barba, que debía de haber sido rubia alguna vez, era de un sucio color castaño; apelmazada y llena de mugre, me llegaba hasta el estómago. El pelo largo, igualmente enredado y sucio, me cubría los hombros, y me molestaba tanto para ver que debía apartar los mechones continuamente con las manos. Otras veces, sin embargo, me contentaba con atisbar como lo haría un animal salvaje a través de la espesura.

A la entrada de mi oscura cueva, el día se alzaba como un muro de luz cegadora. Al cabo de un rato me arrastré hacia la entrada, y con el propósito de sentirme aún más incómodo, me tumbé bajo el sol ardiente sobre el estrecho saliente de una roca. Aquel terrible sol me abrasaba, y cuanto más me quemaba, más me deleitaba con él, o mejor dicho, conmigo mismo, pues me demostraba que yo era el amo de mi carne, superior a sus demandas y a sus protestas. Cuando encontraba debajo de mí algún saliente afilado, restregaba mi cuerpo sobre él y atormentaba mi carne en un verdadero éxtasis de dominio y purificación.

Era un día de bochorno sofocante, sin un soplo de aire en todo el valle hacia el que a veces dirigía la mirada. Mucho más abajo, el río corría lentamente. La orilla opuesta era llana, arenosa y se perdía en el horizonte. De las aguas surgían grupos dispersos de palmeras.

A este lado, erosionados por el recodo del río, se elevaban acantilados escarpados. Más allá del recodo veía, desde mi atalaya, cuatro figuras colosales talladas en la roca viva. Tan grandes eran que sus tobillos alcanzaban la estatura de un hombre. Aquellos cuatro colosos estaban sentados con las manos sobre las rodillas, los brazos casi desmoronados, y al menos tres de ellos miraban fijamente al río. Del cuarto no quedaba nada por encima de las rodillas, a excepción de las enormes manos apoyadas sobre ellas. A sus pies, ridículamente pequeña, se agazapaba una esfinge que, así y todo, tendría mi misma estatura.

Contemplé con desprecio aquellas imágenes esculpidas y escupí mientras lo hacía. No sabía si se trataba de dioses o de reyes olvidados, pero para mí representaban la vanidad y la futilidad del hombre y de sus ambiciones terrenales.

Sobre aquel recodo del río, con sus aguas ondulantes y sus riberas arenosas, reinaba un cielo abrasador, resplandeciente, sin el menor rastro de nubes.

Las horas iban pasando mientras yo me tostaba al sol. A menudo, durante períodos bastante largos, me olvidaba del calor y del dolor y me sumía en sueños, visiones y recuerdos. Todo lo que conocía —los colosos desconchados, el río, la arena, el sol y el cielo resplandeciente— podía desaparecer en un abrir y cerrar de ojos. En cualquier momento las trompetas de los arcángeles podían resonar, las estrellas desplomarse, los cielos enrollarse como un pergamino y Dios Todopoderoso podía llegar con sus huestes para celebrar el día del Juicio Final.

Ah, tan profundo era mi convencimiento que ya me estaba preparando para tan sublime episodio. Por eso me encontraba allí, rodeado de mugre, harapos y desdichas. Era humilde y sumiso, despreciaba las pasiones y las debilidades de la carne. Pensé con desdén, y con cierta satisfacción, en las lejanas ciudades de la llanura que había conocido y que se levantaban impertérritas, ignorantes, con toda su pompa y su concupiscencia, tan cercanas a los días finales. Sí, pronto lo habrían de ver, pero sería tarde ya para ellos. Y yo habría de verlo también, pero estaría preparado. Y me elevaría entre sus gritos y lamentos, renacido y glorioso, para ocupar el lugar que, en justicia, me corresponde en la Ciudad de Dios.

A veces, entre sueños y visiones en los que visitaba la Ciudad de Dios antes de tiempo, reflexionaba sobre antiguas controversias y polémicas. Sí, Novaciano tenía razón al afirmar que a los apóstatas penitentes no se les debía permitir la entrada en las iglesias. Tampoco cabía duda de que el sabelianismo lo concibió el diablo, al igual que a Constantino, archidemonio, mano derecha de este.

Continuamente regresaba a la contemplación de la naturaleza de la unidad de Dios y repasaba las opiniones de Noeto, el sirio. Prefería, sin embargo, las reflexiones de mi amado maestro, Arrio. En verdad, si es que la razón humana puede determinar algo con precisión, era necesario un tiempo, en la naturaleza misma de la filiación, en que el Hijo no existiera. En la naturaleza de la filiación, debió de haber un tiempo en el que el Hijo comenzara a existir. Un padre ha de ser mayor que su hijo. Afirmar lo contrario supone una blasfemia y un menosprecio a Dios.

Recordaba también los días de mi juventud cuando me sentaba a los pies de Arrio, presbítero de la ciudad de Alejandría, a quien el blasfemo y herético Alejandro había arrebatado el obispado (Alejandro el Sabeliano, que es como le llamaban y con razón, y que por ello iría directo al infierno).

Sí, había asistido al Concilio de Nicea y había visto cómo se evitaba el asunto. Y recordaba cuando el emperador Constantino había desterrado a Arrio por su honestidad, y también cuando Constantino se arrepintió por razones de Estado y ordenó a Alejandro —el otro Alejandro, por tres veces maldito, obispo de Constantinopla— que recibiese a Arrio en comunión a la mañana siguiente. Y, ¿acaso no murió Arrio aquella misma noche en la calle? Dijeron que murió de una violenta enfermedad causada por las plegarias que Alejandro hizo a Dios. Pero yo sabía, como sabíamos todos los arrianos, que aquella violenta afección no fue más que el veneno que le suministró el propio Alejandro, obispo de Constantinopla y envenenador del diablo.

Entonces, apreté mi cuerpo contra la afilada piedra, y murmuré, ebrio de convicción:

—Dejad que los judíos y los paganos se mofen de nosotros. Dejadles triunfar, pues su tiempo es breve, y para ellos no existirá más tiempo que este.

A menudo, hablaba en voz alta conmigo mismo sobre aquella roca que dominaba el río. Me subía la fiebre, y muy de vez en cuando bebía un poco de agua de un hediondo odre de piel de cabra. Lo mantenía colgado al sol para que el hedor de la piel aumentase y el agua no me proporcionara refresco alguno. Comida había sobre las piedras mugrientas de la cueva: unas cuantas raíces y un trozo de masa de cebada mohosa; pero, a pesar de estar hambriento, no comía.

Todo lo que hice aquel día bendito y eterno fue sudar y tostarme bajo el sol, mortificar mi carne enjuta sobre la piedra, contemplar la desolación, resucitar viejos recuerdos y mascullar en voz alta mis convicciones.

Y cuando el sol se puso sobre el horizonte, en rápido crepúsculo, eché una última mirada a aquel mundo que pronto dejaría de existir. A los pies de aquellos colosos logré distinguir las siluetas de unas bestias que se guarecían en lo que en otro tiempo fuera la obra soberbia del hombre. Y con los gruñidos de las bestias me arrastré hasta mi agujero, donde, farfullando entre alucinaciones, presa de febriles fantasías y rezando para que el último día llegara pronto, me sumí en las tinieblas del sueño.

Recobré la conciencia en la celda de castigo, donde me rodeaba el habitual cuarteto de torturadores.

—Blasfemo y herético alcaide de San Quintín, iréis directos al infierno —me mofé tras haber ingerido toda el agua que me habían acercado a los labios—, dejad que los carceleros y los reclusos de confianza tengan su momento de gloria, pues su tiempo es breve y para ellos no existe más tiempo que este.

—Ha perdido la cabeza —dijo el alcaide Atherton.

—Se burla de usted —juzgó acertadamente el doctor Jackson.

—Pero rehúsa todo alimento —protestó el capitán Jamie.

—¿Y qué? Podría ayunar cuarenta días y no saldría perjudicado —respondió el doctor.

—Por supuesto —añadí—, y cuarenta noches también. Háganme el favor de ajustarme la camisa de fuerza y lárguense de aquí.

Hutchins intentó introducir su dedo índice entre las cuerdas.

—Ni con una polea se podría ajustar medio centímetro más.

—¿Tienes alguna queja, Standing? —preguntó el alcaide.

—Sí —respondí—. Dos cosas.

—¿Cuáles son?

—En primer lugar —comencé—, la camisa no está bien apretada. Hutchins es un ceporro. Podría ajustármela medio metro si quisiera.

—¿Cuál es la segunda? —preguntó el alcaide Atherton.

—Que a usted lo engendró el diablo, querido alcaide.

El capitán Jamie y el doctor Jackson aguantaron la risa, y el alcaide abandonó la celda con un bufido.

De nuevo a solas, me esforcé por volver a la oscuridad y regresar al círculo de carretas en Nephi. Sentía curiosidad por conocer qué amarga suerte les esperaba a nuestras cuarenta carretas en aquella tierra desolada y hostil; poco me interesaba, por otro lado, averiguar qué había ocurrido con el sucio ermitaño de las costillas destrozadas y con su apestoso odre. Así que logré regresar, pero no a Nephi o al Nilo, sino…

Primero, sin embargo, debo hacer una pausa en este punto, queridos lectores, para explicar algunas cosas y facilitar así su mejor comprensión. Es absolutamente imprescindible, pues dispongo de un tiempo muy reducido para completar mis torturadas memorias. Pronto, muy pronto, me sacarán de aquí para colgarme. Aunque tuviera un millar de vidas, no podría completar los últimos detalles de mis experiencias en la camisa de fuerza. Esa razón me impone abreviar mi narración.

En primer lugar he de decir que Bergson estaba en lo cierto. La vida no puede explicarse en términos intelectuales. Como dijo Confucio hace mucho tiempo: «Si sabemos tan poco de la vida, ¿qué podemos saber de la muerte?». Y somos tan ignorantes que ni siquiera alcanzamos a comprenderla. Solo conocemos lo fenoménico, como un salvaje podría conocer una dínamo; pero se nos escapa lo nouménico, la naturaleza intrínseca de la vida misma.

En segundo lugar, Martinetti se equivoca cuando afirma que la materia es el único misterio y la única realidad. En mi opinión, y creo que me puedo permitir opinar, la materia es solo una ilusión. Comte llamaba al mundo, que equivale a la materia, el *gran fetiche*, y coincido con él.

La vida misma sí que es realidad y misterio. La vida dista mucho de ser un flujo de materia química, en el sentido más elevado del término. La vida persiste. La vida es el hilo de fuego que perdura en todas las formas de la materia. Yo lo sé. Yo soy la vida. He vivido en diez mil generaciones distintas. He vivido millones de años. He habitado en muchos cuerpos. Y yo, dueño de todos esos cuerpos, he persistido. Yo soy la vida, la inextinguible chispa que eternamente deslumbra ante el atónito rostro del tiempo, siempre ejecutando mi voluntad y descargando mi pasión sobre esos torpes conjuntos de la materia llamados cuerpos, por los que transitoriamente he habitado.

Un ejemplo: este dedo, que con tanta celeridad percibe las sensaciones, tan sutil al tacto, tan delicado en sus muchas destrezas, tan firme y resistente al doblarse, flexionarse o contraerse… este dedo no soy yo. Cortadlo, yo seguiré viviendo. El cuerpo estará mutilado, no yo. Mi espíritu permanecerá intacto.

Muy bien. Cortad todos mis dedos. Sigo existiendo. Mi espíritu seguirá intacto. Cortadme ambas manos. Cortadme ambos brazos hasta los hombros. Cortadme ambas piernas hasta la cadera. Yo, invencible, indestructible, continuaré viviendo. ¿Soy acaso menos por esas sustracciones de carne, por esas mutilaciones? Ciertamente no. Rapadme el pelo. Cercenadme con cuchillas afiladas los labios, la nariz, las orejas y, también, arrancadme los ojos de cuajo; seguiré allí, preso en un cráneo deforme, unido a un cuerpo rebanado y deshecho;

allí, en una celda de la carne química, todavía seguiré existiendo, íntegro, sin menoscabo.

Y si el corazón todavía me late, pues que me arranquen el corazón; o mejor aún, que echen mis restos a una máquina con cien cuchillas y que me hagan picadillo, que yo, yo —¿no lo entienden?—, estaré fuera de peligro; mi espíritu, el misterio, el fuego de la vida que hay en mí, estarán lejos, allá en lo alto. No habré muerto. Tan solo el cuerpo perece; y yo no soy cuerpo.

Creo que el Coronel de Rochas tenía razón cuando explicaba que, mediante el control de su voluntad, había enviado al pasado, en trance hipnótico, a aquella muchacha llamada Josephine, cuando tenía dieciocho años; de vuelta a través del silencio y de las tinieblas anteriores a su nacimiento, de vuelta a la luz de una existencia previa, cuando era un viejo postrado en cama, un antiguo artillero llamado Jean-Claude Bourdon. Y creo que el coronel De Rochas consiguió hipnotizar incluso a la sombra resucitada de aquel anciano, a quien, de nuevo mediante el control de la voluntad, hizo retroceder los sesenta años de su existencia, de vuelta a la oscuridad y, desde allí, hacia la luz del día en que había existido en el cuerpo de una malvada anciana llamada Philomène Carteron.

¿Acaso no ha quedado demostrado, queridos lectores, que en épocas anteriores he habitado varios amasijos de materia, y he sido, entre otros, el conde Guillaume de Sainte-Maure, un escuálido y anónimo ermitaño egipcio y un niño llamado Jesse, cuyo padre dirigía como capitán cuarenta carretas durante la gran emigración hacia el Oeste? ¿Y no soy acaso ahora, mientras escribo estas líneas, Darrell Standing, condenado a muerte en la cárcel de Folsom, quien en otro tiempo fuera catedrático de Agronomía en la Facultad de Agricultura de la Universidad de California?

La materia es una gran ilusión. Es decir, la materia se manifiesta en una forma y la forma es solo una visión. ¿Dónde se encuentran ahora las rocas erosionadas de aquel acantilado del antiguo Egipto, donde yo vivía cual bestia salvaje mientras soñaba con la Ciudad de Dios? ¿Dónde se hallará ahora el cuerpo de Guillaume de Sainte-Maure, que murió sobre la hierba bajo la luz de la luna hace ya mucho tiempo, atravesado por la espada del violento y pelirrojo Guy de Villehardouin? ¿Dónde se encuentran ahora las cuarenta carretas que formaban aquel círculo en Nephi, y todos aquellos hombres y mujeres que se refugiaban con sus niños y con su ganado en el interior de aquel círculo? Todo eso ya no existe, pues eran meras formas, simples manifestaciones del flujo de la materia vertidas en el flujo otra vez. Se han extinguido, desaparecieron.

Y ahora mis razones se simplifican. El espíritu es la realidad que perdura. Yo soy espíritu, y subsistiré. Yo, Darrell Standing, inquilino de muchos cuerpos, escribiré unas cuantas líneas más de estas memorias y seguiré mi camino. La forma que soy, que es mi cuerpo, dejará de existir cuando haya pendido de la soga el tiempo necesario, y nada quedará de ella en este mundo material. Sí permanecerá su recuerdo en el mundo del espíritu; la materia no tiene memoria, pues sus formas se desvanecen, y aquello que en dicha forma permanece grabado perecerá con las mismas.

Tan solo un inciso más antes de regresar a mi relato. Jamás, en todos mis peregrinajes a través de la oscuridad de las otras vidas que me han pertenecido, he sido capaz de guiar mis andanzas a un destino particular. De este modo, en mi intento por regresar a la vida del niño Jesse en Nephi, tuve experiencias nuevas que pertenecieron a anteriores encarnaciones. Posiblemente, todo sea dicho, he vivido experiencias relacionadas con Jesse en una veintena de ocasiones, algunas veces cuando él aún era pequeño en los poblados de Arkansas, y al menos en una docena de ocasiones continué la historia en Nephi en el punto en que la había abandonado. Supondría una pérdida de tiempo contarlo todo otra vez, así que, sin perjuicio alguno respecto a la veracidad de mi relato, omitiré partes que resultan imprecisas, enrevesadas o repetitivas, y pasaré a exponer los hechos tal como los reviví; tal como, según las diferentes épocas, los he conformado.

CAPÍTULO 13

Mucho antes de que despuntasen los primeros rayos de sol, el campamento en Nephi ya estaba en movimiento. Habían sacado al ganado fuera para que bebiese y pastase. Mientras los hombres desencadenaban las ruedas y separaban los carromatos para poder enganchar los animales, las mujeres se preparaban para cocinar cuarenta desayunos sobre otras tantas fogatas. Al frío del amanecer, los niños nos apiñábamos alrededor del fuego, compartiendo el calor con el último relevo del turno de noche que esperaba, somnoliento, a que estuviera el café.

Se requiere mucho tiempo para poner en marcha una gran caravana como la nuestra, pues el ritmo lo marca el más lento del grupo. El sol llevaba una hora en el cielo y el calor era ya sofocante cuando abandonamos Nephi hacia tierras áridas y arenosas. Nadie nos vio marchar. Todos prefirieron quedarse dentro de sus casas, haciendo nuestra partida tan siniestra como lo fuera la llegada el día anterior.

Otra vez sufrimos largas horas de calor abrasador entre el polvo, las matas de artemisa y las arenas de aquella tierra condenada y maldita. Durante todo el día no encontramos ni un solo rastro humano, ni rastro de ganado ni cercas ni nada parecido; por la noche formamos nuestro círculo de carretas junto a un arroyo seco, en cuya arena húmeda cavamos numerosos hoyos que se fueron llenando lentamente con el agua que se filtraba.

Se me hace difícil recordar aquel viaje con exactitud entre tantas etapas. Acampamos tantas veces, con las carretas siempre en círculo, que el tiempo se prolongaba extraordinariamente en mi mente infantil por efecto de la impaciencia, del cansancio. Además, en todo momento, por encima de todos nosotros, estaba esa sensación, esa certeza, de que nos encaminábamos hacia un destino fatal, inexorable.

Recorríamos una media de quince millas al día. Lo sé porque mi padre había dicho que había sesenta millas hasta Fillmore, la siguiente población mormona, y hasta llegar a ella acampamos en tres ocasiones, lo que supuso cuatro días de viaje. Desde Nephi hasta el último campamento recuerdo que transcurrieron dos semanas, o quizás algo menos.

Los habitantes de Fillmore se mostraron también hostiles, como todos los que nos encontramos desde Salt Lake. Se burlaron de nosotros cuando quisimos comprar comida, y trataban de provocarnos diciéndonos que éramos de Missouri.

Cuando llegamos allí vimos, amarrados ante la casa más grande de las doce que componían el poblado, dos caballos ensillados y desfallecidos, cubiertos de polvo y con regueros de sudor. El viejo de pelo largo y requemado, el de la camisa de ante, que debía de ser una especie de teniente de mi padre, se acercó al galope hasta nuestra carreta y, alzando la cabeza, señaló a aquellos animales ensillados y exhaustos.

—No ahorran esfuerzos a esos caballos, capitán —refunfuñó en voz baja—. ¿Por qué, por vida de Sam Hill, les han hecho cabalgar con tanta prisa si no es por nosotros?

Pero mi padre ya había advertido el lamentable estado de aquellos dos animales, y mis ojos ávidos lo leyeron en su semblante; había visto aquel brillo en sus ojos y cómo apretaba los labios, y la preocupación se apoderaba durante un instante de su rostro manchado. Aquello fue todo, pero yo, atando cabos, supe que esos dos caballos fatigados no eran más que otra señal de mal augurio.

—Supongo que nos tienen vigilados, Laban —fue el único comentario de mi padre.

Fue en Fillmore donde vi a un hombre al que volvería a ver más adelante. Era alto, ancho de espaldas y de mediana edad; parecía gozar de buena salud y de una gran fortaleza, no solo física, sino también en cuanto a determinación. A diferencia de los hombres que estaba acostumbrado a tener a mi alrededor, él iba bien afeitado. Tenía la boca muy grande, con los labios muy finos y metidos hacia adentro, como si le faltasen muchos dientes. Su nariz era cuadrada, larga y gruesa, y su cara, igualmente cuadrada, con los pómulos anchos y la mandíbula prominente, estaba rematada por una frente despejada e inteligente. Sus ojos, bastante pequeños, algo separados, eran los más azules que había visto nunca.

Fue en el molino de harina de Fillmore donde le vi por primera vez. Mi padre, con unos cuantos más de la cuadrilla, había ido hasta allí para intentar comprar harina, y yo, curioso por ver aún de cerca al enemigo, desobedeciendo las órdenes de mi madre, les había seguido sin ser descubierto. Aquel hombre era uno de los cuatro o cinco que acompañaban al molinero durante el encuentro.

—¿Se ha fijado en ese hombre tan bien afeitado? —dijo Laban a mi padre mientras volvían hacia el campamento.

Mi padre asintió.

—Es Lee —continuó Laban—. Le vi en Salt Lake. Es un auténtico malnacido. Según dicen, tiene diecinueve esposas y cincuenta hijos. Un tarado, un fanático religioso. ¿Por qué nos estará persiguiendo a través de estas tierras alejadas de la mano de Dios?

Continuamos con nuestro fatídico y penoso deambular. Los pequeños poblados, situados allá donde el agua y el terreno lo permitían, distaban unos de otros entre veinte y cincuenta millas, extendiéndose entre tierras arenosas, alcalinas y secas. Y en cada lugar intentábamos, de manera pacífica, comprar alimentos, siempre en vano. Se negaban con desprecio, preguntándonos quién de nosotros les había vendido comida a ellos cuando los expulsaron de Missouri. Resultaba inútil decirles que en verdad éramos de Arkansas; ellos insistían en que éramos de Missouri.

En Beaver, a cinco días de camino hacia el sur de Fillmore, vimos de nuevo a Lee y de nuevo vimos caballos extenuados ante las casas. Pero en Parowan ya no lo vimos.

Cedar City era el último asentamiento. Laban, que se había adelantado al galope, regresó para informar a mi padre. Su primera noticia era importante.

—He visto a Lee esfumarse tan pronto como he llegado, capitán. Y hay más hombres y caballos de los que caben en todo el poblado.

Sin embargo, allí no tuvimos ningún problema. Aparte de negarse a vendernos víveres, nos dejaron en paz. Las mujeres y los niños permanecieron en sus casas, y aunque se dejaron ver algunos de los hombres, no entraron en nuestro campamento ni trataron de provocarnos ni de vilipendiarnos como en ocasiones anteriores.

Fue en Cedar City donde murió el bebé de los Wainwright. Recuerdo a la señora Wainwright llorando e implorando a Laban que intentase conseguir un poco de leche de vaca.

—La leche podría salvar la vida del bebé —decía—. Y ellos tienen leche de vaca, he visto vacas recién paridas con mis propios ojos. Por favor, Laban, inténtelo, no le cuesta nada intentarlo. Lo único que puede suceder es que se nieguen a dárnosla. Pero no lo harán. Dígales que es para un niño, para un bebé de pecho. Las mujeres mormonas también son madres y no podrán negarle un poco de leche a un niño tan pequeño.

Y Laban lo intentó. Pero, tal como le contó después a mi padre, ni siquiera logró ver a ninguna mujer mormona. Solo pudo ver a los hombres, y estos le dieron la espalda.

Aquel era el último reducto mormón. Después se extendía el vasto desierto y más allá, ¡ay!, la tierra de los sueños, la mítica California. Por la mañana temprano, mientras nuestras carretas abandonaban el poblado, sentado junto a mi padre en el pescante, vi a Laban dar rienda suelta a sus sentimientos. Nos habíamos alejado tal vez media milla, casi habíamos remontado una pequeña loma y Cedar City se nos perdía de vista cuando Laban dio media vuelta sobre su caballo y se detuvo de pie sobre los estribos, justo delante de la tumba recién cavada del bebé de los Wainwright; no era la primera vez que enterrábamos a uno de los nuestros desde que cruzáramos los montes Wasatch.

Era un hombre extraño. Enjuto y envejecido, de rostro alargado y mejillas hundidas, con el pelo enmarañado y requemado por el sol que le caía sobre su camisa de ante por debajo de los hombros; su cara parecía desfigurada por el odio y la furia que genera la impotencia. Sosteniendo su rifle en la misma mano que llevaba las bridas, alzó el puño que tenía libre hacia Cedar City.

—¡Que Dios os maldiga a todos! —gritó—. ¡A vuestros hijos y a toda vuestra descendencia! ¡Que la sequía destruya vuestras cosechas para que os tengáis que alimentar con arena sazonada con el veneno de las serpientes! ¡Que el agua de vuestras fuentes se convierta en amargo salitre! ¡Que…!

En este punto, sus palabras dejaron de oírse al iniciarse el traqueteo de nuestras carretas; pero sus hombros, levantados con el puño en alto, atestiguaban que la andanada no había hecho más que comenzar. Era evidente que expresaba un sentimiento general; muchas mujeres se asomaron desde sus carros agitando sus descarnados brazos, sus puños huesudos, deformados por los trabajos, maldiciendo a todos y cada uno de los mormones. Un hombre que caminaba sobre la arena, y aguijoneaba a los bueyes de la carreta que avanzaba detrás de la nuestra, estalló en carcajadas y agitó su picana en el aire. Fue extraño escuchar aquella risa, nadie se había reído en nuestra caravana desde hacía mucho tiempo.

—¡Que se vayan al infierno, Laban! —le animó—. ¡Estoy contigo!

Y mientras nuestra caravana continuaba su marcha, yo seguía mirando hacia atrás a Laban, de pie sobre los estribos junto a la sepultura del bebé. Sin duda era un tipo raro, con sus pelos largos, los mocasines y las polainas deshilachadas. Su camisa de ante estaba tan raída por las inclemencias del tiempo que en vez de los lustrosos flecos no se veían más que hilachos andrajosos. Todo él estaba como envuelto en jirones que se agitaban al viento. Recuerdo que de su cintura pendían sucios mechones de pelo que, tiempo atrás, solían mostrarse de un negro resplandeciente después de mojarse bajo la lluvia. Sabía que eran cabelleras indias, y verlas siempre me inquietaba.

—Le hará bien —comentó mi padre, más para sí mismo que para mí—. Llevaba días esperando que se desahogara.

—Ojalá volviera para arrancar un par de cabelleras más —dije, a modo de deseo.

Mi padre me miró socarronamente.

—No te gustan los mormones, ¿verdad, hijo?

Negué con la cabeza y sentí cómo me invadía un odio indescriptible.

—Cuando sea mayor —añadí tras una breve pausa— voy a ir de caza a por ellos.

—¡Jesse! —se oyó la voz de mi madre desde el interior del carro—. ¡Cierra la boca ahora mismo! Y tú deberías estar avergonzado por dejar al niño hablar así —le dijo a mi padre.

Tras dos días de viaje llegamos a Mountain Meadows y allí, lejos ya del último poblado, fue la primera vez que no formamos el círculo con las carretas. Estaban más o menos dispuestas en círculo, pero había mucho espacio entre ellas y no se encadenaron las ruedas. Se hicieron los preparativos necesarios para acampar allí durante una semana. Había que dejar descansar al ganado antes de enfrentarse al verdadero desierto, aunque en realidad todo lo que había a nuestro alrededor ya parecía bastante desértico. Por todos lados se extendían aquellas mismas lomas de arena, con algún que otro matorral. La llanura era arenosa, pero al menos crecía un poco de hierba, más de la que habíamos encontrado en muchos días. A no más de treinta metros del campamento, brotaba un débil manantial que apenas satisfacía las necesidades humanas. Un poco más al fondo, emergían de las laderas de las colinas otros escasos arroyos donde abrevaba el ganado.

Acampamos temprano aquel día, y como pensábamos permanecer allí durante una semana, las mujeres recogieron la ropa sucia para lavarla a la mañana siguiente. Todos trabajaron hasta la caída del sol. Mientras algunos hombres arreglaban los arneses, otros reparaban los armazones y los herrajes de las carretas. Continuamente se calentaba y martilleaba el hierro y se ajustaban tuercas y tornillos. Recuerdo que me acerqué a Laban, que hasta el anochecer estuvo sentado con las piernas cruzadas, a la sombra de una carreta, cosiéndose un nuevo par de mocasines. Era el único hombre de nuestra caravana que usaba mocasines y piel de ante; y tengo la impresión de que no formaba parte de nuestra compañía cuando partimos de Arkansas. Tampoco tenía esposa, ni familia ni carreta propia. Todo lo que poseía era su caballo, su rifle, la ropa que llevaba puesta y un par de mantas que guardaba en el carro de los Mason.

Fue a la mañana siguiente cuando nos cayó encima la fatalidad de nuestro destino. Estábamos a dos días de viaje del último puesto mormón. La noche anterior, convencidos de que no había indios en las inmediaciones y sin motivo alguno para sospechar su presencia, dejamos por primera vez las carretas sin encadenar en círculo; no había centinelas para cuidar del ganado ni habíamos establecido vigilancia nocturna.

Mi despertar fue como una pesadilla. De repente, se oyó un ruido muy fuerte, como de una explosión. Me desperté medio aturdido y no hice nada excepto tratar de identificar los ruidos que componían aquel estruendo incesante. Por todas partes se oían los rifles que disparaban, aquí al lado, allá a lo lejos, bramidos e insultos de los hombres, mujeres gritando aterradas y el llanto de los niños. Después pude identificar el silbido de las balas y el sonido de las que chocaban contra la madera y el hierro de las ruedas en la parte inferior de las carretas. Quienquiera que estuviera disparando, apuntaba demasiado bajo. Cuando intenté incorporarme, mi madre, que se estaba vistiendo, hizo que me agachara de un manotazo. Mi padre, que ya estaba levantado y fuera del carro, entró de repente.

—¡Fuera de ahí! —gritó—. ¡Rápido, al suelo!

No perdió el tiempo. Me agarró rápidamente y casi de un solo golpe me lanzó por la parte trasera de la carreta. Apenas tuve tiempo de hacerme a un lado cuando mi padre, mi madre y el bebé cayeron, como bolas de un juego, en el mismo lugar del que yo me había apartado.

—¡Aquí, Jesse! —me gritó mi padre, y me uní a él para hacer un agujero en la arena y cubrirnos con la rueda del carro. Lo hicimos con las manos desnudas, en pleno frenesí, y mi madre también se unió a nosotros.

—¡Sigue así, cava más hondo! —ordenó mi padre.

Se levantó y salió a toda prisa, bajo la luz plomiza, dando órdenes mientras corría. (Por entonces ya conocía mi apellido. Me llamaba Jesse Fancher, y mi padre era el capitán Fancher.)

—¡Al suelo! —le oí gritar—. ¡Protegeos detrás de las ruedas y cavad agujeros en la arena! ¡Padres de familia, sacad a vuestras mujeres y niños de las carretas! ¡No disparéis! ¡Alto el fuego! ¡Preparaos para la carga! ¡Que los hombres solteros se reúnan con Laban a la derecha, con Cochrane a la izquierda y conmigo en el centro! ¡Y no os pongáis de pie, a ras de tierra!

Pero no atacaron. Durante un cuarto de hora continuaron los disparos, continuos pero irregulares. Los daños se produjeron en el primer momento, cuando los disparos alcanzaron por sorpresa a varios de nuestros hombres que se habían levantado temprano a preparar las fogatas. Los indios —pues Laban afirmaba que eran indios— disparaban sobre nosotros desde campo abierto, tumbados en el suelo. Mientras amanecía, mi padre preparó a todos para el ataque. Estaba muy cerca del hoyo donde estábamos mi madre y yo, y le oí gritar:

—¡Ahora! ¡Todos juntos!

Desde la izquierda, la derecha y el centro, nuestros rifles abrieron fuego. Asomé la cabeza para mirar y pude distinguir a más de un indio herido. El ataque de los indios cesó de inmediato y les vi retroceder a pie, arrastrando consigo a sus muertos y heridos.

En aquel instante nos pusimos todos a trabajar. Mientras remolcábamos las carretas y las encadenábamos en círculo —hasta las mujeres y los niños empujaban con fuerza las ruedas para ayudar—, hicimos balance de las pérdidas que habíamos sufrido. Por un lado, y esto era lo más grave, todos nuestros animales se habían escapado. Por el otro, siete de nuestros hombres yacían junto a las hogueras que habían encendido. Cuatro estaban muertos y tres moribundos. Las mujeres se encargaban de atender a los heridos. El pequeño Rish Hardacre había recibido de pleno un impacto de bala en el brazo. No tenía más de seis años; le recuerdo boquiabierto, sentado en las rodillas de su madre, mientras su padre le vendaba la herida. El pequeño Rish había dejado de llorar. Veía las lágrimas rodar por sus mejillas mientras miraba sorprendido una astilla de hueso roto que le sobresalía del antebrazo.

Encontraron a la abuela White muerta en la carreta de los Foxwell. Era una vieja gorda e indefensa que no hacía otra cosa que sentarse a fumar su pipa. Era la madre de Abby

Foxwell. Y la señora Grant también había muerto. Su marido permanecía junto a su cuerpo, muy callado. No había lágrimas en sus ojos; simplemente se quedó sentado a su lado, con el rifle sobre sus rodillas, y todos le dejaron a solas.

Bajo la dirección de mi padre, todos trabajaban sin descanso, como castores. Los hombres cavaron un foso enorme en el centro del corro, formando un gran parapeto con la arena extraída. Desde los carros hasta el interior de ese foso las mujeres arrastraron mantas, comida y todo lo necesario. Todos los niños ayudábamos. No se escuchaba gimoteo ni alboroto alguno; había mucho trabajo por hacer, y todos nosotros éramos gente nacida para trabajar.

El gran foso central estaba destinado a las mujeres y los niños. Bajo las carretas, alrededor de todo el círculo, se cavó una zanja poco profunda y se alzó un terraplén que serviría de trinchera para los combatientes.

Laban regresó de una exploración. Nos dijo que los indios se habían retirado media milla y que estaban reunidos en *pow-wow*. También les había visto trasladar a seis de los suyos fuera del terreno, tres de los cuales, dijo, estaban muertos.

De vez en cuando, durante la mañana de aquel primer día, observamos las nubes de polvo que advertían de los movimientos de un número considerable de jinetes. Estas nubes venían hacia nosotros, rodeándonos por todas partes. Pero no veíamos criatura viviente alguna. Solo una de las nubes de polvo que vimos se alejaba de nosotros. Era inmensa, y todo el mundo decía que se trataba de nuestro ganado, que estaba siendo conducido lejos de allí. Y nuestras cuarenta carretas, que habían atravesado las Montañas Rocosas y medio continente, permanecieron allí, formando un círculo, indefensas. Sin ganado no podíamos seguir adelante.

A mediodía Laban regresó de otra exploración. Había visto más indios que se acercaban desde el sur, lo que demostraba que nos estaban sitiando. En ese momento vimos una docena de hombres blancos que cabalgaban por la cima de la colina situada al este y que nos estaban observando.

—Eso lo prueba todo —dijo Laban a mi padre—. Han puesto a los indios en nuestra contra.

—Son blancos como nosotros —oí cómo se quejaba Abby Foxwell a mi madre—. ¿Por qué no vienen a ayudarnos?

—No son blancos —salté, con un ojo atento al movimiento de la mano de mi madre—. Son mormones.

Aquella noche, cuando oscureció, tres de nuestros jóvenes se escabulleron del campamento. Vi cómo se iban. Eran Will Aden, Abel Milliken y Timothy Grant.

—Se dirigen hacia Cedar City en busca de ayuda —le decía mi padre a mi madre mientras engullía a toda prisa algo de cena.

Mi madre sacudió la cabeza.

—Hay muchos mormones cerca del campamento. Si ellos no nos ayudan, y no parece que vayan a hacerlo, la gente de Cedar City tampoco lo hará —dijo.

—Pero hay buenos mormones y malos mormones... —comenzó mi padre.

—Hasta ahora no hemos encontrado ninguno bueno —replicó ella, cortante.

Hasta la mañana siguiente no supe del regreso de Abel Milliken y de Timothy Grant, pero no tardé mucho en enterarme de todo. El campamento estaba abatido por las noticias que traían. No habían recorrido más que unas millas cuando unos hombres blancos los desafiaron. Tan pronto como Will Aden dijo que formaban parte de la Compañía Fancher y que iban a Cedar City en busca de ayuda, lo mataron de un balazo. Milliken y Grant consiguieron escapar. La noticia acabó con la última esperanza que existía en los corazones de la caravana. Los blancos estaban detrás de los indios, y la fatalidad que habíamos presentido durante tanto tiempo caía al fin sobre nosotros.

El segundo día, por la mañana, nuestros hombres fueron a por agua y les dispararon. El manantial estaba tan solo a treinta metros fuera del círculo, pero el camino que llevaba hasta él se encontraba vigilado por los indios, que ahora ocupaban la colina situada al este. Estaban muy cerca, pues la colina no estaría a más de quince varas de distancia. Pero, por lo visto, los indios no eran buenos tiradores, pues nuestros hombres trajeron el agua sin ser alcanzados.

Con la excepción de algún que otro tiro ocasional que llegaba hasta el campamento, la mañana transcurrió tranquila. Nos habíamos instalado en el foso y, acostumbrados como estábamos a una vida dura, nos resultaba lo bastante cómodo. Por supuesto, no era agradable para los familiares de los muertos, y además había que atender a los heridos. Yo me escabullía constantemente de la vigilancia de mi madre, empujado por una curiosidad insaciable por saber lo que estaba ocurriendo, y me las ingeniaba para ver gran parte de lo que allí sucedía. Dentro del círculo, en el lado sur del gran foso, se había cavado un agujero para enterrar a los siete hombres y a las dos mujeres, todos juntos. Solo la señora Hastings, que había perdido a su marido y a su padre, causaba problemas. Gritaba y lloraba sin cesar, y a las otras mujeres les costó mucho tranquilizarla.

En la colina del este los indios estaban en pleno *powwow* y daban grandes alaridos. Sin embargo, a excepción de algún tiro esporádico que no causó daño alguno, no hicieron nada más.

—¿Qué ocurre con esos malditos salvajes? —se quejaba Laban, impaciente—. ¿Es que no pueden decidir lo que hacer y hacerlo de una vez?

Hacía mucho calor en el foso aquella tarde. El sol ardía bajo un cielo despejado y no había viento. Los hombres, echados con sus rifles en la trinchera de debajo de las carretas, tenían algo de sombra; pero el gran foso en el que nos hacinábamos un centenar de mujeres y niños estaba totalmente desprotegido del intenso sol. Y en él estaban también los heridos, sobre los que se levantaron toldos hechos con mantas. En el foso estábamos todos apiñados y resultaba asfixiante; y yo siempre estaba predispuesto a escabullirme hasta la línea de fuego y, con aires heroicos, llevarle mensajes a mi padre.

Nuestro gran error había sido no formar el círculo de carretas alrededor del manantial, debido al revuelo del primer ataque, porque no sabíamos con qué rapidez nos alcanzaría el segundo. Ahora era demasiado tarde; a solo quince varas de la posición de los indios, no nos atrevíamos a desencadenar las carretas. Dentro del corro, al sur de las tumbas, construimos una letrina, y al norte del foso, en el centro, un par de hombres, bajo las órdenes de mi padre, cavaron un pozo en busca de agua.

A media tarde de aquel segundo día vimos de nuevo a Lee. Iba a pie, cruzando en diagonal el prado que había al noroeste, fuera del alcance de nuestros rifles. Mi padre enarboló una sábana de mi madre sobre un par de aguijadas que había empalmado. Esa era nuestra bandera blanca, pero Lee pareció no reparar en ella y prosiguió su camino.

Laban quería salir y dispararle por lejos que estuviera, pero mi padre le detuvo y le dijo que era evidente que los blancos todavía no sabían qué hacer con nosotros, y que disparar a Lee podría hacer que tomaran la decisión equivocada.

—Toma, Jesse —me dijo mi padre, rasgando una tira de la sábana y atándola a una aguijada—. Coge esto, sal e intenta hablar con ese hombre. No le digas nada de lo que nos ha ocurrido. Solo intenta que venga aquí a hablar con nosotros.

Mientras me disponía a obedecer, y con el pecho henchido de orgullo por la misión que se me encomendaba, Jed Dunham gritó que quería ir conmigo. Jed era más o menos de mi edad.

—Dunham, ¿puede ir tu chico con Jesse? —preguntó mi padre al de Jed—. Dos mejor que uno, así se vigilarán para no meterse en líos.

Y así fue como Jed y yo, dos niños de nueve años, salimos con la bandera blanca a conversar con el líder de nuestros enemigos. Pero Lee no quería tratos. Cuando vio que nos aproximábamos, escurrió el bulto alejándose. No logramos acercarnos a él lo bastante para ser oídos y al cabo de un rato debió de esconderse entre los arbustos, pues no volvimos a echarle el ojo, aunque sabíamos que no podía haberse escapado de allí sin ser visto.

Jed y yo recorrimos cientos de metros entre los arbustos, a nuestro alrededor, en su busca. No nos habían dicho cuándo debíamos regresar, y como los indios no nos disparaban, continuamos buscándole. Estuvimos fuera unas dos horas; si uno de nosotros hubiese estado solo, habría regresado muchísimo antes. Pero Jed estaba empeñado en demostrar ser más valiente que yo y yo igualmente empeñado en demostrar lo contrario.

Nuestra imprudencia resultó de provecho. Caminamos sin temor bajo la bandera blanca un largo trecho y comprobamos hasta qué punto habían sitiado nuestro campamento. Al sur de nuestro asentamiento, a menos de media milla de distancia, divisamos un gran campamento indio. Más allá, en la pradera, vimos a unos niños indios cabalgando velozmente sobre sus caballos.

También había indios apostados en colina del este. Nos las arreglamos para subir hasta una loma para poder examinar su posición. Estuvimos media hora intentando contarlos y concluimos, haciendo un cálculo aproximado, que debía de haber al menos unos doscientos. También vimos hombres blancos hablando con ellos durante un buen rato.

Al nordeste de nuestro campamento, a no más de trescientos metros, descubrimos un gran campamento de hombres blancos tras un pequeño montículo. Y más allá pudimos ver cincuenta o sesenta caballos, ensillados, pastando. A una milla, más o menos, hacia el norte, vimos una pequeña nube de polvo que se acercaba. Jed y yo esperamos hasta que vimos a un hombre entrar al galope en el campamento de los blancos.

Cuando regresamos al círculo de carretas, lo primero que recibí fue una bofetada de mi madre por haber estado fuera tanto tiempo; pero mi padre nos elogió a Jed y a mí cuando le dimos nuestro informe.

—Es probable que nos ataquen ahora, capitán, hay que estar alerta —dijo Aaron Cochrane a mi padre—. El hombre que los chicos han visto ha ido allí por alguna razón. Los blancos están conteniendo a los indios mientras esperan nuevas órdenes de arriba. Y tal vez ese hombre lleve la orden definitiva. Desde luego no escatiman en caballos, eso téngalo por seguro.

Media hora después de nuestro regreso, Laban trató de salir a realizar una exploración llevando la bandera blanca. Pero no se había alejado del círculo ni seis metros cuando los indios abrieron fuego contra él y tuvo que regresar a la carrera.

Poco antes de la puesta de sol, me encontraba en el foso con el bebé en brazos mientras mi madre extendía las mantas para dormir. Había tan poco espacio y estábamos tan apretujados, que muchas mujeres habían dormido la noche anterior sentadas, con la cabeza sobre las rodillas. A mi lado, tan cerca que me tocaba el hombro cada vez que extendía los brazos, Silas Dunlap se estaba muriendo. Un disparo le había alcanzado en la cabeza durante el primer ataque y estuvo todo el día delirando, cantando coplillas que recordaba. Una de ellas la repetía una y otra vez hasta que logró sacar a mi madre de sus casillas:

«Le decía un diablillo a otro diablillo: "Dame un poco de tabaco de tu vieja petaca de cuero". Y este le decía al otro: "Ahorra, suelta ese cigarro y tendrás siempre la petaca llena de dinero".»

Estaba sentado justo a su lado, con el bebé en brazos, cuando se desencadenó el ataque contra nosotros. Anochecía y yo no le quitaba los ojos de encima a Silas Dunlap, que estaba ya a punto de morir. Su mujer, Sarah, le había puesto una mano sobre la frente y tanto ella como su tía Martha lloraban en silencio. Y entonces ocurrió: se oyeron explosiones y balas de cientos de rifles. Era obvio que se habían desplegado de este a oeste, a través de la zona norte, para cosernos a balazos en nuestras posiciones. Todos los que estábamos en el foso nos agazapamos todo lo que pudimos. Los niños más pequeños comenzaron a chillar aterrorizados mientras las mujeres trataban de calmarlos. Algunas de ellas, en un primer momento, también berreaban; pero solo unas pocas.

En los minutos siguientes debieron de caer miles de disparos sobre nosotros. ¡Cómo me habría gustado escaparme del foso y atrincherarme bajo las carretas, desde donde nuestros hombres mantenían un fuego constante aunque irregular! Cada uno disparaba por su cuenta, cada vez que tenía a un hombre a tiro. Pero mi madre sospechaba de mí y me obligó a permanecer agachado con el bebé en brazos.

Estaba mirando a Silas Dunlap, que todavía temblaba, cuando mataron al bebé de los Castleton. Dorothy Castleton, que no tendría más de diez años, lo tenía en brazos. Ella no resultó herida. Oí que lo comentaban diciendo que, al parecer, la bala había chocado en la parte de arriba de una de las carretas y rebotado hacia el foso. Un accidente, dijeron, y si no se repetían accidentes como ese, permaneceríamos a salvo allí donde estábamos.

Cuando volví a mirar, Silas Dunlap ya estaba muerto, y recuerdo que me disgusté por no haber podido presenciar tan magno acontecimiento: nunca había tenido la oportunidad de ver morir a un hombre ante mis ojos.

A Dorothy Castleton le entró un ataque de histeria por lo ocurrido y se puso a gritar y a dar alaridos durante mucho rato, hasta el punto de que la señora Hastings también comenzó a gritar de nuevo. Fue tal el alboroto que mi padre envió a Watt Cummings a rastras hasta donde estábamos para averiguar qué había sucedido.

El intenso tiroteo cesó bien entrado el crepúsculo, aunque se oyeron tiros dispersos durante toda la noche. Dos de nuestros hombres resultaron heridos en este segundo ataque y los trajeron al foso. Bill Tyler había muerto en el acto; lo enterraron con los otros junto a Silas Dunlap y al bebé de los Castleton, en medio de la oscuridad.

Durante toda la noche los hombres se relevaron unos a otros para hacer más profundo el pozo, pero no encontraron más que arena húmeda. Algunos hombres fueron a por unos cubos de agua del manantial, pero les dispararon, y lo dejaron estar cuando Jeremy Hopkins resultó herido en la mano izquierda, a la altura de la muñeca.

La mañana del tercer día alboreó más calurosa y seca que ninguna otra. Nos despertamos sedientos, y además no se había podido cocinar nada. Teníamos la boca tan seca que no podíamos comer. Intenté tragar un pedazo de pan duro que me dio mi madre, pero tuve que dejarlo. Los disparos comenzaban y cesaban de forma intermitente. En algunos momentos, eran cientos los que disparaban contra el campamento y, en otros, reinaba la calma y no se escuchaba ni un solo disparo. Mi padre les recordaba continuamente a los hombres que no malgastasen los cartuchos porque andábamos cortos de municiones.

Los hombres cavaban en el pozo sin descanso. Era ya tan profundo que tenían que sacar la arena con cubos. Los hombres que la sacaban quedaban desprotegidos, y uno de ellos fue alcanzado en el hombro. Era Peter Bromley, que dirigía los bueyes de la carreta de los Bloodgood y era el prometido de Jane Bloodgood. Jane salió del foso de un salto bajo las balas, corrió hasta él y lo trajo a cubierto. Hacia el mediodía se derrumbó el pozo y hubo que trabajar con rapidez para sacar a los dos hombres que se habían quedado allí enterrados. Les llevó más de una hora sacar a Amos Wentworth. Después de aquello, taparon el pozo con tablones de los bajos de las carretas y siguieron cavando. Pero todo lo que consiguieron, a pesar de estar ya a seis metros de profundidad, fue arena húmeda. El agua no afloraba.

Por entonces las condiciones en el foso eran horribles. Los niños se quejaban por la sed y los bebés, roncos de tanto chillar, seguían llorando. Robert Carr, otro herido, yacía a unos tres metros de mi madre y de mí. Había enloquecido y sacudía sus brazos en alto pidiendo agua. Algunas de las mujeres empezaban también a perder la cabeza como él y no cesaban de gritar contra los mormones y los indios. Muchas rezaban sin cesar, y las tres hermanas mayores de los Demdike cantaban salmos junto a su madre. Otras cogían la arena húmeda extraída del fondo del pozo y la ponían sobre los cuerpos desnudos de los bebés tratando de refrescarlos y de calmarlos.

Los dos hermanos Fairfax no pudieron soportarlo más y, con cubos en las manos, salieron a rastras por debajo de una carreta y corrieron hacia el manantial. Giles no iba ni por la mitad del camino cuando lo derribaron. Roger fue y regresó sin ser herido. Trajo consigo dos cubos medio llenos, pues el agua se le había derramado mientras corría. Giles regresó arrastrándose, y cuando le ayudaron a descender al foso, sangraba por la boca y no paraba de toser.

Dos baldes medio llenos de agua no sirvieron de mucho para los más de cien que éramos, sin contar a los hombres. Solo pudieron beber un poco los bebés, los niños pequeños y los heridos. No me llegó ni un sorbo, pero mi madre mojó un trozo de tela en unas cucharaditas de agua que había conseguido para el bebé y me humedeció la boca. Ella ni siquiera la probó, pues me dejó el jirón de trapo húmedo para que lo masticase.

Por la tarde, la situación empeoró de manera indescriptible. El sol brillaba impasible en un cielo sin nubes, sin la más mínima brisa, convirtiendo nuestro hueco en la arena en un auténtico horno. A nuestro alrededor solo se oían las detonaciones de los rifles y los gritos de los indios. De vez en cuando mi padre permitía que se disparara desde nuestra trinchera, pero solo a nuestros mejores tiradores, como Laban o Timothy Grant. Una lluvia de plomo caía constantemente sobre nuestra posición. Sin embargo, no hubo más accidentes de rebote; nuestros hombres permanecían atrincherados sin disparar, protegidos del fuego enemigo. Hubo tan solo cuatro heridos, y solo uno de ellos de gravedad.

Mi padre vino desde la trinchera durante una tregua. Se sentó durante unos minutos entre mi madre y yo, sin hablar. Parecía estar escuchando todos los lamentos y los llantos que suplicaban agua. En una ocasión salió del foso y fue a investigar cómo iban las cosas en el pozo. No trajo más que arena húmeda que aplicó generosamente sobre el pecho y los hombros de Robert Carr. Después fue junto a Jed Dunham y su madre y envió a alguien a las trincheras en busca del padre de Jed. Estábamos tan hacinados que cuando alguien entraba al foso tenía que arrastrarse con cuidado por encima de los cuerpos de los que allí estaban echados.

Después de un rato mi padre regresó arrastrándose hasta nosotros.

—Jesse —preguntó—, ¿te dan miedo los indios?

Negué con la cabeza enérgicamente, adivinando que iba a ser enviado a otra misión de honor.

—¿Te dan miedo los malditos mormones?

—Ningún maldito mormón —respondí, aprovechando la oportunidad de maldecir a nuestros enemigos sin temor a las bofetadas de mi madre.

Percibí una leve sonrisa en sus cansados labios cuando escuchó mi respuesta.

—Muy bien, Jesse, ¿irás con Jed al manantial a por agua? —preguntó.

Yo era todo entusiasmo.

—Os vamos a disfrazar a los dos de niñas —continuó—, puede que así no disparen.

Insistí en ir tal como iba, como un varón que usaba pantalones, pero desistí enseguida cuando mi padre dijo que buscaría a algún otro chico para que se disfrazase y acompañase a Jed.

Trajeron un baúl de la carreta de los Chattox. Las hermanas Chattox eran dos gemelas aproximadamente de nuestra estatura. Varias mujeres se acercaron a echar una mano; nos pusieron las mudas de domingo, que habían estado en el baúl desde el día que salimos de Arkansas.

Mi madre, preocupada como estaba, dejó al bebé con Sarah Dunlap y vino hasta la trinchera conmigo. Allí, bajo una carreta y protegidos por el parapeto de arena, Jed y yo recibimos las últimas instrucciones. A continuación nos deslizamos hasta el exterior y nos pusimos en pie. Íbamos vestidos completamente iguales: medias blancas, vestidos blancos, un gran lazo azul en la cintura y sombreritos también blancos. Íbamos cogidos de la mano y en la mano libre llevábamos cada uno dos pequeños cubos.

—Id con calma —nos advirtió mi padre cuando comenzamos a avanzar—. Caminad despacio, como las niñas.

No se oyó ni un solo disparo. Llegamos al manantial a salvo, llenamos los cubos y nos tumbamos para beber un buen trago de agua. Con un cubo lleno en cada mano regresamos al foso. Y tampoco nos dispararon ni una sola vez.

No puedo recordar cuántos viajes hicimos, quizás quince o veinte. Caminamos despacito, siempre cogidos de la mano, siempre regresando lentamente con los cuatro cubos de agua. Era increíble lo sedientos que estábamos: nos tumbamos varias veces de bruces al manantial para sorber largos tragos.

Pero fue demasiado para nuestros enemigos. No podía creer que los indios retuvieran el fuego durante tanto tiempo, niñas o no, a no ser que obedecieran órdenes de los blancos que estaban con ellos. De repente, cuando Jed y yo nos disponíamos a comenzar otra escapada, se oyó la descarga de un rifle desde la colina tomada por los indios, y después otra.

—¡Volved! —gritó mi madre.

Miré a Jed y vi que él me miraba. Sabía que era muy obstinado y que estaba decidido a ser el último en volver. Así que comencé a avanzar y, en ese mismo momento, empezó él también.

—¡Jesse! —gritó mi madre. Y por la manera como lo dijo, supe que me esperaba más que una simple bofetada.

Jed me ofreció su mano, pero yo me negué.

—¡A por ella! —dije.

Y mientras corríamos a toda prisa por la arena parecía que todos los rifles de la colina india dispararan contra nosotros a la vez. Llegué al manantial un poco antes que él, por lo que Jed tuvo que esperar a que llenase los cubos.

—Ahora corre —dijo él; y supe, por la calma con la que se dispuso a llenar sus cubos, que estaba decidido a ser el último en llegar.

Así que me agaché y, mientras le esperaba, observé el polvo que levantaban las balas. Y juntos, comenzamos a correr de regreso al foso.

—No tan rápido —le advertí—, o derramarás la mitad del agua.

Mi observación le molestó y aflojó la marcha intencionadamente. A mitad camino, tropecé, y caí de cabeza. Una bala impactó justo delante de mí y me llenó los ojos de arena. En aquel instante, creí que me había alcanzado un disparo.

—Lo has hecho a propósito —dijo Jed con desprecio mientras yo me esforzaba por levantarme; se había quedado de pie esperándome.

Enseguida le entendí. Pensaba que me había tirado deliberadamente para que se me cayera el agua y tener que regresar a por más. Aquella rivalidad entre nosotros no era cosa de broma, tanto que aprovechando lo que me había dicho, corrí de nuevo hacia el manantial. Y Jed Dunham, desdeñando el polvo que levantaban las balas a su alrededor, allí de pie, a campo abierto, se quedó esperándome. Llegamos a la par, recibiendo honores a pesar de nuestra temeridad infantil. Cuando entregamos el agua, sin embargo, Jed tan solo tenía un cubo lleno: una bala había atravesado el otro.

Mi madre me echó un sermón sobre la desobediencia. Seguramente sabía que, después de la hazaña realizada, mi padre no le permitiría que me pusiera la mano encima; y, mientras me regañaba, mi padre me guiñó un ojo por encima del hombro de mi madre. Era la primera vez que lo hacía.

De regreso al foso, Jed y yo nos convertimos en héroes. Las mujeres lloraban de alegría bendiciéndonos, y nos besaban y nos achuchaban. Confieso que me sentía orgulloso ante aquellas demostraciones de afecto, aunque, al igual que Jed, dejé claro que no eran necesarios tantos parabienes. Pero Jeremy Hopkins, con su muñón izquierdo vendado, dijo que estábamos hechos de la misma pasta que los mejores hombres blancos, hombres como Daniel Boone, Kit Carson y David Crockett. Aquello sí que me enorgulleció mucho más que todo lo demás.

El resto del día sentí molestias en el ojo a causa de la arena que me había entrado por el balazo en el suelo. Lo tenía inyectado en sangre, dijo mi madre; me dolía mucho, tanto si lo mantenía abierto como si lo cerraba, pues probé de las dos maneras.

Las cosas estaban más calmadas en el foso, porque todos pudimos beber agua, aun preocupados por si no podíamos conseguir más. Además, casi nos habíamos quedado sin municiones. Después de buscar por todas las carretas, mi padre consiguió casi dos kilos de pólvora. Poca más quedaba en las latas de los hombres.

Recordaba el ataque al atardecer del día anterior, y esta vez me anticipé y salí gateando hasta la trinchera antes de que anocheciera. Me acerqué sigilosamente a Laban. Estaba mascando tabaco y no se dio cuenta de mi presencia. Le observé durante un rato, temiendo que al descubrirme me mandase de vuelta. Echaba una larga ojeada por entre las ruedas de las carretas, mascaba un poco y luego escupía cuidadosamente en un pequeño agujero que había hecho en la arena.

—¿Cómo va la faena? —pregunté por fin. Así solía dirigirse él a mí.

—De primera —contestó—. Mucho mejor, Jesse, ahora que puedo volver a mascar tabaco. Tenía la boca tan seca que no había podido mascar en todo el día hasta que trajiste el agua.

En ese momento un hombre asomó la cabeza y los hombros por encima de la loma del nordeste, la ocupada por los blancos. Laban le apuntó con su rifle durante un minuto largo y después sacudió la cabeza.

—Casi cuatrocientos metros. No, no me arriesgo. Puede que le dé y puede que no, y tu padre está francamente preocupado por la pólvora.

—¿Qué posibilidades tenemos? —pregunté al estilo de los hombres, ya que desde mi hazaña con el agua me sentía todo un hombrecito.

Laban pareció considerar su respuesta detenidamente antes de responder.

—Jesse, no te voy a negar que estamos en un maldito agujero. Pero saldremos de esta, por supuesto que saldremos, puedes apostar hasta el último dólar.

—Algunos de nosotros no lo haremos —objeté.

—¿Quién, por ejemplo? —interrogó.

—Por ejemplo Bill Tyler, la señora Grant, Silas Dunlap y los demás.

—¡Caramba, Jesse! Esos ya están bajo tierra. ¿Acaso no sabes que todo el mundo tiene que enterrar a sus muertos a lo largo del amargo camino? Me temo que ha sido así desde hace miles de años y se seguirá haciendo mientras haya vivos. Jesse, la vida y la muerte van de la mano. Y nacemos tan deprisa como morimos; incluso creo que más rápido, porque crecemos y nos multiplicamos. Y en cuanto a ti, tú podrías haber muerto esta tarde acarreando agua. Pero estás aquí, ¿verdad?, charlando conmigo; y probablemente crecerás y serás el padre de una gran familia en California. Dicen que en California todo crece a lo grande.

Su tono jovial hizo que me atreviera a hablarle de algo que codiciaba desde hacía mucho tiempo.

—Laban, supongamos que te matan aquí.

—¿A quién? ¿A mí? —gritó.

—Digo «supongamos» —expliqué.

—Sí, de acuerdo. Sigue. Supongamos que me matan.

—¿Me darás tus cabelleras?

—Tu madre te daría una buena bofetada si te pillara con ellas —dijo, tratando de ganar tiempo.

—No tengo por qué llevarlas cuando ella esté cerca. Pero si te matan, Laban, alguien tiene que quedarse con las cabelleras. ¿Por qué no yo?

—¿Por qué no? —repitió—. De acuerdo, ¿por qué no tú? Muy bien, Jesse. Me caes bien, y tu padre también. En cuanto me maten, las cabelleras son tuyas, y el cuchillo de cortar cabelleras también. Timothy Grant está de testigo. ¿Has oído eso, Timothy?

Timothy asintió, y yo me quedé allí, sin decir palabra, tendido en la sofocante trinchera, tan emocionado por la grandeza de mi buena fortuna como para no poder pronunciar ni una sola palabra de gratitud.

La idea de anticiparme y acercarme a la trinchera tuvo su recompensa. Al anochecer se produjo otro ataque general y nos dispararon miles de tiros, pero, afortunadamente, en nuestro bando nadie sufrió ni un rasguño. Por otro lado, aunque disparamos apenas una treintena de balazos, vi cómo Laban y Timothy Grant mataban cada uno a un indio. Laban me dijo que solamente habían disparado los indios. Estaba seguro de que ni un solo blanco había disparado, hecho que le extrañaba profundamente. Los blancos no nos ofrecían ayuda pero tampoco se lanzaban al ataque, y durante todo el tiempo parecían mantener negociaciones con los indios que nos asediaban.

La mañana siguiente fue testigo de cómo la sed se apoderaba de todos nosotros. Me levanté con los primeros destellos del alba. Había caído un denso rocío y hombres, mujeres y niños lamían las varas de las carretas, los tacos de freno y los rayos de las ruedas.

Se decía que Laban había regresado de una exploración poco antes del amanecer; que había reptado hasta las posiciones de los blancos, que ya estaban en pie, y que les había visto rezar en un gran círculo a la luz de las hogueras. También contó que había escuchado en sus rezos palabras referidas a nosotros y a lo que nos iban a hacer.

—Que Dios les envíe la luz, pues —escuché como le decía una de las hermanas Demdike a Abby Foxwell.

—Y pronto —respondió Abby Foxwell—, pues no sé cómo nos las arreglaremos todo un día sin agua y con la pólvora a punto de agotarse.

Aquella mañana no ocurrió nada. No se oyó ni un solo disparo. Solo el sol brillaba a través del aire en calma. La sed iba en aumento y pronto los bebés comenzaron a llorar y los niños pequeños a gimotear y a quejarse. Al mediodía Will Hamilton tomó dos grandes cubos y salió hacia el manantial. Antes de que saliera de debajo de la carreta, Ann Demdike corrió hacia él, lo abrazó y trató de retenerlo. Pero él la convenció, la besó y continuó andando. No se hizo ni un solo disparo; durante todo el tiempo que estuvo acarreando agua, no le dispararon ni una sola vez.

—¡Alabado sea Dios! —gritó la vieja señora Demdike—. ¡Es una señal, se han apiadado de nosotros!

Esta era la opinión de muchas de las mujeres.

Alrededor de las dos de la tarde, después de haber comido y haber recuperado los ánimos, apareció un hombre blanco portando una bandera blanca. Will Hamilton salió a deliberar, regresó y habló con mi padre y con el resto de nuestros hombres, y después salió de nuevo para hablar con el extraño. Más allá pudimos ver a un hombre de pie observándonos, a quien reconocimos como Lee.

Los nervios hicieron presa en todos nosotros. Las mujeres respiraban tan aliviadas que lloraban y se besaban unas a otras; la vieja señora Demdike y las demás cantaban aleluyas y daban gracias a Dios. La propuesta, que nuestros hombres aceptaron, consistía en salir del foso bajo la bandera blanca y así estar protegidos de los indios.

—Tenemos que hacerlo —oí que mi padre decía a mi madre.

Él estaba sentado, con los hombros caídos, sobre una vara de la carreta: se le veía abatido.

—¿Pero qué pasará si nos traicionan? —preguntó mi madre.

Él se encogió de hombros.

—Tenemos que confiar en que no lo hagan —respondió—. Se nos han acabado las municiones.

Algunos de nuestros hombres desencadenaron una carreta para apartarla del círculo. Corrí para ver qué estaba sucediendo. Entonces entró Lee, montado en su caballo, seguido de dos carretas vacías, cada una conducida por un hombre. Todo el mundo se agolpó a su alrededor; dijo que les había costado mucho mantener a los indios alejados de nosotros y que el mayor Higbee, con cincuenta miembros de la milicia mormona, estaba dispuesto a ponernos bajo su custodia.

Pero lo que hizo sospechar a mi padre, a Laban y a algunos de nuestros hombres fue que Lee dijera que teníamos que dejar todos nuestros rifles en una de las carretas para no suscitar la animosidad de los indios. De ese modo pareceríamos prisioneros de la milicia mormona.

Mi padre se irguió y estaba a punto de rechazar la propuesta cuando miró a Laban, quien le dijo en voz baja:

—No van a ser más útiles en nuestras manos que en la carreta: ya no nos queda pólvora.

Colocaron a dos de los heridos, que no podían caminar, en las carretas, y junto a ellos pusieron a los niños pequeños. Al parecer Lee los dividía en dos grupos: los menores y los mayores de ocho años. Jed y yo éramos bastante grandes para nuestra edad, y además, teníamos ya nueve años, de modo que Lee nos puso en el grupo de los mayores y nos dijo que iríamos a pie, con las mujeres.

Cuando cogió el bebé de los brazos de mi madre y lo metió en una carreta, ella comenzó a protestar y vi cómo se mordía los labios, aunque después cedió. Era una mujer de mediana edad, de ojos grises, robusta, de huesos grandes y constitución fuerte. No obstante, el largo viaje y todas las penalidades sufridas habían hecho mella en ella: tenía las mejillas hundidas y estaba demacrada y, como todas las mujeres de la compañía, llevaba escrito en el rostro la constante preocupación que la acongojaba.

Cuando Lee explicó el orden de la marcha, Laban se me acercó. Lee dijo que las mujeres y los niños, a pie, irían en primer lugar, detrás de las dos carretas. Después los hombres, en fila, seguirían a las mujeres. Cuando Laban escuchó esto, vino hasta mí, se desató las cabelleras del cinto y las ató a mi cintura.

—Pero todavía no te han matado —protesté.

—Apuesta tu vida a que no lo harán —respondió sin darle importancia—. Solo que he decidido enmendarme, eso es todo. Esto de llevar cabelleras es algo frívolo y pagano.

Se detuvo un instante, como si hubiera olvidado algo. Después, tras dar media vuelta para alcanzar a los hombres de su compañía, me gritó por encima del hombro:

—Bueno, hasta pronto, Jesse.

Justo cuando me preguntaba por qué me decía adiós, entró un hombre blanco montado a caballo. Dijo que el mayor Higbee lo había enviado para decirnos que nos apresuráramos, porque los indios podían atacar en cualquier momento.

Así pues nos pusimos en marcha, con los dos carros a la cabeza. Lee se mantuvo junto a las mujeres y los niños que iban de pie. Detrás de nosotros, a unos trescientos metros, venían nuestros hombres. Cuando salimos del círculo vimos a la milicia a poca distancia. Estaban de pie, apoyados en sus rifles, dispuestos en hilera, separados unos dos metros unos de otros. Mientras pasábamos no pude evitar fijarme en la solemnidad de sus rostros. Parecía un cortejo fúnebre. Las mujeres también lo notaron y algunas de ellas se echaron a llorar.

Yo caminaba justo detrás de mi madre. Había elegido este lugar a propósito para evitar que viera las cabelleras. Detrás de mí venían las tres hermanas Demdike, dos de ellas ayudando a su anciana madre. Escuché a Lee repetir a los hombres que conducían las carretas que no avanzaran tan rápido. Un hombre, que según una de las hermanas Demdike debía de ser el mayor Higbee, nos observaba desde su caballo. No había ni un solo indio a la vista.

Cuando nuestros hombres estuvieron a la altura de la milicia, mientras me volvía hacia atrás para ver dónde estaba Jed Dunham, ocurrió todo. Oí al mayor Higbee gritar:

—¡Cumplid con vuestro deber!

Todos los rifles de la milicia parecieron dispararse al mismo tiempo, y nuestros hombres fueron desplomándose. Las

Demdike cayeron todas a la vez. Me di la vuelta rápidamente para ver cómo estaba mi madre, y ya estaba en el suelo. Justo a nuestro lado, salieron de detrás de los arbustos cientos de indios, todos disparando. Vi a las dos hermanas Dunlap salir corriendo por la arena y las seguí, porque tanto los blancos como los indios intentaban matarnos a todos. Y mientras corría vi al conductor de una de las carretas disparar contra los dos heridos. Los caballos de la otra carreta cabeceaban encabritados mientras el conductor trataba de sujetarlos.

Mientras aquel niño pequeño que yo era corría tras las hermanas Dunlap, se hizo la oscuridad sobre mí. Todos los recuerdos acaban ahí, porque Jesse Fancher acabó allí para siempre. La forma que ocupaba Jesse Fancher, el cuerpo que era suyo, simple materia aparente, al ser materia, apariencia, pasó como una aparición y dejó de existir. Pero su espíritu inmortal no desapareció. Continuó existiendo y, en su siguiente encarnación, se convirtió en el espíritu que vivía en el interior del cuerpo conocido como Darrell Standing, a quien pronto ahorcarían y enviarían a la nada, donde van todos los espectros.

Hay en Folsom un condenado a cadena perpetua, Matthew Davies, un viejo pionero, que es el recluso de confianza del patíbulo y de la cámara de ejecuciones. Es ya anciano, y en el pasado cruzó con su gente las grandes llanuras. He hablado con él y me confirmó la existencia de aquella masacre en la que Jesse Fancher falleció. Cuando este viejo recluso era un niño, se hablaba mucho en su familia de la masacre en las praderas de Mountain Meadows. Los niños que había en las carretas, dijo, se salvaron porque eran demasiado pequeños para contar lo ocurrido.

Todo sucedió tal como lo he contado. Nunca, durante mi vida como Darrell Standing, he leído una sola línea ni he escuchado una sola palabra con respecto a la Compañía Fancher que pereció en Mountain Meadows. Sin embargo, mientras permanecía en la camisa de fuerza en la prisión de San

Quintín, me fueron reveladas todas estas experiencias. No habría podido crearlo de la nada, como tampoco podía hacerlo con la dinamita. Todo esto, todos los hechos que he relatado, tienen solo una explicación. Provienen de mi espíritu, pues el espíritu, a diferencia de la materia, nunca perece.

Para concluir este capítulo, debo decir que Matthew Davies también me dijo que, algunos años después de la masacre, Lee fue llevado por oficiales del Gobierno de los Estados Unidos hasta Mountain Meadows para ser ejecutado, en el mismo lugar donde nuestra caravana, años atrás, había acampado.

CAPÍTULO 14

Cuando terminaron mis primeros diez días metido en la camisa de fuerza, el doctor Jackson me hizo recobrar la conciencia levantándome el párpado con su dedo pulgar. Abrí los ojos y le sonreí a la cara del alcaide Atherton.

—Demasiado miserable para vivir y demasiado mezquino para morir —fue su único comentario.

—Ya han pasado los diez días, alcaide —susurré.

—Bien, vamos a desatarte —gruñó.

—No se trata de eso —dije—. Ya ha visto mi sonrisa. Recuerde que teníamos una pequeña apuesta pendiente. No se moleste en desatarme. Tan solo entregue el tabaco y el papel de fumar a Morrell y a Oppenheimer. Y, por si acaso, aquí tiene otra sonrisa.

—Conozco a los de tu calaña, Standing —comenzó a sermonearme—. Pero no vas a conseguir nada. Si no acabo contigo, superarás todos los récords de permanencia metido en la camisa de fuerza.

—Ya los ha superado —dijo el doctor Jackson—. ¿Dónde se ha visto un hombre que logre sonreír después de diez días de tanto suplicio?

—Fanfarronadas nada más —respondió Atherton—. Desátelo, Hutchins.

—¿Por qué tanta prisa? —inquirí con un débil susurro, pues tanto había disminuido la vida en mi interior que necesitaba de todas las fuerzas que me quedaban y toda mi voluntad para ser capaz siquiera de susurrar—. ¿A qué tanta prisa? No he de coger ningún tren y me encuentro tan cómodo aquí, tan aturdido, que preferiría que no me molestara nadie.

Pero me desataron, me desenrollaron y quedé fuera de la fétida lona, sobre el suelo, inerte e indefenso.

—No me extraña que se sintiera cómodo —dijo el capitán Jamie—. No sentía nada: está paralizado.

—Paralizada tu abuela —añadió con sorna el alcaide—. Ponedle en pie y veréis como no se cae.

Hutchins y el doctor me auparon hasta ponerme en pie.

—¡Ahora, andando! —ordenó el alcaide.

No es posible que la vida regrese de inmediato a un cuerpo que ha estado prácticamente muerto durante diez días, así que, sin poder controlar mi voluntad todavía, me fallaron las rodillas, me tambaleé y caí de lado, haciéndome un corte en la frente al golpearme contra la pared.

—Ya ve —dijo el capitán Jamie.

—Buena actuación —replicó Atherton—. Este hombre es capaz de cualquier cosa.

—Tiene razón, alcaide —susurré desde el suelo—. Lo hice a propósito. Tenía ensayada la caída. Levánteme otra vez y lo repetiré. Le prometo que se va a divertir.

No me detendré a relatar la agonía que se siente cuando vuelve la circulación a recorrer el cuerpo. Acabó por convertirse en algo habitual, y es la causa principal de las arrugas que surcan mi rostro y que arrastraré hasta el patíbulo.

Cuando por fin me dejaron, me quedé tumbado durante el resto del día, aturdido y medio inconsciente. Existe lo que se conoce como anestesia del dolor, engendrada por un dolor tan agudo que uno acaba por ser totalmente insensible. Yo he conocido ese tipo de anestesia.

Por la noche ya era capaz de arrastrarme por la celda, pero todavía no podía ponerme en pie. Bebí mucha agua y me depuré todo lo que pude; pero hasta el día siguiente no pude comer nada, e incluso entonces solo lo logré gracias a mi gran fuerza de voluntad.

El plan que me había asignado el alcaide Atherton consistía en dejarme descansar y recuperarme durante unos días y, entonces, si todavía no había confesado dónde estaba la dinamita, pasaría otros diez más en la camisa de fuerza.

—Siento causarle tantos problemas, alcaide —le dije—. Lástima no haber muerto en la camisa para que deje usted de sufrir.

Dudo que en aquel momento pesara más de cuarenta kilos. Dos años antes, cuando las puertas de San Quintín se cerraron por primera vez detrás de mí, pesaba más de setenta y cinco. Parecía increíble que pudiese perder un gramo más y seguir con vida. Sin embargo, en los meses siguientes seguí bajando de peso, gramo a gramo, hasta quedarme más en treinta y cinco que en cuarenta. Sí que sé que algo más tarde, cuando logré salir de la celda de castigo y le di un puñetazo al guardia Thurston en la nariz, pasaba de los cuarenta kilos, porque me pesaron mientras me aseaban y me afeitaban para llevarme al juicio en San Rafael.

Hay quien no se explica cómo los hombres se vuelven duros, como el alcaide Atherton. Él me convirtió en un hombre duro, y mi propia tenacidad le volvió a él todavía más cruel. Pero nunca consiguió matarme. Fueron necesarias las leyes del estado de California, un juez aficionado a condenar a la horca y un gobernador severo, poco aficionado a los indultos, para enviarme al cadalso por darle un puñetazo a un guardia. Siempre dije que aquel guardia tenía mucha facilidad para sangrar por la nariz. En aquel momento yo era un esqueleto andante, ciego como un murciélago. A veces me pregunto si de veras le llegó a sangrar la nariz. Por supuesto, él juró que sí en el estrado. Pero he conocido a guardias que, bajo juramento, han cometido perjurios mucho más graves.

Ed Morrell estaba impaciente por saber si había tenido éxito con el experimento; pero cuando intentó comunicarse conmigo, Smith, el guardia que se encontraba de servicio en aquel momento, le hizo callar.

—No pasa nada, Ed —deletreé—. Tú y Jake quedaos callados y os lo contaré todo. Smith no puede evitar que escuchéis, ni tampoco puede impedirme que os lo cuente. Me han hecho ya lo peor y todavía sigo aquí.

—¡Corta ya, Standing! —rugió Smith desde el otro extremo del pasillo.

Smith era un tipo muy peculiar, saturnino, el más cruel y vengativo de todos los guardias. Solíamos hacer apuestas sobre si su mujer le engañaba o si padecía de indigestión crónica.

Continué golpeando con los nudillos y se acercó a la puerta de mi celda y se me quedó mirando fijamente.

—Te he dicho que pares ya —gruñó.

—Lo siento —respondí con amabilidad—, pero tengo el presentimiento de que voy a continuar con la conversación. Y, por cierto, discúlpeme si le hago una pregunta personal: ¿Qué piensa hacer para impedírmelo?

—Te voy a... —incapaz de concluir su amenaza, él mismo parecía quedar en evidencia ante su propia estupidez.

—¿Y bien? —le incité—. ¿Qué va a hacer, rezar?

—Llamaré al alcaide —dijo sin convicción.

—Sí, por favor. Un caballero de lo más encantador, sin duda. Un brillante ejemplo de la refinada maestría reformadora que subyace en nuestras prisiones. Hágalo venir de una vez. Estoy deseando informarle de su comportamiento.

—¿De mí?

—Sí, de usted precisamente —continué—. Usted insiste, con grosería y malos modos, en interrumpir mi conversación con los otros huéspedes de esta posada.

Y entonces vino el alcaide Atherton. La puerta estaba abierta y entró en mi celda a gritos. Pero ¿cómo decirlo?... yo estaba a salvo. Ya había descargado sobre mí las peores torturas y poco más podía hacerme.

—¡Te vas a quedar sin rancho! —me amenazó.

—Como prefiera —respondí—. Ya estoy acostumbrado. No he probado bocado en diez días y, ¿sabe una cosa?, intentar comer algo de nuevo no sería más que una terrible molestia.

—Vaya, eso es una amenaza, ¿verdad? Una huelga de hambre, ¿no?

—Perdone —dije educadamente, con gesto provocador—. La propuesta es suya, no mía. Intente ser lógico por una vez. Confío en que me creerá si le digo que soportar su falta de lógica es mucho más penoso que todas sus torturas.

—¿Vas a parar de darles a los nudillos? —preguntó.

—No; perdóneme si le molesto, pero siento una necesidad compulsiva e irrefrenable de hablar con los nudillos...

—Te falta el canto de un duro para que te meta otra vez en la camisa —interrumpió.

—Hágalo, se lo ruego. Adoro la camisa de fuerza, prácticamente soy como su hijo. Hasta me pongo rollizo ahí metido. Mire este brazo —me levanté la manga y le mostré un bíceps tan debilitado que al doblarlo parecía una cuerda—. Bíceps como los de un herrero, ¿verdad, alcaide? Échele una mirada a mis pectorales: ni el mismísimo Sandow se atrevería a competir conmigo. Y, ¿qué me dice de mi abdomen? Madre mía, mire, estoy engordando tanto que mi caso podría convertirse en un escándalo de sobrealimentación penitenciaria. Tenga cuidado, señor alcaide, o los contribuyentes se le echarán encima.

—¿Vas a dejar de golpear con los nudillos? —rugió.

—No; y le agradezco su amable preocupación. Después de pensarlo detenidamente, he resuelto continuar con mi charla.

Se quedó mirándome sin hablar un momento y después, vencido por su propia impotencia, se volvió para marcharse.

—Una sola pregunta, si me permite.

—¿Qué pasa? —preguntó por encima del hombro.

—¿Qué piensa hacer para impedírmelo?

A juzgar por la demostración de cólera de la que hizo gala en aquel momento, hasta hoy no he podido dejar de preguntarme cómo no se ha muerto aún de un ataque de apoplejía.

Hora tras hora, después de que se fuera tan contrariado el alcaide, expliqué golpe a golpe todas mis aventuras. Pero hasta la noche, cuando entró de servicio Carapastel Jones y se quedó dormido como de costumbre, Morrell y Oppenheimer no pudieron participar en la conversación.

—Sueños de un drogado —fue el veredicto de Oppenheimer.

Sí, pensaba yo; nuestras experiencias no son más que un producto de nuestros sueños.

—Cuando hacía de mensajero nocturno, alguna que otra vez fumé opio —continuó Oppenheimer—. Y te digo que conmigo no funciona eso de las visiones. Supongo que es lo que hacen todos los novelistas, fumar para avivar su imaginación.

Pero Ed Morrell, que había recorrido el mismo camino que yo, aunque con resultados diferentes, creyó mi relato. Me dijo que cuando su cuerpo moría en la camisa de fuerza y abandonaba la prisión, nunca fue otra persona excepto Ed Morrell. Nunca experimentó existencias anteriores. Cuando su espíritu vagaba en libertad, siempre lo hacía en el presente. Según nos dijo, del mismo modo que podía abandonar su cuerpo y contemplarlo dentro de la camisa de fuerza, también podía salir de la cárcel y, siempre en el presente, volver a visitar San Francisco y ver lo que estaba ocurriendo. De este modo, había podido visitar a su madre en dos ocasiones, y en ambas la había encontrado dormida. Cada vez que se transfiguraba en ese espíritu errante, decía no tener poder sobre las cosas materiales. No podía abrir o cerrar una puerta, mover un objeto, hacer el más mínimo ruido o manifestar su presencia. Por otra parte, las cosas materiales no tenían ningún poder sobre él. Las puertas y las paredes no eran obstáculo. La entidad, o el ente verdadero que él era, no era más que pensamiento, espíritu.

—La tienda de comestibles de la esquina, a media manzana de la casa de mi madre, cambió de dueño —nos dijo—. Lo supe porque tenía un letrero diferente. Tuve que esperar seis meses hasta que me permitieron escribir mi primera carta, y cuando le escribí a mi madre, se lo pregunté. Y me dijo que sí, que había cambiado de dueño.

—¿Pudiste leer el letrero de la tienda? —preguntó Jake Oppenheimer.

—Por supuesto que lo leí —respondió Morrell—. ¿Cómo podría haberlo sabido si no?

—De acuerdo —golpeó el incrédulo Oppenheimer—. Puedes demostrármelo fácilmente. Cuando, en algún momento, nos pongan algún guardia decente que nos permita echar una ojeada a algún periódico, haz que te metan en la camisa, sal de tu cuerpo y acércate a Frisco. Déjate caer entre la Tercera y el mercado a eso de las dos o las tres de la mañana, cuando están saliendo de imprenta los periódicos matutinos. Lee las últimas noticias y luego regresa enseguida a San Quintín, antes de que el remolcador de los periódicos cruce la bahía, y me cuentas lo que has leído. Después esperaremos a que llegue el periódico y el guardia nos lo deje leer, y si lo que me dices está en el periódico, me apunto contigo a uno de esos viajecitos.

Era una buena prueba. No podía más que coincidir con Oppenheimer en que se trababa de una demostración definitiva. Morrell dijo que aceptaría el reto en otra ocasión, que le desagradaba tanto el proceso de abandonar su cuerpo que no lo volvería a intentar hasta que llegara un momento en que no pudiera soportar más el sufrimiento metido en la camisa de fuerza.

—Eso es lo que hacen todos, nunca sacan nada de provecho —le criticó Oppenheimer—. Mi madre creía en los espíritus. Cuando era niño ella los veía y hablaba con ellos y decía que le daban consejos. Pero nunca sacó nada de provecho. Los espíritus no pudieron decirle dónde podría encontrar trabajo el viejo, o dónde encontrar una mina de oro, o cómo acertar un pleno en la lotería china. Lo único que le decían era que el tío de mi viejo tenía bocio, o que el abuelo del viejo había muerto de tisis galopante, o que nos íbamos a mudar de casa dentro de cuatro meses, lo cual no era difícil de adivinar, porque nos mudábamos, como poco, unas seis veces al año.

Creo que si Oppenheimer hubiera tenido la oportunidad de recibir una buena educación, hubiera llegado a ser un Marinetti o un Haeckel. Era un hombre terrenal, y su devoción por la realidad incontestable y su lógica eran admirables. «Tenéis que demostrármelo», era la regla con la que consideraba todas las cosas. Como decía Morrell: no albergaba ni un ápice de fe. Y esa falta de fe era lo que le impedía alcanzar la pequeña muerte metido en la camisa de fuerza.

Como se puede comprobar, no todo era horror y desesperación en aquella situación de aislamiento. Tres mentes como las nuestras daban mucho de sí para que el tiempo pasara volando. Bien puede ser que unos nos mantuviéramos a otros alejados de la locura, aunque debo admitir que Oppenheimer se pudrió durante cinco años completamente solo en la celda de castigo, antes de que se le uniera Morrell, y aun así se mantuvo cuerdo.

Por otro lado, no conviene caer en el error de pensar que la vida allí era una orgía salvaje de convivencia despreocupada y de fascinante investigación psicológica.

Sufríamos mucho, terriblemente. Los guardias eran unos brutos, unas bestias salvajes, al servicio del honrado ciudadano. Nos rodeaba la mezquindad. La comida que nos daban era inmunda, monótona, insustancial. Tan solo hombres con mucha fuerza de voluntad podían sobrevivir con aquellas raciones. Estoy seguro de que si nuestras vacas, cerdos y ovejas, que ganaron el premio en el concurso de granjas de la Universidad de Davis hubiesen recibido una alimentación tan científicamente desequilibrada como la que allí recibíamos, sin duda alguna habrían desfallecido y muerto en poco tiempo.

No teníamos libros para leer, e incluso nuestras conversaciones mediante golpecitos con los nudillos eran una violación de las reglas. Para nosotros el mundo, prácticamente, no existía. Era, más bien, un mundo lleno de fantasmas. Oppenheimer, por ejemplo, nunca había visto un automóvil o una motocicleta. Muy de tanto en tanto se filtraban algunas noticias, tan borrosas y tan pasadas ya que parecían irreales. Oppenheimer me dijo que no se enteró de la guerra entre Rusia y Japón hasta dos años después de que terminase.

Estábamos enterrados en vida, éramos los muertos vivientes. El aislamiento era una gran tumba, nuestra tumba, en la que, de vez en cuando, nos comunicábamos a golpe de nudillo como fantasmas en una sesión de espiritismo.

¿Noticias? La más pequeña nimiedad era una noticia para nosotros. Por ejemplo, un cambio de panadero, que descubríamos por el sabor y el aspecto del pan que recibíamos. O, ¿por qué habría estado Carapastel Jones fuera una semana? ¿Por vacaciones o por enfermedad? O, ¿por qué habían relevado a Wilson tras permanecer en el turno de noche solamente diez días? O, ¿dónde le habían puesto a Smith el ojo morado?... Podíamos pasar toda una semana especulando sobre cosas tan triviales como esas.

Tener a un convicto entre nosotros todo un mes era todo un acontecimiento. Y, sin embargo, nada podíamos aprender de estos huéspedes pasajeros, Dantes efímeros y, por lo general, necios, que permanecían en nuestro infierno durante un período demasiado breve como para aprender nuestro código de nudillos, antes de que se marcharan de nuevo al ancho mundo radiante de los vivos.

No obstante, repito, no todo era tan superficial en nuestra morada de sombras. Por ejemplo, enseñé a Oppenheimer a jugar al ajedrez. Es necesario tener en cuenta el tremendo logro que supone enseñarle a un hombre que se encuentra a trece celdas de distancia, por medio del golpeteo de los nudillos, a visualizar un tablero de ajedrez, a ver todas las piezas, los peones, las posiciones, a conocer las diferentes jugadas y movimientos, y enseñarle todo esto tan minuciosamente que al final, él y yo, éramos capaces de jugar partidas de ajedrez completas mentalmente. ¿Al final, he dicho? Finalmente, y esto supone otro tributo a la magnificencia de la mente de Oppenheimer, acabó convirtiéndose en mi maestro, él, que no había visto a un jugador de ajedrez en toda su vida.

¿Qué imagen de alfil se podía formar en su mente, por ejemplo, cuando le deletreaba alfil por medio de los signos de nuestro código? Le hice esta pregunta, en vano, en numerosas ocasiones. Y en vano trataba él de describirme con palabras la imagen mental de algo que jamás había visto, pero que, no obstante, era capaz de manejar con tal maestría que lograba confundirme durante la partida en incontables ocasiones.

Al recordar semejantes muestras de la voluntad y del espíritu, solo puedo llegar a la conclusión, como hago tan a menudo, de que en ellas reside precisamente la realidad. Solo el espíritu es real. La carne es una ilusión de los sentidos, algo fantasmagórico, espectral. Explíquenme cómo si no, repito, ¿cómo puede cualquier forma que adopte la materia o la carne jugar al ajedrez sobre un tablero imaginario, con piezas imaginarias, y comunicándose solo a golpe de nudillo a una distancia de trece celdas?

CAPÍTULO 15

Una vez fui Adam Strang, un marino inglés. El período de mi existencia, por lo que puedo adivinar, fue alrededor de 1550 a 1650, y viví hasta una edad avanzada, como enseguida podrán comprobar. Me he arrepentido muchas veces, desde que Ed Morrell me enseñara a alcanzar la pequeña muerte, de no haber sido un estudiante de Historia más aplicado, ya que hubiera podido identificar y situar mejor gran parte de lo que me resulta oscuro. Así me veo obligado a tantear y adivinar el camino de mis existencias por las distintas épocas y lugares.

Lo que me resulta extraño acerca de mi existencia como Adam Strang es lo poco que recuerdo de sus primeros treinta años. De las muchas veces en las que, durante las sesiones en la camisa de fuerza, he renacido como Adam Strang, siempre lo hice al menos ya con treinta años de vida, con toda su altura, fuerte de constitución.

Yo, como Adam Strang, siempre recobro la conciencia en un grupo de islas arenosas de poca altura en algún lugar por debajo del Ecuador, en lo que debe de ser la parte occidental del océano Pacífico. Allí es donde me siento como en casa, y todo parece indicar que he vivido allí durante algún tiempo. En esas islas viven miles de personas, pero yo soy el único hombre blanco. Los nativos son de una raza magnífica, musculosos, altos, de amplias espaldas. No es raro encontrarse hombres de más de metro ochenta de estatura. El rey, Raa Kook, mide unos dos metros y, aunque debe de pesar unos ciento treinta kilos, está tan bien proporcionado que no se le podría considerar un hombre grueso. Muchos de sus jefes de tribu son tan grandes como él, y las mujeres tampoco les van a la zaga en cuanto a tamaño.

Existen numerosas islas en el archipiélago y Raa Kook reina sobre todas ellas, aunque el rosario de islas situadas hacia el sur es un foco de frecuentes revueltas. Estos nativos con quienes vivo son polinesios; lo sé porque tienen el pelo negro y lacio y la piel de un cálido tono marrón, dorado por el sol. Su lengua, que hablo con asombrosa facilidad, es sonora, rica y musical, escasa en consonantes, compuesta principalmente de vocales. Amantes de las flores, la música, la danza y los juegos, son sencillos y casi infantiles en sus diversiones, pero crueles y salvajes en sus enfados y en la guerra.

Yo, Adam Strang, conozco mi pasado, aunque parece que no pienso mucho en él y prefiero vivir en el presente. No me aflige el pasado ni el futuro. Soy descuidado, imprudente e incauto, feliz por el mero hecho de vivir y rebosante de fuerzas y energía. Me contento con el pescado, la fruta, la verdura y las algas para llenar el estómago. Ocupo un lugar importante junto al rey Raa Kook, superior a cualquier otro, incluso a Abba Taak, que está por encima del sacerdote. Ningún hombre se atreve a levantar la mano contra mí. Soy tabú, sagrado como la sagrada casa-canoa, bajo cuyo suelo reposan los restos de solo Dios sabe cuántos anteriores reyes pertenecientes al linaje de Raa Kook.

Recuerdo todo lo que ocurrió durante el naufragio, del que soy el único superviviente; recuerdo el gran viento y a todos los que murieron ahogados, pero no suelo recrearme con el recuerdo de la catástrofe. Cuando pienso en tiempos pasados, recuerdo mi infancia junto a las faldas de mi madre inglesa, una mujer pechugona de piel lechosa y cabellos dorados. Vivía en una pequeña aldea formada por una docena de casitas con los techos de paja. Oigo de nuevo los mirlos y los tordos sobre los setos, y vuelvo a ver campanillas azules en los robledales, esparcidas sobre la aterciopelada hierba como un torrente de agua azul. Y sobre todo recuerdo un gran semental de patas peludas que a menudo bajaba trotando, haciendo cabriolas y relinchando por las estrechas callejuelas. Aquella inmensa bestia me asustaba y siempre corría gritando a esconderme en las faldas de mi madre.

Pero ya basta. No es la infancia de Adam Strang lo que voy a contarles.

Viví durante varios años en islas cuyos nombres desconozco, y donde estoy seguro que yo era el único hombre blanco. Estaba casado con Lei-Lei, la hermana del rey, que medía metro ochenta y pico, y por ese pico me superaba en altura. Yo tenía una espléndida figura masculina, de amplias espaldas, pecho erguido y buena constitución. Me atrevería a afirmar que las mujeres de cualquier raza, como enseguida verán, me miraban con buenos ojos. Mi piel bajo los brazos, donde no le daba el sol, era lechosa como la de mi madre. Tenía los ojos azules y el bigote, la barba y los cabellos dorados, como en esos retratos de los reyes del mar del Norte. Seguramente descendía de aquella antigua raza, fuertemente arraigada en Inglaterra, y aunque nacido en una casita de campo, todavía llevaba el mar en la sangre, por lo que pronto empecé a trabajar en los barcos para convertirme en marino, en un lobo de mar. Eso es lo que era, ni oficial ni caballero, sino un duro y curtido lobo de mar.

Resulté de gran valor para Raa Kook, por lo que me ofreció su real protección. Sabía trabajar el hierro, que el naufragio había llevado a la tierra de Raa Kook por primera vez. De vez en cuando navegábamos en las canoas diez leguas hacia el noroeste para traer hierro del naufragio. El casco se había partido al chocar con un arrecife y permanecía hundido a unas quince brazas. Y de allí lo sacaban los nativos, buceadores magníficos y sumamente habilidosos bajo el agua. De aquellas profundidades sacábamos el hierro: los nativos buceaban de maravilla. Yo aprendí también a hacer mis quince brazas de fondo, pero jamás pude igualar sus hazañas pesqueras. En tierra, gracias a mi fuerza y a mi entrenamiento inglés, podía derrotar a cualquiera de ellos. También les enseñé a pelear con la lanza larga, hasta que el juego desencadenó una epidemia en la que una cabeza rota no era precisamente noticia.

Del naufragio se rescató también el diario de navegación, roto y deshecho por el mar, y con la tinta tan corrida que apenas se podía descifrar algo de lo que había escrito. Sin embargo, con la esperanza de que algún erudito anticuario pueda establecer de un modo más claro la fecha de los acontecimientos que voy a relatar, he aquí un fragmento cuya peculiar ortografía tal vez pudiera dar alguna pista: aunque se utiliza la letra «s», por lo general es reemplazada por la letra «f».

> *«Comoquiera que fuera el viento favorable, diónos ocafión de que fuefen repafadas y secadas algunas de nuestras provifiones, más principalmente, algunof jamones chinos y abadejo seco, que consfituía parte de nuestro avituallamiento. Ansimefmo, fizofe en cubierta el divino oficio de la missa. Por la tarde, con frefcas bocanadas; de suerte que fuenos facedero a la siguiente madrugada baldear la cubierta, anfí como facer fumos en el barco con pólvora.»*

Pero debo apresurarme, pues este relato no es el de Adam Strang, el lobo de mar que naufragó en una isla de coral, sino el del otro Adam Strang, más tarde conocido como Yi-Yong-ik, el Poderoso, que una vez fue el favorito de Yunsan y el amante esposo de lady Om, miembro de la dinastía Min, y que durante mucho tiempo mendigó como un paria por los pueblos de todas las costas y caminos de Cho-Sen. (¡Ajá, ahora que me acuerdo! Cho-Sen significa la Tierra de la Mañana Tranquila; más tarde la llamarían Corea.)

Recuerden que fue hace tres o cuatro siglos cuando yo, el primer hombre blanco, viví en las islas coralinas de Raa Kook. Por aquel entonces, las quillas de los barcos eran poco comunes en aquellas aguas. De no haber sido por el *Sparwehr*, habría acabado allí mis días, gozando bajo el sol, en paz y en abundancia, en aquel lugar que no conocía la escarcha. El *Sparwehr* era un mercante holandés que desafiaba los mares inexplorados, buscando nuevas tierras más allá de las Indias. Y, en lugar de nuevas tierras, me encontraron a mí.

¿Acaso no he dicho ya que yo era un hombre alegre, un gigante de barba rubia, un niño irresponsable que se negaba a crecer? Con escasos remordimientos, una vez estuvieron llenos de agua los barriles del *Sparwehr*, abandoné a Raa Kook y su agradable tierra, abandoné a Lei-Lei y a todas sus hermanas engalanadas de flores y, con una gran sonrisa en los labios, me alejé navegando, de nuevo como un lobo de mar, bajo las órdenes del capitán Johannes Maartens.

Fueron maravillosas las aventuras aquellas a bordo del *Sparwehr*. Íbamos en busca de nuevas tierras, de seda y de especias, aunque no hallamos más que fiebres, muertes violentas y paraísos pestilentes donde la enfermedad y la belleza compartían la misma sepultura. El viejo Johannes Maartens, en cuyo impasible rostro cuadrado de oso pardo no asomaba indicio alguno de romanticismo, buscaba con ahínco las islas Salomón, las minas de Golconda, e incluso —¡ay!— la mítica y perdida Atlántida, que esperaba encontrar todavía a flote. Y, sin embargo, en su lugar encontró antropófagos y cazadores de cabezas que vivían en las ramas de los árboles.

Desembarcamos en islas extrañas, en las que el mar arreciaba con fuerza en las costas y se divisaba humo en las cumbres, donde pequeños seres peludos —mitad hombre, mitad animal— chillaban como monos, colocaban en los caminos del bosque espinas y trampas con estacas, y nos lanzaban astillas envenenadas en el silencio crepuscular de la selva; cuando alguna de aquellas astillas alcanzaba a uno de nuestros hombres, moría gritando y retorciéndose de dolor. También encontramos a otros hombres, de mayor tamaño, más fieros, que se enfrentaron a nosotros en las playas, a cielo abierto, disparándonos una lluvia de lanzas y flechas, mientras los enormes tambores y los pequeños tam-tams repiqueteaban llamando a la guerra y retumbaban a través de valles cubiertos de árboles y de colinas sobre las que ascendían señales de humo.

Hendrik Hamel era el sobrecargo y copropietario del *Sparwehr*; lo que no le pertenecía a él era propiedad del capitán Johannes Maartens. Este hablaba un poco de inglés y Hendrik Hamel no mucho más. Los marineros con los que me reunía hablaban solamente holandés. Pero, créanme, no es difícil para un lobo de mar como yo, si hace falta, aprender holandés e incluso coreano, como enseguida se podrá ver.

Finalmente llegamos a un país que sí estaba en el mapa, Japón. Pero sus gentes no querían saber nada de nosotros; dos oficiales, con espadas y majestuosas ropas de seda que dejaron boquiabierto al capitán Johannes, subieron a bordo y, muy educadamente, nos pidieron que nos marcháramos. Bajo sus delicados modales se escondía la furia de una raza guerrera y, por la cuenta que nos traía, decidimos seguir nuestro periplo.

Cruzamos los estrechos de Japón; y entrábamos en el mar Amarillo rumbo a China cuando el *Sparwehr* chocó contra las rocas. Aquel viejo barco era una chalana destartalada, tan desmañada y con el casco tan sucio, incrustado de restos marinos, que ni siquiera podía cambiar de rumbo para evitar las rocas. Navegando a bolina, lo más que podía alcanzar eran seis puntos de viento; y entonces daba grandes sacudidas, de atrás hacia adelante, sin rumbo preciso, como hoja a merced de la tempestad. Las galeotas parecían clíperes a su lado. Hacerle marchar a contraviento era impensable; solo para sujetarlo hacían falta todas las manos y más. Y con tan buenos antecedentes, nos vimos atrapados por rachas de viento con humos de huracán y ocho puntos de desviación que sacudieron nuestras almas durante cuarenta y ocho horas de lucha, en una costa de sotavento.

Con el barco a la deriva, llegamos a tierra firme bajo la fría luz de una aurora tormentosa, en medio de un mar despiadado, con olas tan altas como montañas. Era pleno invierno, y en medio de la ventisca de nieve vislumbramos la imponente costa; si se le puede llamar costa a un grupo de rocas tan accidentado. Había islas de roca adusta e islotes innumerables, y más allá, montañas oscuras cubiertas de nieve y elevados acantilados por todas partes, demasiado abruptos para que la nieve reposara en ellos, con salientes de cabos, cumbres y pedazos de roca que se elevaban sobre el mar revuelto.

El lugar hacia el que nos dirigíamos no tenía nombre, y nada parecía indicar que hubiera sido visitado con anterioridad por otros navegantes. Sus costas aparecían apenas como un esbozo en nuestras cartas de navegación, por lo que era fácil deducir que sus habitantes serían tan poco hospitalarios como el pedazo de tierra que podíamos divisar.

El *Sparwehr* derivó de proa contra un acantilado cuyo fondo escarpado anunciaba el inminente desastre. El bauprés de nuestra nave, tan señero hacia el cielo, impactó contra las rocas y se partió bruscamente, en seco. El palo mayor salió por la borda, con gran arrastre de maromas y estayes, y cayó de frente contra el acantilado.

Siempre había admirado a Johannes Maartens. Como las olas imponentes lamían violentas la popa, hubimos de recogernos él y yo en la parte delantera del barco que llaman combés, desde donde luchamos por abrirnos paso hacia el castillo de proa. Otros se unieron a nosotros; nos amarramos con rapidez e hicimos recuento de los que quedábamos: éramos dieciocho, el resto había desaparecido.

Johannes Maartens me tocó en el hombro y señaló hacia arriba a través del agua salada que caía en cascada desde el arrecife. Entendí lo que trataba de decirme. A unos cinco metros por debajo de la cofa, la punta del mástil se había quedado empotrada y crujía al chocar contra un saliente del acantilado. Por encima de aquel saliente había una hendidura y quería saber si me atrevería a saltar desde la punta del mástil hasta ella. La distancia oscilaba, y tan pronto no llegaba a los dos metros como alcanzaba los seis, ya que el mástil se tambaleaba con los golpes del casco sobre el que se apoyaba el tope astillado.

Comencé el ascenso y los demás no esperaron; uno a uno se fueron desatando y me siguieron en la escalada por el peligroso mástil. Había motivos para apresurarse, ya que en cualquier momento el *Sparwehr* podía hundirse en las profundidades del mar. Calculé el salto y me lancé a la hendidura, donde caí de rodillas, y me preparé para echar una mano a los que iban a saltar después. Fue una tarea ardua: estábamos empapados y medio congelados por el viento helado. Además, teníamos que calcular los saltos pendientes de los movimientos del casco y la oscilación del mástil.

El cocinero fue el primero en caer. Se precipitó desde el extremo del mástil y dio varias volteretas en su caída. Un golpe de mar lo estampó contra el acantilado. El grumete, un joven barbudo de unos veinte años, resbaló, se balanceó unos segundos colgado del mástil y también se estrelló contra las rocas. Murió en el acto, hecho papilla. Otros dos siguieron el camino del cocinero. El capitán Johannes Maartens fue el último en llegar, y con él éramos catorce los que nos refugiábamos en la hendidura. Una hora después, el *Sparwehr* desapareció, hundido para siempre en las profundidades marinas.

Durante dos días y dos noches estuvimos en el acantilado, a punto de perecer, pues no había forma de salir de allí, ni subiendo ni bajando. Al tercer día nos encontró un barco de pesca. Los hombres iban ataviados completamente de un blanco sucio, con el pelo largo recogido en una especie de nudo sobre la cabeza; era el nudo matrimonial, como más tarde sabría, y también algo muy útil a lo que agarrarse cuando una discusión iba más allá de las palabras.

La embarcación regresó a la aldea en busca de ayuda; fue necesaria la mayor parte de los habitantes y tardaron casi todo un día en bajarnos de allí. Era gente pobre y miserable; su comida resultaba repugnante incluso para el estómago de un lobo de mar como yo. El arroz era marrón como el chocolate, medio cubierto de cáscara y restos de paja, astillas y porquerías no identificables que hacían que con frecuencia tuviéramos que hacer una pausa para sacarnos de la boca, con los dedos, todo lo que no podíamos tragar. También comían una especie de mijo y una variedad increíble de encurtidos picantes como el mismo infierno.

Sus casas eran de tierra y con los techos de paja. Bajo el suelo se hallaba el tubo para la salida de humos de la cocina, que a su paso calentaba el dormitorio. Allí nos quedamos descansando durante días, consolándonos con un tabaco suave e insípido, que fumábamos en pipas de un metro de largo, con pequeños cuencos en el extremo. También tomaban una bebida un tanto agria, caliente, de aspecto lechoso, que se subía a la cabeza solo si se tomaba en grandes cantidades. Después de engullir, sin exagerar, litros y litros de aquella sustancia, comencé a cantar, bastante borracho, como hacen todos los lobos de mar del mundo. Animados por mi éxito, los demás continuaron bebiendo y al poco tiempo estábamos todos bramando, alborotando, sin preocuparnos por el vendaval que azotaba de nuevo las playas o por haber naufragado en una tierra alejada de la mano de Dios que ni siquiera aparecía en los mapas. El viejo Johannes Maartens reía y berreaba y se daba palmadas en los muslos siguiendo el compás como cualquiera de nosotros. Hendrik Hamel, un holandés moreno, de brillantes y pequeños ojos negros, conocido por su sangre fría y su gran aplomo, también estaba fuera de sí, poseído, y soltaba las monedas que hicieran falta para conseguir más de aquel brebaje lechoso. Nuestra conducta era bastante indecente, pero las mujeres no paraban de traernos bebida, y toda la gente de la aldea se agolpaba en la atestada habitación para ver nuestras bufonadas.

No hay duda de que el hombre blanco ha dado la vuelta al mundo y ha conseguido dominarlo gracias a su comportamiento imprudente e irreflexivo. Esa ha sido su manera de actuar; aunque, por supuesto, siempre guiado por el deseo insaciable de saquear y conseguir riquezas. No se explica, si no, que el capitán Johannes Maartens, Hendrik Hamel y los otros doce lobos de mar, borrachos como cubas, cantáramos a voz en grito en plena jarana en aquel poblado de pescadores, mientras el viento helado del invierno soplaba a través del mar Amarillo.

Lo poco que habíamos visto de la tierra y de las gentes de Cho-Sen no nos impresionaba precisamente. Si la miseria de aquellos pescadores era una muestra de cómo era la vida allí, no era de extrañar que los navegantes pasaran de largo. Pero pronto sabríamos que andábamos bastante desencaminados. La aldea se hallaba en una de las islas más cercanas al continente y, al parecer, los jefes de la isla habían enviado noticia de nuestra llegada allí. Una mañana, tres grandes juncos de doble mástil y vela latina de esterilla de arroz echaron el ancla frente a la playa.

Cuando los sampanes llegaron a la orilla, el capitán Maartens se mostró muy interesado, pues volvieron a aparecer las sedas. Una docena de guardias vestidos con sedas de varios colores rodeaban a un robusto coreano, cubierto también con sedosas telas de diversos tonos pálidos. Se trataba de Kwan Yung-jin, y era un *yang-ban*, o noble; también era lo que podríamos llamar un magistrado o gobernador del distrito o de la provincia, lo que significa que su puesto exigía que cobrara los diezmos y recaudara los tributos.

También desembarcaron con él un centenar de soldados que se dirigieron hacia la aldea. Iban armados con tridentes y pequeñas hachas de abordaje; cargaban una especie de arcabuces de tan heroica apariencia que se necesitaban dos soldados para transportarlos: uno para llevarlo y situar el trípode sobre el que descansaba la boca del arma, y otro para cargarlo y disparar. Como habría de comprobar más adelante, el cañón a veces disparaba y a veces no, en función del ajuste de la yesca y del estado de la pólvora en la cazoleta.

De este modo viajaba Kwan Yung-jin. Los jefes de la población le temían, y como no tardaríamos en saber, tenían sus buenas razones. Di un paso adelante para ofrecerme como intérprete, pues ya conocía algunas palabras en coreano, pero él frunció el ceño y me apartó a un lado. ¿Acaso me intimidó? Nada de eso, yo era tan alto como él, pesaba por lo menos diez kilos más, mi tez era blanca y mis cabellos dorados. Se dio la vuelta y se dirigió al jefe de la aldea al tiempo que los seis hombres vestidos con sedas de su séquito trataban de rodearnos. Mientras hablaba, llegaron más soldados con tablones al hombro de más de dos dedos de grosor, que medían aproximadamente metro ochenta por sesenta y tenían unas curiosas hendiduras en el medio. Cerca de uno de los extremos había un orificio redondo de un tamaño mayor que el cuello de un hombre.

A una orden de Kwan Yung-jin, varios soldados se aproximaron a Tromp, que estaba sentado en el suelo doliéndose de un uñero. Tromp era un tipo bastante estúpido, corto de entendederas, lento de reflejos, y antes de que se diese cuenta tenía uno de aquellos tablones, que se abrían y se cerraban como tijeras, sujeto alrededor del cuello. Al verse en semejante aprieto, comenzó a dar coces y a rugir como una fiera y tuvimos que apartarnos para que no nos golpeara con los extremos del tablón.

Entonces comenzaron los problemas; Kwan Yung-jin tenía la intención de ponernos los tablones a todos. ¡Cómo luchamos, a puñetazo limpio, con un centenar de soldados ayudados por otros tantos aldeanos, mientras Kwan Yung-jin se mantenía apartado, envuelto en sus sedas y mirándonos con desdén señorial! En aquel momento me gané el nombre de Yi Yong-ik, el Poderoso. Mucho después de que nuestra compañía fuese sometida y aprisionada, todavía seguía yo luchando. Mis puños tenían la pegada de un martillo de armas, y me sobraban músculos y voluntad para dirigirlos.

Para regocijo mío, pronto me di cuenta de que los coreanos poco entendían de puñetazos y carecían de la más mínima noción de guardia. Fueron cayendo como bolos, unos sobre otros. Pero Kwan Yung-jin era mi objetivo, y lo único que le salvó fue la intervención de sus agregados. Eran criaturas más bien frágiles. Hacía con ellos lo que quería, dándoles por todos lados, pringando sus sedas en el barro antes de que la multitud se me echase encima. Eran muchos, paraban mis golpes por pura aglomeración, mientras los de atrás empujaban a los de delante sobre mí. ¡Y cómo los derribaba! Al final se retorcían a mis pies, amontonados. Pero para entonces la mayor parte de la aldea y las tripulaciones de los tres juncos estaban sobre mí, y yo estaba cada vez más agotado. Me entablaron con facilidad.

—¡Dios de los cielos! ¿Ahora qué? —preguntó Vandervoot, uno de los grumetes, cuando fuimos arrastrados a bordo de uno de los juncos.

Estábamos sentados sobre la cubierta, amarrados como aves de corral, y en cuanto la brisa puso en movimiento la embarcación rodamos por la cubierta, con tablones y todo, hasta ir a parar a los imbornales de sotavento, no sin que se nos despellejara horriblemente el cuello. Desde lo alto de la popa, Kwan Yung-jin nos miraba indiferente, como si no nos viese. Durante muchos años Vandervoot fue conocido entre nosotros como «Ahora qué, Vandervoot». ¡Pobre diablo! Murió una noche congelado en las calles de Keijo; nadie quería darle cobijo.

Al llegar al continente nos llevaron a una prisión inmunda y plagada de insectos. Fue nuestra presentación en los círculos oficiales de Cho-Sen. No obstante, más adelante me vengaría por todos nosotros de Kwan Yung-jin, en los días en que lady Om se enamoró de mí y compartió su poder conmigo.

Permanecimos en aquella prisión durante muchos días. Más tarde supimos la razón. Kwan Yung-jin había enviado un despacho a Keijo, la capital, para averiguar cuáles eran las órdenes reales respecto a nosotros. Mientras tanto, no éramos más que animales salvajes en sus jaulas. Desde el amanecer hasta que oscurecía, numerosos nativos asediaban los barrotes de nuestras ventanas, pues nunca antes habían visto a alguien de nuestra raza. Nuestro público no procedía únicamente del populacho. También las damas, transportadas en palanquines sobre los hombros de los culíes, venían a ver a las extrañas bestezuelas que el mar había arrojado. Mientras sus guardias retiraban a la chusma a latigazos, ellas nos contemplaban con timidez durante mucho tiempo. Veíamos poco de ellas, tenían el rostro cubierto, de acuerdo con las costumbres del país. Solo las bailarinas, las mujeres de baja ralea y las viejas podían mostrar el rostro descubierto.

He pensado a menudo que Kwan Yung-jin sufría de indigestión y que cuando sus ataques se agudizaban la pagaba con nosotros. En cualquier caso, sin causa ni razón aparente, cuando se le antojaba, nos sacaba de prisión y hacía que nos apalearan ante los alegres gritos de la multitud. La raza asiática es cruel como una bestia y se deleita con el espectáculo del sufrimiento humano.

Nos sentimos aliviados cuando, con la llegada de Kim, se puso punto final a las palizas. ¿Kim? Todo lo que puedo decir, y lo mejor que puedo decir, es que era el hombre con la piel más blanca que jamás encontré en Cho-Sen. Capitaneaba a cincuenta hombres cuando le conocí, y estaba a cargo de la guardia de palacio antes de que yo le cubriese de glorias mayores. Finalmente, moriría por el bien de lady Om y por el mío. Kim… bueno, Kim era Kim.

En cuanto llegó, hizo que nos quitasen los tablones del cuello y que nos alojasen en la mejor posada del lugar. Todavía éramos prisioneros, pero prisioneros de honor, con una guardia montada de quince soldados. Al día siguiente, partimos por el camino real catorce marineros montados a horcajadas sobre caballos enanos, típicos de Cho-Sen, con destino hacia la mismísima Keijo. El emperador, según me dijo Kim, había expresado su deseo de contemplar la extravagancia de esas fieras marinas.

Fue un viaje largo, de muchos días, atravesando gran parte del territorio de Cho-Sen de norte a sur. Por casualidad sucedió que, tras desmontar por primera vez y mientras daba un paseo para ver cómo alimentaban a aquellos caballos enanos, presencié algo que me hizo vociferar hasta que toda la tripulación se acercó corriendo hasta allí:

—¿Ahora qué, Vandervoot?

Tan cierto como que estoy vivo es que alimentaban a aquellos caballos con sopa de alubias, para más inri, sopa de alubias caliente, y no probaron otra cosa durante el viaje que no fuese aquella sopa. Era la costumbre del país.

Eran unos caballos verdaderamente enanos. En una apuesta con Kim levanté uno de ellos y, a pesar de que se resistía con todas sus fuerzas, logré echármelo sobre los hombros, por lo que los hombres de Kim, que ya habían oído mi nuevo nombre, me llamaron Yi Yong-ik, el Poderoso. Kim era un hombre grande y robusto como el resto de los coreanos, que son una raza musculosa, y él se vanagloriaba de ello. Pero siempre que medimos nuestras fuerzas en un pulso conseguí bajarle el brazo. Y los soldados y los vecinos, boquiabiertos, se nos quedaban mirando y murmuraban «Yi Yong-ik».

En cierto modo éramos algo así como una feria de animales salvajes. La voz se fue corriendo, y en cada aldea la muchedumbre concurría junto al camino para vernos pasar. Era una interminable procesión circense. En los pueblos, por la noche, la multitud nos acechaba en las posadas donde nos alojábamos, y no conseguíamos descansar hasta que los soldados los obligaban a dispersarse a golpes o a punta de lanza. Pero primero Kim llamaba a los luchadores más fuertes del lugar para deleitarse contemplando cómo yo los abatía y les hacía besar el barro.

No había pan, pero comíamos arroz blanco, una clase de carne que luego supimos que era perro y que se comía habitualmente en Cho-Sen, y unos encurtidos que picaban como el demonio y que uno acababa disfrutando. Y tenían bebida, bebida de verdad, no aquella porquería lechosa, sino un líquido blanco y ardiente destilado del arroz; una pinta de aquello podría matar a un enclenque y emborrachar y hacer enloquecer a un hombre fuerte. En la ciudad amurallada de Chong-ho tumbé a Kim y a los notables de la ciudad con este brebaje; y de nuevo todos murmuraban «Yi Yong-ik», y las noticias sobre mi audacia llegaron a Keijo y a la corte del emperador incluso antes que nosotros.

Yo era más un invitado de honor que un prisionero, y cabalgaba siempre junto a Kim, con mis largas piernas tocando casi el suelo y rozando el barro con los pies cuando el terreno se hundía. Kim era joven. Kim era humano. Kim era universal. Era un hombre de verdad en cualquier lugar, en cualquier país. Los dos hablábamos, reíamos y bromeábamos durante todo el día y la mitad de la noche. Terminé por entender el idioma; de todas formas tenía un don para ello. Incluso Kim se maravillaba del modo en que llegué a dominar su lengua. Y aprendí también de sus convenciones, el humor, los puntos débiles, los conflictivos, los temas delicados. Kim me enseñaba canciones sobre flores, sobre el amor, sobre la bebida. Una de estas últimas era suya, cuyo final trataré de ofrecer en un burdo intento de traducción. Kim y Pak, en su juventud, hicieron el juramento de abstenerse de la bebida, pero rompieron el pacto al poco tiempo. Kim y Pak, ya viejos, cantaban:

¡No, no, fuera de aquí! Pues el cuenco embriagador
volverá a enfrentar mi alma a su cabal decisión
de no gustar tal brebaje. ¡Mas esperad, buen amigo!
¿Podríais decirme acaso dónde venden buen vino?
¿Cómo es eso? ¿Allí decís? ¿Justo detrás de aquel pino?
Que la suerte os acompañe, pues yo hacia él me encamino.

Hendrik Hamel, intrigante y astuto, siempre me animaba e incitaba a que continuara aquella extraña carrera por conseguir los favores de Kim, no solo para mí, sino, a través de mí, para sí mismo y para toda la compañía. Menciono a Hendrik Hamel como mi consejero porque tuvo mucho que ver con lo que aconteció en Keijo para ganar los favores de Yunsan, el corazón de lady Om y la indulgencia del emperador. Yo poseía la determinación y la valentía necesarias para llevar a cabo el juego que tenía entre manos; pero, para ser sincero, debo admitir que la mayor parte de la astucia que requería provenía de los consejos de Hendrik Hamel.

Viajamos hasta Keijo, cruzando una ciudad amurallada tras otra, a través de nevadas tierras montañosas pobladas de innumerables valles fértiles. Y cada tarde, a la caída del sol, las señales de humo de las hogueras se extendían por las cimas a lo largo de todo el país. Kim siempre observaba este despliegue nocturno. Desde las costas de Cho-Sen, me explicó, se extendían aquellas cadenas de fuego hasta Keijo, llevando su mensaje al emperador. Una hoguera significaba que el territorio se encontraba en paz; dos significaban sublevación o invasión. Nunca vimos más de una. Y Vandervoot, que cerraba la marcha, siempre preguntándose «Dios de los cielos, ¿ahora qué?».

Finalmente llegamos a Keijo, una enorme ciudad donde toda la población, a excepción de los nobles o *yang-bans*, vestía de blanco. Kim me explicó que eso servía para conocer de manera inmediata la casta de cada cual. De ese modo, de un vistazo, se podía conocer la posición social de una persona por el grado de limpieza o suciedad de sus vestimentas. Era de esperar que un criado, sin otra ropa que la que llevaba puesta, fuera extremadamente sucio. Del mismo modo, un individuo con ropajes de un blanco inmaculado tendría seguramente muchos atuendos y lavanderas que así los mantuvieran. Los *yang-bans*, cuya ropa estaba tejida con sedas de tonos claros, estaban excluidos de tales normas.

Tras descansar en una posada durante varios días, tiempo que utilizamos para lavar nuestras vestimentas y curar las heridas causadas por el naufragio y el viaje, se nos llamó ante la presencia del emperador. En la gran plaza ante la muralla del palacio había colosales perros tallados en piedra que más bien parecían tortugas, agazapados sobre enormes pedestales, también de piedra, que medían dos veces la estatura de un hombre alto. Los muros del palacio eran descomunales y estaban hechos de piedra, tan gruesos que podían desafiar las embestidas durante todo un año del más poderoso de los cañones. La entrada tenía ella sola el tamaño de un palacio y se alzaba en forma de pagoda, con diferentes niveles, todos ellos con tejados de bellas baldosas. Una elegante escolta de soldados hacía guardia en la entrada. Kim me dijo que eran los Tigres Cazadores de Pyeng-yang, los combatientes más feroces y terribles de los que podía jactarse Cho-Sen.

Pero basta. La simple descripción del palacio del emperador abarcaría un millar de valiosas páginas de mi narración. Baste decir que aquí conocimos el poder en toda su expresión material. Solo una antigua civilización, vasta y sólida, podría construir una morada tan majestuosa para sus reyes.

Como lobos de mar que éramos, no fuimos conducidos a la sala de audiencias, sino a la de fiestas. El banquete tocaba a su fin, y todo el público asistente estaba alegre y animado. ¡Y qué público! Altos dignatarios, príncipes, nobles con sus espadas, pálidos sacerdotes, oficiales de alto rango con la piel curtida por las inclemencias del tiempo, cortesanas con rostros descubiertos, *ki-sangs* pintadas, o bailarinas, que descansaban después de entretener al gentío, amas que acompañaban a las jóvenes, criadas, eunucos, lacayos y centenares de esclavos de palacio.

Sin embargo, todos se alejaron de nosotros cuando el emperador, con su pequeño séquito de allegados, avanzó para examinarnos. Para ser asiático, parecía un monarca alegre. No tendría más de cuarenta años, y su tez pálida jamás había visto el sol; era barrigón y de piernas débiles. Aun así, se veía que alguna vez había sido un hombre bien parecido, como atestiguaba su noble frente. Tenía, no obstante, unos ojos turbios, de párpados pesados; los labios le temblaban debido a los muchos excesos que se permitía, concebidos y orquestados por Yunsan, el más astuto de los sacerdotes budistas, de quien hablaré más adelante.

Con nuestras ropas de marineros resultábamos una tripulación de lo más variopinta, y variopinta fue la recepción a nuestra llegada. Las iniciales exclamaciones de asombro ante nuestro extraño aspecto se convirtieron en sonoras carcajadas. Las *ki-sangs* se nos echaron encima, arrastrándonos, haciéndonos prisioneros, dos o tres de ellas alrededor de cada uno de nosotros, dirigiéndonos como osos bailarines y haciéndonos parecer bufones. Era humillante, sí, pero ¿qué podíamos hacer nosotros, pobres lobos de mar? ¿Qué podía hacer el viejo Johannes Maartens, rodeado de muchachas risueñas que le retorcían la nariz, le pellizcaban en los brazos y le hacían cosquillas hasta hacerle bailar? Para escapar de aquel tormento, Hans Amden despejó un espacio a su alrededor e hizo una torpe demostración de danza holandesa hasta que, finalmente, toda la corte estalló en risas.

Para mí, que había sido un buen compañero de Kim durante muchos días, todo aquello me resultaba humillante. Resistí las cosquillas y pellizcos de las *ki-sangs*. Permanecí firme, con los brazos cruzados, sin que consiguieran arrancarme el más mínimo movimiento. Así que acabaron por abandonarme en busca de una presa más fácil.

—¡Por el amor de Dios, hombre, haz algo! —murmuró Hendrik Hamel, que había conseguido llegar hasta mí arrastrando a tres *ki-sangs*.

Bastante hizo con hablar, pues cada vez que abría la boca se la llenaban de dulces.

—Sálvanos de esta locura —insistió, agachando la cabeza para evitar aquellas manos llenas de golosinas—. Debemos mantener nuestra dignidad, compréndelo, la dignidad. Esto acabará con nosotros. Nos están convirtiendo en animales amaestrados, en sus juguetitos. Cuando se cansen de nosotros, nos desecharán. Continúa así, apártatelas. Exige respeto, respeto para todos nosotros.

Apenas pude oír lo que decía, porque para entonces las *ki-sangs* le habían atiborrado la boca de caramelos de tal manera que no pudo seguir hablando.

Tal y como he explicado, yo era resuelto, incluso temerario, y acudí a mi ingenio de viejo lobo de mar; un eunuco del palacio que me hacía cosquillas en el cuello con una pluma me dio la solución. Yo ya había llamado la atención por mi actitud distante e insensible ante los ataques de las *ki-sangs*, de modo que muchos espectadores observaban atentamente cómo el eunuco me provocaba. No hice ningún gesto, ningún movimiento, hasta que estuvo situado a la distancia adecuada. Entonces, sin girar la cabeza ni el cuerpo, con un simple movimiento de brazo, le propiné una bofetada con el dorso de la mano. Mis nudillos hicieron blanco de lleno en su mejilla y en su mandíbula. Se escuchó un crujido similar al del palo mayor al romperse por la fuerza del viento. Voló por los aires, aterrizando en el suelo a más de tres metros.

Las risas cesaron; tan solo se oyeron exclamaciones de sorpresa, murmullos y susurros de «Yi Yong-ik». Crucé de nuevo los brazos y permanecí quieto, impasible, arrogante. Estoy seguro de que yo, Adam Strang, entre otras cosas, tenía alma de actor, y lo que ocurrió a continuación es una buena muestra de ello. En aquel momento yo era el hombre fuerte del grupo. Con orgullo y desdén sostuve sus miradas hasta que les hice bajar los ojos a todos menos a una joven mujer, a quien consideré, por la riqueza de sus ropas y por la media docena de muchachas que revoloteaban a su alrededor, como una distinguida dama de la corte. Se trataba de lady Om, princesa de la dinastía Min. ¿Dije que era joven? Era de mi edad, treinta, y a pesar de toda su belleza y su madurez, estaba soltera, como sabría más tarde.

Solo ella siguió mirándome sin titubear, hasta que fui yo quien desvió la mirada. Su mirada no era de desprecio y la expresión de sus ojos no era de hostilidad ni de desafío, solo de fascinación. Me resistía a admitir que había sido vencido por una damisela y, al apartar la mirada, mis ojos se iluminaron ante la derrota vergonzosa de mis camaradas, y los juegos de las *ki-sangs* me dieron el pretexto que necesitaba. Di unas palmadas enérgicas, a la manera asiática de impartir órdenes.

—¡Dejadles en paz! —bramé en su propio idioma y en la forma en que uno se dirige a sus subordinados.

Sí, yo tenía muy buena voz, y podía bramar cual toro hasta que les dolieran los tímpanos a todos. Estoy seguro de que mi orden, impactante y sonora, había hecho temblar el aire sagrado del palacio del emperador como nunca antes.

Los presentes en la sala quedaron aterrorizados. Las mujeres, boquiabiertas, se acercaban unas a otras como buscando protección. Las *ki-sangs* soltaron a los marinos y retrocedieron asustadas, entre risas nerviosas. Solo lady Om permaneció inmóvil, mirándome fijamente a los ojos, que de nuevo miraban a los suyos.

La gran sala quedó en silencio, como si todos esperasen alguna palabra de condena. Una multitud de ojos iba y venía tímidamente del emperador a mí y de mí al emperador. Decidí mantenerme firme y en silencio, con los brazos cruzados, altanero y distante.

—Habla nuestro idioma —anunció finalmente el emperador, y juro que fueron tantos los que dejaron de retener el aliento que la sala entera se convirtió en un suspiro inmenso.

—Lo hablo desde que nací —respondí, mientras mi ingenio marinero se aferraba a la primera locura que se me había ocurrido—; ya lo hablaba en el seno de mi madre. Fui la maravilla de mi tierra. Los sabios venían desde lejos para verme y para oírme, pero nadie conocía las palabras que yo pronunciaba. En los muchos años que han pasado desde entonces, he olvidado gran parte, pero ahora, en Cho-Sen, las palabras regresan a mí como viejos amigos de la infancia.

Lo cierto es que conseguí impresionarles. El emperador tragó saliva y preguntó con labios temblorosos:

—¿Cómo es posible?

—Soy un accidente —respondí, siguiendo la extraña vía que mi ingenio había abierto—. Los dioses del nacimiento no tuvieron cuidado y me dejaron por error en una tierra lejana entre gente extraña. Soy coreano, y ahora he vuelto por fin a mi hogar.

¡Qué de murmullos, cuántas deliberaciones se oían en la sala! El mismísimo emperador interrogó a Kim.

—Siempre ha sido así, siempre ha hablado nuestra lengua, desde el mismo momento en que salió del mar —mintió Kim, como buen amigo que era.

—Traedme mis ropajes de *yang-ban*, como me corresponde —interrumpí— y podréis comprobar que no miento.

Mientras me alejaba les dije a las *ki-sangs*:

—Y dejad en paz a mis fieles esclavos; han venido desde lejos y están agotados.

En la otra habitación, Kim despidió a los lacayos y él mismo me ayudó a cambiarme de ropa, enseñándome rápidamente cómo tenía que vestirme. Ni él ni yo sabíamos bien qué rumbo tomarían mis embustes, pero él era un buen tipo al fin y al cabo.

Lo gracioso fue que cuando regresé al salón hablando coreano, con alguna dificultad justificada por el largo tiempo sin hablarlo, tal como expliqué, allí estaban Hendrik Hamel y el resto, demasiado duros de oído para aprender un nuevo idioma, sin comprender una sola palabra de lo que decía.

—Procedo de la casa de los Goryeo —dije al emperador—, que reinaron en Songdo hace muchos años, cuando mi casa se levantó sobre las ruinas de Silla.

Todo era historia antigua que me había contado Kim durante el largo viaje hasta la capital; él mismo tuvo que esforzarse para mantener la serenidad en su rostro mientras me escuchaba repetir todo lo que me había enseñado.

Cuando el emperador me preguntó por mis acompañantes, le expliqué:

—Son mis esclavos, todos excepto el viejo patán —dije señalando a Johannes Maartens—, que es el hijo de un hombre libre.

Le indiqué a Hendrik Hamel que se acercase.

—Este —continué, ya sin necesidad— nació en la casa de mi padre. Es hijo de una esclava de crianza nacida allí antes aún que mi padre. Estamos muy unidos. Somos de la misma edad, nacimos el mismo día, y ese mismo día mi padre me lo entregó.

Más tarde, cuando se lo conté, ansioso como estaba por saber todo lo que había dicho, me reprochó mi actitud y se enfureció de gran manera.

—Ahora ya está toda la carne en el asador, Hendrik —le dije—. Lo que he hecho ha sido una estupidez, pero tenía que decir algo. Hecho está, y ni tú ni yo podemos volver atrás. Debemos representar nuestros papeles y tratar de salvar el pellejo.

Taiwun, el hermano del emperador, era el más bebedor entre los bebedores de la corte, y en el transcurso de la noche me retó a beber. El emperador estaba encantado, y ordenó a otros doce de los bebedores más nobles del país que se uniesen a nosotros. Las mujeres se retiraron y comenzamos la competición, trago a trago, medida por medida. Le pedí a Kim que se quedase conmigo y, a mitad de la velada, a pesar de las miradas de advertencia de Hendrik Hamel, les ordené a él y al resto de la compañía que se retirasen, no sin antes solicitar para ellos alojamiento en palacio en lugar de la posada.

Al día siguiente circularon por el palacio los rumores de mi hazaña: había dejado a Taiwun y a todos sus campeones roncando sobre las alfombras, mientras yo fui caminando hasta mi cama sin necesidad de ayuda. Jamás, en los días que siguieron, dudó Taiwun de mi origen coreano. Solo un coreano, aseguraba, podía poseer una cabeza tan firme.

El palacio era una auténtica ciudad. Nosotros nos alojábamos en una suerte de residencia de verano que se hallaba algo más apartada y, por supuesto, yo ocupaba los recintos más suntuosos. Hamel, Maartens y el resto de marineros hubieron de contentarse con las otras dependencias.

Fui llamado ante Yunsan, el sacerdote budista que ya he mencionado anteriormente. Era la primera vez que nos veíamos. Hizo que todos, incluso Kim, se retirasen, y nos quedamos a solas, sentados sobre las gruesas alfombras de la sala en penumbra. ¡Señor, Señor, qué hombre, qué mente tenía Yunsan! Intentó sondear mi alma. Conocía otras tierras y lugares que nadie en Cho-Sen soñaba conocer. ¿Creyó él la historia de mi nacimiento? No puedo saberlo, pues su rostro se mostraba inmutable, como una estatua de bronce.

Lo que Yunsan pensaba solo él podía saberlo. Pero en él, sacerdote enjuto y de pobres ropajes, podía sentir el poder que dominaba el palacio y todo Cho-Sen. Sentí también, a lo largo de la conversación, que pretendía utilizarme para algún fin. Ahora bien, ¿tal vez dirigía lady Om sus designios? Informé a Hendrik Hamel para que meditara sobre aquello. Yo sabía poco y me importaba menos, pues siempre vivía el momento y dejaba que otros se las arreglaran con predicciones, penalidades y demás tribulaciones.

Respondí también a los llamados de lady Om y seguí a un eunuco de lustroso rostro y andar felino a través de los apartados y silenciosos pasillos del palacio hasta llegar a sus aposentos. Se alojaba como correspondía a una princesa de su rango. También ella poseía un palacio propio, entre estanques de lotos y bosques de árboles centenarios cuya altura, sin embargo, no alcanzaba la mitad de la mía; había estanques de azucenas rodeados por puentes de bronce, tan delicados y extraños que parecían diseñados por expertos joyeros, y un bosquecillo de bambú ocultaba su palacete, separándolo del resto del gran palacio.

Mi cabeza era un torbellino. Como lobo de mar que era, conocía muy bien a las mujeres, y sentía una viva curiosidad por el motivo que la había impulsado a hacerme llamar. Había oído historias de amor entre hombres comunes y reinas, y me preguntaba si mi fortuna me había elegido a mí para probar la veracidad de aquellas historias.

Lady Om no perdía el tiempo. Estaba rodeada de mujeres, pero no les prestaba más atención que un carretero a sus caballos. Me senté a su lado sobre mullidas alfombras que hacían que la estancia pareciera un enorme diván, y me sirvieron vino y dulces sobre unas mesitas menudas de unos treinta centímetros de alto con incrustaciones de perlas.

Dios mío, no podía evitar mirarle a los ojos… Pero esperen, no se equivoquen. No quisiera presentar a lady Om como a una ingenua. Ya he dicho que tenía mi misma edad, treinta años, y poseía todo el aplomo y el porte de una mujer madura. Sabía lo que quería y lo que no quería. Por eso nunca se había casado; toda la presión que la corte asiática podía ejercer sobre una mujer había resultado inútil cuando intentaron casarla con Chong Mong-ju. Era este un primo lejano de la gran familia Min, nada ingenuo tampoco, con tantas ansias de poder como para perturbar a Yunsan, quien a su vez se esforzaba por conservar todo el poder para sí y mantener el palacio y todo Cho-Sen en ordenado equilibrio. Por consiguiente, fue Yunsan quien se había aliado en secreto con lady Om para salvarla de su primo y la utilizó además para cortarle a este las alas. Pero basta de intrigas. Pasó mucho tiempo antes de que pudiera enterarme de todo esto, y fue gracias a las confidencias de lady Om y a las conclusiones de Hendrik Hamel.

Lady Om era una verdadera flor. Mujeres como ella no nacen con frecuencia; se podría decir que en un siglo apenas surgen dos en todo el mundo. Las reglas y las convenciones no le afectaban. La religión, para ella, consistía en una serie de abstracciones, en parte aprendidas de Yunsan y en parte creadas por ella misma. La religión vulgar, la religión pública, afirmaba, no era más que un instrumento para mantener a millones de personas en su sitio. Ella tomaba sus propias decisiones y tenía un corazón muy femenino. Era una belleza, sí, una belleza universal. Sus grandes ojos negros no eran rasgados como los asiáticos. Eran alargados, pero en la justa medida, con una ligera inclinación que le daba un toque de picardía.

Ya he dicho que no era ingenua ni mucho menos. ¡Fíjense bien! La situación era fascinante: la princesa y el lobo de mar, y el gran amor a punto de desbordarse. Me devanaba los sesos para intentar salir airoso ante tal situación de manera digna y viril. En este primer encuentro mencioné por azar lo que ya había dicho ante toda la corte, que en realidad yo era un coreano de la estirpe de la antigua casa Goryeo.

—Dejémoslo así —dijo, rozando mis labios con su abanico de plumas de pavo real—. Basta ya de cuentos para niños. Conmigo eres mejor y más grande que cualquier Goryeo. Eres…

Hizo una pausa y yo esperé, viendo crecer el atrevimiento en sus ojos.

—Tú eres un hombre —continuó—, ni en mis mejores sueños podría haber imaginado que existiera en el mundo un hombre como tú.

¡Dios mío! ¿Qué podía hacer un pobre lobo de mar como yo? Este marinero, he de admitir, se sonrojó a pesar de su piel tostada por el mar, hasta que los ojos de lady Om se convirtieron en dos pozos gemelos de picardía, y la delicia de su provocación casi me impulsó a que la estrechara entre mis brazos. Ella rio incitándome, seductora, y luego dio unas palmadas para llamar a sus mujeres; entonces supe que, por esta vez, la audiencia había terminado. Y supe también que habría otras audiencias, que tenía que haberlas.

De vuelta con Hamel, mi cabeza era un torbellino.

—Mujeres —dijo él, tras meditar profundamente. Alzó la vista hacia mí y suspiró con claro sentimiento de envidia—. Son tus músculos, Adam Strang, ese cuello de toro que tienes y esa cabellera rubia. Bueno, ese es el juego, amigo. Diviértela y todo nos irá bien. Síguele el juego, yo te enseñaré cómo.

Aquello me molestó profundamente. Yo era un lobo de mar, sí, pero también un hombre, y no necesitaba ayuda de ningún otro para resolver mis asuntos con las mujeres. Puede que Hendrik Hamel fuera uno de los propietarios del viejo *Sparwehr*, con amplios conocimientos de navegación y de las estrellas, y que fuese muy versado en la lectura, pero con las mujeres no era mejor que yo.

Sus delgados labios dibujaron una sonrisa y preguntó:

—¿Te gusta mucho lady Om?

—Un buen lobo de mar no tiene miramientos con esas cosas —dije, tratando de ganar tiempo.

—¿Cuánto te gusta? —repitió, mirándome directo a los ojos.

—Lo suficiente, más que suficiente, para que me entiendas.

—Entonces gánatela —ordenó—, y algún día conseguiremos un barco y escaparemos de esta maldita tierra. Daría la mitad de la seda de las Indias por una buena comida cristiana.

Me observó con atención.

—¿Crees que te la puedes ganar? —preguntó.

Aquel desafío consiguió provocarme. Sonrió con satisfacción.

—Pero no demasiado rápido —me aconsejó—. Las cosas rápidas son baratas. Hazte valer. Evita demasiada amabilidad. Dale valor a ese cuello de toro y a ese pelo rubio, y da gracias a Dios por tenerlos, ya que a ojos de una mujer son más valiosos que el cerebro de una docena de filósofos.

Los días que siguieron fueron confusos, vertiginosos; audiencias con el emperador, borracheras con Taiwun, reuniones con Yunsan, y muchas horas con lady Om. Además, pasé la mitad de las noches, por orden de Hamel, aprendiendo de Kim todos los pormenores de la etiqueta y las costumbres cortesanas, la historia de Corea y de sus dioses antiguos y modernos, las formas del discurso cortés, noble y culí. Nunca un lobo de mar trabajó tan duro. Yo era un títere, un títere de Yunsan, que me necesitaba; un títere de Hamel, que manejaba los asuntos de tal manera que, de no ser por él, me habría hundido. Solo con lady Om era un hombre, no una marioneta… y aun así, aun así, cuando miro hacia atrás y medito sobre aquella época, tengo mis dudas. Creo que lady Om también me manejaba a su antojo, y me utilizaba para satisfacer los deseos de su corazón. Y lo consiguió: no tardó mucho tiempo en convertirse en el deseo del mío, y tan apremiante era ese deseo, que ni mi voluntad ni la suya ni la de Hendrik Hamel ni la de Yunsan podían impedir que la abrazara.

Entretanto, sin embargo, me vi envuelto en una trama palaciega cuyo alcance no podía determinar. Sabía tan solo que se confabulaba en contra de Chong Mong-ju, el noble primo de lady Om. Más allá de mis propias conjeturas, había camarillas, y camarillas dentro de otras camarillas, que hacían del palacio un laberinto que se extendía por las Siete Costas. Pero yo no me preocupaba y dejaba esos asuntos en manos de Hendrik Hamel. Le informaba al detalle de todo lo que ocurría en su ausencia y él, con el ceño fruncido, sentado en la oscuridad durante horas, como una paciente araña, desenredaba la madeja y volvía a tejer de nuevo la red. Como mi esclavo de servicio personal, insistía en atenderme en todo momento, aunque a veces Yunsan le ordenaba que nos dejara a solas. Por supuesto también rechazaba su compañía durante mis encuentros con lady Om, aunque solía relatarle, por encima, lo ocurrido; a excepción de nuestros momentos más íntimos, que no eran de su incumbencia.

Creo que Hamel se contentaba con permanecer en la sombra y desempeñar su papel. Tenía demasiada sangre fría como para no saber que quien corría el riesgo era yo. Si yo prosperaba, él también prosperaría. Si yo me hundía en la ruina, él aún podría salir huyendo a rastras como un hurón. Estoy convencido de que ese era su razonamiento; aunque, finalmente, no le sirviera para salvarse.

—Quédate a mi lado —le dije a Kim—, y todo lo que desees será tuyo. ¿Tienes algún deseo?

—Quisiera estar al mando de los Tigres Cazadores de Pyeng-Yang, y así tener bajo mis órdenes a toda la guardia de palacio —respondió.

—Espera —dije— y así será, tal como te he dicho.

Nada de eso estaba en mis manos, pero aquel que no posee nada puede disponer del mundo con generosidad; y yo, que nada poseía, le concedí a Kim el mando de la guardia de palacio. Lo mejor de todo es que cumplí mi promesa: Kim se convirtió, de hecho, en jefe de los Tigres Cazadores, aunque aquello le llevara a un triste final.

Había dejado las intrigas y las maquinaciones para Hamel y Yunsan, que eran los políticos. Yo era simplemente hombre y amante, y fui mucho más feliz que ellos. Imagínense, un bravo lobo de mar, alegre, irresponsable, despreocupado tanto del pasado como del futuro, comiendo y bebiendo con reyes, poseedor del amor de una princesa, y con cerebros como el de Hamel y Yunsan planeando y ejecutando todo por mí.

Más de una vez sospechó Yunsan que había otra mente detrás de la mía, pero cuando sondeaba a Hamel, este se mostraba como un esclavo ignorante, mil veces menos interesado en cuestiones políticas y de Estado que en mi salud y mi comodidad; además de aficionado fanático a los concursos de bebida con Taiwun. Creo que lady Om intuyó la verdad y se la guardó para sí; no era la astucia lo que le atraía de mí, sino, tal y como Hamel había dicho, mi cuello de toro y mi melena rubia.

Ocurrieron entre nosotros muchas cosas que no relataré, aunque lady Om sea ya polvo, polvo querido, desde hace siglos. No podía renunciar a ella, ni ella a mí; cuando un hombre y una mujer desean unir sus corazones, pueden rodar cabezas e incluso caer reinos, pero ellos no desistirán.

Llegó el momento en que se planeó nuestro matrimonio, al principio en secreto, como si nada, no más que un simple rumor que corriese por los oscuros rincones de palacio entre los eunucos y las sirvientas. Pero en palacio, las habladurías de los pinches de cocina llegan hasta el trono, y pronto hubo mucho alboroto. El pulso de todo Cho-Sen latía en palacio, y si el palacio temblaba, Cho-Sen se estremecía. Y había motivos para temblar. Nuestro matrimonio representaba un golpe directo entre los ojos de Chong Mong-ju. Intentó defenderse haciendo una demostración de fuerza para la que Yunsan ya estaba preparado. Chong Mong-ju indispuso a la mitad del clero provincial que llegó en procesiones de una milla de longitud hasta las puertas de palacio, provocando el pánico del emperador.

Pero Yunsan se mantuvo firme como una roca. La otra mitad del clero provincial le era fiel, y contaba además con todo el sacerdocio de las grandes ciudades como Keijo, Fusan, Songdo, Pyeng-yang, Chinampo y Chemulpo. Yunsan y lady Om, entre ellos, ejercieron presión sobre el emperador. Como ella misma me confesó más adelante, lo había amedrentado con lágrimas histéricas y amenazas de escándalo que harían temblar el trono. Y para rematarlo todo, en el momento adecuado, Yunsan satisfizo los deseos del emperador con nuevos excesos que había estado preparando desde hacía tiempo.

—Debes dejar que te crezca el cabello para el moño matrimonial —me advirtió Yunsan un día, con una expresión tan irónica en sus austeros ojos que me pareció más humano de lo que jamás lo había visto.

Deben saber que jamás se había dado el caso de un enlace entre una princesa y un lobo de mar, ni siquiera con uno que se proclamara descendiente de la antigua estirpe de Goryeo, que no tenía poder ni territorio alguno, ni símbolos visibles de su rango. Así que se promulgó por decreto imperial que yo era el príncipe de Goryeo. A continuación, tras romperle los huesos y decapitar al entonces gobernador de cinco provincias, partidario de Chong Mong-ju, fui nombrado gobernador de las siete provincias del antiguo Goryeo. En Cho-Sen el siete es el número mágico, y para completar ese número tomaron dos provincias de las manos de otros dos partidarios de Chong Mong-ju.

¡Dios mío, un lobo de mar como yo… enviado hacia el norte por la ruta mandarina con quinientos soldados y un séquito a mis espaldas! Yo era el gobernador de siete provincias, donde me esperaban cincuenta mil soldados. Tenía a mi disposición el control de la vida, la muerte y la tortura. Poseía un tesoro y un tesorero, por no hablar del regimiento de escribas. También me aguardaba un millar de cobradores de impuestos que exprimían a los extenuados granjeros hasta sacarles la última moneda.

Las siete provincias constituían la región del norte. Más allá se extendía lo que ahora es Manchuria, por aquel entonces conocida como el país de Hong-du, o de las «Cabezas Rojas». Se trataba de hordas salvajes que en ocasiones cruzaban el río Yalu en grandes grupos e invadían la zona septentrional de Cho-Sen como una plaga de langostas. Se decía que practicaban el canibalismo. Sé por experiencia que eran unos luchadores terribles y que nunca se daban por vencidos.

Fue un año que pasó como un torbellino. Mientras Yunsan y lady Om en Keijo consumaban la desgracia de Chong Mong-ju, yo comenzaba a crear mi propia fama. Por supuesto, contaba con la ayuda de Hendrik Hamel, pero yo era la cabeza visible. Hamel, por mediación mía, adiestró a nuestros soldados y les enseñó tácticas de lucha, así como algunas de las estrategias que utilizaban los «Cabezas Rojas». Fue una gran campaña y, aunque duró todo un año, al final reinó la paz en la frontera norte y en nuestra orilla del Yalu no quedaron más «Cabezas Rojas» que las de los que habían perecido en combate.

No sé si esta invasión de los «Cabezas Rojas» aparece en los anales de la historia de Occidente, pero, si fuera así, sería un indicio acerca de la fecha en la que sucedieron los acontecimientos que estoy relatando. Otra pista: ¿en qué época fue Hideyoshi el sogún de Japón? En mi época escuché los ecos de dos invasiones durante la generación anterior, conducidas por Hideyoshi a través del corazón de Cho-Sen, desde Fusan, al sur, hasta el norte, donde se hallaba Pyeng-yang. Fue este Hideyoshi quien envió de vuelta a Japón miles de cubetas de conservas llenas de orejas y narices de coreanos muertos en la batalla. Hablé con muchos hombres y mujeres ya ancianos que habían presenciado la lucha y que lograron escapar de semejante escabechina.

Volvamos a Keijo y a lady Om. ¡Dios, qué mujer! Durante cuarenta años fue mi esposa. No se alzó ninguna voz discrepante contra nuestro matrimonio. Chong Mong-ju, despojado de todo poder y caído en desgracia, se había retirado resentido a algún lugar de la lejana costa noroeste. El poder de Yunsan era absoluto. Noche tras noche, las luces de las hogueras enviaban su mensaje de paz por todo el país. Las piernas del emperador se debilitaron y sus ojos se nublaron aún más a causa de las ingeniosas diabluras que Yunsan preparaba para él. Lady Om y yo logramos satisfacer los deseos de nuestros corazones. Kim estaba al mando de la guardia de palacio. Y yo había expulsado del poder a Kwan Yung-jin —el gobernador provincial que nos había aprisionado con los tablones y apaleado cuando fuimos arrojados por el mar— y lo había desterrado para siempre de Keijo.

Ah, no nos olvidemos de Johannes Maartens. La disciplina es algo grabado a fuego para un lobo de mar como yo y, a pesar de mi nuevo estatus, no podía olvidar que él había sido mi capitán durante los días en que andábamos a la búsqueda de las Indias a bordo del *Sparwehr*. De acuerdo con mi primera historia narrada ante la corte, él era el único hombre libre de mi séquito. El resto de los marineros, al considerarlos mis esclavos, no podía aspirar a convertirse en oficial de ningún tipo bajo la corona. Pero Johannes sí podía y lo hizo. ¡Era un viejo zorro! Poco podía adivinar de sus intenciones cuando me pidió que lo nombrara gobernador de la mísera y pequeña provincia de Kyong-ju. Kyong-ju no era rica en pesca ni en agricultura. Apenas se recaudaban impuestos, y el gobernador no poseía más que un honor vacío de poder. El lugar era en verdad un cementerio, un cementerio sagrado, ya que en la montaña de Tabong estaba el santuario donde se encontraban sepultados los antiguos reyes de Silla. Más vale ser gobernador de Kyong-ju que siervo de Adam Strang, supuse que pensaba; y nunca sospeché que tuviera más razones que el miedo a la soledad para llevarse consigo a cuatro marineros.

Los dos años siguientes fueron espléndidos. Goberné mis siete provincias con el trabajo de los menesterosos *yang-bans* que Yunsan puso a mi disposición. Todo lo que se requería de mí era alguna inspección ocasional, que solía realizar con gran pompa y en compañía de lady Om. Ella poseía un palacio de verano en la costa sur que visitábamos muy a menudo. El resto del tiempo lo dedicaba a diversiones típicamente masculinas. Llegué a ser mecenas del deporte de la lucha libre, resucité el tiro con arco entre los *yang-bans*, y organizaba cacerías de tigres en las montañas del norte.

Las mareas de Cho-Sen eran algo digno de ver. En la costa nororiental apenas variaban treinta centímetros de diferencia entre mareas, pero en nuestra costa occidental la marea muerta alcanzaba casi los dieciocho metros. A Cho-Sen no llegaban nunca mercaderes extranjeros. No se emprendía viaje alguno más allá de sus costas ni a ellas arribaban gentes desconocidas. Esto se debía a una antigua política de aislamiento que mantenía desde tiempos inmemoriales. Una vez cada diez o veinte años, llegaba algún que otro embajador chino, pero solían venir por tierra, rodeando el mar Amarillo a través del país de los Hong-du y bajando por la ruta mandarina hasta

Keijo. El viaje de ida y vuelta duraba un año. Su misión era exigir de nuestro emperador una ceremonia simbólica de reconocimiento del antiguo protectorado de China.

Hamel, tras haber maquinado sus planes durante mucho tiempo, estaba ya dispuesto a entrar en acción. Consideraba que Cho-Sen se podría parecer bastante a las Indias siempre y cuando pudiera dirigir los asuntos a su manera. Poco me reveló de sus planes, pero cuando comenzó a tramar para que me nombraran almirante de la flota de juncos de Cho-Sen, y mostró una sospechosa curiosidad por los lugares donde estaba guardado el tesoro imperial, comencé a atar cabos y descubrí lo que se proponía

En aquel momento a mí no me importaba dejar Cho-Sen si era en compañía de lady Om. Cuando le planteé la posibilidad de abandonar el país, ella me dijo, mientras me abrazaba, que yo era su rey y que dondequiera que yo fuese, ella siempre me seguiría. Y como se verá, lo que me dijo era totalmente cierto.

Lo que ocurrió fue culpa de Yunsan por dejar con vida a Chong Mong-ju. Aunque tampoco fue todo culpa suya: no podía haber hecho otra cosa. A pesar de haber perdido los favores de la corte, Chong Mong-ju seguía siendo muy popular entre el clero provincial. Yunsan se vio obligado a mostrarse comedido, y Chong Mong-ju, que aparentemente se hallaba retirado en la costa nororiental, no perdía ojo de lo que sucedía. Sus emisarios, principalmente sacerdotes budistas, andaban de un lado a otro consiguiendo alianzas incluso de los magistrados provinciales de menor importancia. Hace falta tener la fría paciencia de un asiático para concebir y ejecutar conspiraciones como aquella. La fuerza en palacio de los partidarios de Chong Mong-ju creció mucho más de lo que Yunsan podía siquiera imaginar. Chong Mong-ju sobornó a la mismísima guardia de palacio, los Tigres Cazadores de Pyeng-yang, que se hallaban bajo el mando de Kim. Y mientras Yunsan asentía, yo dedicaba mis días al deporte y a lady Om, Hendrik Hamel ultimaba sus planes para saquear el tesoro imperial, y Johannes Maartens urdía sus propias intrigas entre las tumbas de la montaña Tabong, la impetuosa conspiración concebida por Chong Mong-ju nos estallaba en la cara sin previo aviso.

¡Dios mío, qué terrible tormenta! Surgió desde abajo y se extendió por todas partes sin dejar títere con cabeza. El estallido de la conspiración fue prematuro; Johannes Maartens precipitó la catástrofe, pues sus errores fueron de enorme utilidad para Chong Mong-ju.

Ocurrió del siguiente modo. Los habitantes de Cho-Sen son fanáticos del culto a sus ancestros, y a aquel viejo pirata holandés, cegado por el oro, no se le ocurrió nada mejor que saquear las tumbas repletas de tesoros de los antiguos reyes de Silla, enterrados hacía largo tiempo. La misma noche del saqueo él y sus cuatro marineros viajaron bordeando la costa. Pero al día siguiente cayó una densa niebla y se perdieron de camino al barco de juncos que los esperaba y que Johannes Maartens había preparado en secreto. Al llegar a tierra fueron rodeados por los hombres de Yi Sun-si, el magistrado local, partidario de Chong Mong-ju. Solo Herman Tromp logró escapar con vida, a través de la niebla, y fue por él, mucho tiempo después, que conocí aquella historia.

Aquella noche, aunque la noticia del sacrilegio se extendía por todo Cho-Sen y la mitad de las provincias del norte se había sublevado, Keijo y la corte dormían ignorantes de lo ocurrido. Por orden de Chong Mong-ju, las hogueras nocturnas enviaban mensajes de paz, mientras sus mensajeros reventaban los caballos por todos los caminos de Cho-Sen. Tuve la fortuna de ver llegar a uno de aquellos mensajeros a Keijo. Al anochecer, salía a caballo por la gran puerta de la capital y vi caer rendido a un caballo y al exhausto jinete tambalearse; poco podía imaginar yo las noticias que traía aquel hombre.

Su mensaje prendió la revolución en palacio. No se me esperaba hasta medianoche y por entonces ya todo había terminado. A las nueve de la noche, los conspiradores consiguieron retener al emperador en sus aposentos. Le obligaron a ordenar la comparecencia inmediata de los responsables de todos los departamentos y, según se presentaban, uno a uno, ante sus ojos, eran degollados. Mientras tanto, los Tigres Cazadores se habían sublevado. Yunsan y Hendrik Hamel recibieron una terrible paliza y fueron hechos prisioneros. Los otros siete marineros, junto con lady Om, escaparon de palacio gracias a la intervención de Kim, quien cortó el camino, espada en mano, a sus propios Tigres Cazadores, hasta que le derribaron y le pasaron por encima. Para su desgracia, no murió a causa de las heridas.

Como un soplo de viento en una noche de verano, la revolución, la revolución de palacio, pasó volando y se esfumó. Chong Mong-ju quedó al mando: el emperador le concedía cuanto deseaba. Tras el escándalo del sacrilegio de las tumbas reales, todo Cho-Sen aplaudía imperturbable a Chong Mong-ju. Por todas partes caían cabezas de oficiales que eran reemplazados por personas que Chong Mong-ju designaba; no hubo, en cambio, alzamiento alguno contra la dinastía.

En cuanto a nuestra suerte: Johannes Maartens y sus tres marineros, tras ser exhibidos en público para que la muchedumbre de casi todos los pueblos y ciudades amuralladas de Cho-Sen les escupiesen, fueron enterrados hasta el cuello ante la puerta de palacio. Les daban agua para que siguieran vivos por más tiempo y suplicaran por la comida, sabrosa y humeante, que presentaban cada hora ante ellos. Dicen que el viejo Johannes Maartens fue quien más tiempo vivió; su espíritu no le abandonó hasta pasados quince largos días.

A Kim lo hicieron picadillo en el potro; los torturadores le trituraron los huesos uno tras otro, articulación tras articulación, y tardó mucho tiempo en morir. Chong Mong-ju había adivinado que el cerebro de todo era Hamel y mandó ejecutarlo a palazo limpio: es decir, fue golpeado hasta morir ante los gritos entusiastas del populacho de Keijo. Yunsan murió como había vivido: con coraje. Estaba jugando una partida de ajedrez con el carcelero cuando llegó un mensajero del emperador, o mejor, de Chong Mong-ju, con una copa envenenada.

—Aguardad un momento —dijo—. Deberíais tener mejores modales y no molestar a un hombre en mitad de una partida de ajedrez. Me lo beberé en cuanto termine la partida.

Y mientras el mensajero esperaba, Yunsan terminó la partida, la ganó, y solo entonces se bebió la copa.

Hace falta ser asiático para lograr vencer la cólera y llevar a cabo una venganza lenta, auspiciada durante toda una vida; de tal modo se comportó Chong Mong-ju con lady Om y conmigo. No nos mató; ni siquiera fuimos encarcelados. Lady Om fue degradada de todo rango y despojada de todas sus posesiones. Se promulgó un decreto imperial, que se colgó hasta en la última de las aldeas de Cho-Sen, en el que se reconocía que yo era de la casa de Goryeo, y como tal, nadie podía darme muerte. Más tarde también se declaró que nadie debía matar a los ocho marineros que habían sobrevivido, ni tampoco ayudarles; eran proscritos y debían mendigar por los caminos. Y en eso nos convertimos lady Om y yo, en simples mendigos, errantes, por los caminos.

Siguieron cuarenta años de persecución, pues el odio de Chong Mong-ju hacia lady Om y hacia mí no tenía fin, y por desgracia tuvo una larga vida, tan larga como nuestra maldición. Ya he mencionado antes que lady Om era una mujer maravillosa; por más que lo repita, me faltan palabras para expresar el aprecio que siento por ella. He oído en algún lugar que una gran dama le dijo en cierta ocasión a su amante: «Un techo, un mendrugo de pan y tu compañía». Lady Om no solo cumplió lo que dijo al pie de la letra, sino que fue más allá, pues a menudo no disponíamos ni de un mendrugo de pan, y el cielo era nuestro techo.

Todos nuestros esfuerzos por escapar de la mendicidad acababan frustrados por Chong Mong-ju. En Song-do me hice cargador de leña, y lady Om y yo compartíamos una choza que, para pasar el crudo invierno, era mucho mejor que dormir al raso. Pero Chong Mong-ju me encontró, me dieron una terrible paliza, me pusieron una tabla al cuello y nos enviaron de nuevo a los caminos. Aquel fue un terrible invierno, el invierno en que el pobre «Ahora qué» Vandervoot murió congelado en las calles de Keijo.

En Pyeng-yang trabajé de aguador. Sepan que esta vieja ciudad, cuyos muros eran ya antiguos en tiempo de David, era considerada por sus habitantes una canoa y que, en consecuencia, se pensaba que perforar un pozo dentro de sus murallas podría provocar su hundimiento. Por este motivo, durante todo el día, miles de culíes transportaban enormes cántaros sobre sus hombros, yendo y viniendo desde la orilla del río hasta las puertas de la ciudad. Me convertí en uno de ellos, hasta que Chong Mong-ju me encontró y de nuevo me golpearon, me pusieron la tabla y me echaron a los caminos.

Y siempre ocurría lo mismo. En el lejano Wiju me convertí en carnicero de perros; mataba a los animales en la calle, cortaba y colgaba sus cuerpos para la venta y curtía las pieles bajo la mugre de los pies de los paseantes, tendiéndolas sobre el suelo de barro sucio. Pero Chong Mong-ju también me encontró. Fui ayudante de tintorero en Pyongan, buscador de oro en Gangwon, fabricante de cuerdas y cordeles en Chiksan. Trencé sombreros de paja en Padok, recogí hierba en Whang-hai, y en Masenpo me vendí a un plantador de arroz para quien trabajaba en las anegadas parcelas de palay durante más horas y por menos jornal que cualquier culí. Pero no había lugar al que no llegara el largo brazo de Chong Mong-ju para castigarme y empujarme de nuevo a los caminos.

Lady Om y yo buscamos durante dos estaciones la raíz del ginseng silvestre de montaña, tan escaso y estimado por los médicos que con la venta de una sola raíz podríamos haber vivido con comodidad durante todo un año. Encontramos una sola de estas raíces, y cuando estaba a punto de venderla fui apresado, me confiscaron la raíz y me dieron una paliza mayor que las anteriores, además de dejarme más tiempo que nunca el cepo alrededor del cuello.

No importaba dónde fuéramos, los miembros del gremio de buhoneros informaban a Chong Mong-ju en Keijo sobre nuestras idas y venidas y sobre todas nuestras actividades. Solamente dos veces me encontré cara a cara con él. La primera vez fue durante una tormenta en una helada noche de invierno, en las altas montañas de Kang-wun. Gracias a unas pocas monedas nos habían dejado dormir en el rincón más sucio y frío de la enorme sala de una posada. Estábamos a punto de tomar nuestra insípida sopa de alubias, la que tomaban los caballos, que cocinaban con abundante ajo y un pequeño trozo de carne de buey viejo, cuando se oyó un tintineo de los cencerros de bronce que llevaban los caballos enanos y el sonido de los cascos en el exterior. Se abrieron las puertas y entró Chong Mong-ju, imagen del bienestar, la prosperidad y el poder, sacudiéndose la nieve de sus pieles mongolas de incalculable valor. Se hizo espacio para él y para sus doce criados, y cuando todos nos habíamos acomodado de nuevo, de pronto sus ojos acertaron a posarse sobre nosotros.

—Esa chusma que está ahí en el rincón, sacadla de aquí —ordenó.

Y sus mozos nos sacaron con sus látigos y nos abandonaron en medio de la tormenta. Aún nos lo encontramos otra vez, andados los años por los caminos, como se verá más adelante.

No había escapatoria. No se nos permitía cruzar la frontera norte ni poner un pie en un sampán para escapar por mar.

El gremio de buhoneros llevaba la orden de Chong Mong-ju a cada aldea y a cada alma de Cho-Sen. Yo era un hombre marcado, un apestado.

¡Dios mío, Dios mío, Cho-Sen! Conozco cada uno de tus caminos, cada paso de tus montañas, todas tus ciudades amuralladas y hasta la más pequeña de tus aldeas. Durante cuarenta años vagué por tus tierras medio muerto de hambre en compañía de lady Om. ¡Qué de cosas llegamos a comer! Restos de carne de perro putrefacta que ya no se podía vender, que nos arrojaban los carniceros a modo de burla; *minari*, una especie de berro de agua que se recoge en las ciénagas; *kimchi* echado a perder, que revolvería el estómago de los campesinos y que se podía oler a más de una milla de distancia. ¡Ay!, he robado huesos a perros callejeros, he recorrido las calles en busca de granos perdidos de arroz y, en noches heladas, robaba a los ponis un poco de su sopa caliente de alubias.

No es extraño que sobreviviese. Sabía que había dos cosas que me mantenían vivo: la primera era tener a lady Om a mi lado; la segunda era mi fe absoluta en que llegaría el día en que apretaría con mis dedos la garganta de Chong Mong-ju.

Las puertas de Keijo, a las que llegábamos una y otra vez en busca de Chong Mong-ju, se cerraban siempre ante nosotros, por lo que seguimos errando durante décadas por todo el territorio de Cho-Sen, donde las calles y los caminos conocían la vieja historia de nuestras sandalias. Nuestra historia y nuestra identidad se conocían a lo largo y ancho del país. No había persona que no supiera quiénes éramos y cuál era nuestro castigo. Algunos culíes y buhoneros que se atrevían a insultar a lady Om comprobaban a cambio la fuerza con la que podía tirar de sus moños y la dureza de mis nudillos en sus rostros. Algunas ancianas que vivían en lejanas aldeas de las montañas miraban a la mendiga que me acompañaba, la antigua lady Om, y suspiraban y sacudían la cabeza mientras los ojos se les empañaban de lágrimas. Y el rostro de algunas mujeres jóvenes se llenaba de compasión cuando observaban el volumen de mis hombros, el azul de mis ojos y el largo cabello rubio de aquel que un día fuera príncipe de Goryeo y gobernador de siete provincias. A veces, grupos de chiquillos nos perseguían, nos abucheaban y nos humillaban, insultándonos con las palabras más obscenas e inmundas que conocían.

Más allá de Yalu había un enorme desierto, de más de sesenta kilómetros, que constituía la frontera norte y que se extendía de mar a mar. No era realmente un desierto, sino tierras que habían sido arrasadas deliberadamente para llevar a cabo la política de aislamiento de Cho-Sen. A lo largo y ancho de esta franja, todas las granjas, aldeas y ciudades habían sido destruidas. Era tierra de nadie, infestada de animales salvajes, que solo atravesaban compañías de Tigres Cazadores montados a caballo, cuya misión era matar a cualquier ser humano que encontrasen. Así no había escapatoria posible para nosotros, ni por tierra ni por mar.

Con el paso de los años, mis siete marineros pudieron visitar con mayor frecuencia Fusan, en la costa sudeste, donde el clima era más templado. Pero más que el clima, lo visitaban porque era el lugar de Cho-Sen más cercano a Japón. A través de angostos estrechos, un poco más allá de lo que podía alcanzar la vista, se hallaba Japón, la única esperanza de escapar, donde sin duda debía de arribar algún que otro barco procedente de Europa. Aún mantengo vivo el recuerdo de aquellos siete hombres envejecidos sobre los acantilados de Fusan, anhelando con toda su alma atravesar aquel mar por el que jamás volverían a navegar.

A veces se avistaban juncos japoneses, pero nunca se divisó una bandera de la vieja Europa sobre el horizonte. Con el transcurso de los años, los siete marineros, lady Om y yo, a medida que nos acercábamos a la vejez, dirigíamos con mayor frecuencia nuestros pasos hacia Fusan. Y durante todos aquellos años nunca conseguimos reunirnos todos juntos, uno u otro siempre faltaba a la cita habitual. Hans Amden fue el primero en morir. Jacob Brinker, su compañero de viaje, nos dio la noticia. Brinker fue el último de los siete; tenía casi noventa años cuando murió, apenas dos años después de la muerte de Tromp. Recuerdo bien a aquella pareja en sus últimos días, consumidos, escuálidos, con sus harapos de mendigo y sus cuencos para las monedas, contándose viejas historias al sol, riendo y bromeando como niños con sus voces chillonas. Tromp divagaba continuamente sobre cómo Johannes Maartens y los otros lobos de mar saquearon las tumbas de los reyes en la montaña de Tabong, todos ellos embalsamados en sus ataúdes de oro con una doncella embalsamada a cada lado; y explicaba cómo aquellos que antaño fueron poderosos se desmoronaban y se convertían en polvo en pocas horas, mientras los marineros blasfemaban y sudaban al cargar los ataúdes en los juncos.

Tan cierto como que el oro vale más que la plata, el viejo Johannes Maartens se habría escapado y atravesado el mar Amarillo con su botín si no hubiese sido porque la niebla del día siguiente hizo que se perdiera. ¡Maldita niebla! Le llegaron a hacer una canción, una canción que escuché por todo Cho-Sen y que odié hasta el día de mi muerte. Estos eran dos de sus versos:

«Yanggukeni chajin anga
Wheanpong tora deunda.

(La espesa niebla de los occidentales
se cernía sobre el pico Whean.)»

Durante cuarenta años fui un mendigo en Cho-Sen. De los catorce marineros que naufragamos, solo yo sobreviví. Lady Om era tan indomable como yo, y envejecimos juntos. Hacia el final se había convertido en una viejita marchita y sin dientes, pero siempre fue una mujer maravillosa, y mi corazón fue suyo hasta el final. A pesar de ser un anciano de setenta años todavía conservaba gran parte de mi fuerza. Tenía el rostro arrugado, mis rubios cabellos se habían vuelto blancos, y mis amplias espaldas se habían encogido, pero los pocos músculos que me quedaban todavía conservaban gran parte de la fuerza de mi pasado de lobo de mar.

Y gracias a esa fuerza fui capaz de hacer lo que a continuación les relataré. Ocurrió una mañana de primavera, no muy lejos de los acantilados de Fusan: lady Om y yo nos habíamos sentado al calor del sol, fatigados del camino. Vestíamos nuestros harapos de mendigos, llenos de polvo, ya sin orgullo, y aun así me reía a carcajadas de alguna ocurrencia de lady Om, cuando una sombra cayó sobre nosotros. Era la gran litera de Chong Mong-ju, cargada por ocho culíes, acompañada de dos escoltas, una delante y otra detrás, y de varios sirvientes que revoloteaban a su alrededor.

Habían pasado dos emperadores, una guerra civil, una gran hambruna y una docena de revoluciones en palacio, y todavía Chong Mong-ju conservaba su poder en Keijo. Debía de tener unos ochenta años cuando, en aquella mañana primaveral sobre los acantilados, hizo una señal con su mano casi paralizada para que la litera se detuviese y poder observar a aquellos a quien había castigado durante tanto tiempo.

—Ahora, mi rey —me susurró lady Om, y después se volvió para suplicar limosna a Chong Mong-ju con voz lastimera, fingiendo no reconocerle.

Y entonces supe lo que tenía en mente. ¿Acaso no lo habíamos planeado juntos durante cuarenta años? Por fin había llegado el momento. Así que yo también fingí no reconocer a mi enemigo y, aparentando demencia senil, me arrastré por el polvo hacia la litera rogando piedad y caridad.

Los criados me habrían apartado de no ser por la voz temblorosa del viejo Chong Mong-ju, que los detuvo. Se incorporó apoyándose en su inestable codo y, con la otra mano, que también le temblaba, corrió del todo las cortinas de seda para poder contemplarnos. Su viejo rostro ajado se transfiguró y se recreó mientras nos miraba con malicia.

—¡Oh, mi rey! —me susurró de nuevo lady Om con la misma cantinela suplicante que utilizaba para mendigar; y supe que todo su amor y su fe en mi empresa estaban en esa cantinela.

Entonces me invadió la ira roja; comenzó a crecer en mi interior, luchando contra mi voluntad para liberarse, y no es de extrañar que me estremeciera en el esfuerzo por controlarla. Por fortuna, interpretaron aquel estremecimiento como un gesto de debilidad causado por la edad. Sostuve en alto mi cuenco y gemí lastimero, tratando de enturbiar la mirada para ocultar el fuego azul que sabía que reflejaban mis ardientes ojos, mientras calculaba la distancia y el impulso del salto.

De repente me sobrecogió una llamarada de furia. Se oyó el crujido de las cortinas y las barras y los gritos agudos de los criados mientras mis manos hacían presa en la garganta de Chong Mong-ju. La litera se desplomó y ya no supe con exactitud si estaba al derecho o al revés, pero sí que sabía que mis garras en todo momento se mantenían firmes.

En medio de toda aquella confusión de cojines, plumas y cortinas, al principio apenas me alcanzaban los golpes de los criados. Pero pronto llegaron las escoltas y comencé a sentir los latigazos sobre mi cabeza, mientras una multitud de manos intentaba apartarme del viejo Chong Mong-ju. Estaba aturdido, pero no inconsciente, y extasiado hundía mis viejos dedos en aquel delgado, endeble y viejo cuello que había anhelado durante tanto tiempo. Los golpes seguían lloviendo sobre mi cabeza, mis pensamientos daban vueltas vertiginosamente, y llegué a verme a mí mismo como a un bulldog con las fauces hincadas en la presa. Chong Mong-ju no consiguió escapar de mí, y sé que estaba bien muerto cuando la oscuridad, como una anestesia, se apoderaba de mí, cerca de los acantilados de Fusan, junto a las costas del mar Amarillo.

CAPÍTULO 16

El alcaide Atherton no podrá por menos de sentirse orgulloso cuando piense en mí. Yo le enseñé lo que es espíritu al darle una lección de humildad con el mío propio, que se remontó, invulnerable y victorioso, por encima de todas sus torturas. Estoy sentado en Folsom, en el Corredor de la Muerte, esperando mi ejecución; el alcaide Atherton todavía conserva su cargo político y reina en San Quintín sobre todos los malditos, sobre todos los condenados encarcelados entre sus muros. Y aun así, en el fondo de su corazón, sabe que yo soy más grande que él.

En vano trató el alcaide de quebrar mi voluntad y derrotar mi espíritu. Y sin lugar a dudas, hubo momentos en los que se hubiera alegrado si yo hubiese muerto metido en la camisa de fuerza. En consecuencia, aquel siniestro interrogatorio continuó durante mucho tiempo. Como él mismo me repetía constantemente, tenía dos opciones: la dinamita o el hoyo.

El capitán Jamie era un veterano en el calabozo de los horrores, pero llegó el día en que no pudo resistir la presión que yo ejercía sobre él y sobre el resto de mis torturadores. Tan desesperado estaba que se atrevió a decirle al alcaide que se lavaba las manos. Desde aquel día hasta el final de mi tortura, jamás puso un pie en la zona de las celdas de castigo.

Sí, también llegó el día en que el alcaide Atherton comenzó a asustarse, aunque insistía en torturarme para que le dijera dónde escondía la inexistente dinamita. Ya hacia el final, Jake Oppenheimer consiguió atemorizarle aún más. Oppenheimer no tenía miedo a nada y era muy franco. Había soportado estoicamente todos los infiernos de la prisión, y gracias a su voluntad de hierro había sobrevivido. Morrell me contó el incidente al completo. Yo estaba inconsciente en la camisa de fuerza cuando todo ocurrió.

—Alcaide —dijo Oppenheimer—, no sabe dónde se está metiendo. No se trata solo de matar a Standing. Se trata de matarnos a los tres, porque le juro que si lo mata, tarde o temprano Morrell y yo haremos que corra la voz de un extremo a otro de California. Usted decide: o deja en paz a Standing o tendrá que matarnos a los tres. Standing logra sacarle de quicio, yo también, y también Morrell. No es usted más que un cobarde desgraciado que ni siquiera tiene agallas suficientes para llevar a cabo el sucio trabajo de carnicero que tanto le gustaría hacer.

A Oppenheimer le cayeron cien horas en la camisa de fuerza por aquello, y cuando le desataron, le escupió al alcaide a la cara y le cayeron otras cien. Pero, aquella vez, cuando le soltaron, el alcaide ya tuvo cuidado de no estar dentro de la celda de castigo. Sin duda, las palabras de Oppenheimer habían hecho estragos en él.

Pero el peor de todos era el doctor Jackson, un auténtico desalmado. Disfrutaba con aquello, y sentía una curiosidad enfermiza por comprobar cuánto más podría soportar antes de desmoronarme.

—Creo que es capaz de aguantar veinte días más —alardeaba ante el alcaide en mi presencia.

—Es usted muy prudente —le interrumpí—, puedo aguantar cuarenta días. ¡Vaya! Tratándose de usted, puedo aguantar.

Y, recordando mis tiempos de lobo de mar, la paciencia con la que esperé cuarenta años hasta que estrangulé a Chong Mong-ju con mis propias manos, añadí:

—Vosotros, perros carceleros, no tenéis ni idea de lo que es un hombre. Medís a los demás en el espejo de vuestra cobardía. Miradme bien, yo soy un hombre de verdad. Vosotros no sois más que marionetas y estáis a mi merced. No podéis arrancar de mí una confesión, y os parece increíble porque sabéis bien lo fácil que sería haceros cantar a vosotros.

Sí, les puse en su sitio, les dije que eran renacuajos mal paridos, sabandijas del infierno, babosas repugnantes. Yo estaba muy por encima de ellos: ellos eran mis esclavos y yo un espíritu libre. Era solo mi cuerpo el que permanecía encerrado en las celdas de castigo; yo no estaba encerrado. Había logrado tal dominio de mi cuerpo que era dueño del tiempo y del espacio infinito por el que vagaba mientras mi pobre cuerpo, que ni siquiera ya sufría, experimentaba la pequeña muerte en la camisa de fuerza.

Les conté a mis dos camaradas muchas de mis aventuras con el lenguaje de nudillos. Morrell me creyó, pues él también había disfrutado de los encantos de la pequeña muerte. Pero Oppenheimer, aun fascinado por mis relatos, se mantuvo escéptico hasta el final. Lamentaba profundamente, con una ingenuidad a veces conmovedora, que yo hubiese dedicado mi vida a la ciencia de la agricultura en lugar de a escribir novelas.

—Pero hombre —intentaba razonar con él—, ¿qué puedo saber yo sobre Cho-Sen? Puedo identificarlo con lo que hoy día se llama Corea, y eso es todo, pues hasta ahí llegan mis conocimientos. Por ejemplo, ¿cómo es posible, con la experiencia de mi vida presente, que pueda saber algo sobre el *kimchi*? Y sé lo que es el *kimchi*. Es una especie de chucrut que, cuando se estropea, apesta. Te digo que cuando fui Adam Strang comí *kimchi* miles de veces. Conozco el buen *kimchi*, el malo y el que está podrido. Sé que el mejor es el que cocinan las mujeres de Wosan. ¿Y cómo puedo saberlo? No está en mi mente, en la mente de Darrell Standing. Estaba en la mente de Adam Strang, quien, a través de sus reencarnaciones, me legó sus experiencias a mí, Darrell Standing, junto con el resto de las experiencias de aquellas otras vidas que vivió con anterioridad. ¿Lo ves, Jake? Así es como nacen y crecen los hombres y como se desarrolla el espíritu.

—Venga, déjate de cuentos —me replicó frenético con sus nudillos—. Escúchame tú ahora. Yo soy Jake Oppenheimer. Siempre he sido Jake Oppenheimer. No hay nadie más en mi interior. Lo que sé, lo sé por ser Jake Oppenheimer. Ahora veamos, ¿qué es lo que sé? Te lo diré. Sé lo que es el *kimchi*, una especie de chucrut que se hace en un país al que antiguamente llamaban Cho-Sen. Las mujeres de Wosan hacen el mejor *kimchi*, y cuando se estropea apesta. No te metas en esto, Ed, espera a que despache al profesor.

—Dígame, profesor, ¿cómo sé yo todo esto del *kimchi*? No está en el contenido de mi memoria.

—Claro que lo está —dije, satisfecho—. Yo lo puse ahí.

—De acuerdo, viejo sabueso. Entonces, ¿quién lo puso en tu mente?

—Adam Strang.

—Sí, tu abuela. Adam Strang no es más que un cuento chino que leíste alguna vez.

—Nunca —aseguré—. Lo poco que leí sobre Corea fue la correspondencia militar durante la guerra entre Rusia y Japón.

—¿Te acuerdas de todo lo que lees? —preguntó Oppenheimer.

—No.

—¿Te olvidas de algunas cosas?

—Sí, pero...

—Eso es todo, gracias —me cortó, como hace un abogado cuando logra una confesión definitiva de un testigo.

Era imposible convencer a Oppenheimer de mi sinceridad. Insistía en que me lo inventaba todo sobre la marcha, aunque aplaudía lo que él llamaba mi «continuará», y cuando me dejaban descansar de la camisa de fuerza me rogaba que le contara algún capítulo más.

—Y ahora, profesor, sáltate toda esa palabrería intelectual y cuéntanos algo más sobre las *ki-sangs* y los lobos de mar —decía para interrumpir las discusiones metafísicas que manteníamos Ed Morrell y yo—. Y cuéntanos de una vez qué le ocurrió a lady Om cuando aquel marido con cuello de toro estranguló al viejo chino y luego la diñó.

¡La de veces que he dicho que es la forma la que desaparece! Lo volveré a repetir: la forma es lo que desaparece porque la materia no tiene memoria. Solo el espíritu recuerda, como aquí, en las celdas de la prisión, tras el paso de los siglos, todo lo que ocurrió con lady Om y Chong Mong-ju, que permaneció en mi mente, y así se lo transmití a Jake Oppenheimer, y él me lo transmitió de nuevo en su argot californiano. Y ahora lo transmito aquí para que mis lectores lo sepan. Y por más que intenten eliminarlo de su mente, no podrán olvidarlo mientras vivan: lo que les he contado permanecerá para siempre. ¿La mente, el espíritu? Es lo único que permanece: la materia fluye, se cristaliza y fluye de nuevo, y jamás se repiten sus formas. Las formas se desintegran y se convierten en una nada eterna, que no tiene retorno. La forma es pura apariencia y, como tal, desaparece, como lo hicieron las formas físicas de lady Om y de Chong Mong-ju. Pero su recuerdo permanece y siempre permanecerá mientras lo haga el espíritu; y el espíritu es indestructible.

—Una cosa me ha quedado clara —fue la conclusión de Oppenheimer a mi aventura como Adam Strang— y es que, para ser un respetable profesor universitario, has dado demasiadas vueltas por los garitos de Chinatown. Malas compañías, ya sabes. Me imagino que por eso estás aquí.

Antes de regresar a mis aventuras, me veo obligado a relatar un incidente más que remarcable que tuvo lugar en las celdas de castigo. Es importante por dos motivos: muestra, por un lado, el asombroso poder mental de aquel perro callejero llamado Jake Oppenheimer y es, en sí mismo, la prueba irrefutable de la veracidad de las experiencias que tuve mientras estaba sumido en la pequeña muerte.

—Dime, profesor —me deletreó Oppenheimer un día—, cuando nos relatabas esas patrañas de Adam Strang, recuerdo que mencionaste que jugabas al ajedrez con el borrachín aquel, el hermano del emperador. ¿Era ese ajedrez como el nuestro?

Por supuesto, tuve que responder que no lo sabía, que no recordaba los detalles una vez regresado a mi estado normal. Y, por supuesto, se rio de buena gana de lo que él consideraba mis triquiñuelas. No obstante, yo recordaba con claridad que en mi aventura como Adam Strang había jugado con frecuencia al ajedrez. El problema era que cada vez que recobraba la conciencia en la celda de castigo, se desvanecían de la memoria todos los detalles, tanto los más banales como los más complejos.

No debemos olvidar que, para facilitar su comprensión, he recopilado las repetidas e intermitentes experiencias que tuve metido en la camisa de fuerza, en relatos coherentes y consecutivos. Nunca sabía con antelación hacia dónde me llevarían mis viajes a través del tiempo. Por ejemplo, he regresado un montón de veces a Jesse Fancher, el muchacho de la caravana que murió en la masacre de Mountain Meadows. En un período de tan solo diez días en la camisa de fuerza, he ido hacia atrás de vida en vida, y a menudo, he pasado por alto toda una serie de vidas que recorrí en otros tiempos, hasta llegar a la prehistoria y, desde allí, a los días anteriores a la existencia misma de la civilización.

Decidí que la próxima vez que regresara de la vida de Adam Strang, fuese cuando fuese, debía concentrarme de inmediato en los recuerdos del juego de ajedrez. Como no dependía de mí, tuve que soportar las burlas de Oppenheimer durante un mes entero, antes de que por fin me llegara la suerte. Y entonces, tan pronto como me vi fuera de la camisa de fuerza y se restableció la circulación, comencé a explicarles, a golpes de nudillo, todo lo que recordaba.

De hecho, enseñé a Oppenheimer el juego que Adam Strang había jugado en Cho-Sen siglos atrás. Era diferente del ajedrez occidental, pero las reglas fundamentales eran las mismas, lo que nos remite a un posible origen común, probablemente indio. En lugar de nuestras sesenta y cuatro casillas había ochenta y una. En el occidental tenemos ocho peones a cada lado, ellos nueve, y aunque las limitaciones son similares, el principio de los movimientos es diferente.

Asimismo, en el juego de Cho-Sen hay veinte piezas, contando los peones, en lugar de nuestras dieciséis, y están dispuestas en tres filas en lugar de dos. Así, los nueve peones se sitúan en la primera fila, en la central hay dos piezas similares a nuestras torres, y en el medio de la última se coloca el rey, y a cada flanco, por este orden: un «general de oro», un «general de plata», un «caballero» y un «lancero». Obsérvese que en el juego de Cho-Sen no hay reina. Otra variación importante es que la pieza ganada no se retira del tablero, sino que se convierte en propiedad del que la gana y a partir de ese momento, por tanto, juega para él.

Enseñé a jugar a Oppenheimer y he de reconocer que se trataba de un juego mucho más difícil que el nuestro, sobre todo si se tiene en cuenta la captura, la reconquista y el movimiento continuo de peones y piezas. Quiero recalcar que en las celdas de castigo no había calefacción: sería una crueldad despojar a los convictos del placer de experimentar la dureza de los elementos. Oppenheimer y yo nos olvidábamos de los días monótonos y fríos de aquel invierno entregados por completo al ajedrez de Cho-Sen.

Pero no hubo manera de convencerlo de que en realidad había traído el juego hasta San Quintín al volver de uno de mis viajes a través de los siglos. Insistía en que lo había leído en algún sitio, y aunque había olvidado dónde, lo leído permanecía en mi mente, dispuesto a resurgir en cualquiera de mis alucinaciones. Así analizaba él, por tanto, mi situación, parafraseando mis hipótesis y mi jerga de psicólogo.

—¿Qué impide que lo hayas inventado aquí mismo, encerrado en la celda de castigo? —fue su siguiente hipótesis—. ¿Acaso no inventó Ed la comunicación mediante golpes de nudillo? ¿Y acaso no la vamos mejorando tú y yo continuamente? ¡Te pillé! Te lo has inventado. Oye, paténtalo. Recuerdo que hace tiempo, cuando hacía de mensajero nocturno, un tipo inventó un juego estúpido al que llamó «Cerditos a cuerpo de rey» y se hizo millonario.

—No puedo patentarlo —respondí—. Sin duda los asiáticos han estado jugando a esto durante miles de años. ¿No te digo que no lo he inventado yo?

—Pues entonces es que lo has leído en alguna parte o has visto a algún chino de esos jugando a este ajedrez en alguno de esos tugurios a los que ibas —fueron sus últimas palabras.

Pero soy yo quien tiene la última palabra. Hay un asesino japonés en Folsom, o había, porque fue ejecutado la semana pasada. Hablé con él sobre este asunto, y el juego que solía practicar Adam Strang, el que enseñé a Oppenheimer, resultó muy parecido al juego japonés; al menos estos dos juegos se parecen más entre ellos de lo que se parecen, cada uno por separado, al juego occidental.

CAPÍTULO 17

Recordarán, queridos lectores, cómo al comienzo de mi relato, cuando yo era un muchacho de una granja de Minnesota, observé las fotografías de Tierra Santa y reconocí muchos lugares, e incluso llegué a describir los cambios que se habían producido en alguno de ellos. También recordarán que, cuando describí la escena de la curación de los leprosos, le dije al misionero que yo era un hombre grande con una gran espada que, montado a caballo, contemplaba aquel acontecimiento.

Aquel incidente de la infancia fue tan solo una de esas pasajeras nubes de gloria, como diría Wordsworth. Yo, Darrell Standing, no vine a este mundo sin recuerdos. Pero los recuerdos de otros tiempos y lugares que resplandecían en mi conciencia infantil pronto se desvanecieron y se perdieron en el olvido. En realidad, como ocurre con todos los niños, las sombras de la prisión de mi cuerpo se cernieron sobre mí y ya no pude recordar más de aquel, mi maravilloso pasado. Todo hombre nacido de mujer tiene un pasado tan pródigo como el mío, pero pocos han tenido la suerte de sufrir durante varios años la incomunicación y la camisa de fuerza. Esa ha sido mi suerte, y gracias a ello fui capaz de recordar una vez más aquellos tiempos en los que contemplaba, montado sobre la grupa de un caballo, la curación de los leprosos.

Me llamaba Ragnar Lodbrog, y es cierto que era un hombre muy grande: les sacaba media cabeza a todos los romanos de mi legión. Pero eso fue más tarde, pues no recibí el mando de esta hasta después de finalizar mi viaje desde Alejandría a Jerusalén. Tuve una vida tan venturosa que por muchos libros que se escribieran durante años sería imposible abarcarla toda, así que me limitaré a contar una pequeña parte de sus inicios.

Ahora lo recuerdo todo, clara, nítidamente, excepto mis orígenes. Nunca conocí a mi madre. Me dijeron que nací en un barco, durante una tempestad en el mar del Norte, y que mi madre era una prisionera capturada durante el saqueo de una fortaleza en la costa. Nunca supe su nombre; murió en plena tempestad. Procedía del norte de Dinamarca, o al menos fue lo que me dijo el viejo Lingaard. A pesar de lo poco que sabía, me contó mucho más de lo que yo podía recordar a esa edad. Me habló de una batalla naval, del saqueo posterior, del pillaje, de las antorchas; de una huida por mar en los *drakkars* tratando de evitar los arrecifes; del dolor, la matanza y la lucha contra las aguas heladas. ¿Quién podría, en un momento así, reparar en una extraña, moribunda, que estaba a punto de dar a luz y pasar a mejor vida? Fueron muchos los que murieron, y los hombres se fijaron en las mujeres que quedaron vivas, no en las muertas.

Los incidentes sucedidos inmediatamente después de mi nacimiento calaron profundamente en mi imaginación infantil, tal como me contó el viejo Lingaard. Él estaba ya demasiado viejo como para desriñonarse en los remos, por lo que hizo de oficial médico, de sepulturero y de partero para ayudar a las prisioneras que se hacinaban en mitad de la cubierta del barco. Así vine al mundo yo, en medio de una tormenta, bañado con la espuma y el salitre de un mar encrespado.

No tenía muchas horas de vida cuando Tostig Lodbrog se fijó en mí por primera vez. Suya era aquella elegante nave, como lo eran las otras siete que habían participado en el saqueo, se habían escapado y navegaban a través de la tormenta.

A Tostig Lodbrog le llamaban Muspell, que significa «el Ardiente», pues siempre estaba inflamado de ira. Era valiente, pero cruel y despiadado; el suyo no era un corazón piadoso. Al final de una batalla en Hasfarth, todavía empapado del sudor de la lucha, se apoyó sobre su hacha y devoró el corazón de Ngrun. Vendió a su hijo Garulf como esclavo a los jutos en un ataque de furia. También recuerdo que en las ahumadas tabernas de Brunanbuhr solía pedir el cráneo de Guthlaf para usarlo de copa. Nunca bebía aquel vino especiado de ninguna otra copa que no fuera el cráneo de Guthlaf.

Cuando la tempestad hubo amainado, Lingaard me llevó a la cubierta ante él. Yo no tenía más que unas horas de vida; habían envuelto mi pequeño cuerpo en una piel de lobo cubierta por el salitre. Al haber nacido de forma prematura, era una criatura diminuta.

—¡Vaya, un camaroncito! ¡Un piojo de mar! —bramaba Tostig, a carcajadas, retirando de sus labios una jarra de aguamiel medio vacía para poder observarme.

Hacía un frío glacial, pero dicen que, desnudo como estaba, me agarró de un pie con dos dedos y me sacó de la piel de lobo para alzarme al viento helado.

—¡Una cucaracha, un renacuajo, un piojo! —se reía, mientras me apretujaba con sus enormes dedos, cada uno de ellos, según aseguraba Lingaard, más grueso que mis muslos o mis pantorrillas.

De pronto, se le ocurrió otra idea.

—El chiquitín estará sediento, démosle de beber.

Y entonces me metió, cabeza abajo, en la jarra medio vacía de aguamiel. Y me habría ahogado en aquel brebaje para hombretones —yo, que en mis pocas horas de vida ni siquiera había probado la leche materna— de no haber sido por el buen Lingaard. Pero cuando este me rescató de la jarra, Tostig Lodbrog lo golpeó, furioso, y lo tiró al suelo. Rodamos los dos por la cubierta del barco, y los enormes perros cazadores de osos, capturados en la última escaramuza con los daneses del norte, se abalanzaron sobre nosotros.

—¡Ja, ja, ja! —rugía Tostig Lodbrog, mientras los perros se abalanzaban sobre nosotros.

Pero Lingaard logró ponerse en pie, a la carrera, salvándome; no así la piel de lobo, que quedó a merced a los perros.

Tostig Lodbrog apuró su jarra y me miró; Lingaard sabía que era inútil implorar clemencia a alguien que carecía totalmente de ella.

—No es mayor que mi pulgar —dijo Tostig—. Por Odín que estas mujeres danesas son de una raza inferior. Engendran enanos en lugar de hombres. ¿Para qué sirve esta cosa? Nunca llegará a ser un hombre. Oye tú, Lingaard, críale para que sea él quien escancie la bebida en Brunanbuhr. Y vigila a los perros, no se lo embuchen como si fuera un trozo de carne de las sobras de la mesa.

Durante mucho tiempo no conocí a mujer alguna. El viejo Lingaard fue mi comadrona y mi niñera, y por cuna tuve las cubiertas inestables de los barcos, el sonido de las fuertes pisadas de los hombres entrando en combate o batallando contra las tormentas. Solo Dios sabe cómo logré sobrevivir en semejantes condiciones. Debió de ser porque nací duro como el hierro, pues no solo logré sobrevivir para desmentir el pronóstico de Tostig de que sería enano, sino que crecí bastante rápido y pronto superé el tamaño de todos los bocales y las jarras, y Tostig ya no pudo sumergirme más en aguamiel. Aquella era su broma favorita. Tenía un sentido del humor no muy refinado, aunque él se creía muy gracioso.

Mis primeros recuerdos son los barcos de proa afilada de Tostig Lodbrog y las peleas y alborotos de sus hombres en los festines celebrados en Brunanbuhr, cuando dejábamos los botes varados junto a los helados fiordos. Yo ya me había convertido en su camarero, y uno de mis primeros recuerdos es el tambalearme con la calavera de Guthlaf llena de vino hasta la cabecera de la mesa, donde se sentaba Tostig, siempre bramando hasta no poder más. Todos aquellos hombres estaban locos, siempre se mostraban airados, pero no me resultaba extraño, pues no conocía nada distinto. Eran hombres de reacciones iracundas, siempre dispuestos a pelear. No pensaban más que en atrocidades y atroz era su apetito y atroz su sed. Y yo crecí como ellos. ¿Y cómo habría de suceder de otra manera, si era yo el que escanciaba el vino, entre el griterío, a los borrachos y a los escaldos, que desgarrando los tapices que robaban en las playas del sur, mientras asolaba el combate y los cadáveres raudos se hacinaban encima de la mesa, cantaban himnos a Hialli, y al intrépido Högni, y al oro de los nibelungos, y a la venganza de Gudrun contra Atli, a quien ofrecía para que comiese el corazón de los hijos de ambos?

Y, ¡oh, sí!, crecí a su imagen y semejanza; sentía la misma ira salvaje que había aprendido de tan brillante escuela. Tenía apenas ocho años cuando enseñé los dientes por vez primera; ocurrió en una de aquellas bacanales desenfrenadas de Brunanbuhr, a la que asistieron como invitados el jefe Agard y los jutos, que llegaron en sus tres grandes barcos. Yo permanecía de pie junto a Tostig Lodbrog, sosteniendo la calavera de Guthlaf, humeante, maloliente, llena de vino especiado. Y allí me quedé mientras Tostig maldecía a los daneses del norte, y lo hizo durante un buen rato hasta que de repente, en uno de sus ataques de ira, comenzó a injuriar a las mujeres del norte. En aquel momento, el recuerdo de mi madre danesa hizo despertar en mi interior la ira roja, y la furia me empujó a golpearle con el cráneo de Guthlaf, de suerte que el vino hirviente se derramó por encima de su rostro, cegándole; mientras se tambaleaba furioso tratando de agarrarme con sus descomunales zarpas, le asesté con mi daga tres puñaladas, en la barriga, en el muslo y en las nalgas: fue lo más alto que pude alcanzar de su poderosa constitución.

El jefe Agard desenvainó su espada gritando:

—¡Un cachorro de oso! ¡Un cachorro de oso! ¡Por Odín, dejad que el osezno luche!

Y allí, entre el alboroto ensordecedor de Brunanbuhr, el pequeño camarero de los danos del norte luchó con el poderoso Lodbrog. Y cuando, de un solo golpe, fui lanzado, aturdido y sin aliento, hasta el centro de aquella enorme mesa, derribando jarras y cacharros, Lodbrog rugió:

—¡Deshaceos de él! ¡Echadle a los perros!

Pero el jefe Agard salió en mi defensa y agarró a Lodbrog por el hombro y le pidió que me entregara a él como regalo en señal de amistad.

Y así, tras el deshielo de los fiordos, me dirigí hacia el sur a bordo de una de las naves del jefe Agard. Me nombró camarero y portador de su espada, y a falta de otro nombre, se me llamó Ragnar Lodbrog. El país de Agard, una tierra pantanosa, triste y monótona, envuelta en niebla, colindaba con la de los frisios. Allí viví durante tres años, hasta la muerte de Agard, y siempre obediente a su lado, ya fuera cazando lobos en los pantanos o bebiendo en el gran salón donde Elgiva, su joven esposa, solía sentarse rodeada de sus doncellas. Le acompañé en numerosas ocasiones en sus incursiones hacia el sur, bordeando las costas de lo que en la actualidad serían las tierras de Francia, y aprendí que en el sur las estaciones son más cálidas, el clima más suave y las mujeres más dulces.

Pero de uno de aquellos viajes regresamos con Agard herido de muerte, agonizando. Quemaron su cuerpo en una enorme pira, junto a Elgiva, que cantaba a su lado ataviada con un corsé dorado. Había también muchos esclavos de la familia, adornados con collares de oro, que se quemaron con ella, y también nueve siervas y ocho esclavos anglos de noble cuna que habían sido capturados en la batalla. Y también se quemaron varios halcones vivos y dos chicos halconeros que los sujetaban.

Pero yo, el camarero, Ragnar Lodbrog, me salvé de la quema. Tenía ya once años, me sobraba valor y nunca había llevado sobre mi cuerpo ropa alguna. Las llamas se alzaron, y cuando Elgiva entonó sus cánticos fúnebres y los esclavos y las siervas gritaban aterrados ante la cercanía de la muerte, rompí mis ataduras, salté y corrí hasta llegar a los pantanos, todavía con mi collar de oro símbolo de mi esclavitud al cuello, huyendo de los perros que habían soltado para darme caza.

En los pantanos había hombres salvajes, hombres que no tenían dueño, esclavos liberados y bandidos proscritos, a quienes para divertirse, se cazaba como si de lobos se tratara.

Durante tres años no tuve techo ni fuego con el que calentarme, y crecí duro como la escarcha. Hubiera conseguido robar alguna mujer a los jutos, pero, desgraciadamente, los frisos me dieron caza tras una persecución de dos días. Fueron ellos quienes me despojaron de mi collar de oro para canjearme por dos perros lobos y entregarme a Edwy, un sajón, que me puso un collar de hierro alrededor del cuello y más tarde me regaló, junto con otros cinco esclavos, a Athel, de los anglos del este. Fui esclavo y guerrero hasta que me perdí, infortunadamente, durante una incursión hacia el este, más allá de nuestras fronteras, y fui capturado por los hunos; allí fui porquero hasta que logré escapar hacia el sur a través de los grandes bosques; fui admitido como hombre libre entre los teutones, que eran muchos pero vivían en pequeñas tribus y se trasladaban hacia el sur empujados por el avance de los hunos.

Y desde el sur, hacia los grandes bosques, venían los romanos, también grandes guerreros, obligándonos a retroceder de nuevo hacia el territorio de los hunos. Finalmente nos vimos obligados a presentar batalla, pues era cuestión de falta de tierras: y les enseñamos a los romanos lo que era luchar, aunque, a decir verdad, también ellos nos enseñaron muchas cosas.

Siempre recordaba las soleadas costas meridionales que había divisado desde los barcos de Agard, y el destino quiso que, durante aquella migración hacia el sur de los teutones, cayese prisionero de los romanos y me llevaran de nuevo a aquel mar que no había visto desde mis días con los anglos del este. Me convertí en un esclavo remero en las galeras romanas y, finalmente, como tal, conseguí llegar hasta Roma.

La historia de cómo me convertí en un hombre libre, en ciudadano, en soldado, y cómo, a la edad de treinta años, viajé hasta Alejandría y de allí a Jerusalén, es demasiado larga. Me he visto obligado a relatarles mi bautizo en la jarra de aguamiel de Tostig Lodbrog y los años que siguieron, para que sea más fácil hacerse una idea de qué clase de hombre era cuando entré a caballo por la Puerta de Jaffa y se posaron sobre mí todas las miradas.

Tenían motivos más que de sobra para mirarme. La suya era una raza de poca estatura, de huesos delgados y poca musculatura; aquellos judíos y romanos no habían visto nunca a un hombre rubio como yo. Cuando se cruzaban conmigo en sus estrechas callejuelas me cedían el paso y se detenían para observar, con asombro, a aquel hombre rubio venido del norte, o solo Dios sabe de qué remotas tierras.

Casi todas las tropas de Pilatos eran auxiliares, a excepción de un puñado de romanos que hacían guardia en los alrededores de palacio, y de otros veinte que cabalgaban conmigo. Generalmente los auxiliares eran buenos soldados, aunque nunca tan dignos de confianza como los romanos. En realidad los romanos eran mejores guerreros, más disciplinados, que nosotros, los hombres del norte, que combatíamos por pura furia, coléricos, desordenados; ellos se mantenían siempre más firmes, más juiciosos.

La noche de mi llegada, conocí en casa de Pilatos a una amiga de su esposa, que formaba parte de la corte de Antipas. La llamaré Miriam, puesto que ese era el nombre con el que la amé. Si creyera que es posible describir el encanto de las mujeres, describiría a Miriam, pero ¿cómo describir las emociones con palabras? El encanto de la mujer es inefable. Al contrario que la percepción, que culmina en razonamiento, el amor brota de la sensación y se convierte en emoción pura; es decir, en lo que podríamos designar como supersensación.

En general, todas las mujeres tienen algo que atrae a los hombres. Cuando esa atracción se torna personal, lo llamamos amor. Miriam ejercía sobre mí ese tipo de atracción, ya latente en mi interior. A los ojos del hombre que había en mí, todo en ella era deseable, y mi propio deseo me empujaba a encontrarme con ella y recibirla con los brazos abiertos.

Miriam era una mujer excepcional, y utilizo este adjetivo con toda intención. Su cuerpo era magnífico, imponente, superior a la mayoría de mujeres judías tanto en proporciones como en figura. Pertenecía a la aristocracia y era aristócrata por naturaleza: todo en ella era generosidad y elegancia. Era inteligente, ingeniosa y, por encima de todo, de una feminidad abrumadora. Como se verá, fue su feminidad lo que al final nos habría de traicionar a los dos. Morena, de piel aceitunada y rostro ovalado, su cabello era tan negro que resplandecía azulado, y sus ojos parecían dos negros pozos gemelos. Lo cierto es que el nuestro fue un encuentro de dos perfectos arquetipos del hombre rubio y la mujer morena.

Y fue un verdadero flechazo. No hubo espera, duda o incertidumbre alguna. Supe que era mía desde el momento en que la vi, del mismo modo en que ella supo que yo, de entre todos los hombres, le pertenecía. Mientras me dirigía resuelto hacia ella, se incorporó de su diván, como si fuera a acercarse a mí, y entonces nos miramos, y estuvimos mirándonos hasta que la esposa de Pilatos, una mujer delgada y nerviosa, se puso a reír tímidamente. Y mientras me inclinaba ante su esposa para presentar mis respetos, me pareció ver cómo Pilatos lanzaba una mirada de complicidad a Miriam, como diciendo «¿No es lo que te prometí?» Y es que había sabido de mi llegada gracias a Sulpicio Quirinio, el legado de Siria. Pilatos y yo nos habíamos conocido tiempo atrás, mucho antes de que lo enviaran, como prefecto de la provincia romana de Judea, a la conflictiva Jerusalén.

Hablamos largo y tendido aquella noche, sobre todo Pilatos, quien me explicó con todo detalle la situación local; parecía sentirse solo y con ganas de compartir sus preocupaciones con alguien, incluso ansioso por recibir consejo. Pilatos tenía el carácter firme de los romanos, con la suficiente imaginación e inteligencia como para hacer respetar la férrea política de Roma, y no se perturbaba más de lo necesario ante situaciones tensas o acontecimientos extraños.

Sin embargo, estaba claro que aquella noche estaba preocupado. Los judíos habían conseguido ponerle nervioso. Eran demasiado inquietos e inestables, casi espasmódicos, y además eran astutos en extremo. El carácter romano era directo y franco, a diferencia de los judíos, que nunca abordaban directamente un asunto, excepto cuando se veían obligados a rectificar. Preferían enfrentarse a los problemas de una manera indirecta. La irritación de Pilatos se debía, según me explicó, a que los judíos conspiraban constantemente para utilizarle a él y, por tanto, a Roma, en sus disputas religiosas. Yo sabía bien que a Roma no le gustaba interferir en las cuestiones religiosas de los pueblos que conquistaba, pero los judíos siempre creaban conflictos y conferían un tinte político a hechos que nada tenían que ver con la política.

Pilatos se mostró muy elocuente al hablar sobre las diversas sectas, los alzamientos provocados por el fanatismo y las continuas revueltas.

—Lodbrog —dijo—, uno nunca puede predecir si una ligera nube de verano se convertirá, con todas sus maquinaciones, en una colosal tormenta. Estoy aquí para mantener el orden y la calma, y a pesar de mi presencia, han convertido el lugar en un avispero. Antes preferiría gobernar las lejanas tierras escitas o a los salvajes britanos que a estas gentes que nunca se ponen de acuerdo en lo que a Dios se refiere. Ahora mismo, hay un hombre en el norte, un pescador que ahora es predicador y hace milagros, que pronto podría, tal vez, tener a todo el país bajo su control y provocar mi retirada.

Aquella fue la primera vez que oí hablar de un hombre llamado Jesús, pero no le di demasiada importancia. Hasta mucho tiempo después no recordaría haber oído hablar de él, y para entonces la pequeña nube de verano era ya una terrible tormenta.

—Me he informado sobre él. No es un político, de eso no hay duda. Pero estoy convencido de que Caifás, y también Anás, convertirán a este pescador en un asunto político con que azuzar a Roma y arruinarme a mí.

—Ese Caifás… he oído que es el sumo sacerdote de los judíos, pero ¿quién es Anás? —pregunté.

—El verdadero sumo sacerdote, un zorro viejo —explicó Pilatos—. Caifás fue designado por Grato, pero en realidad es la voz de Anás en la sombra.

—Nunca te han perdonado aquella tontería de los escudos votivos —bromeó Miriam.

Al oír esto, cual si le hubiesen metido el dedo en la llaga, Pilatos comenzó a narrarnos el episodio, que en un principio no había sido más que eso, una anécdota, pero que a punto estuvo de acabar con su carrera. Con toda inocencia, había ordenado fijar ante su palacio dos escudos con inscripciones votivas. Antes de que se despejara la tormenta que este hecho desencadenó, los judíos ya habían escrito y enviado sus quejas a Tiberio, quien las aprobó y reprendió a Pilatos. Me alegró poder charlar con Miriam un poco más tarde. La esposa de Pilatos ya me había hablado de ella. Pertenecía a la antigua realeza; su hermana era esposa de Herodes Filipo, tetrarca de Gaulanítida y de Batanea. Filipo, a su vez, era hermano de Herodes Antipas, tetrarca de Galilea y Perea y ambos eran hijos de Herodes, a quien los judíos llamaban «el Grande».

Por lo que pude comprender, Miriam pertenecía a esa misma estirpe de reyes y frecuentaba la corte de ambos tetrarcas. De niña había sido prometida en matrimonio a Arquelao, por entonces etnarca de Jerusalén. Sin embargo, había heredado una enorme fortuna y, por tanto, no se vio obligada a contraer matrimonio con él. Por si fuera poco, era una mujer de carácter fuerte y sin duda difícil de complacer en asuntos tan delicados como el matrimonio.

Ese tipo de cuestiones debía flotar en el aire, pues al momento Miriam y yo estábamos hablando de temas religiosos. Lo cierto es que a los judíos les gustaba tanto discutir de asuntos religiosos como a nosotros del combate y las celebraciones. Durante mi estancia en aquel país no hubo un solo momento en que dejara de escuchar aquellas eternas discusiones sobre la vida y la muerte, o la ley o Dios. Se ha de señalar que Pilatos no creía en dioses ni en demonios ni en nada que se le pareciese. La muerte era para él la oscuridad del sueño eterno; y aun así, durante los años que pasó en Jerusalén, tuvo siempre que soportar los escándalos y las interminables polémicas desencadenadas por motivos religiosos. Sin ir más lejos, el mozo que cuidaba de los caballos durante mi viaje a Idumea, un infeliz que no sabía ni cómo ensillar un caballo, podía hablar hasta quedarse sin aliento, desde el amanecer hasta la puesta del sol, como un auténtico erudito acerca de las más sutiles diferencias entre las enseñanzas de todos los rabinos conocidos desde Semaías hasta Gamaliel.

Pero volvamos a Miriam.

—Tú te crees que eres inmortal —pronto se atrevió a desafiarme—. Entonces, ¿por qué evitas hablar sobre ello?

—¿Para qué perder el tiempo discutiendo sobre cosas que ya sé? —contesté.

—¿Pero tan seguro estás? —insistió—. Háblame de ello. ¿Cómo es vuestra inmortalidad?

Y cuando le estaba hablando de Niflheim y de Muspell, de cómo el gigante Ymir nació de los copos de nieve, de la vaca Audumla, de Fenrir y Loki y de los helados jótuns, de Thor y Odín y de nuestro Valhala, comenzó a aplaudir y a gritar, con los ojos encendidos.

—¡Oh, eres un bárbaro, un niño grande! Resulta que este rubio gigante venido del frío se cree las viejas historias de las niñeras. Y con el fruto de su boca se contenta. Pero ¿qué crees que ocurre con tu espíritu, que es inmortal? ¿Adónde irá cuando tu cuerpo muera?

—A Valhala, como ya te he dicho —respondí—, y mi cuerpo también.

—¿Para qué? ¿Para comer y beber? ¿Para seguir luchando tal vez?

—Y para amar —añadí—. Nuestras mujeres nos acompañan en el cielo, si no, ¿para qué sirve el cielo?

—No me gusta vuestro cielo —dijo—. Es un lugar de locos, lleno de bestias, un lugar frío y tormentoso donde la furia reina.

—¿Cómo es el vuestro? —pregunté.

—Allí es verano eternamente, siempre hay flores y frutas maduras.

Sacudí la cabeza, contrariado, y le dije:

—A mí tampoco me gusta vuestro cielo. Es un lugar triste, flácido. Un lugar para hombres débiles, para eunucos, para gordos, sombras de lo que es un hombre de verdad.

Debió de encontrar interesantes mis palabras, pues sus ojos seguían brillando y tuve la sensación de que, de algún modo, trataba de adoctrinarme.

—Mi cielo —dijo— es la morada de los bienaventurados.

—Valhala es la morada de los bienaventurados —contesté—. ¿A quién le importan las flores en un lugar donde nunca faltan? En mi tierra, cuando el crudo invierno se marcha por fin y el sol aleja de nosotros las noches eternas, las primeras flores que brotan junto al hielo derretido son señales de gozo, y las contemplamos extasiados. ¡Y el fuego! —grité—, ¡el fuego glorioso! Vaya cielo el vuestro si un hombre no puede disfrutar del crepitar de una buena hoguera en su hogar, mientras afuera sopla el viento y no cesa de nevar.

—Con poco os conformáis —me respondió—. Llamáis cielo a una hoguera y a un techo como refugio de la tormenta. En nuestro cielo no nos hace falta protegernos del viento y de la nieve.

—No —objeté—. Levantamos un techo y una hoguera para desde allí adentrarnos en el hielo y la tormenta y poder volver más tarde a refugiarnos. El hombre ha nacido para luchar contra el hielo y la nieve, y esa misma lucha es la que hace que encienda su propio fuego y construya su hogar. Lo sé, pues cuando tenía dieciséis años pasé tres inviernos sin techo ni fuego; ya era un hombre, un hombre que jamás había utilizado ropa alguna para cubrir su cuerpo. Nací después de una gran batalla, en medio de una tormenta, y mis pañales fueron una piel de lobo. Mírame bien, y verás qué tipo de hombres habita en Valhala.

Y me miró a conciencia, fascinada, y exclamó:

—¡Ay, un gigante rubio de verdad! —y añadió pensativa—. Casi me entristece pensar que tal vez no haya hombres así en mi cielo.

—No has de preocuparte —la consolé—. En este mundo hay lugar para muchos cielos. Al parecer a cada uno le corresponde el cielo que su corazón desea. Seguro que hay un buen cielo más allá de la tumba. Y, no lo dudes, algún día abandonaré la sala de los festines y asaltaré vuestras costas soleadas rebosantes de flores para raptarte, tal como hicieron con mi madre.

Y en esa pausa la miré, y ella también me miró, y mantuve fija la mirada. Me hervía la sangre. ¡Por Odín, qué mujer!

No sé lo que hubiera podido pasar, pues Pilatos, que había terminado su conversación con Ambivio y que llevaba allí sentado un rato, sonriendo, interrumpió aquel silencio.

—¡Un rabino, un rabino teutón! —dijo con sarcasmo—. Un nuevo predicador y una nueva doctrina han llegado a Jerusalén. Ahora tendremos más discrepancias, más revueltas y más profetas a quienes lapidar. Que los dioses nos protejan, porque esto es una casa de locos. Lodbrog, no esperaba esto de ti. Pero ahí estás, divagando como un loco en el desierto acerca de lo que te sucederá cuando mueras. Vive solo una vida, la de ahora, Lodbrog, te ahorrará disgustos.

—¡Continúa, Miriam, continúa! —solicitó su esposa.

Había estado sentada, con las manos entrelazadas, escuchando embelesada nuestras disquisiciones, y al verla así pensé que quizás también ella se había contagiado de aquella locura religiosa de Jerusalén. En cualquier caso, como tendría ocasión de comprobar en los días siguientes, se sentía atraída, sin duda en exceso, por todas aquellas cuestiones. Era una mujer muy delgada, como consumida por la fiebre. Tenía la piel muy tirante, casi transparente. Daba la impresión de que, si ponía sus manos al trasluz, se podía mirar a través de ellas. Era una buena mujer, quizás demasiado nerviosa, que a veces fantaseaba sobre sombras, señales y malos augurios. Además le asaltaban visiones y decía escuchar voces. Yo nunca tuve paciencia para soportar tales desvaríos, pero sabía que era una mujer sin asomo de maldad.

Al poco tiempo tuve que cumplir una misión para Tiberio, y la mala suerte quiso que apenas tuviera oportunidad de ver a Miriam. A mi regreso de la corte de Antipas, ella se había marchado a Batanea, a la corte de Filipo, donde estaba su hermana. Una vez más volví a Jerusalén, y aunque mis asuntos no requerían que visitara a Filipo, que aun débil se mantenía fiel a los deseos de Roma, viajé hasta Batanea con la esperanza de encontrarme con ella.

Después tuve que viajar a Idumea y también a Siria, por orden del legado imperial de Sulpicio Quirinio, quien solicitaba mis informes de primera mano sobre la situación en Jerusalén. En todos estos viajes por el país tuve la oportunidad de comprobar el extraño y peculiar carácter de los judíos, y sus incesantes especulaciones sobre Dios. No se conformaban con dejar tales asuntos en manos de sus sacerdotes, sino que ellos mismos ejercían de predicadores a la menor ocasión, siempre que encontraran algún oyente dispuesto a escucharles, cosa que sucedía con bastante frecuencia.

Abandonaban sus ocupaciones para vagar por el país como mendigos, discutiendo e importunando a los rabinos y a los estudiosos del Talmud en las sinagogas y a la entrada de los templos. Fue en Galilea, una región remota cuyos habitantes eran conocidos por su falta de sentido común, donde encontré el rastro de un hombre llamado Jesús. Al parecer había sido carpintero antes de ser pescador, y algunos de sus compañeros pescadores habían abandonado las redes para acompañarle en su peregrinación. Algunos lo consideraban un profeta, pero la mayoría de la gente opinaba que no era más que un loco. Incluso el infeliz que atendía mis caballos, que afirmaba poseer un conocimiento sobre el Talmud superior al de cualquier otra persona, se burlaba de Jesús, llamándolo rey de los mendigos, y de que su doctrina se llamaba ebionismo, que según me explicó, proclamaba que tan solo los pobres alcanzarían el cielo, mientras que los ricos y poderosos arderían eternamente en los lagos de fuego del infierno.

Me percaté de que era costumbre en el país llamarse locos los unos a los otros. A mi juicio todos estaban trastornados; era como una epidemia. Exorcizaban demonios por medio de hechizos mágicos, curaban enfermedades con la imposición de las manos, y afirmaban que bebían venenos mortíferos y jugaban con serpientes venenosas sin que les causaran ningún daño. Se adentraban en el desierto hasta morir de hambre y regresaban anunciando a gritos nuevas doctrinas, congregando multitudes a su alrededor y fundando nuevas sectas que no tardaban en disgregarse para abrazar nuevas doctrinas.

—Por Odín —dije a Pilatos—, no les vendría mal un poco de nieve y del frío de mis tierras: les aclararía las ideas. Este clima es demasiado amable. En lugar de construir lugares donde guarecerse o cazar animales para sobrevivir, se dedican a idear sin descanso nuevas creencias.

—Y a alterar la naturaleza de Dios —corroboró Pilatos con acritud—. ¡Siempre con la maldita doctrina!

—De igual modo pienso yo —convine—. Si alguna vez logro salir de esta tierra de locos con el juicio intacto, pasaré por encima de cualquier hombre que se atreva a mencionarme lo que ha de ocurrirme después de muerto.

Nunca había conocido gentes tan conflictivas. Para ellos, todas las cosas del mundo eran pías o impías. Ellos, tan inteligentes a la hora de discutir hasta la saciedad sobre estas cuestiones, se mostraban incapaces de comprender la idea romana de Estado. Todo lo político era religioso; todo lo religioso era político. Y consideraban que todas las águilas romanas y las estatuas romanas, e incluso los escudos votivos de Pilatos, eran insultos imperdonables hacia su religión.

El método que los romanos utilizaban para censar a la población les parecía aberrante, pero estaban obligados a aceptarlo porque era la base del sistema tributario; y sin embargo era un crimen contra su ley y contra su Dios. ¡Ah, siempre la ley! No se trataba de la ley romana, sino de su ley, a la que llamaban la Ley de Dios. Había zelotes capaces de matar a cualquiera que quebrantase esta ley. Y si a un procurador se le ocurría castigar a uno de aquellos fanáticos, por mucho que mereciese el castigo, podía provocar una revuelta o una insurrección.

Todo lo que esta extraña gente hacía lo hacía en nombre de Dios. Existían lo que los romanos denominaban taumaturgos, que obraban milagros para demostrar su doctrina. Siempre me ha parecido algo estúpido demostrar la veracidad de la tabla de multiplicar utilizando métodos como la transformación de un bastón en una serpiente, o incluso en dos serpientes. Pero a eso se dedicaban los taumaturgos, provocando siempre el entusiasmo del pueblo llano.

¡Y sí, cielo santo, cuántas sectas había! Fariseos, esenios, saduceos: una legión interminable. Tan pronto como se procuraban una nueva doctrina, hacían de ella un asunto político. El mismo Coponio, cuarto procurador anterior a Pilatos, tuvo muchos problemas para aplacar a los gaulonitas, que se sublevaron en principio desde Gamala, para esparcirse por todo el territorio.

La última vez que pasé a caballo por Jerusalén, la creciente agitación de los judíos se respiraba en el aire. Iban de un lado a otro, en grupos, conversando, discutiendo. Algunos proclamaban el fin del mundo mientras otros anunciaban la inminente destrucción del Templo. E incluso algunos revolucionarios presagiaban que la invasión del gobierno romano tocaba a su fin y que el nuevo reino judío estaba a punto de nacer.

También Pilatos, según pude observar, parecía presa de una gran ansiedad: era evidente que le estaban causando muchos problemas y quebraderos de cabeza. Pero debo admitir que, como verán más adelante, les superaba a todos ellos en astucia, a juzgar por los acontecimientos que presencié; y no me cabe la menor duda de que logró confundir a muchos de sus adversarios en las sinagogas.

—Si tuviera media legión de romanos —se quejaba—, agarraría a Jerusalén por el cuello... y entonces, supongo, cesaría toda mi angustia.

Como yo, Pilatos no tenía demasiada fe en las tropas auxiliares, y solo disponíamos de un puñado de soldados romanos.

Volviendo a lo que estaba explicando, me alojé en el palacio y, para dicha mía, me encontré con Miriam allí. Pero la dicha no pudo ser completa, pues solo hablamos de la situación del país. Era lógico que fuera así, pues la ciudad entera era un auténtico avispero. Se acercaba la Pascua de los judíos —un asunto religioso, claro está—, y miles de personas llegaban desde el campo, de acuerdo con sus costumbres, para celebrar la festividad en Jerusalén. Como era de esperar, estos recién llegados eran verdaderos fanáticos, de otra manera no hubieran participado en tal peregrinaje. La ciudad estaba abarrotada, y muchos se veían obligados a acampar fuera de las murallas. Por mi parte, no era capaz de discernir si aquella fiebre se debía a las enseñanzas del pescador errante o al odio que sentían los judíos hacia Roma.

—Tan solo una décima parte de lo que ocurre, si llega, se debe a la influencia de ese Jesús —me respondió Pilatos cuando le pregunté—. Caifás y Anás son los culpables de todo este alboroto. Saben bien lo que hacen. Tratan de desestabilizar la situación con el único propósito de causarme más problemas de los que ya tengo.

—Sí, es cierto que Caifás y Anás tienen gran parte de culpa —dijo Miriam—, pero tú, Poncio Pilatos, eres romano y no puedes comprender lo que sucede. Si fueses judío te darías cuenta de que en el fondo de todo esto se oculta un problema mucho más grave que el simple desacuerdo entre las diferentes sectas, o la intención de causarte más problemas a ti y, en consecuencia, a Roma. Los sumos sacerdotes y los fariseos, y todos los judíos de cierta posición como Filipo, Antipas o yo misma, no hacemos más que luchar por sobrevivir. Es posible que el pescador ese no sea más que un lunático y, sin embargo, en su locura hay más astucia de lo que parece. Predica la doctrina de los pobres; amenaza nuestras leyes, y nuestras leyes, como tú bien sabes, son nuestra vida. Somos celosos de nuestras leyes tanto como del mismo aire que respiramos. Es simple: o bien Caifás y Anás y todo lo que representan, o bien el pescador. O acaban con él, o será él quien los destruya.

—¿No es extraño que un hombre tan sencillo, un pescador, tenga tanto poder? —dijo, casi sin aliento, la mujer de Pilatos—. Me gustaría conocerlo. Ojalá pudiera ver con mis propios ojos a un hombre tan notable.

Pilatos frunció el ceño al escuchar las palabras de su esposa; resultaba evidente que el nerviosismo que esta manifestaba era para él un motivo más de preocupación.

—Si quieres conocerlo, no tienes más que pasearte por los tugurios de la ciudad —dijo Miriam en tono sarcástico—. Lo encontrarás bebiendo vino o en compañía de mujeres de dudosa reputación. Jamás llegó a Jerusalén un profeta tan extraño.

—¿Y qué hay de malo en eso? —pregunté, poniéndome sin querer de parte del pescador—. ¿Acaso no bebo yo vino en abundancia y no he pasado noches locas en casi todas las provincias? Al fin y al cabo es un hombre, que hace lo que todos los hombres, a no ser que también yo esté loco, y no creo que lo esté.

Miriam negaba con la cabeza mientras yo hablaba.

—No está loco, es algo peor: es un peligro. Todo ebionismo es peligroso. Pretende destruir todo lo establecido. Es un revolucionario, destruirá lo poco que nos queda de la nación judía y del Templo.

Pilatos sacudió la cabeza en desacuerdo.

—No es una cuestión política, me han informado sobre él. No es un conspirador, es solo un visionario. Incluso se declara a favor del sistema de impuestos romano.

—Sigues sin entender nada —insistió Miriam—. No se trata de lo que dice, sino del efecto que causan sus palabras, y eso lo convierte en un revolucionario. Dudo que ni siquiera él mismo se haya parado a pensar en los posibles efectos de sus actos. Ese hombre es como una plaga, y como tal debe ser erradicado.

—A juzgar por todo lo que decís, no se trata más que de un hombre normal, de buen corazón, sin asomo alguno de maldad —afirmé.

Y entonces les hablé de la curación de los diez leprosos que había presenciado en Samaria de camino a Jericó.

La mujer de Pilatos me escuchaba, sentada, fascinada por mi relato. Luego llegaron a nuestros oídos los gritos lejanos de la multitud, y comprendimos que los soldados procedían a despejar las calles.

—¿Y tú crees en milagros, Lodbrog? —preguntó Pilatos—. ¿De verdad crees que en un abrir y cerrar de ojos pudieron desaparecer todas las llagas de los leprosos?

—Lo que sé es que vi cómo se curaban —respondí—. Los seguí para asegurarme de lo que había visto. No les quedaba ni rastro de la lepra.

—¿Pero pudiste ver sus llagas antes de la curación? —insistió Pilatos.

Negué con la cabeza.

—Me dijeron que eran leprosos —admití—. Cuando los vi más tarde, parecían hombres que habían tenido lepra. Estaban aturdidos. Uno de ellos se sentó al sol y se buscó por todo el cuerpo alguna herida, pero, por más que se miraba, no encontró ninguna en sus carnes. Cuando le pregunté, no daba crédito a lo que veían sus ojos. Estaba completamente desconcertado, sentado al sol, mirando y remirando sus miembros lozanos.

Pilatos rio con desdén, y también observé cierta malicia en la sonrisa de Miriam. La esposa de Pilatos seguía sentada, inmóvil como un cadáver, sin apenas respirar, con los ojos abiertos de par en par y la mirada perdida.

Ambivio dijo:

—Según me dijo Caifás ayer mismo, el pescador asegura que Dios descenderá de los cielos y establecerá su reino en la Tierra, sobre la que imperará la Ley de Dios.

—Y eso pondrá fin al gobierno romano —interrumpí.

—Esa es la trama de Caifás y Anás para confundir a Roma —explicó Miriam—. No es cierto, es una mentira que han inventado.

Pilatos asintió con la cabeza y preguntó:

—¿No aparece en algún lugar de vuestras antiguas escrituras cierta profecía que dice que los sacerdotes tergiversarán las intenciones de este pescador?

Miriam lo confirmó y le citó dicho pasaje. Relato este incidente como prueba de la profundidad con la que Pilatos había estudiado al pueblo judío, al que tanto le costaba mantener en orden.

—Lo que he oído —continuó Miriam— es que este Jesús predica el fin del mundo y el advenimiento del Reino de los Cielos.

—Me han informado de ello. Es cierto. Este Jesús no niega la legitimidad de los impuestos romanos. Afirma que Roma reinará hasta que todos los gobiernos desaparezcan cuando llegue el fin del mundo. Empiezo a entender el doble juego de Anás —explicó Pilatos.

—Algunos de sus seguidores se atreven a afirmar que es Dios mismo —añadió Ambivio.

—No me han informado de tales afirmaciones —replicó Pilatos.

—¿Por qué no? —suspiró su esposa—. No es la primera vez que los dioses bajan a la Tierra.

—Fuentes de toda confianza —añadió Pilatos— me han contado que después del milagro de los panes y los peces que obró Jesús para alimentar a la multitud, los estúpidos galileos querían nombrarle rey en contra de su propia voluntad. Y para escapar de ellos huyó a las montañas. No está loco, es lo bastante sabio como para no aceptar el destino que se le quería imponer.

—Y eso es precisamente lo que Anás tratará de hacer contigo —reiteró Miriam—. Dirán que él trata de erigirse en rey de los judíos por encima de las leyes romanas, por lo que Roma deberá hacerse cargo de él.

Pilatos se encogió de hombros.

—El rey de los mendigos o, mejor aún, de los soñadores. No es ningún necio, sino un visionario. Pero no un visionario que aspire a gobernar este mundo. Que le acompañe la suerte en el otro mundo que ha de venir, porque ese está más allá de la jurisdicción romana.

—Asegura que la propiedad es un pecado, y eso es lo que los fariseos no le perdonan —dijo Ambivio.

Pilatos rio a mandíbula batiente.

—A pesar de ello, este rey de los mendigos y sus compañeros pescadores respetan la propiedad ajena —explicó—, y sabed que hasta hace poco tenían incluso un tesorero. Judas, se llamaba, de quien las malas lenguas decían que robaba de la bolsa común.

—¿Y Jesús no robó nada? —preguntó la esposa de Pilatos.

—No, fue Judas, el tesorero —respondió Pilatos.

—¿Y quién era ese Juan que agitaba la región de Tiberiades y a quien Herodes Antipas mandó ejecutar?—pregunté.

—Otro que tal —respondió Miriam—. Nació cerca de Hebrón. Era un fanático que vivía en el desierto. Sus seguidores, o incluso él mismo, aseguraban que era Elías resucitado de entre los muertos. Como sabéis, Elías era uno de nuestros antiguos profetas.

—¿Era también un rebelde? —pregunté.

Pilatos sonrió y negó con la cabeza, luego añadió:

—Juan era un moralista. Acusó a Herodes Antipas por el asunto de Herodías. Es una historia muy larga, pero pagó por ello con su cabeza. No, no hubo ninguna intención política en aquel asunto.

—Algunos afirman también que Jesús es el hijo de David —observó Miriam—. Pero eso es absurdo. Nadie en Nazaret lo cree. Allí vive toda su familia, incluidas sus dos hermanas casadas, y todos lo conocen. Son gente sencilla, nada fuera de lo común.

—Ojalá fuese así de simple el informe que tengo que enviar a Tiberio sobre todo este embrollo —se quejó Pilatos—. Solo faltaba que llegara a Jerusalén este pescador, con la ciudad abarrotada de peregrinos dispuestos a crear problemas, mientras Anás aprovecha para sembrar la discordia.

—Y se saldrá con la suya antes de que nos demos cuenta —predijo Miriam—. Ha dejado el problema en tus manos, y tú tendrás que solucionarlo.

—¿Qué problema? —preguntó Pilatos.

—La ejecución del pescador.

Pilatos sacudió la cabeza tercamente, pero su mujer gritó:

—¡No! ¡No! Sería un tremendo error. Ese hombre no ha hecho daño a nadie. No ha ofendido a Roma.

Miró suplicante a Pilatos, que seguía meneando la cabeza.

—Que sean ellos mismos quienes lo decapiten, como hizo Antipas —rezongó—. No es que el pescador ese me importe demasiado, pero no me prestaré a sus artimañas. Si tienen que acabar con él, que sean ellos quienes lo hagan. Eso es asunto suyo.

—Pero tú no debes permitirlo —exclamó la mujer de Pilatos.

—Si interfiero, me veré obligado a darle explicaciones a Tiberio, y no es, precisamente, lo que más me conviene —contestó.

—Pase lo que pase —continuó Miriam—, tendrás que dar explicaciones de todo esto, y pronto. Jesús ya ha llegado a Jerusalén con unos cuantos de sus pescadores.

Pilatos no pudo disimular la irritación que esta noticia le causaba.

—Nada me incumben sus actos. Y espero no tener que encontrarme con él jamás.

—Puedes estar seguro de que Anás hará por que lo veas —intervino Miriam— y procurará que te lo traigan a tu puerta.

Pilatos se encogió de hombros, y así acabó la conversación. La esposa de Pilatos, nerviosa y agotada, solicitó a Miriam que la acompañara a sus aposentos, por lo que no me quedó más remedio que irme a la cama y dormirme con el alboroto y el murmullo de aquella ciudad repleta de locos.

Los acontecimientos se sucedieron con rapidez. Durante la noche, la tensión fue en aumento. Hacia mediodía, mientras cabalgaba con media docena de mis hombres, las calles estaban abarrotadas y la multitud se empeñaba en no ceder el paso. Si las miradas matasen, aquel día yo habría sido hombre muerto. Escupían abiertamente a mi paso, y por donde pasaba todo eran quejas e insultos.

Pero no era a mí a quien insultaban; lo que suscitaba el odio hacia mí eran los símbolos de Roma. De haberme hallado en cualquier otra ciudad, habría dado orden a mis hombres de usar sus espadas para acallar a aquellos escandalosos fanáticos. Pero estaba en Jerusalén, en medio de aquel delirio de multitudes, y aquella gente era incapaz de distinguir entre la idea de Estado y la idea de Dios.

Anás, el saduceo, había hecho un buen trabajo. Poco importaba cuál fuera realmente su opinión y la del Sanedrín acerca de la verdadera naturaleza del conflicto; había conseguido que la multitud pensara que, en el fondo, todo era culpa de Roma.

Me encontré con Miriam entre la muchedumbre. Iba a pie, acompañada solamente por una mujer. Teniendo en cuenta que su hermana estaba casada con Antipas —a quien pocos apreciaban— y a tenor de lo turbulento de la situación, no era el mejor momento para salir a caminar por las calles vestida como correspondía a su posición, por lo que vestía discretamente, con la cara cubierta, para poder pasar por una mujer judía de condición más baja. Pero a mis ojos no podía ocultar su presencia, su porte y sus andares elegantes, tan distintos de los del resto de mujeres.

Solo pudimos intercambiar unas pocas palabras, pues la calle estaba atestada de gente que incordiaba y empujaba a mis hombres y a los caballos. Miriam se refugió en una esquina, entre los muros de las casas.

—¿Todavía no han prendido al pescador? —pregunté.

—No, pero ya se encuentra al otro lado de la muralla. Ha llegado hasta Jerusalén montado en un asno, entre la multitud. A su paso, algunos pobres inocentes lo aclamaban como rey de Israel. Anás ya tiene un pretexto para presionar a Pilatos. En realidad, aunque no haya dictado todavía la sentencia, ese pescador es hombre muerto.

—Pero Pilatos no lo arrestará —dije.

Miriam negó con la cabeza.

—Anás se encargará de ello. Le llevarán ante el Sanedrín. Le sentenciarán a muerte. Puede que lo lapiden.

—Pero el Sanedrín no tiene poder para ejecutarlo —sostuve.

—Jesús no es romano —contestó ella—. Es judío. Por la ley del Talmud está condenado a muerte, porque ha blasfemado contra ella.

—El Sanedrín no tiene ese derecho.

—Pilatos no se opondría a ello.

—Pero es una cuestión de legalidad —insistí—. Ya sabes lo que piensan los romanos de la ley.

—Entonces Anás hará que sea Pilatos quien lo crucifique.

La fuerza de la muchedumbre arrastraba a nuestros caballos y nos empujaba a golpes. Algún fanático se había caído al suelo; sentí que mi caballo reculaba y pasaba por encima de él, y escuché sus gritos y las amenazas de sus compañeros. Llamé de nuevo a Miriam para decirle:

—Estás siendo muy dura con un hombre del que tú misma dices que no tiene maldad.

—Me preocupa lo que pueda pasar si sobrevive —respondió.

Y entonces un hombre saltó de entre la multitud, me agarró de una pierna e intentó derribarme. Inclinándome un poco hacia delante, le solté un tremendo golpe con la palma de la mano en la mejilla y la mandíbula. Los habitantes de Jerusalén no están acostumbrados a los golpes de un hombre de verdad; alguna vez me he preguntado si le partí el cuello.

Volví a ver a Miriam al día siguiente, en el patio del palacio de Pilatos. Se encontraba como en medio de un sueño, apenas me veía y parecía no reconocerme; estaba rara, aturdida y como fascinada, y sus ojos vacíos me recordaron a los leprosos curados en Samaria.

Con gran esfuerzo volvió en sí, aunque no parecía la misma de antes. Algo había en sus ojos que no podía comprender. Jamás había visto una mirada así en ninguna mujer.

Se habría alejado sin tan siquiera saludarme si no me hubiese puesto delante de ella. Se detuvo un instante y murmuró unas palabras ininteligibles, pero su mirada seguía perdida.

—Lo he visto, Lodbrog. Lo he visto —susurró.

—Por todos los dioses, espero que a él no le haya afectado tanto verte a ti —reí.

Ni siquiera reparó en mi inoportuna broma, y se habría marchado si no me hubiese interpuesto en su camino.

—¿Quién es él? —le interrogué—. ¿Alguien que ha resucitado de entre los muertos para encender esa extraña luz en tus ojos?

—Alguien que ha resucitado a los muertos —respondió—. Créeme, Jesús resucita a los muertos. Él es el Príncipe de la Luz, el Hijo de Dios. Lo he visto. De veras creo que es el Hijo de Dios.

Poco pude entender de sus palabras salvo que había conocido a ese pescador errante y que se había contagiado de su locura. Aquella Miriam no era la misma que lo consideraba antes como una plaga que era preciso exterminar.

—¡Te ha embrujado! —grité enfadado.

Mientras asentía, sus ojos se tornaron vidriosos, como mirando al infinito.

—Oh, Lodbrog, sus encantos van más allá de cualquier descripción, de cualquier pensamiento. Cuando lo miras sabes que todo Él es bondad y es compasión. Le he visto. Le he escuchado. Daré todo lo que poseo a los pobres y lo seguiré.

Estaba tan convencida que no me quedó más remedio que creerla, como había creído a aquellos leprosos de Samaria que se miraban asombrados la piel libre de llagas; pero me dolía ver cómo ese vagabundo milagrero había logrado engañar con tanta facilidad a una mujer como Miriam.

—Síguele —añadí con sorna—. Sin duda portarás una corona cuando llegue su reino.

Asintió sonriendo, y me dieron ganas de abofetearla allí mismo por su estupidez. Me hice a un lado, sin embargo, y mientras se alejaba lentamente murmuró:

—Su reino no es de este mundo. Es el Hijo de David. Es el Hijo de Dios. Es todo lo que Él ha dicho ser, y todo lo bueno que se ha dicho sobre Él.

—Un sabio de Oriente —matizó Pilatos con una media sonrisa—. Es todo un pensador, este pescador analfabeto. He averiguado más sobre él, tengo noticias frescas. Ni siquiera necesita obrar milagros, es más astuto que todos ellos. Le han puesto todo tipo de trampas y él se ha reído de ellos. Escucha.

Entonces me contó cómo Jesús había confundido a los que intentaban ponerle en evidencia cuando le entregaron a una mujer sorprendida en adulterio para que la juzgara.

—Y en cuanto a los impuestos —se regocijó Pilatos—, «al César lo que es del César, a Dios lo que es de Dios», les respondió. Anás pretendía tenderle una trampa y fue él quien se quedó sin argumentos. Por fin ha aparecido un judío que comprende la concepción romana del Estado.

Más tarde me encontré con la esposa de Pilatos. En cuanto la miré a los ojos me acordé de la mirada de Miriam y supe que también ella había conocido al pescador.

—La Providencia reside en Su interior —me dijo, susurrando—. Él es consciente de que es Dios quien habita en Su interior.

—¿Entonces, él es Dios? —pregunté amablemente, por decir algo.

Negó con la cabeza.

—No lo sé, no lo dijo. Pero sé que está hecho de la materia de la que están hechos los dioses.

Un seductor, un encantador de mujeres, eso es lo que es, pensé al ver a la mujer de Pilatos alejarse flotando entre sueños y visiones.

Seguramente ustedes ya saben lo que ocurrió durante aquellos días que siguieron: Jesús demostró también ser capaz de cautivar a hombres igualmente. Cautivó a Pilatos y me cautivó a mí.

Después de que Anás enviara a Jesús ante Caifás y el Sanedrín se reuniera en casa de este para condenar a Jesús a muerte, lo llevaron ante Pilatos, escoltado por la multitud, para que fuera él quien diera la orden de ejecución.

Sin embargo, no era la voluntad de Pilatos ni la de Roma ejecutarlo. A Pilatos no le interesaba en absoluto el pescador, tan solo le preocupaba mantener la paz y el orden. ¿Qué le importaba a Pilatos la vida de un hombre o la de muchos hombres? En la escuela de Roma se educaba con mano de hierro, y los prefectos que Roma enviaba a los pueblos conquistados gobernaban de igual modo. Pilatos, sus pensamientos, sus acciones se ajustaban a dicha abstracción gubernamental. Y aun así, cuando salió de mala gana para enfrentarse a la muchedumbre que traía al pescador, cayó inmediatamente bajo los encantos de aquel hombre.

Lo sé porque estaba presente. Era la primera vez que Pilatos lo veía. Estaba furioso y ordenó a los soldados desalojar del patio a aquella turba ruidosa. Pero en cuanto Pilatos vio al pescador, la expresión de su rostro se tornó amable y serena. Dijo a la multitud que no era asunto de su jurisdicción y que eran ellos quienes debían juzgarle, de acuerdo con sus propias leyes, ya que era judío y no romano. Nunca había visto a los judíos mostrar tanta obediencia a Roma. Gritaron que, de acuerdo con las leyes de Roma, no les estaba permitido ajusticiar a un hombre. Sin embargo, Antipas había mandado decapitar a Juan el Bautista y nadie pareció amonestarle por ello.

Pilatos los dejó en el patio y se llevó a Jesús a la sala del tribunal, donde se quedó a solas con él. Desconozco lo que allí ocurrió, solo sé que Pilatos salió de allí transformado. Si antes se había negado a ejecutarle por no prestarse a las intrigas de Anás, ahora se negaba por respeto al pescador: ahora quería salvarlo. La multitud, sin embargo, gritaba: «¡Crucifícale! ¡Crucifícale!».

Ustedes saben que los esfuerzos de Pilatos fueron sinceros. Trató de engañar a la multitud, y por ello fingió burlarse de Jesús, a quien tachó de loco inofensivo. Más tarde se ofreció a liberarle, amparándose en la tradición de indultar a un prisionero cada año con motivo de la Pascua. Y entonces los sacerdotes hicieron correr la voz entre sus seguidores para que indujeran a la plebe a gritar a favor de la liberación del asesino Barrabás.

Pilatos trató en vano de escapar al destino que le imponían los sacerdotes. Entre burlas y bromas organizó una farsa para aquietar aquel asunto. Llamó a Jesús «Rey de los Judíos» y ordenó que fuera azotado. Esperaba que, entre risas, se olvidaran finalmente de todo aquel escándalo.

Me alegro de poder decir que ningún soldado romano participó en lo que sucedió a continuación. Fueron los soldados de las tropas auxiliares quienes coronaron y vistieron a Jesús con una túnica, quienes pusieron el báculo en sus manos y quienes, de rodillas, le aclamaron como el «Rey de los Judíos». Se trataba de un simple juego para aplacar a la multitud, pero no dio resultado. Y fue entonces que miré a Jesús y descubrí su magia. A pesar de que era el blanco de las burlas, se mostraba majestuoso. Le contemplé en silencio y sentí que su serenidad invadía mi alma. Me sentía en paz, en calma, sin resquemor. Tenía que ser así: todo estaba en orden. La serenidad de Jesús, en medio de aquel tumulto, en medio de todo aquel dolor, era la mía propia. En ningún momento sentí deseo alguno de salvar a aquel hombre.

Por otra parte, durante toda mi vida, con todo su ajetreo, había visto a los hombres cometer tantas atrocidades que el comportamiento de aquella multitud apenas me afectaba. Estaba tranquilo; no tenía nada que decir, ni nada que opinar. Sabía que lo que estaba ocurriendo iba más allá de mi comprensión, pero que así debía ser.

Pese a todo, Pilatos perseveraba en su empeño: crecía el tumulto y la muchedumbre pedía a gritos la crucifixión de Jesús. Pilatos volvió a la sala del tribunal. Su intento de farsa había fracasado y solo le quedaba un argumento: Jesús no era hijo de Jerusalén, había nacido en el territorio de Antipas, y por tanto a él le correspondía juzgarlo.

Pero el caos se había apoderado de la ciudad y nuestras tropas apenas podían contener a la enardecida multitud: los disturbios pronto podían desencadenar una guerra civil o una revolución. Los veinte legionarios que estaban bajo mis órdenes estaban preparados para intervenir; no mostraban más simpatía que yo por aquellos fanáticos y estaban deseando que les diera la orden para desenvainar sus espadas y desalojar el patio.

Cuando Pilatos volvió a salir ni siquiera logró hacer que escucharan sus palabras acerca de la jurisdicción de Antipas, pues el gentío gritaba enloquecido y le acusaban de traidor y de desobedecer a Tiberio si dejaba libre al pescador. Yo estaba reclinado sobre una pared y junto a mí se encontraba uno de aquellos fanáticos, desaliñado, de barbas y cabellos largos, que no dejaba de gritar, como si estuviera en trance: «¡Tiberio es el emperador, no queremos rey! ¡Tiberio es el emperador, no queremos rey!». Perdí la paciencia. Los gritos de aquel hombre me eran intolerables. Fingiendo que perdía el equilibrio, como sin querer, le aplasté el pie con tanta fuerza que se oyó un crujido. El muy estúpido estaba tan enajenado que ni siquiera se percató. Seguía con su cantinela: «¡Tiberio es el emperador, no queremos rey!».

Vi cómo Pilatos dudaba. En aquel momento dejó de ser Pilatos, el prefecto romano, para ser simplemente un hombre enfurecido ante aquellos miserables que clamaban por la sangre de un espíritu tan sencillo, bondadoso y valiente como el de Jesús.

Vi cómo Pilatos dudaba. Me miró, y por un momento me pareció que estaba a punto de darme una señal para que interviniera. Di un paso adelante; pensé en abalanzarme con mi espada para animar a Pilatos a que diera la orden de cargar contra toda esa chusma que aullaba ante el tribunal.

Pero no fue la indecisión de Pilatos lo que me detuvo. Fue el pescador quien hizo que Pilatos y yo nos mantuviéramos al margen. Jesús me miró. Me ordenó. Les digo que aquel pescador, aquel predicador errante arrastrado a la deriva desde Galilea, me detuvo. No pronunció una sola palabra, y sin embargo su orden era clara como el sonido de la trompeta. Permanecí inmóvil. ¿Quién era yo para ignorar la voluntad de un hombre tan sereno y justo como aquel? Allí quieto, fui capaz de comprender la fascinación que ejercía aquel hombre que había logrado embelesar a Miriam, a la mujer de Pilatos e incluso al propio Pilatos.

El resto es de todos bien conocido. Pilatos se lavó las manos y la multitud consiguió aquello que ansiaba: la sangre de Jesús. Pilatos ordenó que lo crucificaran. Los alborotadores estaban satisfechos, como lo estaban Anás, Caifás y todo el Sanedrín. No fue Pilatos, ni tampoco Tiberio ni los soldados romanos, quienes crucificaron a Jesús. Los sacerdotes, los legisladores, los políticos de Jerusalén fueron los responsables. Lo sé, estaba allí. Pilatos habría sido capaz de salvar a Jesús incluso a costa de su cargo, y lo mismo habría hecho yo, de no haber sido porque Jesús se negaba a que lo salvaran.

Y sí, Pilatos, en un último intento por mofarse de aquel pueblo al que detestaba, mandó poner un letrero —en hebreo, latín y griego— en la cruz de Jesús que rezaba: «Rey de los Judíos». En vano se quejaron los sacerdotes, puesto que este había sido el pretexto que habían utilizado para obligar a Pilatos a crucificarle, y él lo aprovechaba para insultarles y expresar el profundo desprecio que sentía por ellos. El romano esgrimía aquel título, que no había existido nunca en realidad ni había sido otra cosa que una mentira urdida por la mente del sacerdocio y que nunca fue creída ni por los propios sacerdotes ni por Pilatos y que, en fin, fue negada por el propio Jesús. El título era: «Rey de los Judíos».

Ya había arreciado la tormenta y el populacho había dejado de alborotar en el patio del tribunal: el peligro de una posible insurrección había pasado, pues tanto los sacerdotes como el pueblo llano quedaban satisfechos. A Pilatos y a mí, aún disgustados por todo el asunto, nos aguardaba una tormenta todavía mayor. Antes de que se llevaran a Jesús, se acercó una mujer enviada de Miriam con el mensaje de que deseaba verme. También observé que a Pilatos le transmitía otra mujer un recado de su esposa. Me dirigí entonces a ver a Miriam.

—¡Oh, Lodbrog, lo he oído! —me dijo Miriam al encontrarnos. Estábamos solos y ella se apretaba contra mí, buscando amparo y fortaleza en mis brazos—. Pilatos ha sido débil. Van a crucificarle. Aún hay tiempo. Tus hombres están preparados, cabalga con ellos. Solamente un soldado y un centurión lo acompañan. Aún no han partido; en cuanto comiencen su marcha, síguelos. Es preciso que no lleguen al Gólgota. Espera a que salgan de la ciudad y da la contraorden. Dale un caballo y que huya. Lo demás es fácil. Acompáñale hasta Siria o hasta Idumea, adonde sea, para que se salve.

Cuando terminó de hablar tenía sus brazos alrededor de mi cuello y alzaba hacia mí el rostro, acercándose a mis labios, con los ojos solemnes, llenos de grandes promesas.

No es de extrañar que se trabaran mis palabras. Un solo pensamiento me invadía el cerebro: ¡tan extraña farsa representada para llegar a esto! No acababa de comprenderlo bien, aunque una cosa quedaba clara: se me ofrecía una gran mujer… solo con que traicionase a Roma, pues Pilatos había dictado una orden y la voz de Pilatos era la voz de Roma.

Ya dije antes que era toda una mujer y que su misma feminidad fue lo que nos traicionó al fin. Siempre había sido tan razonable, tan clara, tan dueña de sí, tan segura de nosotros que entonces olvidé, o mejor aún, aprendí una vez más la eterna lección de todas las vidas: que una mujer siempre es una mujer… que en los momentos decisivos no razona, porque siente; que la pulsión más íntima, más sagrada, en las acciones de una mujer, reside en su corazón y no en su cabeza.

Miriam interpretó mal mi silencio porque sentí que su cuerpo se estrechaba con gusto entre mis brazos mientras añadía, como completando sus pensamientos:

—Llévate dos caballos, Lodbrog. Yo cabalgaré a tu lado, siempre contigo, hacia donde tú vayas, hacia los confines del mundo.

El soborno era imperial; la hazaña que se me pedía a cambio, mínima, despreciable. Pero guardé silencio: no porque me asaltara la confusión o la duda, sino porque sentí una enorme tristeza, enorme y repentina, al saber que entre mis brazos retenía a una persona que nunca más volvería a abrazar.

—Solo hay un hombre en Jerusalén que pueda salvarle —me urgió—. Y ese hombre eres tú, Lodbrog.

Y como no le respondí de inmediato, me sacudió como si quisiera aclarar lo que ella consideraba un cierto desasosiego. Me sacudió hasta hacer tintinear el arnés.

—¡Habla, Lodbrog, habla! —ordenaba—. Tú eres fuerte y no temes a nadie. Yo sé que desprecias a esas víboras que quieren aniquilarle. Tú, solo tú, puedes salvarle. Una palabra tuya y todo se habrá consumado. Y yo te amaré y te seguiré amando siempre por lo que habrás hecho.

—Soy romano —dije lentamente, sabiendo que mis palabras desechaban todas sus esperanzas.

—No, tú eres un esclavo de Tiberio, un perro romano —clamó, furiosa—. Ninguna obligación tienes con ellos. Vosotros, los rubios gigantes del norte, no sois de Roma.

—Los romanos son hermanos mayores nuestros, de las razas jóvenes del norte —respondí—. Además, llevo el arnés y como el pan de Roma —y añadí galantemente—: ¿Por qué tanta discusión, tanta furia y tanta fobia por la vida de un solo hombre? Todos hemos de morir. Es fácil, es sencillo morir. Que sea hoy o dentro de cien años, ¿qué importa? Al fin y al cabo, todos hemos de acabar igual.

Enseguida me respondió, conmovida entre mis brazos ante la oportunidad de salvar al condenado.

—¡Tú no me comprendes, Lodbrog! No es solo un hombre. Te lo digo, es un hombre que sobrepasa a todos los hombres, es el Dios en vida.

La abracé con fuerza a sabiendas de que renunciaba a toda su femenina dulzura al decirle:

—Pero tú y yo somos un hombre y una mujer, y nuestra vida es de este mundo. Esos otros mundos son delirios, demencia. Deja que esos soñadores emprendan la ruta hacia sus ensueños. No les neguemos lo que desean por encima de las otras cosas, de la carne y del vino, de la canción y de la guerra, y aun del amor de la mujer. No les neguemos los deseos de su corazón, que les arrastran a cruzar la tumba en pos de una vida más allá de este mundo. Dejémosles morir, que se consuman. Pero permanezcamos nosotros con toda la dulzura que hemos descubierto el uno en el otro, que con premura vendrán las tinieblas, y tú partirás hacia tus playas de luz y de flores y yo me alejaré hacia el estruendo de los festines en el Valhala.

—¡No, no! —interrumpía deshecha en lágrimas—. Tú no me comprendes. Toda la grandeza, toda la bondad, todo lo divino reposa en ese hombre, que es más que un hombre. Es vergonzoso morir de esa muerte. Solo mueren así los ladrones o los esclavos. Y él no es ni una cosa ni otra. Él es inmortal. Él es Dios. Te lo digo, de verdad, Él es Dios.

—Tú misma dices que es inmortal —argüí—. Morir hoy en el Gólgota no menguará un ápice su inmortalidad, esparcida más allá de los tiempos. Un dios, dices que es, y los dioses no mueren. Por lo que oído, un dios no puede morir.

—¡Oh, nunca lo comprenderás! —gritaba—. Tú eres solo un gigante, hecho de carne.

—¿No dicen que eso ya lo predijeron los profetas? —le interrogué, pues ya me habían enseñado los judíos algunas de sus sutilezas.

—Sí, sí, las profecías mesiánicas. He aquí al Mesías.

—¿Quién soy yo entonces —pregunté— para desmentir el testimonio de los profetas, para convertir al Mesías en un falso Mesías? ¿Tan débiles son las profecías de tu raza que un estúpido extranjero, un salvaje del norte vestido con arnés de Roma, puede desmentir a los profetas y forzar a que

queden incumplidas la voluntad de los dioses y las prediccio-
nes de los sabios?

—¡No me comprendes! —repetía ella.

—Sí, claro que te comprendo —repliqué—. ¿Soy yo más grande que los dioses, pues crees que puedo alterar su voluntad? Porque entonces los dioses son cosas vanas, simples juguetes de los hombres. No, yo soy un hombre, y ante ellos me postro reverente, ante todas las divinidades, porque en todas ellas creo. ¿Cómo, si no, habrían llegado a ser dioses?

Entonces se apartó de mí. Mis brazos, celosos, quedaron vacíos, mientras separados oíamos el tumulto en las calles cuando Jesús y los soldados salieron para emprender el camino. Y me dolía el corazón al ver cómo una mujer tan maravillosa pudiera ser tan necia: quería salvar a Dios, quería ser ella misma más grande que los mismos dioses.

—No me amas —dijo, mientras crecía en sus ojos una promesa demasiado honda como para manifestarse en palabras.

—Te amo más allá de lo que tu entendimiento alcanza, por lo que parece —respondí—. Me llena de orgullo amarte, porque sé que soy digno y merecedor de todo el amor que quieres concederme. Pero Roma es mi madre adoptiva y, si fuese desleal con ella, poco digno y de poco valor sería mi amor por ti.

El alboroto de la muchedumbre que circundaba a Jesús y a la soldadesca se perdía ya a lo lejos, por las calles. Y cuando los ecos se hubieron desvanecido, Miriam hizo ademán de alejarse sin ofrecerme ni una palabra ni una mirada.

Sentí una última punzada de deseo por ella. Salté y la cogí entre mis brazos. Me la llevaría, cabalgaría a su lado, con mis hombres, hacia Siria, huyendo de aquella maldita ciudad de dementes, de degenerados. Ella se resistía y yo la apreté todavía más contra mis brazos. Me golpeaba en el rostro pero yo continuaba apretujándola contra mí, pues sus golpes eran dulces y suaves. Y luego cesó la resistencia. Se quedó fría, inmóvil, y yo supe que ya no palpitaba entre mis brazos el amor de una mujer. Para mí, ya estaba muerta. Poco a poco, la dejé ir y ella se alejó de mí, también muy despacio. Como si no advirtiera mi presencia, cruzó en silencio la sala y sin echar una mirada atrás, pasó a través de los cortinajes, y desapareció.

Yo, Ragnar Lodbrog, jamás aprendí a leer ni a escribir. Escuché, no obstante, grandes discursos, grandes disertaciones. Nunca logré expresarme con la fluidez y el desahogo de los judíos, eruditos de sus leyes; o de los romanos, cultivados en su filosofía y en la filosofía de los griegos. Me expresé, eso sí, con la sencillez y la franqueza que se puede esperar de un hombre que ha vivido desde los navíos de Tostig Lodbrog y los tejados de Brunanbuhr hasta Jerusalén, cruzando vez tras vez el ancho mundo. Y con aquella sencillez y franqueza, una vez de regreso a Siria, informé a Sulpicio Quirino de los variados acontecimientos que había visto sucederse en Jerusalén.

CAPÍTULO 18

La animación suspendida es un fenómeno no del todo infrecuente, ya sea en el mundo vegetal y en las formas primarias de vida animal, como también en el complejo y evolucionado organismo humano. No importa cómo se produce: un trance cataléptico es un trance cataléptico. Desde tiempos inmemoriales, los faquires de la India han logrado alcanzar este estado voluntariamente y llegaban incluso a hacerse enterrar en vida. En otras ocasiones, los médicos han diagnosticado la muerte de hombres que se encontraban en estados similares, ordenando que fueran enterrados cuando en realidad seguían vivos.

Durante mis experiencias en la camisa de fuerza en San Quintín recurrí con frecuencia a estos métodos para lograr un estado similar. Recordaba haber leído que los campesinos del norte de Siberia utilizaban técnicas para hibernar durante los largos inviernos tal como hacen los osos y otros animales salvajes. Los científicos que han estudiado el comportamiento de estos hombres descubrieron que, durante estos períodos de letargo, las funciones respiratorias y digestivas se interrumpían casi por completo, y que el ritmo cardíaco disminuía de tal manera que apenas era perceptible para quien los examinara.

En este estado, las constantes vitales del organismo humano disminuyen de tal manera que apenas se necesita oxígeno para respirar y casi no es necesario alimentarse. Consciente de ello, desafié al alcaide Atherton y al doctor Jackson para que me metieran cien días seguidos en la camisa de fuerza, pero no se atrevieron a hacerlo.

A pesar de ello, me las arreglé para permanecer sin beber y sin comer durante las sesiones de diez días. Para mí suponía una molestia casi intolerable que el muy infame médico de la cárcel me despertara y me sacara de las profundidades de mi viaje, a través del espacio y el tiempo, para traerme de vuelta al sórdido presente con la excusa de mojarme los labios con un poco de agua. Advertí al doctor Jackson que pretendía pasar sin agua mientras estuviera metido en la camisa de fuerza y que por tanto me resistiría a cualquier intento de obligarme a beber.

Por supuesto, tuvimos algunas discusiones, pero, tras varios intentos, finalmente el doctor Jackson cedió. A partir de entonces, conseguí que mis estancias metido en la camisa de fuerza como Darrell Standing se redujeran a poco más que un tic-tac del reloj. En cuanto me ataban, me sumergía inmediatamente en la pequeña muerte. Con la práctica conseguí que se convirtiera en algo tan sencillo y tan rápido que lograba escapar del terrible sufrimiento que suponía el cese de la circulación sanguínea, y casi sin darme cuenta, yo, Darrell Standing, volvía a ver la luz y a encontrarme de nuevo con las caras de mis torturadores inclinadas sobre mí mientras me desataban: habían pasado, en un abrir y cerrar de ojos, diez días más.

¡Oh, el éxtasis y la gloria de aquellos diez días pasados quién sabe dónde! ¡Los viajes a través de la extensa cadena de existencias! ¡La larga tiniebla, el despertar de la luz nebulosa y la aparición paulatina de esos seres que amanecían iluminados por la luz creciente!

He reflexionado mucho sobre la relación entre esos otros seres y yo mismo, y la relación de mis experiencias con la teoría moderna de la evolución. Con seguridad, puedo afirmar que mis experiencias están en total consonancia con las conclusiones evolucionistas.

Yo, como cualquier otro hombre, no soy más que un proceso de crecimiento. Mi existencia no se inauguró con mi nacimiento, ni siquiera con mi concepción. He ido creciendo y evolucionando a lo largo de miles de millones de años. Todas las experiencias de esta y de muchas otras vidas han contribuido a crear la esencia de mi alma o de mi espíritu. ¿No se dan cuenta? Ellas son la esencia de mi espíritu. La materia no recuerda, porque la memoria reside en el espíritu. Yo soy ese espíritu formado por los recuerdos de mis infinitas encarnaciones.

¿De dónde proviene el impulso de la ira roja que se apodera de mí, de Darrell Standing, y que siempre despunta en mi vida y que me ha llevado en la actualidad a las celdas de castigo? Estoy seguro de que no nació conmigo ni surgió cuando yo, Darrell Standing, fui concebido. Esta vieja furia roja es mucho más antigua que mi madre, más antigua aun que la madre del primer hombre de la humanidad. Mi madre, al concebirme, no creó esa apasionada osadía en mí. No siempre son las madres responsables del miedo o de la valentía de los hombres. Mucho antes de que aparecieran los primeros hombres, ya existía el miedo y la valentía, el amor, el odio, la ira, todas esas emociones que crecen, y se desarrollan, y se transforman, en la materia de lo que habría de ser el hombre.

Como digno heredero de las leyes de Mendel, debo reconocer que no soy otra cosa que mi pasado. Todos mis seres anteriores, con sus voces, sus ecos y sus impulsos residen dentro de mí. En mi modo de actuar, en el fuego de mis pasiones, en las intermitencias de cada uno de mis pensamientos intervienen todas y cada una de mis existencias anteriores: todos los seres que me precedieron y que formaron parte en el proceso de mi creación.

La esencia de la vida es maleable, y al mismo tiempo, esta nunca olvida el pasado. Moldéenla como deseen, que los viejos recuerdos permanecen. Se han criado muchos tipos de caballos, desde pesados Shires hasta Shetlands enanos, pero todos han evolucionado a partir de aquellos primeros caballos salvajes que el hombre fue domesticando. Sin embargo, hasta ahora no han conseguido criar un caballo que no dé coces. Y lo mismo me ocurre a mí que, como descendiente de aquellos domadores de caballos, no he podido domar la ira roja de mi interior.

Soy un hombre nacido de una mujer. Me quedan pocos días, y aun así la esencia de mi ser es indestructible. He sido mujer nacida de una mujer. He sido mujer y he dado a luz a mis hijos. Y volveré a nacer de nuevo. Sí, volveré a nacer innumerables veces; a pesar de los imbéciles estos, arremolinados en torno a mí, que creen que pueden quitarme la vida colgándome de una soga.

Sí, me ahorcarán... pronto. Estamos a finales de junio. Dentro de poco intentarán engatusarme; de acuerdo con el régimen penitenciario, me sacarán de la celda para el baño semanal, pero no me traerán de vuelta. Me darán ropa limpia y me llevarán a la celda de los condenados a muerte. Allí me pondrán bajo una estricta vigilancia. Día y noche, dormido o despierto, siempre habrá alguien vigilándome para impedir que me asfixie bajo la manta y consiga escapar a la voluntad del Estado de ejecutarme.

Siempre habrá luz en mi celda. Y una mañana, cuando hayan conseguido agotarme, me sacarán de la celda con una camisa sin cuello y me dejarán caer por la trampilla. Lo sé, sí, lo sé. La soga estará bien tensa porque, durante muchos meses, el verdugo de Folsom la habrá tensado y estirado con grandes pesos para restarle elasticidad.

Sí, caeré con rapidez. Utilizan unas tablas de cálculo tan precisas que miden la distancia de la caída en función del peso del reo. Estoy tan consumido que tendrán que dejarme caer desde muy alto para conseguir que me rompa el cuello.

Entonces los espectadores se quitarán el sombrero y, mientras yo me balanceo suspendido en el aire, los médicos acercarán el oído a mi pecho para contar los leves latidos de mi corazón hasta que confirmen, finalmente, que he muerto.

Es penoso, resulta ridícula la desfachatez de esos cuervos humanos que creen que pueden matarme. No puedo morir. Soy inmortal, como ellos; la diferencia es que ellos no lo saben y yo sí.

¡Bah! Una vez fui verdugo, o mejor dicho, ejecutor. ¡Bien que me acuerdo! Yo usaba la espada en lugar de la soga. La espada es un método mucho más aguerrido, aunque todos los métodos resulten, al fin, igual de ineficaces. ¡Como si el espíritu pudiese ser atravesado por el acero o estrangulado con una soga!

CAPÍTULO 19

En San Quintín era considerado el preso más peligroso de la cárcel. Me tenían también por el más duro, más incluso que Morrell y Oppenheimer, que se pudrieron junto a mí durante años en las celdas de castigo y que también estaban considerados como muy peligrosos. Por supuesto, cuando digo duro, quiero decir resistente. Por terribles que fueran los intentos del alcaide Atherton por intentar destrozar el cuerpo y el espíritu de mis dos compañeros, conmigo se ensañó mucho más que con ellos. Y resistí. La dinamita o el hoyo, había sido el ultimátum del alcaide. Sin embargo, al final no pudo cumplir sus amenazas: ni yo podía inventarme la dinamita de la nada, ni él podía enviarme a la tumba.

Y no fue la resistencia de mi cuerpo lo que se lo impedía, sino la dureza de mi espíritu. Y todo porque, a lo largo de mis anteriores vidas, mi espíritu se había hecho duro como el acero, enfrentándose a todo tipo de experiencias extremas. Una de aquellas experiencias me persiguió durante mucho tiempo como una pesadilla. No tenía principio ni fin. Yo aparecía siempre en un islote rocoso y azotado por el oleaje, tan pequeño que, durante las tormentas, el salitre cubría hasta su punto más elevado. Llovía sin cesar. Vivía en una cueva, sometido a grandes penalidades, sin medios para hacer fuego y alimentándome de carne cruda.

Todo era sufrimiento; además, no lograba comprender por qué me encontraba en semejante situación. Y dado que era incapaz de elegir el destino que me aguardaba cuando entraba en la pequeña muerte, a menudo me veía obligado a revivir esta experiencia particularmente detestable. Mis únicos momentos de felicidad eran cuando el sol brillaba y me tendía sobre las rocas para librarme así del frío casi perpetuo que sufría.

Mi único entretenimiento consistía en un remo y una navaja. Pasaba mucho tiempo grabando en el remo diminutas letras, y decidí hacer una muesca por cada semana que pasaba. Había muchas muescas,y yo afilaba la navaja sobre una roca lisa, como haría un barbero con su navaja favorita. Ni siquiera el barbero más avaro apreciaría tanto sus pertenencias como apreciaba yo aquella navaja. La cuidaba como a mi propia vida, porque, en verdad, era toda mi vida.

Tras numerosas idas y venidas, conseguí finalmente recordar, de vuelta en la camisa de fuerza, la leyenda tallada en aquel remo. Al principio solo podía recordar un pequeño fragmento. Después resultó más sencillo, pues solo era cuestión de ir uniendo los fragmentos poco a poco. Decía así:

> *Hago saber a la persona en cuyas manos caiga este remo que Daniel Foss, originario de Elkton, Maryland, en los Estados Unidos de América, y que partió del puerto de Filadelfia en 1809, a bordo del bergantín* Negociator, *con destino a las islas Amigables, naufragó en el mes de febrero del año siguiente en este islote desolado, donde levantó una choza y vivió varios años, alimentándose de focas, siendo el último superviviente de la tripulación del citado bergantín, que se estrelló contra una isla de hielo y se fue a pique el 25 de noviembre de 1809.*

Así se leía en la leyenda; pero gracias a esta inscripción averigüé muchas cosas sobre mí. Hay una cuestión, no obstante, que nunca logré aclarar: ¿estaba la isla situada en los confines del Pacífico Sur o del Atlántico Sur? Mis conocimientos sobre rutas de navegación son bastante escasos, y no sabría decir si el bergantín *Negociator* navegaba hacia las Islas Amigables a través del Cabo de Hornos o a través del Cabo de Buena Esperanza. Debo confesar mi propia ignorancia y reconocer que hasta que me trasladaron a Folsom no supe en qué océano estaban las Islas Amigables. El asesino japonés que he mencionado antes había navegado a bordo de los barcos de Arthur Sewall, y me dijo que la ruta más probable era la que bordeaba el Cabo de Buena Esperanza. Si era cierto lo que me dijo, sabiendo la fecha de partida desde Filadelfia y la fecha del naufragio, se podría determinar fácilmente de qué océano se trataba. Por desgracia, solo sabíamos que habíamos zarpado en 1809. El naufragio podía haber ocurrido tanto en un océano como en el otro.

Solo en uno de mis trances tuve ocasión de revivir el período anterior a mi llegada a la isla. Comenzaba en el momento en el que el bergantín colisionaba contra el iceberg, y me gustaría relatarlo, aunque solo sea para dar muestra de la manera fría y calculadora en la que planeaba todos mis actos. Fue aquel modo de actuar, como pronto se verá, lo que me permitió ser el único superviviente de la tripulación.

Dormía en mi litera del castillo de proa cuando un terrible estruendo interrumpió mi sueño. De hecho, como les ocurrió a los seis hombres que compartían camarote conmigo, me desperté al caer al suelo desde la litera. Supimos enseguida lo que había sucedido. Los otros, sin pensárselo dos veces, subieron a cubierta a medio vestir, pero yo sabía a qué atenerme y esperé. Sabía que si lográbamos salvarnos sería gracias al bote. Ningún ser humano podía nadar en aquel mar helado, y nadie viviría mucho tiempo en el bote, a la intemperie, sin la ropa adecuada. Además, era consciente del tiempo que les costaría echar el bote al agua.

Así, a la luz de las lámparas de sebo que se balanceaban sin remedio, y entre el tumulto de los marineros que corrían de un lado a otro gritando: «¡Nos hundimos!», registré a fondo mi arcón en busca de las ropas adecuadas. Además, puesto que ellos ya no iban a hacer uso de las suyas, rebusqué también en los baúles de mis compañeros. Actué con rapidez, pero con la suficiente serenidad para escoger las ropas de más abrigo y las más resistentes. Me puse las cuatro mejores camisetas de lana que encontré, tres pares de pantalones y tres pares de gruesos calcetines. Mis pies, así enfundados, abultaban tanto que no pudo ponerme mis botas, pero sí pude calzarme las botas nuevas de Nicholas Wilton, más grandes e incluso más resistentes que las mías. También me puse el tabardo de Jeremy Nalor sobre el mío, y encima el grueso chaquetón de lona de Seth Richard, que pocas horas antes él mismo había embreado.

Dos pares de gruesos mitones, la bufanda de John Robert que le había tejido su madre y, además de mi gorro, el gorro de piel de castor con orejeras de Joseph Dawes completaban mi indumentaria. Los gritos eran cada vez más alarmantes, pero me entretuve un último minuto para llenarme los bolsillos con todo el tabaco del que pude echar mano. Solo entonces subí a cubierta.

La luna, asomando por un pequeño claro entre las nubes, iluminaba aquella imagen dantesca: solo había aparejos rotos y hielo por todas partes. Las velas, las maromas, las vergas y las crucetas del mástil, todavía firme, estaban cubiertas de carámbanos; me invadió una sensación casi de alivio al pensar que nunca más tendría que izar ni empujar las garruchas tiesas ni volvería a romper el hielo a martillazos para que se pudieran deslizar las heladas maromas. El viento soplaba con fuerza, alertando de la proximidad de icebergs, y las aguas parecían aún más frías bajo la luz de la luna.

Arriaban ya el bote por el costado de babor, y vi cómo algunos hombres, que resbalaban por la cubierta helada tratando de cargar los barriles con las provisiones, abandonaban las vituallas en su afán por huir. En vano el capitán Nicholl forcejeó con ellos. Una gran ola venida desde barlovento zanjó el asunto amontonando los barriles contra las barandillas de la borda. Agarré al capitán por el hombro y le grité al oído que subiese a bordo del bote e impidiese a los hombres soltar amarras, mientras yo me ocupaba de las provisiones.

No me dejaron mucho tiempo, no obstante. Apenas me las había ingeniado, con la ayuda del segundo de a bordo, Aaron Northrup, para arriar media docena de barriles y barricas, cuando todos gritaron desde el bote que iban a soltar las amarras. Tenían sus buenas razones: por barlovento se nos acercaba una enorme montaña de hielo a la deriva, y por sotavento, muy cerca de la borda, había otra hacia la que nos aproximábamos.

Aaron Northrup saltó rápidamente, sin dudarlo. Yo me demoré un instante, a pesar de que el bote se alejaba, para buscar un punto en el centro de la embarcación en el que estuvieran los hombres más robustos para que sus cuerpos amortiguaran mi caída. No tenía intención de embarcarme en tan azaroso viaje con algún miembro roto. Una vez a bordo, me abrí paso hacia la cámara del timón, a fin de no estorbar a los remeros, aunque, en honor a la verdad, las razones no eran tan generosas: allí estaría más cómodo que en los estrechos bancos de proa. Además, en semejantes circunstancias y anticipándome a los problemas que probablemente se presentarían en días venideros, sería bueno estar cerca de la retaguardia.

En la cámara me acompañaban el primer oficial, Walter Drake, el oficial médico Arnold Bentham, Aaron Northrup y el capitán Nicholl, que iba al timón. El médico estaba inclinado sobre Northrup, que yacía en el fondo gimiendo; en su salto, no tan afortunado como el mío, se había roto la pierna derecha casi a la altura de la cadera.

Poco tiempo pudimos dedicarle, sin embargo, puesto que debíamos concentrar nuestros esfuerzos en aquel mar bravo para escapar de las dos montañas de hielo que se nos acercaban a toda prisa. Nicholas Wilton marcaba el ritmo de los remeros, pero apenas tenía sitio, así que tuve que desplazar los barriles para dejar un espacio que me permitiera arrodillarme frente a él para ayudarle con todo mi peso sobre el remo. Enfrente, podía ver los esfuerzos de John Roberts con el remo de proa mientras Arthur Haskins y Benny Hardwater, el grumete, lo sujetaban por los hombros y contribuían con su peso. De hecho, todo el mundo se afanaba tanto en ayudar que a veces obstaculizaban los movimientos de los remeros.

Fue un arduo trabajo, pero logramos escabullirnos por cuestión de cien yardas. Al volver la cabeza pude contemplar el intempestivo final del *Negociator*. Se quedó aprisionado entre bloques de hielo, que lo aplastaron como aplastaría un niño una fruta confitada con los dedos. El silbido del viento y el rugido del agua no nos dejaban oír nada, pero el crujido de las firmes cuadernas del bergantín y de las vigas de cubierta debió de ser tan ruidoso que habría despertado a toda una aldea en una noche tranquila.

En silencio, pudimos ver cómo se aplastaban fácilmente las costillas del casco, mientras se elevaba la cubierta, descollándose, y el resto de la nave se iba hundiendo poco a poco hasta desaparecer por completo a causa de la presión producida por las dos montañas de hielo. Sentí mucho la destrucción de aquel refugio contra los elementos, pero al mismo tiempo me reconfortaba saberme tan abrigado metido en mis cuatro camisas y mis tres abrigos.

Aun así la noche fue implacable, fría incluso para mí. Nadie iba tan abrigado como yo, pero poco me preocupaba lo que sufrieran los otros. No paramos de achicar agua; y, por miedo a chocar contra el hielo en la oscuridad, mantuvimos toda la noche la proa del bote en dirección a mar abierto. Continuamente me frotaba la nariz, con uno y otro mitón alternativamente, para que no se me congelase. Mientras rezaba a Dios, no podía dejar de pensar en mi casa y en mi familia en Elkton.

Al llegar la mañana hicimos balance de la situación. Para empezar, todos, menos dos o tres, tenían síntomas de congelación. Aaron Northrup, incapaz de moverse con la cadera rota, era el peor de todos. En opinión del médico, ya nada podía hacerse por salvar sus pies congelados.

El bote llevaba demasiado peso, pues estábamos a bordo los veintiún hombres de la tripulación. Dos de ellos eran grumetes. Benny Hardwater apenas tenía trece años, y Lish Dickery, cuya familia era vecina de la mía en Elkton, acababa de cumplir los dieciséis. Nuestras provisiones consistían en unos ciento treinta kilos de ternera y noventa de cerdo. El cocinero había traído media docena de hogazas de pan que se habían estropeado con el agua del mar, pero contábamos con tres pequeños barriles de agua y una barrica de cerveza.

El capitán Nicholl admitió sin reparo que ignoraba si en aquel inexplorado océano estábamos próximos a alguna tierra cercana. Lo único que podíamos hacer era navegar en busca de un clima más benigno, y eso fue lo que hicimos. Tendimos nuestra pequeña vela, con el timón en cuarta, empujados por el viento helado del nordeste.

El problema de la comida era una simple cuestión de aritmética. No tuvimos en cuenta a Aaron Northrup, pues sabíamos que pronto dejaría de estar entre nosotros. A medio kilo por día, nuestros doscientos veinte kilos de comida podían durar veinticinco días; a cuarto de kilo, cincuenta. Decidimos que sería un cuarto de kilo. Yo mismo dividí y repartí la carne delante del capitán, y aunque Dios sabe que fui tan justo como buenamente pude, algunos de los hombres refunfuñaron ya desde el principio. Además, de vez en cuando repartía equitativamente entre todos parte del tabaco que guardaba en los bolsillos, a pesar de que era consciente de que lo desperdiciaba dándoselo a hombres que, con toda certeza, no vivirían más de un día o, en el mejor de los casos, dos o tres.

No tardaron en producirse las primeras muertes en aquel bote descubierto, que no se debieron al hambre, sino al frío letal al que estábamos expuestos. Sobrevivir era una cuestión de resistencia, pero también de suerte. Yo era un hombre de constitución fuerte, y había sido afortunado: iba convenientemente abrigado y no me había roto una pierna como Aaron Northrup. Aun así, este era un hombre tan fuerte que, a pesar de ser el primero en sufrir síntomas de congelación, tardó varios días en morir. Vance Hathaway fue el primero de todos: lo encontramos al amanecer acurrucado en la proa, congelado. El grumete, Lish Dickery, fue el segundo. El otro grumete, Benny Hardwater, resistió diez o doce días.

El frío era tan intenso en el bote que el agua y la cerveza se congelaban, y resultaba muy difícil dividirlos en trozos iguales con la navaja de Northrup. Nos metíamos los trozos en la boca y los chupábamos hasta que se derretían. Cuando había tormentas de nieve teníamos más agua de la que necesitábamos; apenas podíamos consumirla, ya que nos producía llagas en la boca y la inflamación nos sumía en un estado febril que aumentaba nuestra sed. Chupar la nieve o el hielo no hacía más que gravar la inflamación. Creo que esa fue la causa de la muerte de Lish Dickery. Perdió el juicio y estuvo delirando durante veinticuatro horas antes de morir. Murió suplicando que le diéramos agua, y sin embargo no murió de sed. Yo me resistía, no sin esfuerzo, a chupar hielo, y me contentaba con masticar un poco de tabaco.

Despojamos a los muertos de todas sus ropas. Habían llegado a este mundo desnudos, y desnudos caían por la borda al fondo del oscuro y frío océano. Por orden del capitán Nicholl, echábamos a suertes quiénes se quedarían con las ropas, evitando así las posibles peleas.

No era el momento de andarse con sentimentalismos. No había ni uno solo de nosotros que no sintiera una secreta satisfacción ante la idea de la muerte de otro. El que más suerte tuvo en los sorteos fue Israel Stickney, por lo que cuando murió fue como encontrar oculto un auténtico tesoro de ropas que aumentaba las posibilidades de sobrevivir de los que quedábamos.

Continuamos navegando hacia el nordeste, empujados por los fríos vientos de poniente, pero nuestra búsqueda de un clima más cálido resultaba inútil. La espuma del mar seguía congelándose en el fondo del bote, y yo continuaba picando la cerveza y el agua potable con la navaja de Northrup. La mía la tenía guardada. Era de acero y le tenía mucho aprecio: no quería estropear su filo cortante y su resistente hoja cortando hielo.

Cuando ya habíamos tenido que tirar por la borda a la mitad de la tripulación, el bote se elevó considerablemente y nos era más fácil gobernarlo en las ráfagas de viento. Además, teníamos más espacio y podíamos estirarnos con mayor comodidad.

La comida, por otra parte, era una fuente constante de quejas. El capitán, el primer oficial, el médico y yo mismo resolvimos, tras discutirlo mucho, no aumentar la ración diaria de cuarto de kilo de carne. Los seis marineros restantes, de los que Tobias Snow se erigió como portavoz, argumentaban que tras la muerte de la mitad de la tripulación nuestras provisiones se habían duplicado y que, por tanto, la ración debía ser elevada a medio kilo. La respuesta de los cuatro que estábamos en la popa fue que para que nuestras posibilidades de seguir con vida se duplicaran, era necesario continuar con las raciones de a cuarto.

Es cierto que el escaso cuarto de kilo de carne salada apenas nos daba para conservar algo de fuerza y resistir aquel frío glacial. Estábamos cada vez más débiles y nos congelábamos con mayor facilidad. Teníamos la nariz y las mejillas ennegrecidas por la congelación. Era imposible entrar en calor, a pesar de que ahora contábamos con el doble de ropa que al principio.

Cinco semanas después del naufragio del *Negociator*, la escasez de comida terminó convirtiéndose en un verdadero problema. Una noche, estando yo dormido, el capitán Nicholl sorprendió a Jud Hetchkins robando carne de cerdo de uno de los barriles. Que los otros lo habían instigado fue evidente en cuanto el capitán dio la voz de alarma y todos se lanzaron sobre nosotros blandiendo sus cuchillos. Tuvo lugar una violenta lucha cuerpo a cuerpo bajo la tenue luz de las estrellas, y fue un auténtico milagro que el bote no volcara. Por suerte, las muchas camisas y abrigos que llevaba puestos me sirvieron de coraza, y las cuchilladas apenas me causaron unos cuantos rasguños.

Los demás estaban igualmente protegidos, y la lucha habría terminado en una escaramuza sin importancia de no haber sido por el oficial Walter Dakon, hombre de fuerzas descomunales, a quien se le ocurrió la idea de terminar con el incidente lanzando a los amotinados por la borda. El capitán Nicholl, el médico y yo nos unimos a él, y en un instante cinco de los seis hombres estaban en el agua o aferrados a la regala. El capitán Nicholl y el médico estaban en el centro de la embarcación ocupándose del sexto, Jeremy Nalor, a quien poco tardaron en arrojar al mar, mientras el oficial golpeaba con peanas de madera los dedos de los que se asían desesperadamente al borde de la regala. En aquel momento yo no hacía otra cosa más que estar pendiente de que el bote no volcara, por lo que pude ser testigo del trágico final del oficial. Cuando blandía su peana con intención de aplastarle los dedos a Seth Richards, este fingió sumergirse en el agua y, en un último esfuerzo, tomó impulso, ayudado con todas las fuerzas de sus brazos y se elevó hacia al bote para abrazar al oficial y arrastrarlo consigo por encima de la borda. Bien agarrado lo tenía, sin duda, y los dos se ahogaron juntos.

Solo quedábamos con vida tres miembros de la tripulación: el capitán Nicholl, el médico Arnold Bentham y yo. Los otros siete habían perecido en un santiamén a causa del intento de Jud Hetchkins de robar provisiones. A mí me pareció una lástima que se desperdiciaran tantas prendas de abrigo en el mar: ninguno de nosotros hubiera desestimado alegremente un poco más de vestuario.

El capitán Nicholl y el médico eran hombres buenos, honrados. Cualquiera de los tres podría haber robado, mientras pilotaba, un pedazo de carne aprovechando que los otros dos dormían, pero eso no sucedió nunca. Confiábamos plenamente los unos en los otros, y hubiéramos preferido morir antes que traicionar esa confianza.

Seguimos conformándonos con el cuarto de kilo de carne diaria mientras intentábamos aprovechar cada golpe de viento favorable para dirigirnos hacia el norte. No fue hasta el 14 de enero, siete semanas después del naufragio, que alcanzamos latitudes más cálidas, y aun entonces seguía haciendo frío, solo que no era tan intenso.

Nos abandonaron entonces los frescos vientos de poniente y permanecimos muchos días estancados e inmóviles, dichosos cuando arreciaba el viento, que la mayoría de las veces soplaba en sentido contrario. A menudo, sin embargo, solía despertarse de repente alguna bocanada que persistía durante horas. Dada nuestra debilidad, y con un bote de ese tamaño, no había ni que pensar en los remos. No quedaba otro recurso que conservar el alimento, rezar y esperar a que Dios quisiera enseñarnos un rostro no tan turbado. Como los tres éramos fieles y convencidos cristianos, todas las mañanas, antes de repartir la ración, orábamos juntos. ¡Ay, sí, muchas veces también, íntimamente y en silencio, elevábamos al cielo nuestras súplicas!

Según acababa el mes de enero, iban agotándose también nuestras provisiones. Ya no quedaba carne de cerdo, así que usábamos el barril para recoger y almacenar agua de lluvia. No quedaba tampoco demasiada carne de vaca, y en las nueve semanas que llevábamos en el bote no divisamos ni vela ni tierra alguna. El capitán Nicholl tuvo que reconocer que, tras sesenta y tres días de infructuosos cálculos, todavía no sabía dónde nos encontrábamos.

El 20 de febrero nos despedimos del último pedazo de comida. Prefiero saltarme los detalles de lo mucho que ocurrió en los ocho días posteriores y relatar los que sirven para mostrar la clase de hombres que me acompañaba. Habíamos pasado hambre durante tanto tiempo que cuando se acabó la comida carecíamos totalmente de reservas y la debilidad se apoderó de nosotros con la mayor rapidez.

El 24 de febrero consideramos la situación con calma. Éramos tres hombres duros, de gran fortaleza de espíritu, y no queríamos morir. Ninguno de nosotros iba a sacrificarse voluntariamente por los otros dos, pero acordamos lo siguiente: debía designarse a suerte la víctima, y lo echaríamos a suertes a la mañana siguiente, caso de no soplar viento.

A la mañana siguiente sopló el viento, no mucho, pero lo suficiente para alcanzar los dos nudos en nuestro rumbo hacia el norte. Durante las mañanas del 26 y del 27 sopló una brisa similar y, aunque nos sentíamos espantosamente débiles, respetamos nuestra decisión y continuamos navegando.

Pero la mañana del 28 supimos que había llegado la hora. El bote apenas se balanceaba en aquel mar solitario donde la calma era total, y el cielo encapotado, como estancado, no prometía ninguna brisa. Corté tres pedazos de tela de mi chaqueta, todos del mismo tamaño. Del borde de uno de ellos colgaba una hebra de hilo marrón, y acordamos que quien lo sacara, perdería. Metí los tres pedazos en mi gorro y los cubrí con el del capitán Nicholl.

Estaba todo dispuesto, pero esperamos unos minutos para rezar en silencio, pues sabíamos que nuestro destino dependía de la voluntad de Dios. Yo no dudaba de mi honradez ni de mi valía; pero también era consciente de la honradez y la bondad de mis compañeros, así que me preguntaba cómo haría Dios para tomar partido por alguno de los tres: era una decisión, cuanto menos, delicada.

Como le correspondía por su rango, el capitán fue el primero en probar suerte. Tras haber metido la mano en el gorro, dejó pasar unos segundos con los ojos cerrados, moviendo los labios en una última plegaria. Sacó un trozo de tela de la que no colgaba ningún hilo. En mi interior, tuve que admitir que Dios había elegido con justicia, pues sabía que el capitán Nicholl se había comportado en su vida con honradez y rectitud.

Quedábamos el médico y yo, y uno de los dos había de morir. De acuerdo a su rango, era su deber ser el siguiente en elegir. Rezamos de nuevo, y mientras lo hacía me esforcé por repasar mi vida y hacer un balance apresurado de todos mis méritos y de todas mis faltas.

Coloqué el gorro sobre mis rodillas y volví a taparlo con el del capitán. El médico metió la mano en él y estuvo removiendo durante un buen rato, mientras yo me preguntaba si solo con el tacto podría averiguar qué pedazo de tela era el que no llevaba el hilo marrón colgando.

Sacó por fin la mano, y al abrirla vimos que de la tela colgaba el hilo marrón. Al instante me sentí infinitamente agradecido a Dios por su bendición, y decidí que en adelante me mantendría más fiel que nunca a sus mandamientos. Lo siguiente que pensé fue que el capitán y el médico estaban unidos por vínculos de jerarquía y de relación más fuertes que los que les unían a mí, y que por ello debían sentirse decepcionados con el resultado; aunque también tenía la convicción de que los dos eran hombres de honor y de que el resultado no impediría que lleváramos a cabo lo que habíamos acordado.

Y estaba en lo cierto. El médico se descubrió el brazo y cogió su navaja, dispuesto a cortarse las venas. Antes, sin embargo, quiso pronunciar unas palabras:

—Soy de Norfolk, Virginia —dijo—, donde espero que estén ahora mi esposa y los tres hijos que me quedan. Lo único que os pido es que, si Dios quiere que alguno de vosotros salga con vida de este trance, y tenéis la gran suerte de regresar a vuestros hogares, informéis a mi desdichada familia de mi fatal destino.

A continuación nos pidió cortésmente que le dejáramos unos minutos para poner en orden sus asuntos con Dios. Ni el capitán Nicholl ni yo pudimos decir nada, pero asentimos con los ojos llenos de lágrimas.

Sin duda, Arnold Bentham era el más sereno de los tres. La angustia me embargaba por completo, y estoy seguro de que el capitán sufría de igual modo. Pero ¿qué podíamos hacer si aquella era la voluntad de Dios?

En aquel momento, sin embargo, cuando Arnold Bentham se disponía a cortarse las venas, no pude contenerme más y les grité:

—¡Esperad! Si hemos resistido hasta ahora, por qué no habríamos de resistir un poco más. Todavía no es mediodía, esperemos hasta que anochezca. Si para entonces no ha ocurrido nada que cambie nuestro oscuro destino, entonces, Arnold Bentham, harás lo acordado.

Miró al capitán Nicholl buscando su aprobación, y él no pudo más que asentir. No podía pronunciar ni una sola palabra, pero en la expresión de sus llorosos y azules ojos había tanto agradecimiento que quedó claro que estaba de acuerdo.

Nadie podría considerar un crimen que el capitán Nicholl y yo nos beneficiáramos de la muerte de Arnold Bentham: lo habíamos echado a suertes y era la voluntad de Dios. ¿Quién sino Dios había sembrado en nuestros corazones aquel amor por la vida? Nosotros, sus pobres criaturas, solo podíamos aceptar su voluntad. Fue Dios, no obstante, en su bondad infinita, el que quiso que nos libráramos de cometer un acto tan terrible como justo.

Apenas había transcurrido un cuarto de hora cuando una leve brisa del oeste, gélida y húmeda, nos heló la cara. A los cinco minutos la vela estaba henchida y Arnold Bentham manejaba el timón.

—Guardad las pocas fuerzas que os queden —dijo—. Dejad que sea yo quien agote las mías para que tengáis más posibilidades de sobrevivir.

Así que él se encargó de llevar el timón mientras el capitán y yo nos quedábamos tumbados en el fondo del bote, soñando en nuestra debilidad con visiones fugaces de los seres queridos que se encontraban muy lejos de nosotros, al otro lado del mundo.

Aquella brisa fría pronto se convirtió en una ventolera con ráfagas cada vez más impetuosas. Las nubes en el cielo anunciaban la proximidad de una tormenta. Hacia mediodía Bentham se desmayó con el timón en la mano, y antes de que el bote penetrara de proa en el mar agitado, el capitán y yo nos abalanzamos a la manivela del timón, sujetándola con todas nuestras escasas fuerzas. Una vez lo tuvimos controlado, acordamos relevarnos cada quince minutos. Los tres estábamos tan débiles que los turnos no podían ser mucho más largos.

Ya a media tarde el mar estaba muy embravecido. Deberíamos haber orzado el bote si no hubiera sido tan desesperada nuestra situación, dejándolo derivar proa avante: si hubiéramos continuado en dirección hacia aquellas gigantescas olas, el bote hubiera volcado con toda seguridad en más de una ocasión.

Una y otra vez nos rogó Arnold Bentham que, por nuestro bien, echáramos el ancla. Sabía que la única razón por la que continuábamos navegando era la de evitar que tuviera que cumplir lo que la suerte le había deparado. Era un hombre noble, y también lo era el capitán Nicholl, cuyos ojos se habían vuelto fríos como el acero. En compañía de tan nobles personas, yo no podía ser menos. Durante aquella larga y penosa tarde, fueron muchas las ocasiones en las que di gracias a Dios por haberme otorgado el privilegio de conocer a hombres como aquellos. Dios, su rectitud, moraba en el interior de ellos y, fuera cual fuera mi pobre destino, no podía sino sentirme recompensado por tener tal compañía. Ninguno de nosotros quería morir; pero tampoco temíamos a la muerte. La duda fugaz que me asaltó al principio acerca de estos dos hombres hacía tiempo que se había disipado. Dura la vida, duros los hombres de la vida: ellos eran hombres nobles, nobles hijos de Dios.

Y, entonces, yo fui el primero en verlo. Arnold Bentham, que ya había aceptado la muerte y el capitán Nicholl, cercano también a ella, yacían en el fondo del bote como muertos, abandonados a su suerte, y yo estaba al mando del timón cuando lo vi. El bote, cuyas velas se agitaban peligrosamente en aquel viento enloquecido, se había elevado sobre el oleaje cuando pude ver, a muy poca distancia frente a mí, el islote de roca azotado por el mar. No estaba a más de media milla. Grité con fuerza para que los otros dos se arrodillaran tambaleándose y buscaran algo a lo que agarrarse para poder ver lo que yo estaba viendo.

—Directo hacia allí, Daniel —me ordenó el capitán—. Puede que encontremos una cala, es nuestra única oportunidad.

Al momento volvimos a elevarnos sobre el oleaje y vimos que en aquella costa no había cala alguna.

—Directo hacia allí, Daniel. Seamos sensatos, estamos demasiado débiles para enfrentarnos de nuevo al mar y al viento.

Tenía razón, y obedecí. Se quitó el reloj y lo miró. Le pregunté la hora. Eran las cinco en punto. Se acercó a Arnold Bentham y le estrechó la mano, y luego me miraron los dos, como si quisieran despedirse. Era el adiós, lo sabía, pues ¿qué posibilidades teníamos, débiles como estábamos, de llegar con vida hasta las rocas sin desaparecer en medio de aquel furioso oleaje?

A unos seis metros de la costa perdí el control de la embarcación. Sin tiempo a más, el bote volcó y me encontré nadando en el agua salada. No volví a ver a mis compañeros. Por fortuna, pude mantenerme a flote gracias al timón, que todavía tenía entre las manos. Y entonces, en el lugar adecuado, en el momento justo, un golpe de mar me lanzó hasta un ligero desnivel en la parte superior de una de aquellas elevadas y terribles rocas. No estaba herido, ni tan siquiera magullado. Agotado, renqueante, logré arrastrarme y trepar hasta alejarme del violento oleaje del mar.

En cuanto supe que estaba a salvo me detuve y me quedé de pie durante un rato, dando gracias a Dios por mi enorme fortuna. El bote había estallado en mil pedazos. Aunque no los vi, podía imaginarme el estado en que habrían quedado los cuerpos del capitán Nicholl y de Arnold Bentham. Vi un remo junto a las rocas y, aun con algún riesgo, me acerqué a cogerlo. Entonces caí de rodillas, consciente de que iba a perder el conocimiento. Pero antes, incitado por mi instinto de marinero, arrastré mi cuerpo por las rocas hirientes hasta encontrarme fuera del alcance del mar.

Aquella noche estuve a punto de morir, y me cuesta entender cómo pude soportar el frío y la humedad en el estado de debilidad en que me hallaba. La mañana me trajo una desagradable sorpresa. En aquella miserable roca surgida del fondo del océano no crecía ni una planta, ni tan siquiera una brizna de hierba. Solo había rocas y más rocas. Me consumía la sed y no había agua dulce. En vano busqué en las cavidades de las rocas. Durante la tormenta el oleaje había cubierto completamente la isla, y no había hueco que no se hubiera llenado de agua salada.

Del bote no quedaba nada, ni tan siquiera una astilla que diera fe de que había existido. Todo lo que conservaba eran mis ropas, mi preciada navaja y el remo que había rescatado del mar. El temporal había amainado, y durante todo aquel día, mareado, a trompicones, me arrastré por la roca, con las rodillas y las manos sangrando, buscando en vano agua dulce.

Aquella noche, más cerca que nunca de la muerte, tuve que tumbarme junto a una roca para protegerme del viento. Un fuerte aguacero vino a sumarse a mis desdichas. Me quité los abrigos que llevaba y los extendí para que se empaparan del agua de lluvia, pero cuando quise escurrirlos para beber de ellos, con fastidio reparé en que estaban completamente impregnados de la sal del océano. Me tumbé de espaldas con la boca abierta para tragar las pocas gotas de lluvia que caían en ella. Era una tortura, pero al menos pude mojarme un poco los labios y apaciguar mi desesperación.

El segundo día estaba muy enfermo. A pesar de no haber comido nada en muchos días, mis piernas, mis brazos y todo mi cuerpo comenzaron a hincharse monstruosamente. Pero seguía vivo, y debía seguir luchando para cumplir la voluntad de Dios. Con mucho cuidado, fui sacando con las manos toda el agua salada acumulada entre las rocas, con la esperanza de que las próximas lluvias las llenasen de agua que pudiera beber.

Lo desesperado de mi situación y el recuerdo de mis seres queridos en Elkton me sumía en la melancolía, y a menudo perdía la conciencia durante horas, ensimismado; era una bendición, sin embargo, pues me atenuaba sufrimientos innecesarios y aún mayores que, sin duda, me habrían causado la muerte.

Durante la noche me despertó el sonido de la lluvia, y me arrastré de agujero en agujero, lamiendo el agua directamente de las rocas. Era salobre, pero se podía beber. Aquello me salvó, y a la mañana siguiente me desperté bañado en sudor, pero ya no deliraba.

Entonces salió el sol por primera vez desde mi llegada a la isla, y extendí la mayor parte de mis ropas para que se secara. Bebí agua hasta saciarme, y calculé que habría suficiente para unos diez días si la administraba con cuidado. Era asombroso lo rico que me hacía sentir toda aquella abundancia de agua salobre. Y ni siquiera el mercader más astuto del mundo, que regresara de sus prósperos viajes con barcos llenos de riqueza que abarrotasen sus almacenes y desbordasen sus cajas de caudales, podía sentirse tan afortunado como me sentí yo al descubrir, tirado sobre las rocas, el cuerpo de una foca que llevaba muerta varios días. Lo primero que hice fue ponerme de rodillas y dar gracias a Dios por esta nueva manifestación de su infinita bondad. Ya no había dudas: Dios había resuelto que yo no debía morir.

Sabía del estado de debilidad en que se encontraba mi estómago, por lo que comí con moderación, a sabiendas de que si me dejaba llevar por mi natural voracidad, probablemente moriría. Nunca comida alguna me había sabido tanto a gloria, así que confieso que no podía parar de llorar de felicidad al contemplar aquel cuerpo putrefacto.

Mi corazón, ahíto de esperanza, volvía a latir con fuerza. Guardé con mucho cuidado la carne que no había comido y tapé los huecos de las rocas con piedras planas para que los rayos del sol no evaporasen el precioso líquido que se había acumulado y para prevenir, en caso de que el viento se levantara de pronto por la noche, que las olas los llenaran de agua salada. Recogí también pequeños fragmentos de algas marinas y los dejé secar al sol para acomodar mi pobre cuerpo dolorido sobre las ásperas rocas en las que había construido mi morada. Y por primera vez en muchos días mis ropas estaban secas, con lo que caí, exhausto como estaba, en un profundo sueño sin duda reparador.

Cuando desperté al día siguiente era un hombre nuevo. La ausencia de sol poco me entristecía y enseguida supe que Dios no se había olvidado de mí mientras dormía y que me aguardaban nuevas y fantásticas bendiciones. Al incorporarme casi tuve que frotarme los ojos, pues hasta donde me alcanzaba la vista las rocas que bordeaban el océano estaban completamente cubiertas de focas. Había miles de ellas, algunas descansando sobre las rocas y otras muchas retozando en el agua. El sonido que salía de sus gargantas era tremendo, ensordecedor. Lo primero que pensé fue que había carne suficiente para alimentar a las tripulaciones de una veintena de barcos.

De inmediato cogí el remo —pues no había ningún otro palo en la isla— y avancé cautelosamente hacia aquella inmensa fuente de provisiones. Me di cuenta enseguida de que aquellas criaturas marinas no conocían al hombre. No parecían extrañarse ante mi presencia, y no tuve dificultad alguna para golpearles en la cabeza con el remo.

De repente, cuando había matado tres o cuatro de ellas, enloquecí de un modo extraño y sentí unas ansias tremendas de seguir y seguir matando. Por espacio de dos horas me dediqué a golpearlas sin tregua con el remo hasta que estuve a punto de desfallecer. Sin ser muy consciente de la culpa que entrañaba aquella matanza, al acabar vi que, como guiadas por una señal, todas las focas que aún vivían se lanzaron al agua y desaparecieron con rapidez.

Descubrí con horror que en mi ataque de locura había matado más de doscientas focas, y tras reponer fuerzas con aquel saludable manjar, me dispuse a enmendar en lo posible aquel exceso sin sentido. Antes de comenzar tan enorme tarea, volví a dar gracias al Señor, cuya misericordia me había protegido milagrosamente. Trabajé día y noche, despellejando las focas, cortando la carne en tiras y colocándola sobre las rocas más altas para secarla al sol. Además encontré pequeños depósitos de sal en los recovecos de las rocas situadas a barlovento, y con ella froté la carne para poder conservarla.

Durante cuatro días trabajé sin descanso, y al quinto día terminé mi tarea, sintiéndome tontamente orgulloso ante Dios por no haber desperdiciado ni un solo pedazo de toda aquella carne. Mi cuerpo recuperó sus fuerzas con rapidez gracias al duro trabajo y a mi nueva y nutritiva dieta, de la que no me privé en absoluto. Y como prueba de la misericordia divina nunca, en los ocho años que pasé en aquel islote desierto, hubo un período tan prolongado de sol y bonanza como el que se produjo inmediatamente después de la matanza de focas.

Habrían de pasar meses antes de que las focas volvieran a visitar mi isla. Pero entretanto no perdí el tiempo. Construí una choza de piedra y, junto a ella, también un pequeño almacén para la carne curada. Cubrí el techo de la choza con muchas pieles de foca para evitar así que la lluvia lo traspasara y no dejaba de maravillarme al pensar —cuando llovía sobre aquel techo— que aquello que protegía a un náufrago de los elementos no eran sino pieles cuyo valor en el mercado de pieles londinense hubiera servido para pagar el rescate de un rey.

Enseguida fui consciente de lo importante que era encontrar algún medio para calcular el tiempo, ya que de lo contrario pronto no sabría en qué día de la semana estaba, ni podría distinguir un día de otro, ni sabría cuándo era el día del Señor.

Me esforcé por recordar cómo calculaba el tiempo en el bote el capitán Nicholl; para cerciorarme de que no estaba equivocado, una y otra vez, repasé los días y las noches que llevaba en la isla. Después, con siete piedras que coloqué fuera de la choza, hice mi calendario semanal. En un extremo del remo hacía una pequeña muesca por cada semana que transcurría, y en el extremo contrario marcaba los meses, calculando por separado los días de cada mes que no entraban en las cuatro semanas.

De este modo podía respetar, sin temor a equivocarme, mis obligaciones para con Dios respecto al día de descanso. Como no disponía de ningún otro medio para dirigirme al Señor, grabé en el remo una breve oración, apropiada para mi situación, que cantaba, sin excepción, cada domingo. Así pude agradecerle a Dios que en su misericordia no se hubiera olvidado de mí en aquellos ocho años, del mismo modo en que yo tampoco me olvidé de honrarle como se merecía.

Es sorprendente el trabajo que se requiere, en semejantes circunstancias, para satisfacer las necesidades más elementales: conseguir alimento y refugio. De hecho, rara vez me hallé ocioso, durante aquel primer año. Tan solo en construir la choza, un simple refugio entre las rocas, invertí seis semanas de duro trabajo. El constante raspado para la limpieza y el secado de las pieles de foca, para que fueran lo bastante suaves y flexibles como para poder confeccionar prendas de vestir, ocuparon mis ratos libres durante meses y meses.

Además, debía resolver el problema del aprovisionamiento de agua. Después de cada tormenta, el oleaje salaba el agua de lluvia que guardaba; a veces lo pasaba mal hasta que volvía a llover y la ausencia de viento permitía que el agua de lluvia no se mezclara con el agua de mar. Consciente de que el goteo constante desgastaría cualquier piedra, escogí una grande, compacta, de textura fina, y decidí hacer un hueco en ella golpeándola con pequeñas piedras. Tras cinco semanas de duro bregar conseguí convertirla en un recipiente para almacenar el agua que debía de tener una capacidad de algo más de cinco litros. Más adelante, logré moldear un recipiente de unos quince litros: me costó nueve semanas de incesante actividad. De vez en cuando hacía recipientes más pequeños, e incluso intenté fabricar uno en el que hubiera podido almacenar hasta treinta litros, pero me di cuenta de que era defectuoso cuando ya llevaba siete semanas de trabajo.

No fue hasta el cuarto año, cuando ya hube aceptado la posibilidad de seguir viviendo allí hasta el fin de mis días, que decidí emprender mi gran obra. Me llevó ocho meses de trabajo, pero era firme, compacto, y tenía capacidad para almacenar más de cien litros de agua. Me sentía tan orgulloso de aquellos depósitos de piedra que a veces olvidaba la humildad y me embargaba una vanidad excesiva respecto al calibre de mi obra: para mí aquello era más elegante que el ajuar de la reina más preciosa. También fabriqué un pequeño recipiente, en el que no cabía más de un litro, para trasladar el agua desde los lugares donde caía hasta los grandes receptáculos. Con decir que solo el pequeño recipiente podía pesar unos doce kilos, se pueden ustedes hacer una idea de lo agotador que podía resultar todo la cuestión del abastecimiento.

Sin embargo, conseguí que mi solitaria situación fuera, dentro de lo posible, más llevadera de lo que cabía esperar. Me había procurado una morada cómoda y segura, y había almacenado provisiones de carne salada para seis meses. No podía dejar de dar las gracias por disponer de todas aquellas cosas, tan esenciales para la supervivencia, y que uno no esperaría encontrar en una isla desierta.

Aunque se me había negado el privilegio de disfrutar de la compañía de otro ser humano, ni siquiera de un perro o un gato, estaba mucho más contento con mi suerte de lo que miles de personas lo estarían jamás. En aquel lugar desolado al que el destino había querido llevarme, me consideraba mucho más afortunado que tantos otros que, por ejemplo, por sus terribles crímenes, estaban condenados a arrastrarse de por vida en una celda de castigo, corroídos por remordimientos hirientes como llagas.

Por muy tristes que fueran mis perspectivas, no perdía la esperanza de que la Divina Providencia, que tan generosa había sido conmigo cuando estuve a punto de morir de hambre o cuando impidió que desapareciera devorado por el mar, lanzándome hacia aquellas rocas, enviara finalmente alguien en mi auxilio.

Privado como estaba de la compañía de mis semejantes y de muchas de las comodidades de la vida, no podía sin embargo negar que mi desesperada situación presentaba ciertas ventajas. Para empezar, yo era el indiscutible dueño de la isla, por pequeña que fuera. Probablemente, nadie nunca aparecería para disputarme ese derecho, a menos que se tratase de algún anfibio oceánico. Además, y puesto que la isla era prácticamente inaccesible, por la noche dormía tranquilo sin temor a ser atacado por caníbales o por bestias salvajes. Una y otra vez me ponía de rodillas para dar gracias a Dios por sus múltiples muestras de benevolencia.

Y aun con todo, el hombre es un ser extraño e incomprensible. Yo, que al llegar a la isla no pedía a Dios más que un poco de carne pútrida para comer y un poco de agua no demasiado salobre, tan pronto fui bendecido con abundante carne curada y agua dulce, comencé a sentirme descontento con mi suerte. Quise disponer de fuego para volver a saborear la carne cocinada. Y continuamente me sorprendía a mí mismo evocando ciertas delicias para el paladar que siempre estaban a mi disposición en la mesa de mi casa en Elkton. Por mucho que me esforzara, la fantasía se apoderaba de mi voluntad y soñaba despierto con los manjares alguna vez consumidos y con los que comería si alguna vez me rescataban de aquella isla solitaria.

Era lo que quedaba en mí del viejo Adán, la mancha del pecado original del primer padre: del primer hombre que se rebeló contra los mandamientos de Dios. El hombre es un ser incomprensible, siempre insatisfecho, siempre insaciable, nunca en paz con Dios ni consigo mismo. Sus días, sumidos en permanente desazón, agotados por años de inútiles esfuerzos; sus noches, un sinfín de sueños vanos y deseos erróneos e inalcanzables. También me atormentaba el recuerdo del tabaco.

A menudo la noche se convertía en un tormento, pues era entonces cuando mis deseos vagaban libres, y mil veces soñaba que tenía toneladas de tabaco, almacenes repletos de tabaco, barcos cargados de tabaco y plantaciones enteras.

Pero yo mismo me vengaba de mis debilidades. Todos los días le rogaba a Dios que me concediera un corazón humilde, y castigaba mi carne trabajando duramente y sin descanso. Trabajé durante cuatro meses en la construcción de un muro de piedra de casi diez metros de largo y más de tres de alto. Era para proteger la choza en las épocas de grandes vendavales, cuando mi pobre isla se convertía en un petrel atrapado en el ojo del huracán. Y no es que fuera una pérdida de tiempo, precisamente, ya que después podía permanecer tumbado cómodamente, en calma, mientras el aire que pasaba por encima de aquel muro era un torrente de agua impulsada por ráfagas de viento.

Al tercer año comencé a construir una columna de roca. Se trataba más bien de una pirámide, con una base cuadrada, ancha, ni demasiado alta ni empinada. No podía construirla de otra forma, pues en la isla no disponía de herramientas ni tampoco de maderos con los que levantar un andamio. Hasta el final del quinto año no logré terminar mi pirámide. Se alzaba sobre la cima de la isla, y si consideramos que la cima estaba a unos doce metros de altura sobre el nivel del mar, y que la cúspide de la pirámide se elevaba doce metros más por encima de la cima, podría decirse que había doblado la estatura de la isla sin herramienta alguna. Quizás algún imprudente me acuse de haber actuado contra la voluntad de Dios, y de haber interferido en sus planes para la creación del mundo. Pero no soy de la misma opinión. ¿Acaso no era yo igual que aquel montón de rocas surgidas del fondo del océano, una criatura de Dios? ¿Acaso los brazos con los que trabajé, la espalda urgida a doblarse y a aguantar peso, y las manos con las que coloqué todas aquellas rocas no eran también parte de los planes de Dios? He meditado profundamente sobre el asunto, y sé que actué correctamente.

Durante el sexto año aumenté la base de la pirámide, y dieciocho meses después mi monumento se elevaba quince metros sobre la cima de la isla. Por supuesto, aquello no era una torre de Babel, pero servía para dos buenos propósitos: por un lado, me servía de atalaya desde la que vislumbrar el océano en busca de barcos, además de aumentar las posibilidades de que algún marinero pudiera, casi sin darse cuenta, avistar mi isla; por otro lado, me ayudaba a mantener sanos el cuerpo y la mente. Al tener siempre las manos ocupadas no daba oportunidad a Satán a aparecer por la isla, aunque sí conseguía atormentarme durante el sueño, que llenaba de visiones de diversos manjares y de ese estúpido hierbajo llamado tabaco.

El decimoctavo día del mes de junio del sexto año de mi estancia en la isla, divisé un velero, pero estaba a demasiada distancia, hacia sotavento, y desapareció sin descubrir mi isla. Lejos de desanimarme, la fugaz aparición de aquel velero me llenó de esperanza. Me convenció de algo de lo que había llegado a dudar seriamente, a saber, que hasta aquellas aguas podía acercarse alguna vez algún barco.

Además de muchas otras cosas, en el lugar por donde las focas salían del mar para acceder a tierra firme, levanté dos muros de roca de poca altura que se estrechaban hasta cerrarse, donde podía matar más fácilmente a las focas sin que estas alarmaran a las otras, ya que no permitía que escapara ninguna foca asustada o herida que pudiera alertar a sus congéneres. Solo en esta estructura invertí siete meses de duro trabajo.

Con el paso del tiempo me fui contentando con mi suerte, con lo que Satán apenas aparecía en mis sueños para atormentar al viejo Adán de mi interior con desaforadas imágenes de tabaco y sabrosos manjares. Continué alimentándome de mi carne de foca, que me parecía hasta buena, bebiendo agua de lluvia que nunca me faltaba y dando gracias a Dios por todo aquello. Y sé que Dios me escuchaba, porque durante mi estancia en la isla no conocí momentos de enfermedad, salvo dos que se debieron a mi glotonería y que relataré más adelante.

Durante el quinto año, cuando aún seguía convencido de que ningún barco surcaría jamás aquellos mares, comencé a grabar en mi remo alguno de los acontecimientos más destacados sucedidos desde que zarpé de las apacibles costas americanas. Traté de hacerlo del modo más legible y duradero que me fue posible, y no fue nada fácil, teniendo en cuenta el minúsculo tamaño de las letras. Era tan laborioso que seis, o incluso cinco letras, me llevaban casi siempre todo un día de trabajo.

Y por si acaso mi mala suerte no permitiera jamás satisfacer la oportunidad tan añorada de regresar con mis seres queridos a Elkton, grabé en el extremo más ancho del remo la leyenda de mis desdichas tal como las describí en la primera parte de este relato.

No escatimé esfuerzos por proteger ese remo, que de tanta utilidad me había sido en tan desesperada situación, y además llevaba tallado el testimonio de mi destino y el de mis compañeros. No volví a utilizarlo para golpear a las focas en la cabeza. En su lugar utilizaba un garrote de piedra de casi un metro de largo, con su respetable diámetro, cuya fabricación me llevó casi un mes de trabajo. Además, para proteger el remo de las inclemencias del tiempo —ya que a veces, durante las brisas ligeras, lo utilizaba como asta de bandera en lo alto de la pirámide para que ondeara con una de mis preciadas camisas en la punta— confeccioné para él una funda con una de aquellas pieles de foca que curaba.

En marzo del sexto año de mi estancia en la isla viví una de las más espantosas tormentas que acaso ha contemplado hombre alguno. Se desató a eso de las nueve de la noche, con el advenimiento de unos negros nubarrones arrastrados por un viento fresco del sudoeste que, al cabo de unas dos horas, se había convertido en un tremendo huracán. El estallido de truenos era incesante y los relámpagos cegaban como nunca antes había visto.

Llegué a sentir un cierto temor por la suerte de la isla. La barrieron las olas de parte a parte, a excepción de la cima donde estaba situada mi pirámide. El azote de los vientos y el choque de las espumas a punto estuvieron de dar al traste con mi vida. Supe que mi existencia se había salvado gracias tan solo a la diligencia con que había erigido mi pirámide, duplicando la altura de la isla.

Aun así, cuando se hizo de día, no me faltaron razones para sentirme agradecido. Toda el agua de lluvia que había recogido se había vuelto salobre, excepto la que se hallaba en el depósito más grande, protegido del viento a estribor de la pirámide. Sabía que si la administraba con cuidado, podría tener provisión hasta las próximas lluvias, por mucho que se demorasen. El mar había barrido por completo mi choza, y del almacén de carne de foca solo quedaban módicos restos de carne, por lo general en mal estado. No obstante, tuve la agradable sorpresa de encontrar diseminados por la roca multitud de peces, más o menos parecidos al salmonete; recogí al menos mil doscientos diecinueve, que abrí y curé al sol por el procedimiento que se usa con el bacalao. Tan bienhallado cambio de régimen no dejó de tener sus consecuencias: me dejé llevar por la glotonería y, a la noche siguiente, me puse tan enfermo que llegué hasta el mismísimo umbral de la muerte.

También el mismo mes de marzo en el séptimo año de mi estancia en la isla, hubo una violenta tormenta de características similares. Cuando salí al exterior de mi cabaña después de que amainara, encontré nada menos que una enorme ballena muerta, todavía fresca, que había sido arrastrada hasta las rocas de mi isla por el oleaje. Imaginen cuál no sería mi alegría al encontrar, hincado en las entrañas de aquel animal, un arpón de tamaño corriente del que colgaban unas cuantas brazas de maroma inserta en el ojal.

Aquello hizo que renaciera en mí la esperanza de que, al final, alguien acudiera en mi ayuda y tuviera la oportunidad de abandonar aquella isla desierta. No cabía duda de que aquellas aguas eran frecuentadas por balleneros, de manera que, mientras me mantuviera firme de ánimo, había posibilidades de que, antes o después, me rescataran. Durante aquellos siete años viví exclusivamente de carne de foca, de modo que ante semejante abundancia de distintos y suculentos manjares, no me pude resistir y comí con tal desenfreno que de nuevo estuve a punto de morir. A pesar de todo, tanto este caso como el de los pescados, fueron simples indisposiciones provocadas por el cambio de dieta en un estómago acostumbrado a alimentarse únicamente con carne de foca.

Aquella ballena me proporcionó provisiones para todo un año. Además, gracias al calor del sol, pude extraer su aceite, que mezclado con sal, utilizaba para condimentar la carne de foca. Hasta pensé en fabricar con los jirones de mis preciadas camisas un pabilo que, con el arpón como eslabón y la roca como pedernal, me permitiera encender una luz por la noche. No obstante, enseguida abandoné la idea: no necesitaba luz cuando la oscuridad del Señor caía sobre mí, pues me había acostumbrado a dormir desde la caída del sol hasta el amanecer, tanto en invierno como en verano.

Yo, Darrell Standing, no puedo refrenar el deseo de interrumpir este relato de otra existencia para exponer un pensamiento propio. Puesto que la personalidad humana es el fruto de un devenir, la suma y condensación de todas las existencias previas, ¿cómo habría de poder quebrantar mi espíritu el pobre alcaide Atherton con sus interrogatorios en las celdas de castigo? Yo soy la vida que siempre ha sobrevivido, el bastidor que se ha ido forjando durante las edades del pasado: ¡y menudas fueron las edades del pasado! ¿Qué significaban para mí diez días en la camisa de fuerza? ¡Para mí, que en cierta ocasión fui Daniel Foss, y que durante ocho años aprendí lo que es la paciencia entre las rocas de los lejanos mares del sur!

Al término del octavo año en la isla, en el mes de septiembre, cuando ya había concebido un ambicioso plan para elevar la pirámide hasta casi veinte metros de altura, desperté una mañana y divisé un barco con las gavias recogidas y casi a una voz de distancia. Traté de que me vieran, agitando mi remo y saltando de roca en roca con vivas y agitadas señas, corriendo de un lado a otro con rapidez, hasta que los oficiales que estaban en cubierta me descubrieron con sus catalejos. Me respondieron señalándome el extremo occidental de la isla, y al correr hacia allí vi que se acercaba un bote con media docena de hombres. Al parecer, como supe más tarde, aquella extraña pirámide había atraído la atención de la tripulación y habían alterado el curso para poder examinar desde más cerca tan extraña estructura, que doblaba en altura la isla desierta sobre la que se erigía.

Pero tan agitado era el oleaje que el bote no pudo atracar en aquellas costas tan hostiles. Tras varios intentos infructuosos, me hicieron señales de que debían regresar al barco. Comprendan mi desesperación al verme incapaz de abandonar aquella desolada isla. Empuñé el remo (que desde tiempo atrás había decidido ofrecer al Museo de Filadelfia en caso de salir con vida) y con él me lancé al agua. Fue tal mi fortuna, mi agilidad y mi fortaleza que, tras mucho esfuerzo, conseguí alcanzar el bote.

No puedo abstenerme aquí de relatarles un curioso incidente. Había derivado ya el barco tan lejos de la costa que nos llevó una hora subir a bordo. Durante ese tiempo me rendí a los deseos que tanto me habían asediado durante ocho años, y supliqué al segundo de a bordo, que asía el timón, que me diese un poco de tabaco para mascar. No solo tabaco me ofreció sino que me alcanzó también su pipa, llena de un excelente tabaco de Virginia. Al cabo de diez minutos me sentí tremendamente enfermo. La razón era evidente: mi organismo estaba completamente limpio de tabaco, y ahora me producía el mismo efecto que a cualquier chico que fuma por primera vez. De nuevo tenía razones para dar gracias a Dios, y desde aquel día hasta el día de mi muerte no volví a probar, ni tan siquiera desear, aquellas malditas hierbas.

Yo, Darrell Standing, debo completar los asombrosos pormenores de aquella existencia revivida, inconsciente, durante las sesiones en la camisa de fuerza en la prisión de San Quintín. A menudo me preguntaba si Daniel Foss se habría mantenido fiel a su propósito de llevar el remo tallado al Museo de Filadelfia.

No resulta fácil para un prisionero incomunicado relacionarse con el mundo exterior. En una ocasión confié una carta, primero a un guardia y más tarde a un condenado que pasó un tiempo en las celdas de castigo, y que tuvo que aprenderla de memoria, para que la enviaran al director del museo. Aun pese a los más solemnes juramentos, tanto el uno como el otro me fallaron. No pude enviar la carta hasta que Ed Morrell, por un extraño capricho del destino, salió de la celda de castigo y lo convirtieron en el principal recluso de confianza de toda la cárcel. Lean ahora la respuesta que me envió el director del Museo de Filadelfia y que me fue entregada, bajo mano, por Ed Morrell:

> Es cierto que tenemos un remo como el que usted describe. Pero pocas personas lo han podido ver, puesto que no se exhibe al público. Incluso yo, que ocupo este puesto desde hace dieciocho años, desconocía su existencia.
>
> Después de consultar, no obstante, nuestros viejos archivos, descubrí que dicho remo había sido entregado por un

tal Daniel Foss, de Elkton, Maryland, en el año 1821. No fue sino después de una larga búsqueda que encontramos finalmente el remo en el altillo del ático donde guardamos diversos trastos inútiles o defectuosos. Las incisiones y la leyenda están talladas en él, tal como usted ha descrito.

Disponemos también de un diario que fue entregado en la misma fecha, escrito por el citado Daniel Foss y publicado en Boston por la firma de N. Coverly Jr, en 1834. En dicho diario se describen ocho años de la vida de un náufrago en una isla desierta. Es evidente que este marinero, en sus años de vejez y empujado por la necesidad, ofreció este diario por las calles hasta que algún alma caritativa se lo compró.

Siento una enorme curiosidad por conocer cómo ha tenido usted conocimiento de dicho remo, cuya existencia hasta nosotros, el personal del museo, ignorábamos. ¿Me equivoco al suponer que ha leído usted una versión publicada más tarde por el tal Daniel Foss? Le agradecería cualquier información que pudiera concederme acerca del particular. Por lo pronto, le comunico que vamos a proceder a incluir nuevamente el remo y el diario en nuestra exposición al público.

Muy atentamente,

HOSEA SALSBURTY[1]

---

[1] Tras la ejecución del profesor Darrell Standing, cayó en nuestras manos el manuscrito de sus memorias y decidimos escribir al señor Hosea Salsburty, director del Museo de Filadelfia. Su respuesta nos confirmó la existencia del citado remo y del diario. *(N. del E.)*

CAPÍTULO 20

Llegó el día en que el alcaide Atherton se rindió y tuvo que tragarse sus famosas palabras, «la dinamita o el hoyo». Al fin me dejó por imposible y terminó por aceptar que jamás moriría en la camisa de fuerza. Había hecho morir a muchos hombres a las pocas horas de encamisarlos. Otros murieron tras pasar varios días en la camisa de fuerza aunque, de modo invariable, los desataban para poder llevarlos al hospital antes de que exhalaran su último suspiro... y así el médico se encargaba de expedir el certificado de defunción en el que figurara un infarto, una neumonía o la enfermedad de Bright como causa del fallecimiento.

Pero a mí nunca pudo matarme ni siquiera hubo necesidad de trasladar mi maltratado cuerpo al hospital en ninguna ocasión. He de decir, sin embargo, que el alcaide Atherton lo intentó por todos los medios. En cierta ocasión incluso ordenó que me pusieran una doble camisa. Fue un incidente tan gracioso que no me puedo resistir a relatarlo.

Resulta que un periódico de San Francisco (que buscaba, como todo periódico, como toda empresa, un mercado del que sacar provecho) trató de despertar el interés por la reforma carcelaria entre el sector más radical de la clase obrera. Como resultado, los sindicatos, que en aquel momento gozaban de una enorme influencia política, consiguieron que los politicastros de Sacramento de aquel entonces designasen una comisión del Senado para que investigara las cárceles estatales.

Dicha comisión del Senado *investigó* (permítanme la desdeñosa cursiva) la prisión de San Quintín. Al parecer, nunca habían visitado un centro penitenciario tan ejemplar. Los propios convictos dieron testimonio de ello, pero nadie puede culparlos: habían pasado por investigaciones similares y sabían lo que les convenía. Sabían que les molerían a palos inmediatamente después de ser entrevistados… si sus opiniones no coincidían con las de los administradores de la prisión. Créanme, lectores, siempre es la misma historia: lo mismo ocurría en la antigua Babilonia, hace unos cuantos miles de años. Recuerdo bien aquellos años que pasé encerrado en los calabozos, cuando toda clase de intrigas palaciegas sacudían la corte.

Como he dicho, todos los presos elogiaron la humanitaria labor del alcaide Atherton. De hecho, tan conmovedores fueron los testimonios acerca de la amabilidad del alcaide, la calidad y la variedad de la comida, la cortesía de los guardias y de todas las comodidades de la vida en la cárcel, que varios periódicos de la oposición de San Francisco mostraron su indignación, exigiendo un mayor rigor en la dirección de nuestras prisiones, pues de lo contrario, muchos ciudadanos honrados pero con pocas ganas de trabajar estarían tentados de buscar el modo para ser internados en tan reconfortantes residencias.

La comisión del Senado tuvo acceso incluso a las celdas de castigo, donde nosotros tres allí poco teníamos que perder y mucho menos que ganar. Jake Oppenheimer les escupió a la cara y les deseó la muerte a todos y cada uno de sus miembros. Ed Morrell les dijo que aquel lugar no era más que un vertedero, insultó al alcaide a la cara y consiguió que la propia comisión fuera la que recomendara que le aplicaran uno de aquellos castigos ya obsoletos, que hasta hace algunos años se utilizaba para someter a temperamentos rebeldes como aquel.

Yo me cuidé mucho de no insultar al alcaide. Mi discurso fue tan hábil —como a un científico convenía— que poco a poco conseguí atraer la atención de todos los miembros de aquella comisión, que escucharon sorprendidos, de buen grado, las palabras pronunciadas y aun anhelasen las que iba a pronunciar; tan fluido era mi relato que apenas hubo lugar para que me interrumpieran con alguna duda o con algún comentario durante los pormenores de todo mi testimonio.

Pero, ¡ay de mí!, ni una sola palabra de lo que relaté salió de los muros de la prisión. La comisión se encargó de proteger la reputación del alcaide Atherton y de la cárcel de San Quintín. Aquel periódico de San Francisco, tan interesado en la defensa de los derechos de los presos, informó a sus lectores de clase obrera que San Quintín era una institución modélica. Y aún más, garantizó que a pesar de que la camisa de fuerza era un método de castigo legalmente lícito para disciplinar a los reincidentes, en el momento presente, el actual alcaide, un hombre recto humana y espiritualmente, jamás, bajo ninguna circunstancia, permitiría su uso.

Y mientras los pobres necios de la clase obrera leían y se creían todo lo que publicaba el periódico, y la comisión del Senado cenaba y brindaba con el alcaide a costa del Estado y de sus contribuyentes, Ed Morrell, Jake Oppenheimer y yo yacíamos metidos en nuestras camisas de fuerza, apretados con un poco más de celo que de costumbre.

—Es para morirse de risa —me deletreó Morrell con la suela de su zapato.

—Me trae sin cuidado —contestó Jake.

Por lo que a mí atañe, también yo les expresé mi más absoluto desdén, me reía con ellos y me acordaba de los calabozos de la antigua Babilonia, mientras se perfilaba en mis adentros una gran sonrisa cósmica y me dejaba llevar por la grandeza de la pequeña muerte, que me convertía en heredero de todos los siglos y en jinete a lomos del infinito tiempo.

Sí, queridos hermanos del mundo exterior, mientras la prensa encubría los hechos, mientras los ilustres senadores cenaban y bebían, nosotros tres, los muertos vivientes, permanecíamos enterrados en vida en las celdas de castigo, sudando sangre en las camisas de fuerza.

Después de la cena, apestando a vino, el alcaide Atherton vino a hacernos una visita. A mí, como de costumbre, me encontraron en coma y por primera vez el doctor Jackson debió alarmarse, y con la ayuda de un frasco de amoníaco consiguió sacarme de la inconsciencia. Sonreí a los rostros inclinados sobre mí.

—¡Farsa! ¡Pura farsa! —rezongó el alcaide, y por el rubor de sus mejillas y su voz pastosa supe que estaba bebido.

Me lamí los labios en señal de que pedía agua, pues deseaba hablar.

—Es usted un burro —dije finalmente con toda claridad—. Y además de burro, es usted un cobarde, un canalla, un ser lastimoso, tan despreciable que no merece ni que se le escupa a la cara. Yo no derrocharía saliva en alguien como usted; en eso, Jake Oppenheimer ha sido sumamente generoso. En cuanto a mí, sin ambages le digo que si no le escupo es porque no quiero rebajarme hasta el punto de desperdiciar mi poca saliva en alguien tan zafio como usted.

—¡Mi paciencia ha llegado a su límite! —rugió—. ¡Te mataré, Standing!

—Está usted borracho —repliqué—. Y le aconsejaría que se lo pensara dos veces antes de decir según qué cosas, pues sus esbirros podrían irse de la lengua algún día y usted perdería su empleo.

Pero el vino se había adueñado de él.

—Ponedle otra camisa de fuerza —ordenó—. Eres hombre muerto, Standing. Pero no morirás ahí metido en la camisa de fuerza. Te llevaremos al hospital antes de enterrarte.

Y me pusieron una segunda camisa pero esta vez la ataron por delante.

—¡Oh, Dios, hace un frío terrible!—exclamé con burla—. Me estoy congelando. No sabe cuánto le agradezco que me haya puesto otra camisa. Así dormiré más a gusto.

—¡Aprieta fuerte! —le ordenó a Al Hutchins, que trataba de ajustar la camisa—. Húndele las botas en el pecho. Rómpele las costillas a ese cerdo.

Debo admitir que Hutchins lo hizo lo mejor que pudo.

—Ya sabes para qué te sirve contar todas esas mentiras —deliraba el alcaide con el rostro desencajado por el vino y la ira—. Ahora te daré lo que te mereces. Por fin ha llegado tu hora, Standing. Se acabó. ¿Me oyes? ¡Se acabó!

—Hágame un favor, alcaide —susurré débilmente, pues casi no podía hablar y estaba a punto de desmayarme por aquella tremenda opresión—, que sean tres camisas de fuerza— conseguí decir, mientras los muros de la celda se tambaleaban y daban vueltas a mi alrededor, y yo hacía un último esfuerzo por no perder el conocimiento—. Otra camisa… alcaide… estaré… mucho… más… abrigado.

Y mis murmullos fueron apagándose mientras me adentraba en la muerte aparente.

Después de aquel día ya no he vuelto a ser el mismo. No he podido volver a alimentarme con normalidad. No quiero ni saber qué lesiones internas me causó aquel castigo. El dolor en las costillas y en el estómago todavía me acompaña a día de hoy, mientras escribo estas líneas. Pero mi pobre y maltratado cuerpo ha sabido cumplir su función; me ha permitido seguir con vida hasta ahora, y me permitirá vivir un poco más, hasta el día en que me saquen de aquí, me pongan una camisa sin cuello y me cuelguen de la soga.

Pero aquel día de la doble camisa fue la última gota. El alcaide Atherton tuvo que rendirse y admitir que iba a ser incapaz de matarme. Como le dije un día:

—El único modo en que podría acabar conmigo, alcaide, es colándose una noche en mi celda con un hacha.

También Oppenheimer sabía cómo incordiar al alcaide:

—Digo yo, alcaide, que debe de ser un infierno para usted despertar cada mañana y encontrarse consigo mismo en la cama.

Y Ed Morrell añadió:

—Muchas ganas tendría su madre de tener hijos para haber podido criar a uno como usted...

La supresión de las sesiones en la camisa de fuerza me pareció, en verdad, una ofensa. Añoraba mi mundo de sueños, lo necesitaba. Pero no fue por mucho tiempo. Descubrí que podía conseguir la pequeña muerte con un simple ejercicio de voluntad, estrechándome el pecho y el abdomen con una manta provocándome, de este modo, un estado similar, tanto fisiológico como psicológico, al causado por la camisa de fuerza. Y así, gracias a mi propia voluntad, sin necesidad del tormento, volvía a ser libre para vagar a través del tiempo.

Ed Morrell creía todas mis aventuras, pero Jake Oppenheimer permaneció escéptico hasta el último día. Fue durante mi tercer año en la celda de castigo cuando le hice una visita a Oppenheimer. Solo pude hacerlo en aquella ocasión, y ocurrió de repente, de modo totalmente imprevisto e inesperado.

Acababa de perder la conciencia cuando me di cuenta de que me encontraba en su celda. Sabía que mi cuerpo permanecía en la mía, dentro de la camisa de fuerza. Aunque no lo había visto nunca, enseguida supe que aquel hombre era Jake Oppenheimer. Era verano y hacía calor, y Oppenheimer estaba tumbado sobre la manta, completamente desnudo. Me conmovió su rostro cadavérico y su cuerpo, puro esqueleto. No era más que un esqueleto viviente, un montón de huesos, todavía unidos, pero despojados de carne y cubiertos por una piel de aspecto apergaminado.

Hasta que no estuve de nuevo consciente en mi propia celda, no pude recapacitar acerca de lo que había visto y deducir que Ed y yo sin duda estábamos en el mismo estado que Oppenheimer. No pude evitar estremecerme al pensar en la enorme magnitud del espíritu que habitaba en nuestros cuerpos frágiles y agonizantes… en nosotros, los tres incorregibles de las celdas de castigo. La carne es débil e insignificante. Polvo somos, y en polvo nos convertiremos: es el espíritu lo que permanece y sobrevive. Todas esas personas que rinden culto al cuerpo no dan más que lástima. Una corta estancia en las celdas de castigo en San Quintín les haría apreciar, e incluso reverenciar, el verdadero valor del espíritu.

Pero volvamos a mi visita a la celda de Oppenheimer. Su cuerpo parecía el de un hombre muerto hace mucho tiempo, puesto a secar al calor del desierto. La piel que le cubría tenía el color del barro seco. Sus ojos, claros y brillantes, parecían la única parte viva de su cuerpo. Se movían sin cesar de un lado a otro mientras tumbado boca arriba seguía con la mirada el vuelo de varias moscas que retozaban en el sombrío aire de la celda. Me fijé también en una cicatriz que tenía en el codo derecho, y otra en el tobillo derecho.

Después de un rato, bostezó, se puso de lado e inspeccionó una herida que tenía encima de la cadera y que tenía muy mal aspecto. Trató de lavarla y curarla con los rudimentarios métodos de que disponen los hombres en las celdas de castigo. Reconocí en aquella llaga los efectos de la camisa de fuerza; mi cuerpo, en el momento de escribir estas líneas, está cubierto de cientos de heridas provocadas por la camisa.

A continuación, Oppenheimer se tendió boca arriba, asió con sumo cuidado uno de sus dientes —un colmillo— con los dedos índice y pulgar y lo estuvo moviendo con delicadeza adelante y atrás durante un buen rato. Bostezó de nuevo, estiró los brazos, se giró hacia un lado y se puso a dar golpecitos llamando a Morrell.

Descifré el código, sin problema alguno.

—Pensé que estarías despierto —deletreó—. ¿Cómo le va al profesor?

Entonces escuché, lejanos y débiles, los golpecitos de Morrell, que contaban que me habían metido en la camisa de fuerza una hora antes y que, como de costumbre, yacía sordo a toda llamada.

—Es un buen tipo —golpeteó Oppenheimer—. Siempre he sospechado de esos tipejos cultos, pero a este la educación no lo ha echado a perder. Es de fiar. Le sobran agallas al tío, no le arrancarían una queja o un chivatazo ni en un millón de años.

Morrell se mostró de acuerdo con la opinión de Jake. Y antes de seguir adelante con mi relato debo decirles que, a pesar de haber vivido muchos años y muchas vidas, y de haberme sentido orgulloso de mí mismo en muchas ocasiones, jamás me he sentido tan orgulloso como cuando oí a mis dos compañeros en las celdas de castigo hablar así de mí. Ed Morrell y Jake Oppenheimer eran dos grandes hombres, y nunca he gozado de mayor honor que el de ser admitido en su hermandad. He sido nombrado caballero por reyes, honorado por emperadores, incluso he sido rey, y como tal he vivido momentos de imperial grandeza. Y sin embargo, nada de todo aquello considero tan grandioso como aquel elogio de los dos condenados incorregibles, que a los ojos del mundo no eran más que la más baja escoria de la humanidad.

Más tarde, cuando conseguí recuperarme de aquella sesión en la camisa, les conté mi visita a la celda de Jake como prueba de que mi espíritu abandonaba mi cuerpo. Pero Jake era terco.

—No es difícil imaginar eso que te imaginas —fue su respuesta cuando le describí cada uno de los movimientos que le había visto hacer durante el tiempo que mi espíritu había estado en su celda—. Todo te lo imaginas. Llevas casi tres años encerrado en esa celda, profesor, y no es difícil adivinar lo que haría otro tipo como tú para matar el tiempo. No hay nada de lo que me has contado que tú y Ed no hayáis hecho un millón de veces; desde tumbaros desnudos cuando hace calor, hasta observar a las moscas, cuidaros las heridas o hablar con los nudillos.

Morrell estaba de mi parte, pero de poco servía.

—No te lo tomes a mal, profesor —continuó Oppenheimer—, no estoy diciendo que mientas. Solo digo que has estado soñando, especulando en la camisa de fuerza, y ni siquiera te das cuenta. Sé que estás convencido de lo que dices y que crees que eso fue lo que ocurrió, pero yo no me lo trago. Te lo imaginas, pero no sabes que te lo imaginas; es algo que ya sabías, pero no te das cuenta de que lo sabes hasta que no lo ves en uno de esos sueños que tienes.

—Espera, Jake —deletreé—. Sabes que nunca te he visto con mis propios ojos, ¿estás de acuerdo?

—Tengo que fiarme de tu palabra, profesor. Pero también podrías haberme visto y no saber que era yo.

—La cuestión es que —continué—, sin haberte visto nunca, desnudo o vestido, puedo decirte que tienes una cicatriz en el codo derecho y otra en el tobillo derecho.

—¡Valiente cosa! —respondió—. Puedes encontrar todos esos detalles, junto con una foto de mi jeta, en mi hoja de ingreso en prisión. Un montón de detectives y jefes de policía lo saben.

—Nunca lo había oído —le aseguré.

—No recuerdas haberlo oído —me corrigió—, pero puede haber ocurrido perfectamente. Aunque lo hayas olvidado, la información permanece almacenada en tu cerebro para poder utilizarla en cualquier momento, solo que no sabes dónde. Y solo puedes recordarlo cuando entras en uno de esos trances. ¿No te has olvidado alguna vez de un nombre que te era tan familiar como el de tu hermano? A mí sí.

El juez que me condenó en Oakland la vez que me echaron cincuenta años. Y un día resulta que me di cuenta de que se me había olvidado su nombre. Vaya, chico, estuve intentando recordarlo durante semanas aquí tirado. Pero, cuidado, el que no pudiera sacarlo de mi memoria no significa que no estuviera ahí. Simplemente no podía encontrarlo. Y la prueba es que un día, cuando ni siquiera me acordaba ya del tipo, me vino de repente a la cabeza. «Stacy», dije en voz alta. «Joseph Stacy». Así se llamaba. ¿Me sigues? Me estás hablando de unas cicatrices que miles de hombres saben que tengo. No sé de dónde sacaste la información, supongo que ni tú mismo lo sabes. Pero eso es lo de menos. Con decirme lo que muchos otros saben no harás que me lo trague. Vas a tener que contarme otro cuento si quieres que me tome en serio todas tus fantasías.

¡Un verdadero ejemplo de la aplicación del principio de la parsimonia de Hamilton! Tan científico en esencia era aquel recluso criado en los barrios bajos, que conseguía aplicar la ley de Hamilton con el rigor más absoluto.

Y sin embargo —la anécdota no tiene desperdicio— Jake Oppenheimer era un hombre de intelecto honrado. Aquella misma noche, cuando ya estaba a punto de dormirme, me llamó con la señal establecida:

—Solamente una cosa, profesor. Has dicho que me viste moviéndome un diente que tenía suelto. Ahí me has pillado. Es lo único que no sé cómo has podido saber. Hace solo tres días que empezó a moverse. Y no hay un alma que lo sepa.

CAPÍTULO 21

Pascal dice en una de sus obras: «Al contemplar la evolución humana, la mente filosófica debería considerar a la humanidad como un solo hombre, y no como un conglomerado de individuos».

Estoy sentado en el Corredor de la Muerte de Folsom, escuchando el monótono zumbido de las moscas a mi alrededor mientras reflexiono sobre el pensamiento de Pascal. Lo que dice es cierto. Al igual que el embrión humano, durante los breves diez meses lunares, con una rapidez desconcertante, con una infinitud de formas y apariencias que se multiplican infinitamente, registra la historia completa de la vida orgánica desde el vegetal hasta el hombre; de tal manera, también el niño, durante los breves años de su infancia, recorre la historia del hombre primitivo, cometiendo actos de crueldad y de salvajismo que van desde la violencia gratuita contra criaturas más pequeñas que él hasta el desarrollo de su conciencia tribal expresada mediante el deseo de pertenecer a una banda; del mismo modo, yo, Darrell Standing, he revivido la lenta evolución del hombre primitivo, todo lo que ha sido y todo lo que hizo hasta convertirse en lo que somos, ustedes y yo, en la actualidad, en la civilización de este siglo XX.

En verdad, cada uno de nosotros, como seres humanos que habitamos hoy este planeta, llevamos en nuestro interior la incorruptible historia de la Vida desde sus comienzos, escrita en nuestros huesos y en nuestros tejidos, en nuestras funciones y en nuestros órganos, en nuestras neuronas y en nuestro espíritu, y en nuestras urgencias ancestrales, tanto físicas como psicológicas, así como en todos nuestros impulsos atávicos. Hubo un tiempo en que fuimos una especie de peces, ustedes y yo, queridos lectores, y nos arrastramos fuera del mar para ser los primeros en aventurarnos sobre la tierra firme que hoy mismo habitamos. Todavía conservamos las huellas del mar, del mismo modo que aún conservamos las marcas de la serpiente, anteriores todas ellas al tiempo en que la serpiente fue serpiente y el hombre fue hombre: cuando el ser anterior a la serpiente y al hombre eran uno y el mismo. Hubo un tiempo en que volábamos por el aire, y otro tiempo en que vivíamos en los árboles y nos asustaba la oscuridad. Y los vestigios permanecen grabados en ustedes y en mí; y en la simiente que nos sucederá hasta el final de nuestra existencia sobre la Tierra.

He vivido lo que Pascal acertó a definir con visión de profeta. He visto en mí a ese hombre contemplado por él con ojo filosófico. Sí, conozco la historia real, la verdadera, la maravillosa, aunque dudo tanto de mi ingenio para saber contarla como de la capacidad de ustedes para comprenderla. He comprobado en mí mismo la existencia de ese hombre que vislumbró el pensador. Durante las largas sesiones en la camisa de fuerza, he podido contemplar en mí mismo a miles de hombres que vivían todas esas vidas que son en sí mismas la historia del hombre en su ascenso a través de los siglos.

¡Ah, qué magníficos recuerdos mientras vuelo a través de los eones de la eternidad! En apenas una sesión en la camisa de fuerza, he podido revivir las múltiples vidas implicadas en las milenarias odiseas de las primeras migraciones de la especie. ¡Cielo santo! Tengo recuerdos muy anteriores al tiempo en que fui Aesir, el de cabellos de lino, que habitó en Asgard, y anteriores al tiempo en que fui el pelirrojo Vanir, que habitó en

Vaneheim. Incluso guardo recuerdos, muy vívidos, de épocas todavía anteriores, cuando nos dirigíamos hacia el sur, como la flor del cardo con la brisa, huyendo del deshielo de la placa polar.

He muerto de hambre y de frío, en la guerra, en grandes inundaciones. He recogido bayas en los rincones más inhóspitos del mundo, y he desenterrado raíces en los pantanos y en las praderas. He dibujado el rostro del reno y del lanudo mamut en colmillos de marfil después de la caza y también sobre las paredes de roca de las cuevas, a refugio de las tormentas del invierno. He partido largos huesos para sorber el tuétano en lugares donde una vez se alzaron ciudades majestuosas borradas por el tiempo, o que estaban destinadas a ser construidas siglos después de mi muerte. Y he dejado los huesos de mis transitorios cadáveres en el fondo de los lagos, en las simas glaciales y en mares de asfalto.

He vivido a lo largo de las épocas hoy conocidas por los científicos como el Paleolítico, el Neolítico o la Edad del Bronce. Recuerdo cuando, con la ayuda de nuestros lobos domesticados, llevábamos manadas de renos a pastar a las costas septentrionales del Mediterráneo, donde ahora están Francia, Italia y España, antes de que la capa de hielo se fundiera y se retirara hacia el Polo. Muchos equinoccios me atravesaron, viendo, muriendo, queridos lectores… solo que yo los recuerdo y ustedes no…

He sido el Hijo de la Osa Mayor, el Hijo del Pez, el Hijo del Árbol. Todas las religiones desde que el hombre comenzó a creer habitan en mí. Y cuando cada domingo en la capilla, aquí en Folsom, el clérigo adora a su dios tal como se hace hoy en día, sé que en su interior pervive todavía el culto a la Osa Mayor, al Pez y al Árbol, y también, claro está, el culto a la Noche y a Astarté.

He sido un jefe ario del Antiguo Egipto, cuando mis soldados tallaban obscenidades en las tumbas de los reyes muertos, desaparecidos y olvidados largo tiempo atrás. Y yo, jefe ario del Antiguo Egipto, ordené construir dos sepulturas: una tumba falsa dentro de una gigantesca pirámide levantada con el sudor de toda una generación de esclavos; y la otra, humilde, secreta, excavada en la roca en un valle desértico por esclavos que murieron tan pronto terminaron el trabajo… Y me pregunto, aquí en Folsom, mientras la democracia sueña con los encantos del siglo XX, si allá en la cripta excavada en la roca de aquel valle desierto y secreto, todavía permanecen los huesos de aquel poderoso jefe ario que una vez fueron los míos.

Y durante las grandes migraciones, hacia el sur, hacia el este, bajo el ardiente sol que hizo perecer a todos los descendientes de las casas de Asgard y Vaneheim, fui rey en Ceilán, constructor de monumentos durante el reinado de los reyes arios en las antiguas Java y Sumatra. Y he muerto cientos de veces en la gran migración hacia los mares del sur antes de renacer para edificar monumentos, como solo los arios saben hacer, en volcánicas islas tropicales a las que no puedo dar nombre, por estar poco versado en la geografía de aquellos mares lejanos.

¡Oh, si al menos con este frágil caudal de palabras incorporadas a mi conciencia actual pudiera articular la interminable sucesión de razas que tuvo lugar antes del inicio de nuestra historia escrita! Sí, incluso entonces teníamos nuestra historia. Nuestros ancianos, nuestros sacerdotes, nuestros sabios la relataban en forma de leyendas que escribían sobre las estrellas para que nuestra descendencia pudiera recordarlas. Del cielo venían la lluvia, dadora de vida, y la luz del sol. Y estudiamos el cielo; y de las estrellas aprendimos el cálculo del tiempo y el advenimiento de las estaciones; y les pusimos el nombre de nuestros héroes, o de nuestros alimentos, o de los artificios con los que nos los procurábamos; y en esos nombres latían nuestras migraciones, nuestras aventuras, los deseos, la furia, los arrebatos, las urgencias.

¡Pobres de nosotros! Creímos que los cielos, sobre los que escribimos todos nuestros deseos, todo aquello que humildemente hicimos o soñamos hacer, eran inalterables. Cuando yo era un Hijo del Toro, recuerdo que pasé toda una vida contemplando las estrellas. Y, antes o después, aparecieron otras vidas en las que cantaba con los sacerdotes y con los bardos los himnos prohibidos de aquellas estrellas en las que creíamos que estaba escrita nuestra historia inmortal. Y ahora, después de todo aquello, leo en los libros de astronomía de la biblioteca de la prisión, aquellos que nos permiten leer, que incluso el cielo está sujeto a cambios, que también vagan las estrellas, del mismo modo que los hombres vagan por la faz de la Tierra.

Estos conocimientos de la modernidad me han permitido —volviendo a través de la pequeña muerte de mis vidas anteriores— comparar los cielos de entonces con los de ahora. Y se producen cambios en las estrellas. He visto estrellas polares y más estrellas polares y dinastías de estrellas polares. La Estrella Polar se encuentra hoy en la Osa Menor. Pero yo la vi, en aquellos días lejanos, en Draco, en Hércules, en Vega, en Cygnus y en Cefeo. No, ni siquiera las estrellas permanecen; sin embargo, el recuerdo y el conocimiento de todas ellas permanece en mí, en mi espíritu que es memoria y eternidad. Solo el espíritu permanece. Todo lo demás, mera materia, perece, porque tiene que perecer.

Sí, hoy me veo a mí mismo como aquel hombre que apareció en el mundo antiguo, rubio, feroz, asesino y amante, devorador de carne, buscador de raíces; gitano y ladrón, que vagabundeó durante milenios por el mundo, buscando carne que devorar y abrigo para sus retoños y sus crías.

Soy aquel hombre, la suma de él, su totalidad, el lampiño bípedo que se irguió desde el cieno, que creó el amor y la ley más allá de la anarquía de la fecunda vida que gritaba y bramaba en la selva. Soy todo lo que fue aquel hombre y en lo que devino. Me veo, a través de las dolientes generaciones, acechando, matando a la presa, a la pesca, desbrozando los bosques para sembrar los primeros campos, fabricando toscas herramientas de hueso y de piedra, construyendo casas de madera, cubriendo los tejados con hojas y paja, cuidando de las hierbas silvestres y de las raíces de los prados, protegiéndolas para que llegaran a ser las progenitoras del arroz, del trigo, del mijo, de la cebada y de tantos otros cereales, aprendiendo a arar la tierra, a sembrar, a cosechar, a almacenar, extrayendo las hebras de las plantas para poder tejer ropas con ellas, diseñando sistemas de irrigación, trabajando el metal, trazando rutas comerciales, desarrollando la navegación; y también organizando la vida de las aldeas, uniendo unas aldeas con otras hasta convertirlas en tribus, uniendo las tribus hasta convertirlas en naciones; buscando siempre las leyes de la naturaleza, creando leyes para los hombres, para que pudieran vivir juntos en armonía y, aunando esfuerzos, exterminar todo tipo de fieras, reptantes, rugientes, amenazantes, a fin de que estas no acabaran con el hombre.

Fui ese hombre cada vez que volvió a nacer e intentó vivir de nuevo. Y soy hoy ese hombre, mientras espero mi muerte, condenado por la ley que contribuí a crear hace miles de años y por la que he muerto tantas y tantas otras veces. Y al contemplar este, mi pasado, mi vasta historia, encuentro grandes, espléndidas influencias; la más importante de ellas, el amor de la mujer, el amor del hombre hacia la mujer de su especie. Me veo a mí mismo siempre como el hombre amante, el eterno amante. Sí, fui también un gran guerrero, pero ahora, aquí sentado, hago balance de todo y creo que fui, más que cualquier otra cosa, un gran amante. Y porque mi amor fue grande fui también un gran guerrero.

A veces pienso que la historia del hombre es la historia del amor por la mujer. El recuerdo de todo mi pasado que ahora escribo es el recuerdo de mi amor por la mujer.

Siempre, en las diez mil vidas y formas que tuve, la amé. La amo ahora. Mi sueño rebosa con su presencia; las fantasías de mi vigilia, sin importar dónde comiencen, me guían siempre hasta ella. No hay modo de escapar de ella, de su eterna, espléndida y deslumbrante figura de mujer.

Oh, no se equivoque. No soy un joven ardiente e inmaduro. Soy un hombre de cierta edad, quebrantado el cuerpo y la salud, próximo ya a la muerte. Soy un científico y un filósofo. Y, como todas las generaciones de filósofos anteriores a mí, conozco a la mujer: su debilidad, su mezquindad, su falta de modestia, su deslealtad, sus pies pegados a la tierra, sus ojos que jamás han contemplado las estrellas. No obstante, hay algo irrefutable y eterno: «Sus pies son hermosos, sus ojos radiantes, sus brazos y sus pechos son el paraíso, su encanto supera todas las maravillas que jamás hayan deslumbrado al hombre; y, del mismo modo que el imán arrastra inevitablemente al metal, la mujer atrae inevitablemente al hombre».

La mujer ha hecho que me ría de la muerte y de la distancia, de la fatiga y del sueño. He asesinado a hombres, a muchos hombres, por el amor de una mujer, y con sangre he bautizado nuestras nupcias o he lavado la mancha de sus favores a otro. He descendido hasta la muerte y la infamia, he traicionado a mis compañeros y al negro destino que se cernía sobre mí por una mujer, o más bien por satisfacer mis propios deseos de poseerla. Y me he tumbado sobre la cebada, enfermo de su añoranza, solo para verla pasar y colmar mis ojos con el dulce contoneo de su cuerpo y el color de sus cabellos, negros como la noche, o castaños, o rubios, o dorados como oro en polvo bajo el sol.

Porque la mujer *es* hermosa… a los ojos del hombre. Es dulce para su lengua y fragante para su olfato. Ella es el fuego en la sangre del hombre y el júbilo de mil trompetas; su voz es como la música para sus oídos; y puede hacer temblar su alma, aun cuando esta se muestre inquebrantable ante la presencia huracanada de los Titanes de la Luz y las Tinieblas. Y más allá de la contemplación de las estrellas, en los lejanos cielos que imagina, de valquirias o de huríes, el hombre le ha cedido un lugar a su lado, pues no podría concebir el cielo sin su presencia. Y la espada en la batalla no entona melodías tan dulces como la risa de una mujer bajo la luz de la luna, o con su gemido de amor en la oscuridad, o cuando camina con gran porte bajo el sol, mientras él yace, aturdido por el deseo, sobre los prados de hierba.

He muerto de amor. Y he muerto por amor, como ustedes podrán comprobar. Dentro de poco me sacarán de aquí, a mí, a Darrell Standing, y me matarán. Y también esa muerte será por amor. Oh, no asesiné al profesor Haskell en el laboratorio de la Universidad de California por motivos livianos: sí, estaba fuera de mí. Él era un hombre. Yo soy un hombre. Y había una hermosa mujer. ¿Pueden entenderlo? Ella era una mujer y yo un hombre, un hombre que la amaba, y toda la herencia del amor era mía, desde los tiempos de la oscura y tumultuosa selva, antes de que el amor fuera amor y el hombre fuera hombre.

¡Ay!, no es una novedad. Muchas, muchas veces en el decurso de mi largo pasado, he dado la vida, he entregado el honor, la dignidad y el poder, por amor. El hombre es diferente a la mujer. A ella le domina la inmediatez y solo conoce la necesidad de lo cotidiano. Nosotros poseemos un sentido del honor superior al suyo y un orgullo que va mucho más allá de lo que ella jamás pudiera imaginar. Nuestros ojos se maravillan con la lejana visión de las estrellas, mientras que los suyos no distinguen más allá de la tierra firme bajo sus pies, el pecho del amante sobre el suyo y el bebé radiante cobijado en su regazo. Y aun así, tal es la trama alquímica que en nosotros los siglos obraron que la mujer vierte toda su magia en nuestros sueños y en nuestras venas, de modo que para nosotros es mucho más que los sueños, que las lejanas visiones y la propia sangre de la vida; como dicen los amantes con gran verdad, la mujer es más que el mundo. Y es justo que sea así, pues, de no ser así, el hombre no sería hombre, guerrero o conquistador, abriéndose paso visceralmente por encima de cualquier forma de vida interior para enfrentarse a todo; si el hombre no hubiese sido amante, un amante despótico, nunca se habría convertido en guerrero majestuoso. Luchamos mejor, morimos mejor y vivimos mejor por aquello que amamos.

Yo soy ese hombre. Veo en mí a todos los seres que me han constituido. Y siempre veo a una mujer, a las muchas mujeres que me han creado y que me han abatido, que me amaron y a quienes yo amé.

Recuerdo que hace mucho tiempo, cuando el género humano era todavía muy joven, construí una trampa en un foso, en cuyo centro clavé una gran estaca, para dar caza al terrible Dientes de Sable. El Dientes de Sable, de largo pelaje y agudos colmillos, era el enemigo más peligroso para nosotros, que nos agazapábamos en torno a las hogueras por la noche, y por el día desenterrábamos y devorábamos moluscos en los páramos de lodo salado próximos a nuestros refugios.

Y cuando los rugidos de Dientes de Sable nos despertaban en mitad de la noche, nos acurrucábamos alrededor de los rescoldos de la hoguera, y yo me enfurecía pensando en la trampa y la estaca aún no probadas; era una mujer la que me rodeaba con sus brazos y sus piernas, y luchaba por impedir que me fuera, en medio de la oscuridad, como era mi deseo. Ella vestía únicamente unas ligeras pieles raídas y requemadas, de animales que yo había cazado, para protegerse del frío; estaba sucia y ennegrecida por el humo de la hoguera, pues no se lavaba desde las lluvias primaverales; sus manos, de uñas retorcidas y rotas, eran callosas, y se asemejaban más a zarpas que a manos; pero sus ojos eran azules como el cielo de verano, profundos como el mar, y había algo en sus ojos, en sus brazos cuando me estrechaban y en su corazón latiendo junto al mío, que me retenía… a pesar de que, desde el amanecer hasta el crepúsculo, mientras Dientes de Sable rugía encolerizado, tenía que soportar las burlas de mis compañeros, que cuchicheaban con sus mujeres, y decían que yo no tenía tanta fe en la trampa como para aventurarme durante la noche hasta el agujero que había cavado para cazarlo. Pero mi mujer, mi salvaje compañera, me retenía; salvaje era yo también, pero sus ojos me dominaban y sus brazos me encadenaban; sus piernas, enroscadas en las mías, y los latidos de su corazón junto al mío lograban que me apartara de mi lejano sueño, de mi mayor reto, de la mayor de todas las hazañas: cazar y dar muerte a Dientes de Sable.

Hubo un tiempo en que fui Ushu, el arquero. Lo recuerdo bien. Me había perdido en el gran bosque y no conseguía encontrar a mi gente; aparecí en las grandes llanuras, donde se extienden amplios prados, y fui recogido por gentes extrañas, de piel blanca y cabello rubio como yo, y que hablaban una lengua no muy distinta a la mía. Ella era Igar, la seduje cantando al atardecer; estaba destinada a ser una madre fértil, de ancha figura y pechos grandes, y no pudo más que sentirse atraída por el hombre musculoso, de pecho robusto, que cantaba sus propias hazañas en la guerra y en la caza, y que le prometía protección y alimento para cuando ella criara a los que habrían de vivir y cazar en el futuro.

Aquellas gentes no poseían la sabiduría de mi pueblo, pues cazaban a sus presas con trampas y cepos, y combatían con estacas y lanzas de piedra; desconocían las virtudes de las flechas de extremos dentados que se enganchaban a los tendones de los venados, que salían disparadas como un resorte del arco flexible.

Y cuando cantaba yo mis proezas al anochecer, estas extrañas gentes reían a carcajadas. Solo ella, Igar, me creía y tenía fe en mí. Me la llevé a ella sola de cacería, a la poza a la que los venados acudían en busca de agua. Y mi arco vibró y silbó en la espesura, y un venado cayó muerto; y fue dulce su tibia carne sabrosa en nuestras bocas y ella fue mía junto a la poza.

Por Igar me quedé entre estos hombres extraños. Les enseñé a fabricar arcos de roja y fragante madera de cedro. Les enseñé a cazar manteniendo los ojos abiertos y apuntando con el izquierdo, a fabricar flechas romas para la caza menor, y flechas dentadas de hueso para pescar en aguas cristalinas, y a tallar puntas de flecha de obsidiana para cazar venados, alces y caballos salvajes. Pero se reían de mi método para tallar la piedra, hasta que atravesé a un alce de parte a parte con mi flecha, que se hundió en los órganos vitales del animal, y la tribu entera me aclamó.

Yo era Ushu, el arquero; Igar era mi mujer y compañera. Reíamos, bajo el sol de la mañana, cuando nuestros hijos, una hembra y un varón, rubios como la miel, se despatarraban y se revolcaban sobre la hierba de mostaza; y cuando por la noche ella descansaba y retozaba entre mis brazos, me impelía a que, por mi destreza en la elección de maderas para los arcos y en la talla de las puntas de las flechas, permaneciera siempre en el campamento y dejara que los otros hombres se arriesgasen en la cacería y me procurasen la carne. Y yo atendía a sus razones, y así me convertí en un hombre obeso y de corto resuello, y en las largas noches de insomnio me lamentaba de que aquellos hombres de una tribu extraña me trajesen la carne por mi sabiduría y por mi honor, pero se rieran de mi gordura y de mi incapacidad para la caza y para la lucha.

Y en los días de la vejez, cuando nuestros hijos eran hombres y nuestras hijas madres, cuando desde el sur llegaron los hombres oscuros, de frente chata y pelo ensortijado, echándosenos encima como olas del mar, obligándonos a retirarnos hasta las laderas de las colinas, Igar, como tantas veces antes y después otras tantas compañeras, se aferró a mi cuerpo con brazos y piernas, desechando altos propósitos, esforzándose por mantenerme lejos de la batalla.

Pero yo logré deshacerme de su abrazo, aun gordo, resollando, y mientras ella lloraba diciendo que ya no la amaba, salí a la batalla de la noche, del alba, entre los cantos de las cuerdas de los arcos y el zumbido de las flechas afiladas, emplumadas. Y así les mostrábamos a esos hombres de cabello ensortijado nuestra habilidad para la lucha, nuestro ingenio y nuestros deseos de matar.

Y cuando caí muerto al final de la batalla hubo cantos fúnebres en mi honor, canciones que contaban mi historia, la del arquero Ushu y de Igar, su esposa y compañera, que abrazada a mis brazos y a mis piernas había intentado mantenerme alejado de la batalla.

Hubo un tiempo, solo Dios sabe cuándo, en los albores de la humanidad, en que vivíamos junto a enormes ciénagas, donde las colinas descendían hasta el lecho de un amplio río de aguas mansas, donde nuestras mujeres recolectaban bayas y raíces, donde había manadas de ciervos, caballos salvajes, antílopes y alces que los hombres cazábamos con flechas o con trampas que cavábamos por toda la colina. Del río capturábamos peces con redes que las mujeres tejían con las cortezas de los árboles más jóvenes.

Yo era un hombre impaciente y curioso, como el antílope al que conseguíamos atraer hasta los arbustos en los que nos ocultábamos agitando manojos de hierba. El arroz silvestre crecía en la ciénaga, sus delgados tallos brotaban del agua en la orilla de los canales. Cada mañana nos despertaban los mirlos con sus cantos mientras abandonaban sus alcándaras para volar hasta los tremedales. Y al llegar el largo crepúsculo, cuando regresaban a sus nidos, el aire se llenaba del rumor de sus alas. Era la época en que sazonaba el arroz, y los patos, que también poblaban la zona, y los mirlos prosperaban hasta hartarse con el arroz tierno, descascarillado por el sol.

Y como yo era hombre inquieto, siempre preguntándome qué habría más allá de las colinas y de los pantanos y en el fondo fangoso del río, observé a los patos salvajes y a los mirlos y reflexioné largo y tendido hasta llegar a la siguiente consideración:

> *La carne era un buen alimento, pero, a fin de cuentas, remontándonos al principio, la carne provenía de la hierba. La carne de pato y de mirlo provenía del arroz de los marjales. Matar a un pato con una flecha apenas compensaba la laboriosa tarea de, escondido durante horas, acechar a la presa. Además, los mirlos eran demasiado pequeños como para utilizar flechas, salvo para los chicos que estaban aprendiendo y se preparaban para la caza mayor. Y aun así, en la temporada del arroz, a los mirlos y a los patos se les veía suculentos, rollizos, por todo el arroz que comían. ¿Por qué no podíamos nosotros alimentarnos de ese mismo arroz?*

Y así pasaba largas horas en el campamento, meditando, silencioso, taciturno, mientras los niños se peleaban a mi alrededor ante mi indiferencia, y mientras Arunga, mi compañera, me reprendía en vano y me exhortaba para que fuese a cazar y trajera más carne para todos nosotros.

Arunga era la mujer que yo había robado de la tribu de las colinas. Doce lunas tuvieron que transcurrir para que aprendiéramos mutuamente nuestras lenguas, después del rapto. ¡Sí, todavía recuerdo aquel día en que salté sobre ella desde la rama de un árbol mientras ella trataba de escapar! Caí sobre sus hombros con todo el peso de mi cuerpo, y la agarré de las manos con todas mis fuerzas. Gritaba como una gata y forcejeaba y me mordía. Las uñas de sus manos me desgarraban como zarpas de un gato montés. Pero logré reducirla y someterla y durante dos días la obligué a puro golpe a que me siguiera hacia los prados, donde el río fluye a través de los pantanos de arroz, donde se alimentaban los mirlos y los patos, lejos de los barrancos de los Hombres de las Montañas.

Entonces, cuando el arroz hubo madurado, tuve una visión. Hice sentarse a Arunga en la parte delantera del tronco hueco y requemado que teníamos por canoa. Le pedí que remase mientras yo extendía en la parte trasera una piel de venado que ella misma había curtido. Con dos recios palos fui doblando los tallos y los sacudía para que soltaran el grano sobre la piel de venado; granos que, de otro modo, se habrían comido los mirlos. Cuando hube desgranado unos cuantos tallos, le entregué los palos a Arunga y comencé a remar y a dirigir nuestra canoa.

Ya habíamos probado con anterioridad el arroz crudo y no había sido de nuestro agrado; pero esta vez lo tostamos sobre el fuego, de modo que los granos se hincharon y reventaron en toda su blancura, y toda la tribu vino corriendo a probarlo.

Desde entonces se nos conoció entre los hombres como los Comedores de Arroz y los Hijos del Arroz. Y mucho, mucho tiempo después, cuando los Hijos del Río nos echaron de los pantanos y tuvimos que desplazarnos hasta las tierras altas, llevamos con nosotros la semilla del arroz para sembrarla. Aprendimos a seleccionar las semillas más grandes, así que, en adelante, el arroz que comíamos era el de grano grueso, que todavía se hinchaba más al tostarlo y al hervirlo.

Pero… ¿qué más decir de Arunga? Ya he dicho que gritaba y arañaba como un gato cuando la rapté. Todavía recuerdo cuando algunos de sus parientes de los Hombres de la Colina me capturaron y me llevaron con ellos. Eran su padre, el hermano de su padre y dos hermanos de sangre de ella. Pero ella era mía, había vivido conmigo. Y una noche, mientras yo yacía atado como un cerdo salvaje al que van a degollar, cuando todos ellos dormían junto al fuego, Arunga se acercó sigilosamente y les partió la cabeza con una maza de guerra que yo había fabricado con mis propias manos. Lloró sobre mi pecho, me desató y huimos, regresando al amplio y perezoso río y a los pantanos donde crecía el arroz del que se alimentaban los patos y los mirlos; pero todo esto ocurrió mucho antes de la aparición de los Hijos del Río.

Ella era Arunga, la única mujer, la mujer eterna, que ha vivido en todos los lugares y en todas las épocas, y vivirá siempre, porque es inmortal. Una vez, en tierras lejanas, se llamó Ruth, como también se ha llamado Isolda, Elena, Pocahontas y Unga. Y todos los hombres, aun de las más extrañas tribus, la han encontrado, y la encontrarán en todas las tribus de la Tierra.

Recuerdo las muchas mujeres en que se ha convertido aquella única mujer. Hubo un tiempo en que mi hermano Har y yo perseguíamos día y noche a un semental salvaje; lo acechábamos por turnos, sin darle descanso, obligándole a pasar hambre y sed hasta el agotamiento. Al final apenas podía mantenerse en pie, temblando mientras nosotros lo atábamos con cuerdas de piel de reno. Y así, casi sin esfuerzo, con la única ayuda de nuestro ingenio —la idea fue mía— mi hermano y yo conseguimos dominar a aquella criatura de patas ligeras.

Cuando estaba ya preparado para montarme sobre su lomo —ese había sido mi sueño desde el principio—, Selpa, mi mujer, me rodeó con sus brazos y levantó la voz para decir que era Har, y no yo, quien debía montar el caballo salvaje, pues él no tenía esposa ni hijos, y si moría, nadie más saldría perjudicado. Finalmente se puso a llorar, sus lágrimas me arrebataron la ilusión y Har, desnudo, se aferró al semental y lo montó a horcajadas por vez primera.

Al atardecer, entre grandes llantos, trajeron a Har desde unas rocas lejanas donde lo habían encontrado. Se había abierto la cabeza y se le desparramaban los sesos por el suelo como miel de un panal por el tronco de un árbol. Su madre se echó ceniza sobre la cabeza y se pintó el rostro de negro; su padre se cortó la mitad de los dedos de una mano en señal de duelo; y las mujeres, sobre todo las jóvenes solteras, profirieron a gritos insultos contra mí; y los más ancianos sacudían sus sabias cabezas murmurando que ni sus padres ni los padres de sus padres, habían oído hablar jamás de semejante temeridad. La carne de caballo era buena para comer y los potrillos jóvenes eran tiernos para los dientes más gastados, pero solo un loco intentaría montar un caballo salvaje a menos que lo hubiese atravesado previamente con una flecha, o se debatiera entre la vida y la muerte clavado en la estaca de una de las trampas.

Selpa me ordenó que me fuese a dormir, y a la mañana siguiente me despertó con su parloteo, sermoneándome sobre mi locura, repitiéndome constantemente que tenía que cuidar de ella y de nuestros hijos, hasta que finalmente me cansé, y abandoné para siempre la idea de montar un caballo salvaje para cruzar los arenales y los pastos veloz como el viento.

A lo largo de los años, nunca dejó de escucharse alrededor del fuego del campamento la historia de mi loca empresa de juventud. Sin embargo, de la repetición de aquel relato surgió la semilla de mi venganza, porque mi sueño no pereció en el olvido y los más jóvenes, al escucharlo entre risas y burlas, volvían a soñar con alcanzarlo; hasta que finalmente fue Othar, mi hijo mayor, aún siendo un mozalbete, quien logró acercarse a un caballo salvaje, saltar sobre su lomo y, ante todos nosotros, volar sobre él a la velocidad del viento. En adelante, para no ser menos que él, todos los hombres quisieron atrapar sus propios caballos salvajes para domesticarlos. Se domaron muchos caballos y muchos hombres murieron en el intento, pero llegué a ver el día en el que, al trasladar nuestro campamento en busca de nuevas tierras para la caza, hasta los niños más pequeños viajaban en cestas de corteza de sauce que cargaban los caballos junto con todas nuestras pertenencias.

Yo, siendo todavía un hombre joven, había tenido un sueño que me perseguía; Selpa, mi mujer, había conseguido apartarme de aquella vieja quimera; pero Othar, fruto de nuestra simiente, tuvo ese mismo sueño y logró llevarlo a cabo, y así nos convertimos en una tribu de grandes cazadores.

Durante la gran migración, cuando dejamos Europa e introdujimos en la India la ganadería y el cultivo de la cebada, hubo una mujer. Aunque eso fue mucho antes de llegar a la India, a mitad de aquel largo desplazamiento que duró cientos de años, y ningún experto en geografía podría decirme dónde se ubica aquel antiguo valle.

La mujer se llamaba Nuhila. Era un valle estrecho, no demasiado largo; sus paredes y sus rápidas pendientes formaban numerosos bancales donde crecía el arroz y el mijo; era la primera vez que nosotros, los Hijos de la Montaña, veíamos crecer esos cereales. Los habitantes de aquel valle eran sumisos, dóciles, pues tan solo se dedicaban, con todo sosiego, a cultivar la tierra, que habían aprendido a regar para obtener mayor provecho. El suyo era el primer sistema de irrigación que veíamos, aunque no tuvimos mucho tiempo para observar los diques y los canales mediante los que conducían el agua desde las colinas hasta los campos de labranza que habían creado. Teníamos poco tiempo porque nosotros, los Hijos de la Montaña, que éramos solo unos pocos, veníamos huyendo de los Hijos de Nariz Chata, que eran muy numerosos. Los llamábamos los Sin Nariz, aunque ellos se hacían llamar los Hijos del Águila. Eran muchos y tuvimos que huir de ellos con nuestro ganado cornicorto, nuestras cabras y nuestras semillas de cebada, con nuestras mujeres y nuestros niños.

Mientras los Narices Chatas mataban a nuestros jóvenes que quedaban rezagados, los nuestros que iban en cabeza eliminaban a las débiles gentes del valle que se oponían a nosotros. La aldea estaba construida con paja y barro; la rodeaba un muro de adobe bastante alto. Tuvimos que matar a algunos aldeanos para acomodar a nuestras familias y al rebaño; después, nos encaramamos al muro para enfrentarnos con gritos e insultos a los Narices Chatas. Encontramos graneros repletos de arroz y de mijo; había paja para alimentar a nuestro rebaño, y la época de las lluvias estaba próxima, por lo que no faltaría el agua.

Fue un largo asedio. Al principio, reunimos a las mujeres, a los ancianos y a los niños que no habíamos matado y les obligamos a salir al exterior de aquel muro que ellos mismos habían construido. Los Narices Chatas acabaron hasta con el último de todos ellos, lo que supuso más comida para nosotros en el interior de la aldea y más comida para ellos en el valle.

Fue un largo y penoso asedio. Nos asolaron las enfermedades, y los cadáveres de nuestros muertos provocaron una epidemia que acabó con gran parte de la población. Se nos agotaron el arroz y el mijo de los graneros; tuvimos que alimentar al ganado con la paja de los tejados, hasta que, finalmente, nos comimos a todas las reses y las cabras.

Llegó un momento en que un solo hombre defendía en la muralla el lugar que antaño defendían cinco; del medio millar de niños y bebés, no quedó ninguno. Fue Nuhila, mi mujer, la primera que se cortó el cabello y trenzó con él una fuerte cuerda para mi arco. Las demás mujeres la imitaron y, cuando nos atacó el enemigo, se mantuvieron junto a nosotros, hombro con hombro, en medio de aquella lluvia de lanzas y flechas, arrojando piedras y cascotes a los Narices Chatas.

Casi logramos agotar la paciencia de los muy pacientes Narices Chatas. De los diez que otrora guardábamos el muro, ya solo quedaba uno; tampoco quedaban muchas mujeres, y los Narices Chatas pidieron parlamento. Nos dijeron que éramos de fuerte estirpe, y que nuestras mujeres parían verdaderos hombres; añadieron que si les entregábamos a nuestras mujeres, nos dejarían vivir en paz, como dueños absolutos del valle, y que podríamos conseguir mujeres en otros valles más hacia el sur.

Nuhila se negó y las otras mujeres se negaron también. Y nosotros nos burlamos de ellos, preguntándoles si es que estaban ya cansados de luchar: nosotros sí que lo estábamos. Sabíamos que un último ataque contra la muralla sería nuestro fin; nuestras mujeres también lo sabían. Nuhila dijo que debíamos poner fin a aquello antes de que lo hiciesen los Narices Chatas. Todas las mujeres estuvieron de acuerdo. Y mientras los Narices Chatas preparaban el ataque definitivo, allí, junto al muro, dimos muerte a nuestras mujeres. Nuhila me amaba, y allí, junto al muro, se abalanzó sobre mí atravesando ella misma su cuerpo con mi espada. Y nosotros, los hombres, por amor a la tribu a la que pertenecíamos, nos quitamos la vida unos a otros hasta que solo quedamos Horda y yo, en medio de aquella terrible carnicería. Horda era mayor que yo, así que yo fui el primero en clavarme su espada. Pero mi muerte no fue instantánea, por lo que aún pude ver cómo Horda se atravesaba con su espada y caía muerto en el acto. Fui el último de los Hijos de la Montaña. Y mientras agonizaba moribundo, oía los gritos de los enemigos que se desvanecían en mis oídos, orgulloso de que los Narices Chatas nunca tuvieran hijos de nuestras mujeres.

Desconozco la época en que fui Hijo de la Montaña y perdí la vida en el valle angosto en el que habíamos asesinado a los Hijos del Arroz y del Mijo. Solo sé que sucedió siglos antes de que los Hijos de la Montaña llegaran a la India tras la gran migración; mucho antes de que yo fuese un jefe ario en el Antiguo Egipto, donde profané las tumbas de los antiguos reyes y ordené construir mis dos sepulturas.

Lamento no poder contarles más sobre aquellos días, pero me queda poco tiempo. No tardaré en morir. No obstante, me hubiera gustado poder explicar algo más de aquellas primeras migraciones, del cruce de los pueblos, del deshielo de los polos o de las expediciones en busca de caza.

También me gustaría hablarles del Misterio. Siempre, desde tiempos inmemoriales, nos ha invadido la curiosidad por conocer el secreto de la vida, de la muerte y de la vejez. A diferencia del resto de animales, el hombre siempre ha contemplado las estrellas y no solo ha creado dioses a su imagen y semejanza, también se ha servido de imágenes producto de sus fantasías. En aquellos lejanos días adoré al sol y a la oscuridad, y al grano del cereal, dador de la vida. Rendí culto a Sar, Diosa del Maíz, y también he venerado a los dioses del mar, de los ríos y de los peces.

Sí, recuerdo a Ishtar antes de que nos la robaran los babilonios; también a Ea, soberano del Inframundo, que ayudó a Ishtar a conquistar la Muerte. También Mitra, antiguo dios ario de la luz solar, fue otro de nuestros dioses hasta que nos lo usurparon o dejamos de creer en él. Y recuerdo que, mucho después de la gran migración, cuando introdujimos la cebada en la India, llegué allí como comerciante de caballos, con mis numerosos sirvientes y una larga caravana a mis espaldas, y que por entonces adorábamos a Bodhisattva.

Realmente el culto al Misterio ha vagado tanto como los hombres, pues entre apropiaciones, préstamos y robos, los dioses han sido tan vagabundos como nosotros. Así como los sumerios nos arrebataron a Shamashnapishtin, los Hijos de Sem lo tomaron de ellos y lo llamaron Noé.

Y ahora yo, Darrell Standing, me río aquí, desde el Corredor de la Muerte, de los doce respetables miembros del jurado que me declararon culpable y me condenaron a muerte. El doce ha sido siempre el número mágico del Misterio. Ni siquiera tuvo su origen en las doce tribus de Israel. Aquellos que, mucho tiempo atrás, contemplábamos las estrellas, ya habíamos situado los doce signos del Zodíaco en el firmamento. Y recuerdo que, cuando habitaba entre los Asir y los Vanir,

Odín juzgaba a los hombres en la corte de los doce dioses, cuyos nombres eran Tor, Balder, Niord, Frey, Tyr, Bregi, Heimdal, Hoder, Vidar, Ull, Forseti y Loki.

E incluso nos robaron a las valquirias para convertirlas en ángeles, incorporándoles las alas que tenían los caballos de estas. Y nuestro gélido Helheim de entonces, de hielo y escarcha, se ha convertido en el infierno de hoy, donde el calor abrasador hace que a uno le hierva la sangre en las venas, mientras que en nuestro Helheim el frío mordaz penetraba hasta la médula de los huesos. Hasta el mismísimo cielo, que imaginábamos perdurable y eterno, ha ido cambiando su rumbo, y hoy encontramos al escorpión en el lugar en que solía estar la cabra, y al arquero donde solía estar el cangrejo.

¡Adoraciones, veneraciones! ¡La eterna búsqueda del Misterio! Recuerdo aquel dios cojo de los griegos, el maestro herrero, que no era sino el Wieland germánico, el herrero capturado por Nidung, rey de los Nids, quien le cercenó una pierna, dejándole cojo para siempre. Y aun antes, engendrado por nuestras propias fantasías, había sido nuestro maestro herrero, forjador divino, a quien llamábamos Ilmarinen, hijo del dios-sol barbado, criado por las estrellas de la Osa. Pues él, Vulcano, o Wieland, o Il-marinen, había nacido debajo de un pino, del pelaje de un lobo, y se le llamaba también Padre de los Osos antes de que los germanos y los griegos lo robasen para adorarlo. Por aquel entonces nos llamábamos los Hijos del Oso y los Hijos del Lobo, pues uno y otro animal eran tótems de nuestros clanes. Todo esto ocurrió antes de la migración hacia el sur, en la que nos unimos a los Hijos del Bosque y les enseñamos nuestros tótems y nuestras leyendas.

Sí, ¿y quién era Kashyapa, quién era Pururavas, sino nuestro maestro herrero cojo, a quien llevamos durante la migración y a quien rebautizaron y adoraron los pueblos del sur y del este, los Hijos de los Polos, y de la Antorcha y de la Hoguera?

La historia es demasiado larga, aunque no podría dejar de mencionar la Hierba de la Vida, de tres hojas, con la que Sigmund devolvió la vida a Sinfioti; pues esta es la hierba sagrada de la India, el santo grial del Rey Arturo… pero ¡basta! ¡Basta ya!

Y sin embargo, cuando reflexiono con calma sobre todo esto, llego a la conclusión de que lo más maravilloso de la vida, de todas las vidas, para mí y para todos los hombres, ha sido, es y será la mujer, por mucho que vayan mudando las estrellas en el firmamento y los cielos sigan su flujo eterno. Más grande que nuestras hazañas y anhelos, más que toda invención o fantasía, más que la batalla, la contemplación de las estrellas y el misterio: la mujer ha sido más grande que todo esto…

Aun cuando entonara dudosas melodías a mis oídos y mantuviera mis pies hincados en la tierra, y por ella mis ojos, ansiosos por contemplar el vagabundear de las estrellas, se desviaran siempre hacia su rostro, a pesar de todo, ella, la protectora de la vida, la madre tierra, me ha otorgado mis mejores días y mis noches más gloriosas; me ha dado la plenitud de los años. Incluso he llegado a imaginar el Misterio en su forma, y en el mapa de las estrellas, en los cielos, he situado su figura.

Todos mis esfuerzos e invenciones conducen a ella; en todas mis lejanas ensoñaciones aparece. Si descubrí el fuego y encendí las hogueras, fue por ella. Como también por ella, aun sin saberlo, coloqué la estaca en el fondo del foso para cazar al viejo Dientes de Sable, domé al caballo, maté al mamut y pastoreé a los renos hacia el sur anticipándome al deshielo. Por ella coseché el arroz salvaje y sembré la cebada, el trigo y el maíz.

Por ella y por la semilla que llevaba en su interior, hecha a su imagen y semejanza, he muerto en las copas de los árboles y he soportado largos asedios en el interior de las cavernas y sobre los muros de adobe. Por ella coloqué los doce signos en el cielo. A ella adoraba, al fin, cuando me inclinaba ante las diez piedras de jade, rindiendo culto a las lunas de la gestación.

La mujer siempre ha permanecido a ras de suelo, sobre la tierra, como la gallina maternal que cuida de sus polluelos; y aunque mis ansias de peregrinar me llevaron por caminos resplandecientes, siempre las sendas pobladas de estrellas me han devuelto hasta ella, el eterno femenino, la mujer, la mujer única, en cuyos brazos era capaz de olvidarme del firmamento.

Por ella salí indemne de odiseas, escalé montañas, crucé desiertos; por ella fui el primero en la cacería y la vanguardia en el combate; y por ella y para ella entoné el cantar de mis gestas. El éxtasis de la vida y las rapsodias del deleite fueron míos gracias a ella. Y ahora, al final, puedo decir que jamás he conocido una locura tan dulce y profunda como la de hundirme olvidándome de mí en la fragante gloria y en el embeleso de sus cabellos.

Una sola palabra para terminar. Me acuerdo de Dorothy, de esto hace muy poco tiempo, cuando yo todavía impartía clases de Agronomía a los jóvenes estudiantes granjeros. Ella tenía once años. Su padre era el decano de la universidad. Ella era una niña y también era mujer; y creía que me amaba. Y yo sonreía para mis adentros, pues mi corazón permanecía inalterable ante ella, tan lejos de allí.

Pero había ternura en mi sonrisa, porque en los ojos de aquella niña veía a la mujer eterna, la mujer de todos los tiempos con todas sus apariencias. En sus ojos veía los ojos de mi compañera en la selva, en las cavernas, en las copas de los árboles. En sus ojos veía los ojos de Igar, cuando yo era Ushu, el arquero; los ojos de Arunga, cuando fui cosechador de arroz; los ojos de Selpa, cuando soñaba con domar al semental; los ojos de Nuhila, quien se atravesó con mi espada. Sí, había algo en sus ojos que los convertía en los de Lei-Lei, a quien abandoné con una sonrisa en los labios; en los de lady Om, que compartió miserias mendigando conmigo por sendas y caminos durante cuarenta años; en los de Philippa, por quien caí muerto en duelo sobre la hierba de la antigua Francia, y en los de mi madre, cuando fui un niño llamado Jesse en aquella caravana de cuarenta carretas en Mountain Meadows.

Era una niña, pero era hija de todas las mujeres, como lo fue su madre antes que ella, y era la madre de todas las mujeres que vivieron después. Ella era Sar, diosa del maíz; era Isthar, que conquistó la Muerte; era Sheba y Cleopatra, Esther y Herodías. Ella era la madre de Jesús y María Magdalena, y era Marta y su hermana María. Y era Brunilda y Ginebra, Isolda y Julieta, Eloísa y Nicoleta. Sí, y era Eva, y Lilit, y Astarté. Tan solo tenía once años y ya era todas las mujeres que habían existido y todas las que existirían.

Ahora, sentado en mi celda, mientras las moscas zumban en esta somnolienta tarde de verano, sé que me queda poco tiempo. Pronto me pondrán la camisa sin cuello… Pero… quédate tranquilo, corazón. El espíritu es inmortal. Después de la oscuridad viviré de nuevo, y habrá otras mujeres. El futuro me reserva otras mujeres que me acompañarán en las vidas que aún me quedan por vivir. Y aunque las estrellas se sucedan a la deriva y los cielos mientan, siempre permanecerá la mujer, resplandeciente y eterna, la única mujer, y yo, bajo todas mis máscaras y todas mis desventuras, yo, el hombre, soy, seré, su compañero.

CAPÍTULO 22

Mi tiempo se acaba. El manuscrito de mi relato se encuentra a salvo fuera de prisión. Un amigo, en quien sé que puedo confiar, se encargará de que lo publiquen. Ya no me encuentro en el Corredor de la Muerte. Escribo estas líneas desde la celda de los que van a ejecutar con inmediatez, donde un guardia me vigila día y noche. Paradójicamente, su función es la de velar para que no muera. Debo seguir con vida hasta que puedan ahorcarme, pues de lo contrario el ciudadano se sentiría estafado, la ley burlada y el alcaide sería amonestado, ya que una de sus obligaciones es la de garantizar que sus condenados mueran debidamente, tal como está estipulado, en el patíbulo. No deja de sorprenderme la extraña manera en que les ha tocado a algunos hombres ganarse la vida.

Esto será lo último que escriba. Ya se ha fijado la hora para mañana por la mañana. El gobernador ha rechazado tanto la petición de indulto como un nuevo aplazamiento, a pesar de que la Liga contra la Pena de Muerte ha organizado un buen revuelo en California. Los periodistas se apiñan en torno a la carroña. Los he visto. Son hombres jóvenes, la mayoría de ellos, un tanto ridículos, y lo más ridículo es que para ganarse el pan, el alcohol y el tabaco, el alquiler del piso y, si están casados, hasta los zapatos y los libros de los niños, serán testigos presenciales de la ejecución del profesor Darrell Standing, y tendrán que describir para el público cómo el profesor Darrell Standing murió colgado de una soga. Apuesto a que, a fin de cuentas, cuando todo acabe, ellos seguro que se quedan con peor cuerpo que yo…

Mientras espero aquí sentado, escuchando los pasos del guardia que va de un lado a otro sin quitarme ojo de encima, me doy cuenta de lo cansado que estoy de toda esta recurrencia eterna. ¡He vivido tantas vidas! Estoy cansado del combate interminable, del dolor y de las desgracias que han de soportar los que se sientan en las alturas, los que recorren los caminos resplandecientes vagando por las estrellas.

Espero que, al menos, el próximo cuerpo en el que habite sea el de un pacífico granjero. Pienso en la granja de mis sueños, y no me importaría pasarme toda una vida en ella. ¡Sí, la granja de mis sueños! ¡Mis campos de alfalfa, mi fiel ganado de Jersey, mis pastos de las tierras altas, las pendientes aún enmarañadas, pronto convertidas en campos de cultivo, mis cabras de Angora comiendo, desbrozando las zarzas!

Allá en lo alto, hay una alberca grande, natural, con generosas vertientes por tres de sus lados; por el cuarto, sorprendentemente angosto, pienso construir una presa. Con apenas dispendio de trabajo, lograremos embalsar cerca de cien millones de litros de agua. Ya saben: en California, el largo verano californiano es una de las mayores rémoras para la agricultura. Es imposible, por tanto, el cultivo de compensación; y el suelo desnudo, tierno, se convierte en un desierto de polvo, cuyo rico humus se abrasa al sol. Ahora bien, con aquella presa que embalse las aguas, podré plantar tres cosechas al año, empleando cultivos de rotación, y crear una capa de verde estiércol.

Acabo de soportar una visita del alcaide. He dicho «soportar», y créanme, sé lo que me digo. No se parece en nada al alcaide de San Quintín. Estaba muy nervioso, y casi me he visto obligado a calmarle, de algún modo. Este es su primer ahorcamiento, según me ha dicho. Y yo, en un torpe alarde de ingenio, no he logrado tranquilizarle precisamente diciéndole que también era el mío. No parecía tener muchas ganas de bromear. Tiene una hija en el instituto y un hijo que acaba de ingresar en Stanford. No tiene más ingresos que su salario, y su esposa está inválida. En realidad, el hombre me ha contado muchos de sus problemas, y aún seguiría aquí contándomelos si no le hubiera despachado, eso sí, diplomáticamente.

Mis dos últimos años en San Quintín fueron bastante sombríos, incluso deprimentes. Ed Morrell, por uno de esos caprichos del destino, abandonó las celdas de castigo y le nombraron jefe de todos los reclusos de confianza de la prisión. Era el antiguo puesto de Al Hutchins y significaba, ni más ni menos, que un pellizco de tres mil dólares al año. Jake Oppenheimer, que durante tantos años se había podrido en las celdas de castigo, se volvió de pronto un amargado; estaba en contra de todo y, durante ocho meses se negó a hablar hasta conmigo.

En la cárcel, las noticias viajan rápidamente. En poco tiempo llegan incluso hasta los calabozos y las celdas de castigo. Y me llegó la noticia de que Cecil Winwood, el falso poeta, el chivato, el cobarde, el delator, había regresado a la cárcel acusado de un nuevo delito de falsificación. Por si no lo recuerdan, debo decir que este Cecil Winwood fue el que inventó todas aquellas mentiras sobre la dinamita que yo había cambiado de lugar, y el responsable, al fin, de los cinco años que he pasado incomunicado en las celdas de castigo.

Decidí matar a Cecil Winwood. Verán, Morrell se había ido y Oppenheimer, hasta el día de su catástrofe final, permanecía en silencio. La monotonía allí dentro en la celda se me hacía insoportable. Tenía que hacer algo. Entonces me acordé de aquella vez que, siendo Adam Strang, estuve rumiando pacientemente mi venganza durante cuarenta años. Sabía que volvería a hacer lo mismo si tuviera al alcance de mis manos la garganta de Cecil Winwood.

No esperen que divulgue cómo me hice con cuatro pequeñas agujas de coser. Agujas de coser lino. Con la escasa fuerza que conservaba, tuve que serrar cuatro barrotes, haciendo dos cortes en cada uno de ellos, a fin de abrir un agujero por el que poder escabullirme. Y lo hice. Utilicé una aguja para cada barrote, y cada uno de los cortes me llevó un mes. Desgraciadamente, se me rompió la última aguja cuando acababa ya con el último barrote y tuve que esperar tres meses más hasta que conseguí una nueva. Pero la conseguí, y pude escaparme.

Lo que más lamento es que no logré atrapar a Cecil Winwood. Lo tenía todo bien calculado, salvo una sola cosa. El mejor momento para encontrar a Winwood era la hora del almuerzo, en el comedor. Así que esperé hasta que Carapastel Jones, el guardia dormilón, estuviese de turno al mediodía. Por aquel entonces, yo era el único recluso en las celdas de castigo, por lo que Carapastel Jones podía darse el gusto de roncar a placer. Arranqué los barrotes, me deslicé y salí de la celda, pasé junto al guardia sin que me viera, abrí la puerta y ya estaba libre… libre para caminar por el interior de la cárcel.

Y entonces supe que había olvidado un detalle: mi estado físico. Había pasado cinco años incomunicado, en aquella celda, y apenas tenía fuerzas para nada. No pesaría ni cuarenta kilos y estaba medio ciego. Al instante sufrí un ataque de agorafobia: me aterró la amplitud del espacio. Aquellos cinco años encerrado entre cuatro paredes me habían dejado incapacitado para enfrentarme a la enorme pendiente de la escalera y a la amplitud del patio de la prisión.

El descenso por aquellas escaleras fue sin duda la hazaña más heroica que he realizado jamás. El patio estaba desierto, y un sol cegador caía de lleno. Tres veces intenté cruzarlo, pero me fallaban los sentidos y me vi obligado a retroceder hasta el muro para protegerme. Me armé de valor y lo intenté una vez más, pero mis pobres ojos, atrofiados, se asustaron de mi propia sombra sobre las losas. Traté de esquivarla, tropecé, caí y tuve que arrastrarme con las manos y las rodillas hasta el muro, como un náufrago que intenta llegar a la costa.

Apoyado en el muro, lloré. Era la primera vez que lloraba en muchos años. Todavía recuerdo la tibieza de mis lágrimas resbalando por las mejillas y el sabor salado en los labios. Y entonces sentí un escalofrío y me puse a temblar, como si tuviera fiebre. Estaba claro que en aquel estado me iba a ser imposible atravesar el patio. Todavía temblando, de cuclillas, tocando el muro con las manos, comencé a bordear el patio.

Así fue como me encontró el guardia Thurston, que me había estado observando desde algún lugar. Cuando le vi, distorsionado por mis ojos nublados, me pareció un enorme monstruo, bien cebado, que se acercaba hacia mí desde una distancia remotísima a una velocidad increíble; posiblemente, en aquel momento, estaría a unos cinco metros. Y pesaría unos ochenta kilos. No es difícil imaginar que yo no estaba en condiciones de ofrecer mucha resistencia, pero en algún momento, según su testimonio, le golpeé la nariz con el puño con intención de ensangrentar tan frágil órgano.

De todas formas, yo era un condenado a cadena perpetua y, en California, el castigo que se aplica a un condenado a cadena perpetua por agredir a un guardia es la pena de muerte. De este modo, ni el jurado podía pasar por alto la declaración del guardia Thurston ni la del resto de perros carceleros que testificaron en mi contra, por lo que fui condenado a la pena capital por un juez que no podía desconocer la ley, tal como se explicita certeramente en el código penal.

Ni que decir tiene que Thurston me dio una buena paliza, y durante el camino de vuelta a la celda, incluso mientras subía aquella prodigiosa escalera, continuaron los puñetazos y las patadas de los otros guardias y demás reclusos de confianza que, con el máximo celo, acudieron en su ayuda. ¡Cielo santo!

Si de verdad le sangró la nariz en medio de todo aquel zafarrancho fue seguramente debido al golpe de cualquier otro puño excepto el mío. No obstante, poco me importó que me culparan de aquello. Lo lamentable es que por algo así me vayan a ahorcar…

Acabo de tener una corta charla con el guardia que está de servicio. Hace algo menos de un año, Oppenheimer ocupaba esta misma celda reservada para los condenados a muerte en espera de que, como yo mañana, se cumpla su sentencia. Este hombre es uno de los guardias que vigilaba a Jake. Es un antiguo soldado. Masca tabaco a todas horas, y sin aseo alguno, pues la barba y el bigote, ya encanecidos, tienen manchas amarillentas. Es viudo, tiene catorce hijos, todos casados, y ya es abuelo de treinta y un nietos y bisabuelo de cuatro criaturitas, todas chicas. Que me contara todo eso ha sido más costoso que sacarle una muela. Es un viejo excéntrico, de pocas luces. Creo que eso explica que haya vivido tanto y haya tenido una descendencia tan numerosa. Se le debió de quedar cuajado el cerebro hace treinta años. Rara vez me contesta más que sí o no, y no por mala educación: simplemente no tiene nada que decir. No sé cuándo volveré a reencarnarme, pero una vida como la suya, agradable y vegetativa, me permitiría descansar antes de volver a vagabundear por las estrellas…

Pero, volviendo a mi relato, quisiera dedicar unas líneas para explicar el infinito alivio que sentí cuando, después de que Thurston y su panda de perros carceleros me cosieran a patadas y puñetazos, arrastrándome a golpes por aquella terrible escalera, me encontré de vuelta a salvo en mi celda de castigo. Me sentía como un niño perdido que regresara al hogar. Amaba aquellos muros, los mismos que tanto había odiado durante cinco largos años. Todo lo que me defendía de aquella vastedad del espacio que, como un monstruo, estaba a punto de abalanzarse sobre mí eran aquellas cuatro sólidas paredes, tan cercanas todas ellas a mi tacto. La agorafobia es una enfermedad terrible. No he tenido ocasión de conocerla a fondo, pero, aquella experiencia que tuve fue suficiente para saber que la horca es mucho más fácil de soportar…

Acabo de reírme a carcajadas. El médico de la cárcel, un tipo simpático, ha venido a charlar un rato conmigo y me ha ofrecido sus servicios como experto en materia de drogas. Por supuesto, me he negado a que «me metiera nada por la vena», pues no querría que, para pasar mejor noche de mano de la morfina, mañana cuando me despertara apenas supiera, de camino al patíbulo, si aquel «era el camino de ida o el camino de vuelta».

Y cómo me he reído. Me contaron lo de Jake Oppen-heimer. Me parece verle la cara cuando, con todo ese ingenio fino y descarnado, que los periodistas juzgaban involuntario, se burló de todos ellos. Al parecer, el último día, recién acabado el desayuno y ya vestido con la camisa sin cuello, los periodistas, a la caza y captura de las últimas palabras del condenado, le preguntaron su opinión acerca de la pena de muerte.

¿Cómo pueden hablar algunos —insensibles, morbosos— tan a la ligera de la civilización cuando un grupo de adultos le hace semejante pregunta a un hombre que está a punto de morir, y cuya muerte van a tener el honor de presenciar?

Pero Jake estuvo a la altura de las circunstancias:

—Caballeros, pienso vivir lo suficiente para verla abolida algún día.

He vivido muchas vidas a través de los siglos. El hombre, como individuo, no ha hecho ningún progreso moral en los últimos diez mil años. Y me atrevo a afirmarlo de manera rotunda. La diferencia entre un potro salvaje y el paciente caballo de tiro es una simple cuestión de adiestramiento. El adiestramiento es la única diferencia moral entre el hombre de hoy y el de hace diez mil años. Bajo la delgada capa de moralidad en la que se escuda, el hombre es el mismo salvaje de hace diez mil años. La moral es patrimonio de la sociedad, una penosa adquisición a través de los años. Un recién nacido se convertirá en un salvaje a menos que sea adiestrado, educado en esa moral abstracta que hemos adquirido con el paso del tiempo.

«No matarás», ¡valiente estupidez! Me van a matar mañana por la mañana. «No matarás», ¡pura hipocresía! Hoy en día, en los astilleros de todos los países civilizados, se acumulan las quillas de acorazados y demás superacorazados. Queridos amigos, yo, que estoy a punto de morir, les saludo de este modo: ¡Mentiras y más mentiras!

Me gustaría preguntarles si hay alguna moral, de entre las que se predican hoy en día, mejor que la que predicaba Cristo, Buda, Sócrates, Platón, Confucio o quienquiera que fuese el autor del Mahabharata. Dios mío, hace cincuenta mil años, en nuestras familias totémicas, nuestras mujeres eran más puras, y nuestras relaciones familiares y grupales, si bien más rígidas, más respetuosas y mejores.

Debo decir que en aquellos días nuestra moral era mucho mejor que la actual. No se apresuren a rechazar esta idea. Piensen en la explotación infantil, en la corrupción policial y política, en la adulteración de la comida y en la esclavitud de las hijas de los pobres. Cuando yo era un Hijo de la Montaña, o un Hijo del Toro, la prostitución no tenía sentido. Éramos tan puros que ni siquiera podíamos imaginar tal grado de depravación. Sí, éramos puros, igual que lo son los animales a los que consideramos inferiores. Fue necesaria la imaginación humana y la técnica a su servicio, para que se concibieran los pecados mortales. Los animales, los otros, los inferiores, son incapaces de pecar.

Pienso en las muchas vidas que he vivido en otros tiempos y otros lugares y tengo que decir que nunca he conocido crueldad tan terrible como la de nuestro actual sistema penitenciario. Ya he relatado todo lo que pasé metido en la camisa de fuerza y las celdas de castigo durante la primera década de este siglo XX después de Cristo. En la Antigüedad, los castigos eran más drásticos y se llevaban a cabo con mayor rapidez. Es posible que así se hiciera por puro deseo, por capricho si se quiere, pero, al menos, no éramos hipócritas. No se convocaba a la prensa, al cura o a la universidad para que sancionara nuestros salvajes actos. Hacíamos lo que considerábamos necesario, de modo directo, y nos enfrentábamos al reproche y a la censura con la cabeza bien alta, sin necesidad de escondernos bajo las faldas de los economistas, los filósofos burgueses, o los editores, profesores o predicadores debidamente subvencionados.

¡Por Dios! ¡Santo cielo! Hace cien, o cincuenta, o incluso cinco años, en este país, los Estados Unidos, no se castigaba el asalto y la agresión con la pena de muerte. Pero este mismo año, el año de Nuestro Señor 1913, en el estado de California, han ahorcado a Jake Oppenheimer por ese delito, y mañana, por el terrible acto criminal de golpear a un hombre en la nariz, me ahorcarán a mí. Me pregunto: ¿No es necesario que pasen eternidades para que mueran en nuestro interior el tigre y el mono, cuando tales leyes existen en el código penal de California, en el año 1913 después de Cristo? ¡Dios! A Cristo tan solo le crucificaron. Se han portado mucho peor con Jake Oppenheimer y conmigo.

Como me dijo Ed Morrell en cierta ocasión con sus nudillos: «El peor uso que puede hacerse de un hombre es ahorcarle». Lo cierto es que la pena de muerte me merece muy poco respeto. No solo es un juego sucio, que degrada a los perros verdugos que se encargan personalmente de ejecutarla a cambio de un salario, sino que degrada también a la comunidad que la permite, la aprueba con su voto y paga los impuestos necesarios para mantenerla. La pena de muerte es una necedad tan horrible, tan poco científica… «Que lo cuelguen del cuello hasta morir», es la pintoresca retórica que la sociedad emplea…

Se acerca la mañana, mi última mañana. He dormido como un bebé durante toda la noche. He dormido tan profundamente que el vigilante ha llegado a asustarse, pues creía que me había asfixiado yo mismo con las mantas. Me dio lástima verlo tan asustado, el pobre hombre se juega el pan de cada día. Si me hubiera ahogado de veras, le hubieran amonestado, o incluso despedido, y las perspectivas de un hombre sin empleo son muy duras en la actualidad. He oído que Europa está en crisis desde hace dos años, y que hubo despidos masivos, y que ahora les llega el turno a los Estados Unidos. Eso significa que pronto puede haber una crisis económica, tal vez un ataque de pánico financiero, y que habrá más parados el próximo invierno, y que las colas del pan serán largas…

Ya he desayunado. Me parecía una tontería hacerlo, pero he comido con avidez. El alcaide me ha ofrecido una botella de whisky. Le he dicho que la repartan en el Corredor de la Muerte, con mis mejores deseos. El pobre alcaide está asustado. Teme que si no estoy borracho le estropee la función, lo que pondría en evidencia su autoridad y su modo de dirigir la cárcel.

Me han puesto la camisa sin cuello…

Parece que sea una persona importante hoy. Son muchos los que se interesan por mí de repente…

El doctor acaba de salir. Le pedí que me tomara el pulso. Está normal…

Escribo estas líneas casi al azar, y hoja tras hoja van saliendo en secreto de la prisión…

Soy el hombre más tranquilo de la cárcel. Me siento como un niño a punto de salir de viaje. Tengo muchas ganas de irme, siento curiosidad por los nuevos lugares que conoceré. El miedo a la muerte es ridículo para alguien que tantas veces se internó en la oscuridad y que vive todavía…

El alcaide, esta vez con champán. Le he dicho que lo mande al Corredor de la Muerte. Extraño, ¿no?, que sean tan amables conmigo este último día. Debe de ser que estos hombres que van a matarme tienen pánico a la muerte. Como dijo Jake Oppenheimer: «Yo, que estoy a punto de morir, les debo de parecer algo atroz, espantoso…».

Me acaban de traer un mensaje de Ed Morrell. Me dicen que se ha pasado toda la noche de arriba abajo fuera de la prisión. Tratándose de un ex convicto no le han permitido que entrara a despedirse. ¿Salvajes? No lo sé. Yo diría que son solo unos niños. Apuesto a que ninguno de ellos querrá quedarse solo en la oscuridad esta noche, después de que me hayan retorcido el cuello.

Este es el mensaje de Morrell: «Estoy contigo, camarada. Sé que les vas a ganar la partida…».

Los periodistas acaban de salir. La próxima vez que los vea será la última, desde la plataforma del patíbulo, antes de que el verdugo oculte mi cara con la capucha negra. Seguro que muchos de ellos se marean. ¡Qué tipos tan raros estos jóvenes! Se ve que algunos han estado bebiendo. Dos o tres casi se habrán mareado con solo imaginar lo que van a tener que presenciar. Puede incluso que sea más fácil ser el ahorcado que el espectador…

Mis últimas líneas. Les estoy haciendo esperar. Mi celda está atestada de oficiales y de altos cargos. Todos están muy nerviosos. Quieren que todo acabe pronto. Sin duda, muchos de ellos tienen compromisos para esta noche, y por lo visto les molesta que esté escribiendo estas líneas. El sacerdote me ha pedido de nuevo que le permita quedarse conmigo hasta el final. Pobre hombre, ¿por qué habría de negarle ese consuelo? Le he dicho que sí, y ahora parece bastante animado. ¡Los detalles más insignificantes pueden hacer tan feliz a un hombre! Si no fuera porque tienen prisa, de buena gana me pararía un rato para reírme…

Debo acabar aquí. Déjenme que lo repita una vez más: La muerte no existe. La vida es espíritu, y el espíritu nunca muere. Solo la carne es perecedera y se transforma, lentamente, con el fermento químico que la guía, hasta una nueva materialización: es el fluir constante de la materia que toma nuevas formas también efímeras que volverán a diluirse, porque solo el espíritu perdura y evoluciona a lo largo de sucesivas e interminables encarnaciones en su ascenso hacia la luz. ¿Qué será de mí cuando vuelva a renacer? ¿Quién sabe? ¿Quién sabe...?

Índice

Prólogo de Fernando Savater 9

Capítulo 1 13
Capítulo 2 20
Capítulo 3 29
Capítulo 4 36
Capítulo 5 46
Capítulo 6 54
Capítulo 7 65
Capítulo 8 75
Capítulo 9 82
Capítulo 10 87
Capítulo 11 93
Capítulo 12 124
Capítulo 13 145
Capítulo 14 175
Capítulo 15 185
Capítulo 16 230
Capítulo 17 238
Capítulo 18 276
Capítulo 19 281
Capítulo 20 313
Capítulo 21 323
Capítulo 22 347

Esta edición de *El vagabundo de las estrellas*, compuesta en tipos AGaramond 12/15 sobre papel offset Natural de Vilaseca de 90 g, se acabó de imprimir en Salamanca el día 12 de marzo de 2019, aniversario del nacimiento de Jack Kerouac